GEORGE K. ZIKMUND

DAS PORTAL DER GÖTTER

PROJECT EARTH

Immer wieder hatte Hobbyforscher Aaron C. Voss den Keilschrift-Kodex auf der Stele des Hammurapi untersucht. Eine Sache stand zweifelsfrei fest: Der Urtext unterhalb der Stele war falsch übersetzt
worden! Plötzlich wird Aaron durch eine übermenschliche Macht die lange unterdrückte Wahrheit
offenbart und ein abenteuerliches Katz-und-Maus-Spiel zwischen ihm und den Übermächten, die seit
Jahrtausenden im Hintergrund die Strippen ziehen, beginnt.

Über den Autor:

George K. Zikmund wurde 1961 in Karlsbad geboren. Er ist ein begeisterter Anhänger der Prä-
Astronautik. Seit mehr als 40 Jahren beschäftigen ihn die Mysterien der antiken Zivilisationen. Daher
hat er sich mit seinem Erstlingswerk dazu entschlossen, seine persönlichen Erkenntnisse mit einer
Prise Science-Fiction in eine spannende Geschichte zu verpacken. Heute lebt der Autor in Rosen-
heim.

GEORGE K. ZIKMUND

DAS PORTAL DER GÖTTER

PROJECT EARTH

1. Auflage, 2024

Verlag: BoD · Books on Demand GmbH, In de Tarpen 42,

22848 Norderstedt, bod@bod.de

Druck: Libri Plureos GmbH, Friedensallee 263, 2763 Hamburg

ISBN: 978-3-7597-3024-4

DIE ERDE

Vor 445.000 Jahren unserer Zeitrechnung landete eine Gruppe von Zeitreisenden aus den Tiefen des Weltalls auf der Erde. Sie nannten sich *Ankh*.

Anu, der Herrscher des extraterrestrischen Volkes gab den Befehl, die neu entdeckte Welt nach Edelmetallen abzusuchen. Die primäre Aufgabe war es, Gold zu finden. Der gewonnene Goldstaub würde in die Atmosphäre ihres Heimatplaneten *Nibiru* befördert, um die schwindende Ozonschicht zu festigen. Somit wäre ihr Weiterleben gesichert. Er erteilte seinen Söhnen *Enlil* und *Enki* die Befehlsgewalt für diese Expedition. Im Laufe der Zeit waren Tausende von *Ankhs* auf der Erde und nahmen den umfangreichen Bergbau in Angriff. Es dauerte nicht lange, bis sich die ersten Revolten gegen diese Schwerstarbeit bildeten. Am Anfang vermochten die Brüder diese durch Anreize zu beschwichtigen. Nachdem es zu massiven Aufständen der schuftenden Arbeiter kam, entschied *Enki*, einen Klon aus der DNA der *Ankh* und den auf der Erde lebenden primitiven Wesen zu schaffen. Diese Hybride waren verpflichtet, in den Minen das bedeutende und lebenswichtige Metall abzubauen. Nach unzähligen missglückten Kreuzungen gelang es in der Folge, einen perfekten Arbeiter zu erschaffen. Den ersten seiner Sippe nannte *Enki der Erzeuger, Adamu* das übersetzt »*der Mensch*« bedeutet.

Später schufen sie ihm eine Frau, mit der er Kinder zeugen und sich vermehren solle. Gleichzeitig hatten die Untertanen der Brüder, die *Igigi* genannt wurden, eine Zubringerstation auf dem Mars aufgebaut. Der Abtransport des gewonnenen Goldes war wegen der geringeren Anziehungskraft des uns bekannten Roten Planeten leichter zu bewerkstelligen. Durch kosmische Ereignisse gezwungen, verließen die *Igigi* ihre neue Heimat und entschieden sich, auf der Erde Zuflucht zu suchen. Dort kam es dazu, dass die Frauen der "Sklavenmenschen" den Neuankömmlingen gefielen und sie sich mit ihnen paarten. Daraus entstand eine neue Art des Menschen. Nach einigen Jahrtausenden zollte diese Spezies ihren Göttern, die sie *Anunnaki,* das übersetzt »*die vom Himmel kamen*« nannten, nicht mehr den gebührenden Respekt und wurde immer aufständischer. Dieser Umstand gefiel *Enlil* ganz und gar nicht. Daher beschloss er, alle auf der Erde lebenden zum wiederholten Male durch eine Flut zu vernichten. *Enki,* sein Bruder und *Erzeuger* der Menschen, entschloss sich, seinen menschlichen Vertrauten, *Utnapischtin* zu warnen. Er befahl ihm, ein Boot zu bauen und so viele von jeder Spezies wie möglich zu retten. Einige überlebten abermals die große Naturkatastrophe und gründeten neue Stämme, Völker und später Zivilisationen.

» Die Erde hat genug Ressourcen für die Bedürfnisse aller,
aber nicht für die Gier aller. «

- Mahatma Gandhi -

# KAPITEL 1

Ein Raum. Grelles Licht, keinerlei Mobiliar, keine Fenster. Nur ein Podest, auf dem ein Wesen stand. Eine große, erhabene Kreatur.

»Hast du ihn gefunden?«

»Ja, Herr!«

»Gut, dann zeige ihm meine Nachricht und bringe ihn zu mir!«

»Wie Ihr befehlt«, antwortete Ugala, der Vertraute des Enki.

KAPITEL 2

Gelangweilt und Müde reckte sich der Saalwärter im Raum 10 des Pergamonmuseums in seinem Stuhl. Das zu große dunkelblaue Sakko zupfte er schwerfällig in Form. Die Antenne des Walkie-Talkies ragte aus dem Hemdsärmel heraus. Seine Finger waren nicht zu sehen. Routinemäßig sah er von rechts nach links, stand auf und vertrat sich ein wenig die Beine. Die Vitrinen vor und neben ihm faszinierten ihn nicht. Mit den alten Steinen hatte er nichts am Hut. Seine ganze Leidenschaft galt Tieren. Er spähte auf die Uhr. Ein Grinsen spiegelte sich auf seinem Gesicht. Eine halbe Stunde, dann war Feierabend. Durch sein Funkgerät kam eine verschlüsselte Nachricht. Er bewegte sich unverzüglich zum Ausgang und verlies die Wanderausstellung mit dem Titel: *Die erste Zivilisation auf Erden!*

In Kooperation mit dem Britischen Museum in London war es den Berliner Museen gelungen, diese aufsehenerregende Ausstellung zu organisieren. Die Briten stellten einige Hundert Artefakte des Zweistromlandes zur Verfügung. Das Land, das zwischen Euphrat und Tigris gelegen, im heutigen Irak liegt, wird schulwissenschaftlich die *»Wiege der Menschheit«* genannt. Erlesene, unschätzbar bedeutende Kunstgegenstände aus dem alten Mesopotamien wurden auf dunklen Tischen in Glasbehältern präzise und perfekt präsentiert. Modernste Lichttechnik ließ die

Exponate in ihrer vollen Pracht erscheinen. In Dreierreihen zu je acht Vitrinen bestaunten die Besucher mitunter die befremdend anmutende, in Tontafeln gedrückte Keilschrift der frühzeitlichsten Schrift der Menschheit. Am seitlichen Rand des Glases waren die Inhalte der Texte auf angebrachten Täfelchen nachzulesen. In drei Sprachen übersetzt, informierten sie über den Sinn der 5000 Jahre alten Schriftstücke. Faszinierende antike Zeugnisse der Menschheitsgeschichte präsentierten sich der Öffentlichkeit. Die berühmten elf Tontafeln des *Gilgameschepos* mit ihren filigranen Ritzungen offenbarten sich dem Aufgeschlossenen. Auf mit schwarzem Samt überzogenen Aufstellern waren diese mit golden eingefassten Klammern befestigt. Das Museum inszenierte diese faszinierenden Errungenschaften hinter Panzerglas gesicherten Vitrinen. Überwältigende Texte aus der gewaltigen Staatsbibliothek des *Aššurbanipal* fesselten sogar Laien. Dieser fürchterlich brutale wie gebildete Diktator legte eine Sammlung mit über 25.000 Tontafeln an. Sie war zu historischer Zeit die bedeutendste Bibliothek des alten Mesopotamiens. Weitere bemerkenswerte schriftliche Zeugnisse, beschrieben mit astronomischen und altertümlichen Inschriften, waren zu bewundern. In Stein gehauene Texte von Liedern und Gebeten vermittelten den hohen kulturellen Stand der vorchristlichen Epoche. Uralte, fein säuberlich geführte Königslisten ließen das Publikum staunen. Erste Rechtsurkunden in Ton verewigte Regeln der frühen Zivilisation bedurften der Aufmerksamkeit. Sogar eine Abschrift des Kodex *Hammurapi* wurde gezeigt. Dieser war der 6. Herrscher Babylons. Seine Herrschaft nahm um 1792 v. Chr. ihren Anfang. Er trug den Titel *König vom Sumer und Akkad.* Mitten im Raum unter gedimmtem Licht präsentierte das Museum in einer runden Glassäule geschmackvoll die berühmte 2,25 Meter hohe Diorit-Stele. Diese wurde der Berliner Sonderausstellung vom Louvre in Paris zur Verfügung gestellt. Auf dem frei stehenden

Pfeiler war die Szene zu bewundern, in der der einstige Monarch vom *Sonnengott Šamaš* Gesetzestafeln überreicht bekommt und dass 500 Jahre vor dem biblischen Moses.

Der absolute Star der Auswahl aus der Staatsbibliothek des assyrischen Königs war der babylonische Schöpfungsmythos *Enúma eliš*, dessen war sich der eine Besucher, der konzentriert vor der Tontafel mit der Katalognummer 6/45 stand, klar.

Stirnrunzelnd beugte er sich weiter vor und fixierte eine Zeile der Tafel. Speziell 5 Zeichen der Keilschrift raubten ihm seit Jahren den Schlaf. Aus dem frühzeitlichen Opus sind sie seiner Meinung nach nicht eindeutig zu entziffern, geschweige denn zu deuten. In der Vergangenheit sah er sie immer nur auf Fotos oder Zeichnungen. Aktuell hatte er das Original vor Augen und sah die kleinste Ritzung:

» sa-na-qum be-lum ra-bum is-tu al-um «

Die offizielle wissenschaftliche Lehrmeinung des Satzes lautet: *»Ankommen Herr wird von Stadt.«* Die Schulwissenschaft deutet die Zeile zur Anbetung des Königs von *Nippur*, dem religiösen Zentrums *Sumers*. Seiner Meinung nach eine vage und schwammige Interpretation. Die Experten deuten Nippur sowie einen Herrscher oder Priester, ohne einen kausalen Verweis auf den Namen der Metropole zu haben.

Er war überzeugt, dass es einen Übersetzungsfehler in der Stele des babylonischen Königs gibt. Er las den Satz und kritzelte die Striche der Keilschrift zum unzähligen Male in sein Notizbuch.

In Gedanken spielte er die Zeichen und ihre Deutung in kyrillischer, griechischer und arabischer Sprache durch. Mit der rechten Hand fuhr er durch seine dunklen, mit Gel gezähmten, fülligen Haare und stockte abrupt in der Bewegung.

Was geschieht hier? Die feinen Zeichen in der harten Steinoberfläche, auf die er so gebannt starrte, verschwammen vor seinen Augen. Er rieb sie mit den Handrücken. Sah mit zusammengekniffenen Lidern hin. Sein Gehirn vermochte nicht, zu verarbeiten, was ihm das Augenpaar übermittelte. Die Schrift bewegte sich! Die Zeichen veränderten ihre Position und leuchteten in grellem Gold. Er war wie hypnotisiert und beobachtete ungläubig dieses Schauspiel. Die Bewegungen der Glyphen stoppten unvermittelt. Abrupt stand an der besagten Stelle ein anderer Satz:

» *et-um ba-lim atu ser-rim* «

Was zum Teufel hat das zu bedeuten? Er starrte auf diese leuchtende Stelle mit den neuen Silben. Ohne dass er lange nachdachte, begriff er, was das bedeutet: *"Ich bin der Herr, der Erzeuger".*

Sein Herzschlag wurde schneller, er las es nochmals, prüfte es und stammelte vor sich hin: »Ich bin der Herr! Der Erzeuger?« *Träume ich?* Seine Hand massierte das Kinn.

So wurde Enki genannt, schoss ihm der Gedanke wie ein Blitz in den Kopf.

Ist es Enki oder Ea, der Sohn von Anu, dem höchsten Herrscher der Anunnaki?

Seine Hände wurden feucht. Ungläubig starrte er auf die leuchtenden Glyphen. *Enki, Gott der Sumerer?*

Was um alles auf der Welt veränderte die Zeile? Seine Gedanken überschlugen sich. Immer wieder stammelte er den neu gebildeten Satz. Seine gesamte Aufmerksamkeit galt dieser neuen Bedeutung. Voller Erstaunen betrachtete er die lumineszierenden Ritzungen.

Wieso? Warum sehe ich das? Ist das eine Nachricht? Seine Hände gruben sich in seine Haare. Sie fingen an, die Schläfen kreisförmig zu massieren. Millionen von Gedankenspielen schossen ihm durch den Kopf. Seine Hände fasten kräftiger zu, erhöhten den Druck. Langsam kristallisierte sich ein Bild vor seinem geistigen Auge: *In der Mythologie der Sumerer ist die Prophezeiung, dass die Götter vom Planeten Nibiru wiederkehren, der Heimat der Anunnaki, die uns geschaffen haben: Hat sich Enki der Herr und Erzeuger mir offenbart?*

Er war so vertieft, konzentriert und aufgeregt bei der Arbeit, dass er die Zeit vollkommen vergessen hatte. Draußen war es mittlerweile dunkel und die meisten Besucher des Museums waren gegangen. Er registrierte in seiner innerlichen Erregung nicht einmal, dass ihn im Schatten der Vitrinen ein fülliger Mann schon seit einiger Zeit beobachtete. Nachdem sich dieser von hinten annäherte und nur eine Armlänge von ihm entfernt war, sprach er ihn mit einer sonoren Stimme an:

»Guten Abend, Aaron!« Aaron, der mit dem Museumsleiter Doktor Gustav Eberwein nicht gerechnet hatte, fuhr wie von der Tarantel gestochen hoch, fuchtelte mit den Händen um sich und schrie den Direktor an:

»Verdammt! Wie können Sie mich so erschrecken?! Soll mich der Schlag treffen?!«

»Bitte verzeih mir«, entgegnete Dr. Eberwein mit einem breiten Grinsen im Gesicht. »Es war nicht meine Absicht, dich zu erschrecken, obwohl deine Reaktion etwas von Slapstick Comedy hatte.«

»Hallo Gustav, vielen Dank auch ich bin gerade nochmals an einem Herzstillstand vorbeigeschrammt. Bitte machen Sie das nie wieder. Sie haben sonst einen Besucher weniger in Ihrer Statistik.« Er faste sich theatralisch an seine linke Brust.

»Womöglich vermöble ich Sie aus reiner Notwehr«, drohte Aaron scherzhaft und grinste schelmisch. Nach einigen Augenblicken der Ruhe lachten beide herzlich los. Sie umarmten sich freundschaftlich und klopften sich gegenseitig auf den Rücken.

Aaron C. Voss war seit etlichen Jahren mit dem Museumsleiter befreundet. Er ist der beste Freund seines Vaters.

Professor Martin Voss ist ein renommierter Altertumswissenschaftler. Er bereiste mit Doktor Eberwein den gesamten Globus. Spezialisiert auf antike Schriften und Sprachen, besuchten sie gemeinsam eine beachtliche Anzahl von Ausgrabungsstätten. Sie waren an etlichen Expeditionen beteiligt. Unter anderem forschten sie in Bolivien bei den terrassierten Plattformhügeln von »Puma-Punku« mit ihren perfekt bearbeiteten Monolithen. Bei den in der Türkei gelegenen archäologischen Fundstätten »Göbekli-Tepe« und »Troja«, suchten beide nach Antworten. Den Pyramiden von Gizeh entlockten sie das eine oder andere offene Geheimnis. Selbst die »Terrakottakrieger« in China waren vor ihrer Aufwartung nicht gefeilt. Unzählige weitere bedeutende antike Stätten der Welt hatten sie im Laufe ihrer gemeinsamen Entdeckungsreisen erforscht. Trotz der Vielzahl an Erkenntnissen und Erfahrungen war Aarons Vater von der sumerischen Frühkultur fasziniert. Seine ihm eigen auferlegte Lebensaufgabe bestand darin, die im heutigen Irak gefundenen Tontafeln neu und modern zu betrachten. Verbissen arbeitete er daran, den antiken Fragmenten die letzten Geheimnisse zu entlocken. Diese Besessenheit und Fanatismus vererbte er augenscheinlich an seinen Sohn.

»Bist du weiterhin überzeugt, dass diese ominöse Zeile von den Spezialisten der sumerischen Keilschrift falsch interpretiert wird?« Mit mitleidigem Ton ließ der Gelehrte folgen: »Unter anderem auch von deinem Vater.«

Sein Herz klopfte. Es dröhnte in seinen Ohren, wie wenn ein Hardrock Schlagzeuger sein Solo trommeln würde. Aaron atmete kurz durch, um sich zu fassen, und wurde auf einmal ernst. Er sah sich um. Sah an dem Direktor links und rechts vorbei, erblickte aber nur einen menschenleeren Raum. In dieser Gewissheit beschloss er, es dem Freund mitzuteilen. Flüsternd sprach er seine Erkenntnis aus:

»Gustav, ich denke, es geht um Enki!«

Die Augen des Museumsleiters weiteten sich und sein Gesicht lief rot an:

»Wie kommst Du denn darauf? Wo bitte siehst du die Zeichen für Enki? Die sind doch gar nicht vorhanden«, polterte Eberwein verärgert los. »Es handelt sich hier um einen Priester aus Nippur, basta!«, ließ er folgen und sah seinem Gegenüber eindringlich in die Augen.

Aaron drehte sich zur Stele um und bemerkte, dass das Leuchten verschwunden war.

Da ist sie wieder. Diese engstirnige Sichtweise oder jenes in Dogmen festgefahrene Weltbild. Die in Stein gemeißelte Weisheit, die irgendein anerkannter Wissenschaftler mal vor 100 Jahren verfasst hat und an der es nichts zu rütteln gab. Schon gar nicht von einem Hobbyforscher, der nur durch seinen Vater die Keilschrift lesen und schreiben gelernt hatte.

Aaron war über die Reaktion enttäuscht. Der Freund, dem er allzeit vertraute, den er immer um Rat bat, hatte nicht mal gefragt, wie er zu dieser Erkenntnis gekommen war. Im Gegenteil, er kam ihm jetzt von oben herab. Er ließ sich seine Enttäuschung nicht anmerken und weichte den Augen des Direktors aus.

»Ich werde für heute Schluss machen. Morgen ist auch noch ein Tag. Außerdem schließt das Museum in 15 Minuten.« Er war im Begriff, sich umzudrehen, da hielt ihn Eberwein am Arm fest. »Aaron, glaube mir, auch dein Vater war davon infiziert.«

»Lassen Sie meinen Vater aus dem Spiel, er hat nichts mit der Sache zu tun«, fuhr es lauter aus ihm heraus, wie er beabsichtigt hatte.

»Ich muss deinen Vater ins Spiel bringen!« Melodramatisch breitete der Direktor seine Arme aus. »Du weißt ganz genau, wohin diese Besessenheit geführt hat.«

»Gustav, bitte lassen Sie es gut sein.«

»Hör mir zu!« Der Museumsleiter nahm seine Brille ab und putzte sie mit einem Taschentuch. »Dein Vater und ich sind sehr gute Freunde, das weißt du, auch wenn er mich aufgrund seiner Krankheit nicht mehr erkennt.« Ohne seinen Blick zu heben, sprach er eindringlich weiter. »Diese ständige Hetze nach neuesten Erkenntnissen und angeblich richtigen Interpretationen der Tafeln haben ihn verrückt gemacht.« Eberwein setzte die gereinigte Brille wieder auf die Nase. »Seine innere Unruhe, seine Zerrissenheit und der unbedingte Wille oder soll ich besser sagen krankhafter Zwang«, er legte eine rhetorische Pause ein, um fortzufahren, »eine Sensation der Wissenschaftswelt zu präsentieren um die Geschichte neu zu schreiben!« In diesem Moment durchbohrte sein Blick Aaron. »Das alles hat ihn, verzeih mir, körperlich wie geistig vernichtet.« Der Direktor fixierte ihn mit seinen blauen Augen, die hinter den Aschenbecherboden dicken Gläsern wie Saphire wirkten »Ist es das wert?« Fragte er. »Willst du auch mal so enden?«

In Aaron arbeitete sich die Magensäure nach oben, er empfand langsam eine richtige Wut. Er versuchte, bedacht zu atmen, den Groll, den er in sich hegte, nicht die Oberhand gewinnen zu lassen.

»Es ist schon spät, hat mich gefreut, dass wir uns gesehen haben. Ich mache mich jetzt auf den Weg und gönne mir mal ein, zwei Tage Pause.« Er versuchte, gekünstelt zu lächeln. Es gelang ihm nicht. Es hatte mehr den Anschein, er würde Schmerzen empfinden.

»Ich passe auf mich auf, ich weiß, was ich tue. Aber danke, dass Sie sich Sorgen machen.«

Dr. Eberwein, der Aaron sorgfältig beobachtete, in seiner Antwort die sarkastischen Anmerkungen heraushörte, kniff seine Augen zusammen:

»Du bist genau wie Martin! Dein Vater ist auch ein hochgradiger Ignorant. Immun gegen jeglichen Ratschlag«, seine Adern traten an der Schläfe heraus. »Du brauchst gar nicht so zu tun, als ob alles in Ordnung wäre. Die Einlage, einen kleinen, bockigen Jungen vorzutäuschen, kannst du dir sparen.« Seine Stimme wurde lauter. »Ich kenne dich schon zu lange, als dass du mir hier etwas vorspielen könntest.« Sein rechter Arm war ausgestreckt, der Zeigefinger auf Aaron gerichtet. »Aber lass dir eins gesagt sein«, er wippte mit der Hand hin und her, »ich habe nicht die Kraft, einem weiteren Freund zuzusehen, wie ihn diese Tafeln verrückt machen. Einen schönen Abend!«

Im gleichen Augenblick, indem er das letzte Wort sagte, drehte sich der Museumsdirektor um. Um die halbe Achse gedreht schritt er für seine Körperfülle elegant, ohne sich nochmals umzudrehen, Richtung Ausgang.

Aaron stand da und sah ihm nach. Er seufzte müde und ließ die angespannten Schultern hängen. Mit unterdrückter Stimme murmelte er:

»Wünsche ich Ihnen auch«, dies hörte der Museumsleiter nicht mehr, er hatte den Raum verlassen.

In seinen Gedanken versunken, drehte sich Aaron zur Vitrine mit der Stele um. Das Notizbuch und Stift hatte er bei der Unterhaltung auf die Oberseite des Schaukastens gelegt. Er nahm das Buch an sich und schlug es zu, zog das Gummiband über die Längsseite und steckte es mit dem Kugelschreiber in seinen Rucksack. Er sah nochmals auf die Zeile, wo sich der Satz in leuchtenden Glyphen vor seinen Augen gebildet hatte. Er veränderte seine Position, wodurch er mit dem rechten Fuß seine Trinkflasche, die er unter dem Ausstellungsstück deponiert hatte, umstieß.

»So ein Mist«, fluchte er leise. Die geringe Menge Wasser, die sich in der Flasche befand, ergoss sich in einer kleinen Lache auf dem Museumsboden. Hastig zog er sein Sweatshirt aus und trocknete den Fußboden damit.

Fröstelnd, nur mit T-Shirt bekleidet, schwirrte ihm immer wieder der Satz, »*Ich bin der Herr! Der Erzeuger!*«, im Kopf herum. Er rieb mit seinem Hoodie die letzten feuchten Stellen trocken, da sprach eine flüsternde Stimme zu ihm:

»*ila-am-ma-d a-nu-un-ma wa-ar-din ip-lah be-lum*«

Zum zweiten Male an diesem Abend rutschte ihm das Herz in die Hose. Erschrocken sah er sich um. Hatte das jemand zu ihm gesagt? Der ganze Saal war totenstill. Hatte er sich diese Worte etwa eingebildet?

»Gustav, das ist jetzt wirklich nicht lustig!«, rief er.

Nichts. Keine Antwort, keinerlei Zeichen von einer Person, da war niemand im Raum 10 des Museums. Aaron lauschte und kniff die Lider zusammen, um in diesem Dämmerlicht schärfer zu sehen. Er konzentrierte sich, horchte angestrengt und ließ die Augen wandern. Er war sich sicher: Er ist der Einzige hier und dennoch hörte er die Stimme abermals:

»ila-am-ma-d a-nu-un-ma wa-ar-din ip-lah be-lum«

»Wer ist da? Verdammt noch mal, komm raus und hör auf mit den Spielchen!« Verärgert und eingeschüchtert drehte er sich in alle Richtungen. Keine Regung, nicht die geringste Bewegung. Absolut nichts deutete auf einen Menschen hin, der sich auf seine Kosten einen Spaß daraus bereitete, sich zu verstecken und zu flüstern. Aaron war sauer und schüttelte den Kopf, um die Gedanken zu vertreiben, er war müde und hatte gänzlich keine Lust mehr, länger im Museum zu bleiben. Er nahm seinen Rucksack, steckte den feuchten Sweater hinein und bewegte sich mit schnellen Schritten Richtung Ausgang. Den imposanten Saal, den er betrat, war die sogenannte *»Prozessionsstraße von Babylon«*. Ohne einmal auf diese herrlichen, mit blauen Kacheln sowie unterschiedlichen heiligen Tieren geschmückten Wände zu achten, schritt er stur zum Museumsausgang. Beim Erreichen des *»Ishtar-Tores«*, eines der Haupttore des antiken Babylons, hielt er sich nach links. Er ertappte sich, dass er stetig schneller wurde und seine Kondition grenzwertig war.

Öfter Sport treiben, kam es ihm in den Sinn. *Mit 33 bin ich ein wenig eingerostet,* grübelte er weiter, wobei er die Pforte fast erreicht hatte.

Es war der Museumswärter, der ihn dort freundlich begrüßte.

»Guten Abend, Aaron, na, etwas neues entdeckt?«

»Hallo Hermann. Nein, alles wie immer bei Hammurapi!«, log er. Er hatte keine Lust, mit dem Mann in einen seiner Vorträge über Gott und die Welt und deren Geschichte zu geraten.

»Na dann. Einen guten Nachhauseweg und einen schönen Abend!«

»Danke, das gleiche für dich bis bald!« Aaron schob die Ausgangstüre auf und genoss die frische und feuchte Abendluft Berlins.

✿

KAPITEL 3

Es war früher Morgen in Kolonia, der Hauptstadt der Insel Pohnpei. Die Sonne erhob sich aus dem Ozean. Stetig stieg sie am Horizont immer höher. Francisco Rojas schwang sein rechtes Bein über den Sattel seiner Yamaha XT. Er steckte den Zündschlüssel ins Schloss, stellte den Notausschalter, der beim Gasgriff angebracht war, auf »Go«. Er öffnete den Sprithebel unterhalb des Tanks, zog mit den linken Fingern die Kupplung und justierte mit dem Bein die Stellung des Anlasspedals auf Kompression. Franco trat mit voller Kraft auf den Anlasser Hebel. Der Motor gluckerte ein wenig, ohne das er ansprang.

Das ist so klar! Wäre ein Wunder, wenn du es beim ersten Mal schaffst.

Es ist nicht verwunderlich, da die Enduro schon mehr wie 40 Jahre auf dem Buckel hatte. Francisco liebte diese Maschine, den Klang des Zweitakters sowie die eminente Kraft in den ersten 3 Gängen. Ok, er hatte ja ein wenig nachgeholfen. Den Motor von 27 auf 40 PS aufgetunt und den Schalldämpfer aus dem Auspuff entfernt. Er versuchte es ein ums andere Mal, drückte den Hebel herunter. Das Aggregat sprang an und belohnte ihn mit dem unverwechselbaren Sound, der auf der ganzen Insel bekannt war. Vermutlich hat jeder, der mehr als 6000 Einwohnern einmal diesen unverkennbaren, dumpfen, schlagenden Takt des Kolbens des 500 Kubik-Motors gehört. Zufrieden und mit einem breiten Grinsen, setzte er sich die Sonnenbrille auf. Das schwarze Bandana, dass er als Stirnband trug, zurrte er am Hinterkopf fest. Helme kamen für ihn nicht infrage. Er verabscheute sie.

Francisco genoss die Fahrt durch die *» Yakipa Street«,* wo er das Erwachen der Stadt tagtäglich erlebte. Zu dieser frühen Zeit sind erst wenige Insulaner auf den Beinen. Hier auf Pohnpei war alles anders. Die Menschen lebten im Einklang mit der Natur. Sie ernährten sich vom Fischfang und der Landwirtschaft und hatten eine tiefe Bindung zu den Elementen. Zugunsten dieser beschaulichen und entspannten Gegebenheiten hat es ihn hierher nach Mikronesien verschlagen. Der ehemalige Fremdenlegionär hatte in seinem Leben eine Menge an Gewalt, Leid und Intrigen gesehen. Francisco bog links in die *»First Street«* ab und fuhr Richtung *»Second Street«.*

Mega dachte er sich jedes Mal, wenn er hier entlangfuhr. Denn die nächsten wurden mit den "innovativen" Namen bis zur vierten Straße so betitelt.

So sind sie eben, die Insulaner, alles so unkompliziert wie möglich.

In der *»Second Street«* hielt er vor *»Rays Coffee Shop«* an. Ray hatte die besten Blätterteigtaschen mit Vanillecreme und den hervorragendsten Cappuccino Mikronesiens. Zumindest für Francisco. Er stieg ab und schlenderte zu seinem Lieblingsplatz auf der Terrasse. Ein verschlafener, von der Sonne gebräunter kleiner Mann kam hinter der Theke hervor und begrüßte ihn.

»Neesor annim, Franco!«

»Wünsche dir auch einen guten Morgen Ray!«

»Wie üblich, oder willst du mal nach 5 Jahren etwas anderes versuchen?« Ray hatte ein freundliches, rundes Gesicht. Die kleinen Glupschaugen sahen den Gast erwartend an.

»Solange du dieses leckere Vanillegebäck machst, werde ich nicht wechseln«, entgegnete er und lächelte den Barbesitzer an.

Kopfschüttelnd lachend, mit stolzgeschwellter Brust drehte sich Ray um und schlürfte hinter den Tresen.

Francisco hörte dem Schwarm Kirschloris, einer endemischen Papageienart zu, die in den Palmen saßen und laut schwätzten. Die prächtigen orangefarbenen Schnäbel der Männchen sangen der weiblichen Gattung Balzarien zu. Seine Gedanken schweiften ab und blieben an den seltsamen Umständen seines nächsten Jobs hängen. Ein gewisser Viktor Clark von der »*Megalithic-Foundation-Southamerica*«, kurz MEFSA, hatte ihn per Mail kontaktiert. Er wolle Nan Madol und seine beispiellosen Ruinen mit einer neuartigen Methode vermessen. Welche das ist, hatte er in der Nachricht nicht angegeben. Ihn, seine profunde Kenntnis über die Insel und vor allem sein Boot für die nächsten 14 Tage zu mieten, war die Anfrage. Francisco wunderte sich, dass in der Mail nicht gefragt wurde, welches Honorar er für diese Zeit in Anspruch nimmt. Im Gegenteil, es wurden ihm für seine Dienste 20.000 $ geboten, plus Sprit für das Boot. Er verstand nicht, warum eine amerikanische Stiftung eine Stange Geld anbietet, ohne ein Angebot einzuholen.

»Ein Mal Cappuccino und Vanilla Cake!« Mendiola, eine bezaubernde Inselschönheit, riss Francisco aus seinen Grübeleien.

»Vielen Dank, Mendi«, strahlte er die Kellnerin an.

»Munas Menlau«, erwiderte sie, stellte die Leckereien vor ihm auf den Tisch und flanierte mit ihrem selbstsicheren und lasziven Hüftschwung Richtung Bar. Francisco sah ihr nach. Er konnte nicht anders: ihren aufrechten Gang mit den langen Beinen und ihren perfekten Po, der in hautengen Jeans steckte, zum tausendsten Mal zu bewundern. Sie hatten schon mehrmals eine leidenschaftliche Nacht verbracht. Keiner von beiden, darin waren sie sich einig, war für eine feste Beziehung geschaffen.

Er nahm den letzten Schluck aus der Tasse, wischte sich mit dem Handrücken den Milchschaum vom Mund. Er steckte das

Wechselgeld ein und verabschiedete sich von Ray. Mendiola zog er an sich, roch ihre nach Jasmin duftende Haut und drückte ihr einem Kuss auf die Wange. Die Enduro sprang zu seiner Begeisterung beim ersten Versuch an. Sämtliche Papageien, die in den Bäumen saßen, flatterten mit schrillem Gekreische hektisch aus ihren Verstecken. Bestens gelaunt und satt fuhr er die »*Kumwundlaid Street*« nordwärts zu seiner Bootsanlegestelle. Am Klub »*Pacon-Nin*« angekommen, parkte er das Motorrad unter einer Palme. An diesem natürlichen kleinen Hafen lagen nur wenige Schiffe vor Anker. Er schlenderte Richtung Anlegeplatz, um sein Boot für den neuen Auftrag nochmals zu überprüfen.

»Da bist du ja *ONE*«, sprach er vor sich hin. Sein ganzes Geld und die gesamte Abfindung, die er als Offizier in der Fremdenlegion verdient hatte, hat er in die »*AMG Cigarette 515 ONE*« gesteckt. Dieses Highspeed Geschoss mit zwei Mercury Racing Motoren und insgesamt 1550 PS waren sein ganzer Stolz.

»Jetzt redest du schon mit einem Kanu?«, hörte er eine dunkle Stimme hinter sich.

Francisco drehte sich um. Vor ihm stand der Betreiber des Alibihafens, Moses Mori. Der Einheimische entstammt, so erzählt man sich, einer uralten Familiendynastie. Angeblich reicht diese bis zu den »*Saudeleurs*« den Stammesfürsten Nan Madols, zurück. Francisco ist schon von seiner Größe und Statur ein Bär. Was dieser Moses Mori zu bieten hat, ist um einiges mehr. Mit seinen 210 cm Körpergröße und 160 Kilo reinsten Muskeln gleicht er einer griechischen Olympiastatue in XXL-Format. Sein Körper ist nahezu perfekt und durch exotische Tattoos auf seiner dunklen Haut furchterregend. Die fremdartigen Symbole schmücken seinen gesamten Körper. Sein Kopf ist kahl rasiert und hat an den Ohren ebenfalls geheimnisvolle Zeichen. Seinem Hinterkopf ziert ein tätowierter Kreis mit einem weiteren in der Mitte. 8 Zacken in Pyramidenform verlaufen an die äußere Ringlinie. Beim ersten

Aufeinandertreffen der beiden hatte Francisco den Koloss gefragt, um welche Darstellung es sich dabei handelt oder ob dies nur seiner Fantasie entsprungen sei. Die damalige Frage war in einer wilden Prügelei, die keiner für sich entscheiden konnte, unbeantwortet geblieben. Der Insulaner gab sich beleidigt, nicht respektiert. Francisco wiederum verstand nicht im Entferntesten, warum er gezwungen war, sich seiner Haut zu wehren. Das Positive an dieser Begegnung war, dass sie die besten Freunde wurden. Das Negative - bis zum heutigen Tag blieben die rätselhaften Tattoos das Geheimnis des Buddys.

»Du hast Glück, dass ich gut gefrühstückt habe«, grinsend drohte Francisco mit seinen Fäusten. »Sonst würde ich dich wegen des Kanus verspeisen!«

»Alles in Ordnung bei dir?« Der Hüne vermochte nicht, sich das schelmische Grinsen zu verkneifen.

»Lass es gut sein, Großer, das verstehst du sowieso nicht«, lachte ihn sein Gegenüber an.

»Sind deine Auftraggeber schon eingetroffen, Franco?«

»Nein, sie kommen gegen 10 Uhr am Flughafen an.«

Moses sah Francisco mit zusammengekniffenen Augen an: »Hast Du dir das gut überlegt?« Seine Miene verfinsterte sich: »Du weißt nichts über diese Typen und ihre Organisation.«

»Keine Organisation, Stiftung.«

»Umso bedenklicher. Die berappen freiwillig 20 Riesen?« Kopfschüttelnd setzte er fort:

»In der Regel betteln die um Geld, hier stimmt was nicht.« Seinem Gesichtsausdruck war die Besorgnis anzusehen.

»Was soll schon schief gehen? Ich habe all meine Bedenken geprüft und habe nichts Auffälliges bemerkt. Außerdem haben sie bereits die Hälfte des Geldes überwiesen«, stellte Francisco fest. In Gedanken pflichtete er seinem Freund bei. Normal war dieses Vorgehen nicht.

»Franco, mach mir den Gefallen und pass auf dich auf. Du weißt, Übernachtungen sind auf Nan Madol nicht erlaubt«, mahnte der Einheimische.

Francisco versuchte, den Einwand zu entkräften:

»Das hat dieser Viktor Clark mit dem Gouverneur geregelt«, nachdenklich sprach er weiter: »Sie haben die Erlaubnis von offizieller und höchster Stelle. Ich denke, die haben gute Beziehungen.«

»Genau das ist es, was mir Sorge bereitet. Die erkaufen sich Genehmigungen für was?« Die gewaltigen Arme ausgebreitet, unterstrich Mori seine Argumente. »Um Vermessungen in der Nacht durchzuführen? Das ist nicht der Grund, glaube mir!«

Den Einwänden vermochte Francisco nichts entgegen zusetzten.

»Ehrlich gesagt habe ich auch schon in diese Richtung gedacht. Ich warte mal ab, was die vorhaben. Wenn was schief geht, lasse ich sie auf der Insel und hole die Sheriffs.«

Beide standen da und sahen sich an. Moses hob den Daumen seiner rechten Pranke.

»Pass auf dich auf, ich muss jetzt in den Club. Zwei neue Miezen wollen heute Vormittag wegen eines Jobs vorsprechen.«

Francisco verkniff sich eine Bemerkung bezüglich des Castings. Es war ihm klar, dass Moses die zwei Ladys ins Bett schleppen würde. Er sah dem Hünen längere Zeit nach und bewunderte trotz seiner Dimensionen den pantherhaften und geschmeidigen Gang.

KAPITEL 4

Völlig ausgelaugt und abgehetzt kam Aaron bei seinem Lieblingsitaliener an. Durch die Fensterfront sah er, dass das Lokal zu dieser Zeit beachtlich besucht war. Er zog die dunkle Holztür auf. Sofort schlugen ihm vertraute Gerüche entgegen. Es duftete nach frischem Basilikum, Oregano, Thymian und anderen Kräutern. Kaffeegeruch und viele nicht definierbare Aromen strömten in die Nase. Auf dem Tresen standen zwei Teller mit gebratenem Fisch und Rosmarinkartoffeln zur Weiterreichung an die Gäste bereit. Beim Anblick des Gerichtes lief ihm das Wasser im Mund zusammen. Diese wohligen Eindrücke ließen seine Nerven einigermaßen entspannen. Gleichzeitig gab sein Magen ein tiefes Grummeln von sich. Auf seinem Stammplatz saß ein Pärchen, das Händchen haltend und völlig verliebt, die vor ihnen auf dem Tisch liegenden Pizzas ignorierte. Er verzog das Gesicht: *Na prima! Haut doch ab. Was macht ihr hier? Die Pizza ist eh schon kalt. Verschwindet nach Hause zum Kuscheln!*

Er sah sich im restlichen Gastraum um und entschloss sich stattdessen für den Tisch vor dem Fenster, wo er einen besseren Blick in das Lokal hatte. Stefano, der Kellner, grüßte ihn von der Antipasti Bar aus mit einem Handzeichen. Aaron setzte ein Grinsen auf und erwiderte den Gruß mit einem Kopfnicken. Er hatte kaum Platz genommen, stand Alfredo, der Wirt, sein bester

Freund neben ihm. Aaron hatte vor 10 Jahren für dessen Onkel Pizzas mit dem Moped ausgefahren. Dadurch hatte er den Römer kennengelernt. Eine enge Freundschaft verbindet die beiden seit dieser Zeit. In seiner Jugend war der Italiener ein vielversprechendes Fußballtalent, der einen Profivertrag bei Herta BSC unterzeichnet hatte. Eine schwere Verletzung des rechten Knies beendete diese Karriere über Nacht. Heute hat er einen Ball unter dem T-Shirt, witzelt er, wenn es um seinen Bauch geht. Obwohl er schon lange in Berlin lebt, verschluckt er immer das „N" am Ende eines Wortes oder er fügte willkürlich ein „E" an. Der klassische Charme des italienischen Akzents.

»Ciao Bello, na wie ise dik heute gegange mite deine Forschunge?«

»Ciao, Amico mio«, erwiderte Aaron, »kannst du mir zuerst mal einen Espresso Doppio bringen?«

Alfredo hob die Augenbrauen: »Gleiche so schlimme?« Fragte er, wobei er das »so« übertrieben in die Länge zog. »Certo! Kommte pronto!«

Aaron beobachtete die anderen Gäste. Rechts neben sich sah er zwei Männer über einem iPad diskutieren. Einer der beiden sah zu ihm herüber. Ein kurzer Augenkontakt, leichtes Kopfnicken. Daraufhin wandte er sich wieder zum Bildschirm. Weitere Gäste unterhielten sich, verzehrten die Köstlichkeiten, die ihnen Alfredo kredenzte. Der in Roms Stadtteil »*Trastevere*« Geborene war in seinen Augen ein Künstler seines Fachs. Die Speisen, die er zubereitete, waren immer etwas Besonderes.

»So deine Espresso extra grande, wase ise lose?« Der Wirt zog einen Stuhl beiseite und setzte sich gegenüber von Aaron, stellte sein eigenes Getränk, einen Merlot auf den Tisch und sah ihn erwartungsvoll an.

»Darf ich vorher erst mal was essen?« Theatralisch fügte er hinzu, »sonst verhungere ich!«

»Stefano!« Rief Alfredo durch den Raum. Der Kellner kam sofort um die Ecke und stand neben den beiden. »Der Err wille wase bestelle!«

»Ciao Stefano, ich nehme Calamari Fritti mit einem gemischten Salat und ein großes Wasser naturale, per favore!« Der Ober tippte alles in seinen »PDA« ein, bedankte sich schnell mit »Grazie mille« und bewegte sich Richtung Bartresen. Alfredo saß da und fixierte gespannt seinen Freund. Aaron amüsierte die Situation. So kannte er seinen Kumpel gar nicht. Er war nicht der Mann, der fortweg fragte.

»Wer macht jetzt meine Calamari, wenn du hier sitzen bleibst?«

»Maria«, erwiderte er trocken, ohne den starren Blick abzuwenden. »Jetze komme endlik zu die Sache.« Er untermauerte seine Aufforderung, indem er beide Handflächen aneinandergelegt, fest auf und ab wippte.

»Also gut!« Aaron sah sich um. Flüsternd legte er los:

»Mir ist heute was Unglaubliches passiert, das ich nicht richtig erklären kann!«

»Echte jetzt?« Alfredo rückte nah an den Tisch und starrte Aaron mit großen Augen an.

»Ich habe alle Möglichkeiten, keine Ahnung wie oft versucht und dann plötzlich ...!« Aus dem Nichts schoss ihm ein bekannter Satz, den er heute schon zweimal gehört hatte wie ein Blitz durch den Kopf:

„ila-am-ma-d a-nu-un-ma wa-ar-din ip-lah be-lum“

Er zuckte unweigerlich zusammen. Alfredo bemerkte es augenblicklich.

»Wase ise los, gehte dik nikte gute?«

Aaron saß da und hielt sich den Kopf mit beiden Händen. *Was geschieht hier?* Er suchte nach Erklärungen. *Diese verdammten Worte. Ich verstehe sie nicht!* Urplötzlich übermannten ihn monströse Kopfschmerzen.

»Keine Ahnung«, hörte er sich selbst sagen, »ich habe nur einen Brummschädel, vielleicht habe ich einen Migräneanfall!«

Alfredo, der ihn verwundert ansah, schüttelte den Kopf.

»Du und Migräne? Seite wanne? Du haste dok nie Schmerze. Nichte male wenne wir due litri di vino tanke!« Dabei zeigte er seine strahlenden Zähne, auf die er so stolz ist.

Aaron, der weiterhin verkrampft den Kopf in beiden Händen festhielt, vernahm eine neuerliche Nachricht, die all seine anderen Gedanken verscheuchte:

Erkenne Sklave, ehre meinen Herrn!

Nach wenigen Sekunden folgte:

Das ist der Satz, den ich dir heute mehrmals gesagt habe, in deiner Sprache!

»Wer spricht da? Was hat das zu bedeuten?«

Augenblicklich war es in der ganzen Trattoria still und alle Gäste sahen zu ihm hinüber. Alfredo, der erschrocken wegen Aarons unvermittelten Schreiens mit seinem Stuhl nach hinten gerutscht war, drehte sich in den Raum um und versuchte, die Anwesenden wieder zu beruhigen.

»Alles Gute, er hate eine Migräne, alles Gute!« Beschwichtigend bewegte er seine Hände auf und ab.

»Stefano! An jede die Gäste eine Limoncello sulla casa!«

Aarons Stirn lag auf der Tischplatte, die Ellbogen schützend an die Seiten gepresst. Er bekam von seiner Umgebung nichts mehr mit. Die Kopfschmerzen, die mit den Worten einhergingen, waren fast unerträglich. So abrupt, wie sie kamen, waren sie schlagartig weg. Ungläubig, vorsichtig hob er langsam den Kopf vom Tisch und löste seine Hände. Sein Blick war durch die Schmerzen ein wenig getrübt. Er versuchte sich zu orientieren und fixierte den Wirt. Nein, es war nicht sein bester Freund, den er ansah. Direkt hinter Alfredo stand etwas, das aussah wie ein Mensch, ein überaus großes Exemplar. Die Luft um ihn herum flimmerte, wie wenn das

Wesen aus einer anderen Dimension sei. Seine Augen hatten ein glühendes Grün. Panik breitete sich bei Aaron aus. Sein Puls schnellte in die Höhe, die Hände waren feucht. Schweiß zeichnete sich auf der Stirn und in der Achselgegend ab.

Jetzt siehst du mich Sklave, vernahm er eine dunkle, dröhnende Stimme. Aaron, der diesem Wesen direkt in die funkelnden grünen Augen sah, bemerkte, dass es nicht seine Lippen bewegte, wie es zu ihm sprach.

»Wer ...? Wer bist Du? Was soll das?«, stotterte Aaron eingeschüchtert los.

»Were? Ik bine Alfredo!«

»Nein ich meine nicht dich, sondern den hinter Dir!«

Der Gastwirt drehte sich erschrocken um. »Wase meinste du?« Fragte er verwirrt.

Gehetzt schaute sich Aaron ebenfalls um, aber er sah bloß in die verdutzten Gesichter der anderen Gäste. Er registrierte nur flüchtig, dass die beiden Männer mit ihrem iPad nicht mehr da waren, nur das Tablet lag noch auf dem Tisch.

Sie vermögen mich nicht zu sehen. Außer, du wünscht es so. Die grellen, grünen Augen strahlten ihn an. *Dann ist es aber erforderlich, sie alle zu vernichten.* Hörte er wieder diese drohende Stimme mit einem leichten, mitleidigen Unterton in seinen Gedanken.

»Nein, auf keinen Fall«, brüllte Aaron und sein Kopf schnellte wieder zu dem Wesen, »lass sie in Ruhe, sie haben dir nichts getan!«

Alfredo, der mittlerweile Angst um seinen Freund bekam, stand auf und bewegte sich um den Tisch herum auf ihn zu.

»Wase ise los mite dik, wase hate nikt gemachte? Wenn willste ine Ruhe ...« In seiner Bewegung blieb er auf einmal wie angewurzelt stehen. Er verharrte in der Position, die er eingenommen hatte.

Aaron beobachtete dies alles von seinem Stuhl aus. Unfähig sich zu rühren, sah er seinen Freund und sämtliche Personen des Lokals innehaltend wie Wachsfiguren. Sie saßen an den Tischen. Manche mit offenen Mündern, die Gabeln bereit, die aufgeladenen Speisen dem Gaumen zuzuführen. Andere standen bewegungslos im Raum. Das Gesamte hatte die Ähnlichkeit einer 3D Aufnahme. Urplötzlich war die Gestalt klar und deutlich zu sehen. Unmittelbar schoss es ihm in den Sinn:

Auf uralten Steinreliefs aus Sumer und Babylon wurden Wesen dargestellt, die übermächtig wirken. Seine Augen scannten die unbekannte Erscheinung von oben nach unten. Voller Ehrfurcht konzentrierte er sich auf Details: Es war ein Riese, gigantisch seine Größe und seine Ausstrahlung. Er hatte einen weißen Ganzkörperanzug mit azurblauen Protektoren an, geschmückt mit goldenen unbekannten Zeichen. Der gleichfarbige Umhang reichte fast zum Boden. Ein Stirnreif, der ähnlich einer Krone war, bändigte die langen, geflochtenen Haare. Seine breiten Armbänder an den Unterarmen leuchteten in verschiedensten Farben. Die unzähligen Dioden darauf bewegten sich wie bei einer Lichterorgel, rauf und runter. Er stand in voller Pracht in kniehohen Stiefeln vor Aaron und fixierte ihn mit seinen funkelnden Augen.

Er sieht aus wie das Abbild einer in Stein gehauenen Relieffigur der alten Völker. Er war wie hypnotisiert. *Die kleinsten Details hatten die frühzeitlichen Steinmetze nicht ausgelassen. Die Haare. Den langen Umhang. Armbänder, Stiefel, sogar die Größe haben sie perfekt dargestellt.* Voller Respekt und Furcht, mit weit aufgerissenen Augen starrte er den Titanen an. *Es ist doch nur ein Mythos?* Seine Gedanken überschlugen sich. *Und trotzdem steht ein »göttliches Wesen« leibhaftig vor mir!*

KAPITEL 5

Zwei dunkelblaue SUVs fuhren mit hoher Geschwindigkeit Richtung der Anlegestelle. Francisco war auf dem Boot und tippte die letzten GPS-Daten ins Navigationssystem ein. Aus den Augenwinkeln beobachtete er die Ankommenden. Sekunden später hielten die Fahrzeuge an. Die Seitentüren wurden geöffnet. Fahrer und Beifahrer stiegen synchron aus. Den Finger auf dem Display sah Francisco durch seine Sonnenbrille zu den beiden Gestalten.

Das sind niemals Wissenschaftler!

Aus einer der hinteren Türen stieg ein mittelgroßer Mann aus. Im Mundwinkel kaute er lässig auf einer dicken Zigarre. Seinem Auftreten und der Kleidung zu urteilen, vermutlich Viktor Clark, der Auftraggeber. Er sah zum Boot hinüber. Seine dunkle Sonnenbrille schob er leicht nach unten. Sofort setzte er ein breites Lächeln auf. Die Brille in die Haare gesteckt, schritt er zielstrebig auf den Bootseigner zu.

»Sie müssen Mr. Rojas sein!«

»Schön Sie zu sehen, Mr. Clark«, erwiderte er. »Hatten Sie einen guten Flug?«

»Sagen Sie bitte Viktor zu mir, darf ich Sie Francisco nennen?« Mit einem zur Seite gekippten Kopf grinste Clark ihn an.

»Natürlich Viktor«, entgegnete dieser und zeigte einladend mit der Hand auf die Brücke.

Clark verstand sofort und balancierte über die Gangway an Bord. Beide schüttelten sich die Hände und sahen sich dabei direkt in die Augen. Der Gast ergriff das Wort:

»Ich liebe dieses Boot jetzt schon, es ist fantastisch!« Voller Begeisterung setzte er nach: »Wie schnell kann es fahren?«

Francisco, der die anderen 4 Mitglieder des Teams unauffällig im Blick hatte, begab sich ein Stück näher zur Steuerzentrale der *ONE.*

»Sie werden es erleben. Ich denke, fahren ist der falsche Ausdruck«, der Bootseigner grinste über beide Ohren: »Es ist mehr wie fliegen!«

In der Zwischenzeit hatten die Mitarbeiter von Clark das gesamte Gepäck aus den Fahrzeugen entladen und waren bereit, es an Bord zu bringen.

»Hey Skipper, wo sollen wir unser Equipment verstauen«, rief ein breitschultriger, mit dicken Oberarmen ausgestatteter Militärtyp zum Boot herüber. Francisco zeigte ihm die Luke in den Frachtraum, der für dieses Schnellboot wider Erwarten geräumig war. Nach einer viertel Stunde waren alle Mann der *»Megalithic-Foundation-Southamerica«* an Bord. Die ganze Truppe stand erwartungsvoll vor dem Eigner und bestaunte das Boot. Wiederum war es Clark, der das Wort ergriff.

»Darf ich Ihnen meine Kollegen vorstellen: Dieser Gentleman ist Samuel Rodriguez, unser Computerspezialist.« Ein leichtes Kopfnicken war die einzige Regung des Vorgestellten.

»Der mit dem Baseballcap hier ist Architekt Alejandro Garcia. Zu meiner Linken, Geologe Santiago Martinez«, der bei Nennung seines Namens die Hand hob.

»Als letztes Lucas Sanchez, Professor der Geothermie.«

»Willkommen an Bord, ich bin Francisco! Touristenguide!«, entgegnete er ohne jegliche Regung. »Suchen Sie sich einen Platz, schnallen Sie sich an und schon kann es losgehen!«

Jeder von ihnen gesellte sich zu einem der 5 Sitzplätzen. Clark nahm den vordersten neben Francisco. Die restliche Crew verteilte sich auf die im hinteren Teil des Bootes befindlichen Sportsitze. Die Sitzbezüge der Sessel waren aus feinsten Alcantara-Fasern in weißgrauer Farbe verarbeitet. An den Armlehnen bestand die Möglichkeit, durch Bedienung eines Druckmechanismus versteckte Getränke- sowie Handyhalter hervorspringen zu lassen. Nachdem alle ihre komfortablen Positionen einnahmen, der eine oder andere seine Flasche in der Vorrichtung arretiert hatte, drückte Francisco den Startknopf. Mit einem ungeheuerlich tiefen Blubbern ertönten die beiden Mercury-Motoren. Jedem der Fahrgäste merkte man schlagartig die Anspannung an. Den einem gefror das Lächeln, die anderen zogen vorsichtshalber ihre Gurte fester. Die *ONE* glitt langsam aus der Bucht. Ohne jegliche Vorwarnung gab Francisco Vollgas. Die Motoren mit ihren Propellern erzeugten einen enormen Schub. Der angebliche Computerspezialist Rodriguez war kurz davor, ohnmächtig zu werden und zwei weitere seiner Kumpane hatten Probleme, ihr Mittagessen im Magen zu behalten. Ausgenommen Viktor Clark. Der hatte sichtbar Spaß an dieser Geschwindigkeit, die das Boot erreicht hatte.

»Das ist fantastisch, Sie hatten recht, sie fliegt über das Wasser! Was für eine Rakete, klasse! Lass es richtig krachen!« Schrie Viktor gegen den Motorenlärm in Richtung des Cockpits.

Francisco lächelte vor sich hin und betätigte mit dem rechten Zeigefinger den Turboknopf. Im gleichen Moment drückte die *ONE* das Heck tiefer ins Wasser und hob den Bug weiter nach oben. Dieser neuerliche Druck war dann für Clark to much. Krampfhaft klammerte er sich an den Armlehnen fest, saß wie angewurzelt in seinem Sitz. Das Lächeln aus dem Gesicht änderte sich zu einem panischen Ausdruck mit weitaufgerissenen Augen. Starr, unfähig zu blinzeln. Das Highspeedboot schoss über das Wasser. Nach einer halben Stunde war die Show zu Ende.

Francisco drosselte den Motor und ließ das Boot dahingleiten. Alejandro Garcia, der seine angeborene Bräune langsam wiedererlangte, schrie von hinten.

»Hast du einen Knall?« Er wischte sich zittrig den Angstschweiß von der Stirn.

»Was soll diese Scheiße? Willst du uns umbringen?« Da alles wieder gemächlicher voranging, erwachten die anderen aus ihrer Starre und schlugen in die gleiche Kerbe wie Garcia. Viktor Clark, der versuchte, seine vorherige Panik so unauffällig wie möglich zu überspielen, mischte sich ein.

»Gentleman, bitte, das war doch ein irrer Ritt!« Mit einem gekünstelten Grinsen zeigte er mit der Hand zur rechten Seite:

»Das sollte jeder mal gemacht haben. Außerdem sind wir bereits da. Sehen Sie - vor uns liegt: Nan Madol!«

Aus ihrer Position sahen sie die Megalithbauten und die Mauer, mit der diese geheimnisvolle Stadt seeseitig umgeben war. Francisco steuerte sein 16 Meter langes Boot an einen Steg und ließ es von Garcia und Martinez am Bug und Heck festmachen.

»Wir sind da, hier ist Madol Pah, der "Untere Raum", wie Sie es gewünscht haben!«

»Perfekt! Packt das Equipment auf die Insel und baut das Lager auf! Um »1500« sind wir betriebsbereit!«, befahl Viktor.

Francisco, der sich nichts anmerken ließ, wurde in seiner Ahnung bestätigt:

Das sind keine Wissenschaftler. Ein Wissenschaftler würde niemals „fünfzehn Hundert Uhr“ sagen.

KAPITEL 6

Aaron, weiterhin unfähig, sich zu bewegen, zitterte am ganzen Leib. Eingeschüchtert sah er dem Riesen ins Gesicht und fragte zaghaft:

»Wer bist du?«

Die Strahlkraft der Augen des Wesens nahm zusehends zu und wurde kräftiger. Aaron hörte erneut dessen dröhnende Stimme in seinem Kopf:

»Es ist nicht wichtig, wer ich bin, sondern wer du bist!«

»Was soll das ...? Ich verstehe nicht ..., überhaupt nichts!«, stotterte er. »Ich ..., ich bin Aaron?«

»Das meine ich nicht und du spürst es auch, das kann ich fühlen!«

Aaron, der eine Heiden Angst gegenüber dem Fremden empfand, versuchte, die Worte zu ordnen.

Ich? Wer bin ich? Ein Produkt meiner Eltern ...!

Seine Gedanken blieben an seiner Mutter Lilith hängen. Sie war vor Kurzem nach schwerer Krankheit verstorben. Er vermisste sie fürchterlich.

Warum heißt du Chiron? Wurde er aus seinen Überlegungen gerissen.

»Woher kennst du den Namen?«

Ich habe dich gefragt, warum heißt du Chiron? Dieses Mal begleitet mit einem heftig stechenden Schmerz in den Schläfen.

Aaron vermochte seine Hände nicht zum Kopf zu heben und schrie auf. Ihm wurde augenblicklich klar, dass er sich den Fragen des Wesens besser fügen sollte.

Zum ersten Mal sah Aaron, dass sein Gegenüber den Mund bewegte und er seine Stimme hörte:

»Warum heißt du Chiron?«

»Was weiß denn ich? Meine Mutter gab mir diesen Namen!« Verzweifelt sprangen seine Gedanken hin und her.

»Keine Ahnung, was sie dazu bewogen hat. Ich habe ihn mir nicht ausgesucht!«

»Mein Name ist Ugala und er hat eine Bedeutung, welche hat deiner Chiron?«

Aaron, der den Hünen ungläubig ansah, überlegte krampfhaft, was Ugala heißen möge. Er versuchte, sich zu konzentrieren. Grub im Wortschatz sämtlicher ihm bekannten Sprachen. Kein Treffer, nichts passte. Er war mit seinem Latein am Ende.

»Warum versuchst du meinen Namen zu deuten, wenn ich dich nach der Bedeutung deines frage?«

Hätte Aaron sich bewegen können, wäre dies der ideale Zeitpunkt, vom Stuhl zu fallen. Die bessere Option: durch das geschlossene Fenster hinter ihm zu springen und abzuhauen.

Er liest meine Gedanken. Ich fasse es nicht. Was passiert hier?

»Hör auf dir den Kopf zu zerbrechen und antworte mir auf die Frage!« Ugala kam ein Stück näher auf Aaron zu, der seinen Augen schmerzhaft weiter nach oben drehen musste.

»Mein Vater hat mir gesagt, dass Chiron *"der Sohn des Kronos"* auf altbabylonisch heißt.«

»Genauso ist es«, bestätigte Ugala und tippte mit dem Finger auf einen der Knöpfe seines Armbandes. Im gleichen Augenblick war die Bewegungsunfähigkeit wie weggeblasen und Aaron fiel der Kopf fast auf den Tisch. Sein Genick schmerzte durch das lange

Ausharren. Sobald er sich seiner Bewegungsfreiheit bewusst war, sah er zu dem Wesen auf.

»Was hast du mit meinem Freund und den Gästen gemacht? Lass sie sofort wieder ...!«, er fuchtelte wild mit den Armen. »Keine Ahnung, lass sie wieder einfach so sein, wie sie waren! Ich habe dir meinen Namen gesagt, was willst du noch?«

Ugala, der ihn keinen Augenblick aus den Augen gelassen hatte, bewegte seine Finger in Richtung seines Armbandes.

»Ihnen ist nichts geschehen. Sie sind in einer Zeitschleife gefangen, ich lasse sie wieder frei, jedoch ...«, erneut durchdrang Aarons Gedanken diese tiefe Stimme: *Nehme ich dich mit!*

KAPITEL 7

Das Büro von Gustav Eberwein liegt im zweiten Stock des Museumsgebäudes. Das Arbeitszimmer ist für einen Wissenschaftler, der sich mit antiken Schriften und Kulturen beschäftig, modern eingerichtet. Die Möbel im skandinavischen Stil, geradlinig und schnörkellos. Die Fronten in weißen Hochglanz gefertigt. Die Ablageflächen der Sideboards sowie die Regale sind alle in Betonoptik gehalten. Der Schreibtisch, hinter dem der Museumsdirektor sitzt, ist ein aus Glas angefertigtes Rechteck. Die Seitenteile und die Front aus Milchglas. Die Tischplatte besteht aus einer 5 cm dicken, bruchsicheren Scheibe. Fein säuberlich liegen die Büroutensilien auf ihren angestammten Platz. Der Gelehrte schätzt die Ordnung. Sein Handy macht sich durch den Vibrationsalarm bemerkbar.

»Eberwein hier!«

»Wo sind Sie?«, erwiderte die Stimme am anderen Ende.

»Ich bin im Büro.«

»Okay bleiben Sie dort, Valentino ist in 10 Minuten bei Ihnen.« Hörte er den Anrufer sagen.

Nachdem er aufgelegt hatte, schritt er zum Sideboard an der rechten Seite des Raumes. In einer der Türen, die man nur leicht antippte, um sie wie von Geisterhand zu öffnen, stand auf einem ausziehbaren Tablett eine Espressomaschine. Er holte eine Kaffeekapsel aus der Designerhalterung und führte diese in die

Maschine ein. Ein Druck auf den Knopf und schon setzte sich dieser von ihm so geliebte Prozess in Gang. Er hörte, wie sich das Wasser durch den Wärmetauscher erhitzte. Der Mechanismus presste das heiße Nass durch die Kapsel. Der wohltemperierte köstliche Espresso floss direkt in die angewärmte Tasse. Den Duft, der dieser Vorgang hervorbrachte, war das, was er so genoss. Er nahm die *Fürstenberg*-Espressotasse von der Maschine und hob sie zu seiner Nase. Er sog das herrlich intensive Aroma ein, als es an der Türe klopfte.

»Kommen Sie rein!«, rief er dem geschlossenen Eingang entgegen. Daraufhin wurde die Türklinke nach unten gedrückt und die Türe aufgeschoben.

»Guten Abend«, begrüßte ihn ein mittelgroßer Mann mit einer Vollglatze. Er hatte einen maßgeschneiderten blauen Anzug an. Die topmoderne Krawatte, die er auf dem blütenweißen Hemd trug, unterstrich die Eleganz umso mehr. Die gesamte Erscheinung des Mannes war wie aus dem Ei gepellt.

»Guten Abend, Valentino«, antwortete Eberwein. Der Gast steuerte auf die Sitzecke zu, die im hinteren Teil des Büros stand. Der Museumsdirektor sah ihm zu und trank hastig seinen Espresso. Mittlerweile saß der Besucher auf der Couch und sah zu ihm herüber.

»Setzen Sie sich zu mir und erzählen Sie mir alles.«

Eberwein, der sich zu ihm bewegte, nahm beim Vorbeigehen das Handy vom Tisch.

»Was soll ich Ihnen erzählen, es gibt nicht viel zu sagen!«

»Dann klären Sie mich über das Wenige auf, was geschehen ist.« Bei diesen Worten setzte sich der Besucher aufrecht hin und sah Gustav mit einem unmenschlichen Blick in die Augen.

»Er ..., er hat mir gesagt, es geht in der Zeile um Enki«, stotterte der Museumsleiter los.

»Hat er den ganzen Text gedeutet?« Valentino fasste sich ans Kinn.

»Es geht um Enki. Das waren seine Worte, mehr hatte er nicht gesagt.« Mit nachdenklicher Miene und einem leichten Schütteln des Kopfes ließ er folgen:

»Was der weitere Text bedeutet, hat er nicht erwähnt.«

Sein Gegenüber durchbohrte ihn mit einem Blick, als würde er versuchen, ihn zu scannen oder zu röntgen. Er hatte den Eindruck, er wolle seine Gedanken lesen. Ihm war bekannt, dass diese Spezies diese Fähigkeit nicht mehr besitzt. Er verkniff sich ein Lächeln.

»Wie kommt er auf Enki? Nirgends wird er erwähnt? Sie wissen, welche Folgen es für Sie hat, wenn Sie uns anlügen?«, unterbrach der Kahlkopf den Direktor in seiner Betrachtung.

»Das Gleiche hatte ich ihn auch gefragt«, nervös und beschwichtigend hob Eberwein die Hände.

»Warum sollte ich Ihnen etwas verheimlichen, welchen Grund hätte ich dazu?« »Nein, er hat mir nichts anderes gesagt«, verteidigte er sich.

Valentino lehnte sich zurück und starrte sein Gegenüber weiter an. Der wiederum hielt dem Blick stand. Wie er so seinen Besucher betrachtete, fiel ihm auf, dass der keine einzige Falte im Gesicht oder Halsansatz hatte. Es erweckte den Eindruck, als sei ihm die Haut an sein Gewebe durch zig plastische Operationen getackert worden. Was umso erstaunlicher war, ist der Umstand, dass er seinen Kopf und Hals völlig normal, ohne jegliche Behinderung bewegte. Der Direktor wurde vor etlichen Jahrzehnten von den Igigi kontaktiert. Valentino ist einer von ihnen. Wie alle seiner Art besitzt er einige wenige Fähigkeiten, die ihn von einem "normalen Menschen" maßgeblich unterscheiden. Durch die jahrtausendelang währende Vermischung mit den Menschenfrauen haben sie immer weniger ihrer ursprünglichen

Gene weitergegeben. Die Fähigkeit der Telepathie oder Levitation haben sie völlig verloren. Ihre Langlebigkeit von Zehntausenden Jahren haben sie ebenfalls eingebüßt. Trotz alle dem haben sie es geschafft, sich in den höchsten Ämtern der Politik und Wirtschaft festzusetzen und die Geschicke ganzer Staaten dieser Welt zu leiten. Sie haben die "Operation", wie sie es nennen, über Jahrzehnte genau vorbereitet. Nur alle 3600 Jahre bewegt sich ihr Heimatplanet Nibiru auf dieser kurzen Umlaufbahndistanz zur Erde. Jetzt ist der Showdown in greifbarer Nähe. Eine große Hoffnung ruht auf der Lokalisierung des "Portals", dass man auf Nan Madol zu finden hofft. Welche Pläne sich hinter all den Vorkehrungen dieser Operation versteckten, hat Dr. Eberwein in den letzten Jahrzehnten nicht herausgefunden. Seit dem ersten Tag des Kontaktes mit den Igigi war er fasziniert und gefesselt von deren Geschichte. Verewigt in den sumerischen Tontafeln fand er in diesem epochalen Werk bestens beschriebene Ereignisse und Vorkommnisse aus längst vergangener Zeit. Valentino stand so abrupt auf, dass Gustav erschrak.

»Ok, lassen wir es im Moment dabei.« Er schritt zum Fenster.

»Wir müssen Viktor und die anderen informieren, dass es eventuell Probleme geben kann.« Er sah durch die Scheibe auf die leuchtenden Straßenlampen. »Wir dürfen die Mission durch nichts gefährden!«

»Welche Gefahr sollte von Aaron ausgehen?« Eberwein stand ebenfalls auf. »Er kennt keinen Zusammenhang, er ist doch nur ein Hobbyforscher, der Glück hatte, einen Begriff der Prophezeiung zu deuten.« Er nahm die Brille von der Nase. »Keiner wird ihm glauben!«

Valentino schüttelte den Kopf.

»Nein, wenn wir es mitbekommen haben, könnten es auch die *Wekal* erfahren haben.« Er drehte sich zum Direktor um.

»Das ist ein zu großes Risiko!«

»Wieso vermuten Sie, dass "Aufseher" hier sind?«, konterte Gustav. Mit einem Taschentuch putzte er gespielt gleichgültig seine Gläser, um seine Nervosität zu überspielen.

»Die Konstellation der Umlaufbahn von Nibiru ist doch noch gar nicht erreicht. Es ist unmöglich, durch das Portal zu reisen!«

»Oh ihr Menschen, ihr seid immer so einfältig.« Herablassend sah der Igigu den Museumsdirektor an.

»Glauben Sie allen Ernstes, dass Enki und seine Wekal nur durch das Portal reisen können, um hierher zu kommen?« Mit verächtlichem Ton legte er nach:

»Sie denken tatsächlich, dass es nur diesen einen Weg gibt, um auf diesen Sklavenplaneten zu kommen?«

KAPITEL 8

Aaron, der nicht verstand, wie ihm geschah, realisierte nur Kreise, farbige Tunnel, Hunderte von Blitzen. Gleichzeitig wiederum gähnende Leere sowie das Gefühl, er würde schnell und schwerelos fliegen. Die Eindrücke, die er registrierte, waren zu rasant unmöglich, sie zu deuten. Seine Sinnesorgane waren für diese Geschwindigkeit nicht vorbereitet, geschweige denn ausgelegt. Er verspürte nichts. Keine Wärme, Kälte, Schmerz oder Angst. Abrupt stand alles still. Aus einem realistischen Traum erwachend hielt er sich in einem hellbeleuchteten Raum auf. Dieser war leer, hatte weder Türen beziehungsweise sonstige Öffnungen. Er konnte nicht sagen, ob der Ort, wo er war, rechteckig, rund oder eine andere Form hatte. Es gab keine Kanten, nur dieses grelle Licht. Träumte er? Er kniff sich in den Oberarm, registrierte den Druck. Er war wach. *Wo bin ich und wo ist dieser Riese?*

»Hallo? Ist hier jemand?« Sein Ruf widerhallte im Raum. Er versuchte sich zu orientieren. Es fiel ihm schwer, da es keine Anhaltspunkte gab. Das Fortbewegen stellte sich als problematisch heraus. Bei dem Versuch, sich zu bewegen, stolperte er und stürzte. Der Boden fühlte sich angenehm warm an. Er lag auf dem Bauch und drehte sich auf den Rücken. Es war verrückt. Nicht die Spur einer Idee, wie er sich wieder aufrichten sollte. Da es an einem Referenzpunkt mangelte, verweilte er wie eine auf dem Panzer liegende Schildkröte. Es wurde dunkel. Panik, die nur kurz währte, überkam ihn, da das Licht nicht mehr so grell leuchtend wieder anging. Jetzt hatte der Raum Ecken und Kanten. Sowie eine Türe, in der Ugala dieser Riese stand.

»Du bist angekommen«, sprach er Aaron an.

»Wo bin ich? Was ist geschehen?« Völlig benommen von den Ereignissen fragte er kleinlaut hinterher:

»Wo ist Alfredo und das Lokal. Wo sind alle anderen?«

»Ich bringe dich zu meinem Herrn. Er wird dir alles erklären Sklave!«

»Warum sagts du immer Sklave zu mir, ich bin kein Sklave!«, protestierte Aaron. Der Bote wandte sich ihm zu, fixierte ihn mit seinem stechenden Blick und konterte mit Nachdruck:

»Du wirst es erfahren, wenn die Zeit gekommen ist!«

Ugala bedeutete mit der auffordernden Handbewegung "Folge mir". Aaron, der mit seinen 182 cm Körpergröße hinter dem Riesen wie ein Zwerg aussah, folgte ihm durch Gänge, die keinerlei sichtbare Öffnungen hatten. Der Bote ging schnurstracks auf eine Wand zu und schritt, ohne anzuhalten, einfach durch diese hindurch. Aaron blieb wie angewurzelt stehen und traute seinen Augen nicht. Seine Gedanken überschlugen sich. Er zweifelte an seinem Verstand und unbewusst kam ihm das *"Gleis 9 ¾"* aus *Harry Potter* in den Sinn.

Es ist so weit, ich werde verrückt.

Geh durch! Ugalas Befehl schallte in seinem Kopf, ließ ihn zusammenzucken und vertrieb die wirren Gedanken.

Aaron wankte zögerlich auf das Hindernis zu und versuchte, mit ausgestreckten Händen Widerstand zu finden. Seine Arme glitten durch die Wand hindurch. Er fühlte nichts. Nun traute er sich, den Körper durchzudrücken. Auf der anderen Seite angekommen, sah er ein männliches Wesen, das auf einer schwebenden Plattform thronte.

Ugala stand am Boden neben ihm. Dieser Raum war ebenfalls völlig leer und hell beleuchtet. Aaron sah nur diese Erscheinung.

Ist das Gott? Bin ich im Himmel? Bin ich tot?

Die Augen des Wesens leuchteten in der gleichen Farbe, wie er es bei seinem Entführer gesehen hatte. Er trug einen Helm aus vermutlich purem Gold, soweit Aaron das aus seiner Position beurteilen konnte. Darunter flossen seine langen Haare in Kaskaden bis zu den Schultern. Ein aufwendig frisierter und kunstvoll geflochtener Bart ruhte auf seiner Brust. In der linken Hand hielt er eine Art von Lanze in der rechten irgendein technisches Gerät. Sein Oberkörper war mit einem aus feinem und fast durchsichtigen, weiten hellblauen Hemd bedeckt. Sein Rumpf und die Beine steckten bis zu seinen Knöcheln in einem aus glänzendem dunkelblauem Material reichenden Rock.

Aaron war von dieser imposanten Erscheinung wie gelähmt. Seine Augen sahen zu dem Gürtel, der in den verschiedensten Farben leuchtete. Das Wesen tippte mit seinem Zeigefinger der rechten Hand darauf. Urplötzlich stand Aaron nur wenige Meter von ihm entfernt. Abrupt versuchte er zurückzuweichen, merkte aber, dass ihn eine unsichtbare Macht festhielt.

Wann bin ich zu ihm gegangen? Ich habe mich nicht bewegt, oder? Hat er mich zu sich gezogen? Wie hat er das angestellt?

Aaron hatte den Drang zu reden und Fragen zu stellen, doch irgendwie blieben ihm die Worte im Hals stecken.

Ich antworte dir auf all deine Anliegen, Chiron, Sohn des Kronos, vernahm er eine freundliche, aber dominante tiefe Stimme im Kopf.

»Wer seid Ihr?«, fragte Aaron zaghaft und sah in dessen strahlende Augen.

»Wir werden auf deine Art kommunizieren!« Bei dieser Äußerung sah er, wie sein Gegenüber die Lippen bewegte. Diese Stimme, da war sich Aaron sicher, duldete keine Widerworte.

»Du weißt, wer ich bin, dass hast du schon immer in deinem Innersten gewusst! Ja, ich bin der, den du schon immer gesucht und nun gefunden hast!«

Aaron, der mit offenem Mund dastand, brauchte einige Sekunden, um diese Aussage zu ordnen und zu realisieren. Sein Vater hat immer fest daran geglaubt, dass es ihn real gab.

Er hatte recht, die ganze Geschichte hatte er präzise gedeutet. Enki ist existent. Alle anderen waren Ungläubige, sie haben ihn zu einem Mythos degradiert. Seine Gedanken waren jetzt glasklar. *Mein Vater und einige wenige lagen goldrichtig. Die Informationen und Hinweise, die uns die Untertanen der Anunnaki in ihren zahllosen Keilschrifttafeln und Bauten hinterließen, entsprechen der Realität und entspringen nicht der Fantasie!* Er riss die Augen auf und betrachtete das Wesen mit Ehrfurcht.

»Ich fasse es nicht! Und doch steht Ihr vor mir! Enki, der Erzeuger! Sohn des Anu! Herrscher der Anunnaki!«

»So werden wir von euch Menschen genannt. Wir sind das Geschlecht der Ankh!«

KAPITEL 9

Samuel Rodriguez hastete durch die perfekt aufgebaute Zeltanlage. In seiner Hand hielt er ein Satellitentelefon. Er schob die Plane beiseite und trat in das Kommandozelt ein. Clark stand hinter einem Tisch, auf dem ein Computerbildschirm so groß wie die Tischplatte selbst lag. Er tippte mit einem Finger auf dieses überdimensionale Tablet und sah Rodriguez an. Der hielt ihm das Telefon entgegen.

»Valentino ist am Apparat!«

»Hallo Valentino. Viktor hier, was gibts?«

»Möglicherweise haben wir ein Problem mit einem Hobbyforscher. Er hat in der Zeile Enki gedeutet«, der Igigu holte Luft »womöglich hat er dadurch die Wekal auf den Plan gerufen!«

»Das wäre nicht so gut, wenn sie zu diesem Zeitpunkt schon was von unserer Operation erfahren würden, wir sind noch nicht bereit!« Clark klang besorgt. Er tippte ein paarmal nachdenklich auf die Tischplatte und nahm das Telefon ans andere Ohr.

»Ich hoffe, wir können den Stein orten. Heute Nacht machen wir uns an die Arbeit, der Volumentomograf ist einsatzbereit!«

»Ok, haltet mich auf dem Laufenden und ich versuche über unsere Verbindungen etwas über diesen Hobbyforscher Voss rauszubekommen.« Überrascht horchte Clark auf.

»Voss sagst du, ist er verwandt mit einem Prof. Martin Voss?«

»Ja, er ist sein Sohn. Warum fragst du?«

»Gehe der Sache umgehend nach Valentino. Dieser Professor war uns schon mal mit seinen Interpretationen äußerst nah gekommen.« Viktor veränderte seine Position, trat von einem Bein auf das andere.

»Wir haben ihm durch Mittelsmänner in der Museumskantine bewusstseinsstörende Drogen in seinen geliebten Tee verabreicht.« Der Chef der MEFSA setzte sich in einen Klappstuhl.

»Das Ergebnis. Er ist in der Klapsmühle und niemand nimmt seine Theorien mehr ernst. Checke die Angelegenheit persönlich. Es ist wichtig, zu wissen, ob ein Wächter hier ist!«

»Ok, ich kümmere mich darum!« Valentino beendete das Telefonat.

Francisco, der auf seinem Boot geblieben war, checkte einige Wetterdaten. Lucas Sanchez rief von Steg aus zu ihm herüber:

»Hey Skipper, du sollst zu Viktor in das Basiszelt kommen!« Mit einem leichten Nicken bestätigte der Ex-Legionär die Aufforderung. Er tippte einen Code ins Display und schloss den Bildschirm mit einer wischenden Handbewegung. Dabei aktivierte sich automatisch die Diebstahlsicherung. Die *ONE* war dadurch vor unbefugtem Betreten gesichert.

Viktor Clark stand vor dem Tablet und starte auf eine markierte Stelle. Wie er den Kapitän und seinen Mitarbeiter reinkommen sah, bewegte er mit seinen Fingern einen virtuellen Punkt auf der Oberfläche des Monitors. Nachdem sich beide nah genug am Tisch platzierten, sah Francisco, dass die gesamte Anlage von Nan Madol den Bildschirm ausfüllte. Das waren die besten Satellitenaufnahmen, die er je zu Gesicht bekam. Die Schärfe sowie Tiefe der Aufnahmen waren phänomenal. Durch das Zoomen, das Viktor durch Bewegen seiner Finger vollführte, blieb er auf der gekennzeichneten Position stehen.

»Kennst du diese Stelle der Anlage?«, fragte er in Richtung Francisco. Dieser versuchte sich zu orientieren, und sah, dass das markierte Gebiet der Hauptkultplatz der *»Saudeleurs«* war.

»Ja, das ist Idehd, ist nicht weit von hier!«

»In Ordnung, dann lasst uns um "1900" aufbrechen, damit wir einige gute Aufnahmen machen können!«, befahl Viktor.

»Welche Fotos wollt ihr dort im Dunkeln schaffen? Wäre es nicht besser, bis morgen früh zu warten?«, entgegnete Francisco.

»Du wirst es sehen. Tageslicht benötigen wir nicht!« Viktor entfernte sich Richtung einer Apparatur, die der staunende Ex-Militär zu keiner Zeit gesehen hatte. Der Anführer drehte ihm demonstrativ den Rücken zu. Er verdeutlichte Francisco damit, dass er es ihm nicht weiter erklären wird und er nicht mehr gebraucht wird, bis die Mission anläuft.

Es war mittlerweile stockdunkel, wo sie die besagte Kultstelle Idehd betraten. Jeder der Gruppe hatte eine Stirnlampe und jeweils an seinen Rucksackträgern zwei weitere LED-Strahler. Sie marschierten in Zweierreihe hintereinander. Viktor, der mit Francisco die Gruppe angeführt hatte, blieb stehen und gab Anweisungen, den Platz auszuleuchten. Gegen die anderen Bauten auf Nan Madol ist dieses Bauwerk klein. Es umfasst nur ca. 40 x 30 Meter und hat eine nur teilweise erhaltene Mauer aus Basaltsäulen. Den Überlieferungen nach wurden hier bei zeremoniellen Anlässen Schildkröten an heilige Muränen geopfert. Jeder der MEFSA-Truppe befolgte die Anweisungen und platzierte sich an einer der vier Ecken. Auf ein Kommando wurde der Platz mit 4 großen Strahlern ausgeleuchtet.

Die waren heute Nachmittag bereits da! Stellte Francisco verwundert fest. Zwei der Truppe trugen dieses ihm unbekannte technische Gerät in die Mitte des Platzes.

»Was ist das für eine Vorrichtung?« Er deutete darauf.

»Das?« Clark fasste den Apparat an.

»Das ist ein Volumentomograf mit speziell für diesen Einsatz hinzugefügten Features.« Erklärte Viktor mit einem Zwinkern des linken Auges.

»Dieser ermöglicht uns, von allen hier befindlichen Materialien 3D-Bilder bis in eine Tiefe von 40 Metern aufzunehmen«, grinsend legte er nach: »Ohne auch nur eine Schaufel von dem Müll hier anzufassen.«

»Wenn ich das richtig verstehe, dann wollt ihr den Unterbau der Insel kartografieren?« Ohne die Antwort abzuwarten, sprach er weiter: »Ich denke außer Korallen und vielleicht ein paar Schildkrötenpanzer werdet ihr nichts finden. Die Anlage wurde künstlich auf einem Korallenriff erbaut«, stellte Francisco lapidar fest.

Von Darong aus, einer Nachbarinsel in Sichtweite, beobachtete eine in der Dunkelheit unsichtbare Gestalt das Treiben auf dem hellbeleuchteten Platz.

»Ok, danke für die Anmerkung, stell dich doch dort zu Samuel und genieße die Show.« Viktor zeigte auf den Kerl mit Oberarmen wie eine der Basaltsäulen. Francisco befolgte die Anweisung und stellte sich mit einigen Abstand daneben. Clark, der in der Mitte des Platzes und bei dem Tomografen stand, tippte mit dem Finger mehrmals auf das Touchscreenpanel und hastete in die andere Ecke zu seinem Architekten Garcia.

»Dann wollen wir mal«, hörten sie Sanchez, den angeblichen Professor für Geometrie sagen. Nur eine Sekunde später sendete das Gerät grüne Laserstrahlen in den Boden und an die Ecken des

Platzes. Erst jetzt sah Francisco, dass auf den Strahlersäulen Reflexionsspiegel angebracht waren. Sobald die Strahlen auf die Spiegel trafen, wurden diese wiederum in den Boden umgeleitet. Es war ein eindruckvolles Schauspiel. Mit diesem grellen Licht und dem akustischen Klicklaut, wenn sich der Tomograf in einer sekündlichen Taktung bewegte. Viktor schaute ohne eine Regung die ganze Zeit nur auf seinen Laptop. Francisco, der die Szenerie beobachtete, fragte sich:

Hinter was sind die her? Vermessen? Niemals!

Langsam und lautlos gleitet die Gestalt ins Wasser. Die Entfernung ist zu gering, um sich durch fahrlässiges Verhalten bemerkbar zu machen. Wie ein Krokodil mit geschmeidigen, absolut geräuschlosen Bewegungen schwimmt sie Richtung des unbeleuchteten Ufers von Idehd, die Personen immer fest im Blick.

»Wir sind bei 5 Meter und im ersten Teil habe ich nichts gesehen«, stellte Sanchez fest.

»Wir machen weiter«, antwortete Viktor, der weiterhin, ohne aufzublicken, den Bildschirm anstarrte.

»Vielleicht kann ich euch helfen, wie tief soll es denn gehen?«, meldete sich Francisco. »Ich denke, bei 10 oder 12 Meter werdet ihr nur noch Sand finden.«

Samuel Rodriguez sah ihn von der Seite abwertend an und schüttelte leicht den Kopf. Viktor reagierte nicht auf seine Frage. *Eine andere Strategie musste her,* dachte sich Francisco und versuchte es erneut.

»Wenn ihr nach Hohlräumen sucht, seid ihr nicht die Ersten.« Lässig steckte er seine Hände in die Hosentaschen. »Da waren schon Japaner, Deutsche, Engländer und sogar eure Landsleute der verschiedensten Universitäten hier.« Er hob die Schultern und verzog die Mundwinkel. «Die haben keinerlei Räume unterhalb des Bodens lokalisiert!«

Wiederum keine Regung von Viktor. Es hatte den Anschein, der Einwand hätte ihn nicht erreicht. Seine Mitstreiter sahen zwar zu Francisco, antworteten aber nicht.

Am dunklen Ufer angekommen, robbte die Gestalt zu der Basaltmauer. Hier war sie für die anderen völlig unsichtbar. Jetzt vermochte sie den Gesprächen zu lauschen und die Situation besser zu beurteilen. Sie verharrte in einer Position, wo sie die gesamte Truppe perfekt im Blick hatte.

KAPITEL 10

Aaron saß in einen Stuhl, der wie von Zauberhand urplötzlich da war. Mit weitaufgerissenen Augen starrte er Enki an:

»Ich denke, dass Ihr den falschen Voss geholt habt! Mein Vater ist der Spezialist und Kenner der ganzen Geschichte. Ich bin nur ein Hobbyforscher!«, sprudelte es aus ihm raus und er wurde mit jedem Satz lauter. »Und wo bin ich eigentlich?«

Durch das plötzliche Erhöhen der Stimme bewegte sich Ugala einige Schritte auf den "Sklaven" zu. Enki, der Aaron gegenübersaß, stoppte sein Vorhaben, mit einer kurzen Handbewegung.

»Ich will es dir zeigen.« Der Herrscher berührte seinen Gürtel. Mit einem Mal waren die Seitenwände des Raumes durchsichtig wie Glas. Man sah nur Dunkelheit und unzählig funkelnde Punkte.

Wie hat er das gemacht?

»Gehe näher heran und sieh selbst«, forderte ihn der Ankh auf.

Zögerlich erhob sich Aaron, der sogar in diesem Zustand nicht die körperliche Größe des sitzenden Herrschers erreichte. Langsam schritt er auf die dunkle Scheibe zu.

»Ich sehe nur grau und ein paar helle Punkte. Auf was soll ich achten?«

Ugala trat an ihn heran und zeigte mit seiner ausgestreckten Hand in eine Richtung. Aaron folgte dieser und sah das Unglaublichste, das Verrückteste, das Unvorstellbarste: Wie durch

Magie offenbarte sich ihm eine riesige, quadratisch angelegte Stadt. Auf dem Kopf stehende Kegelbauwerke begrenzten die Metropole an vier Ecken. Tausende Lichtpunkte verliehen den Silhouetten der Gebäude ihre futuristischen Formen. Pyramiden, die scheinbar über dem Boden schwebten, andere Prisma ähnliche Strukturen drehten sich um die eigene Achse. In den Fronten spiegelten sich grell erleuchtete Kugeln, die in den Zwischenräumen der Gebilde rasante Flugmanöver vollbrachten. Mit offenem Mund starrte er auf das Szenario.

Vegetation? Keine Pflanzen? Wo bin ich?

Er hatte die Stadt vorher nicht gesehen. Sie hatte sich aus dem Nichts vor seinen Augen manifestiert. Er verstand es nicht, aber langsam wurde ihm klar:

Ich bin im Weltraum!

»Ist das Nibiru Eure Heimat?« Ehrfürchtig drehte er sich um.

»Nein, das ist die der Erde abgewandte Seite des Trabanten, den ihr Mond nennt!«, antwortete Enki.

»Jetzt nehmt Ihr mich auf den Arm, das ist nicht möglich. Das ist sicherlich so eine technische Projizierung auf einer großen Wand.« Aaron hob seine Hand und wischte und klopfte verlegen an die Scheibe.

Unmöglich, es sind Tausende von Satelliten im Weltraum und die NASA hat nichts entdeckt?

Enki erhob sich und stellte sich neben ihn. Er tippte auf einen der unzähligen Knöpfe seines Gürtels.

»Sieh hin«, verwies ihn der Herrscher. So wie die Stadt sichtbar wurde, war sie wieder verschwunden.

»Unsere Bezeichnung für diese Technologie ist *"ba-sim bat-aat"*.« Enki sah auf die Mondoberfläche unter sich.

»Wörtlich übersetzt für euer Verständnis bedeutet es: *"nicht vorhandenes Haus"*, in eurer Sprache sagt ihr *"Stealth"* dazu.« Ohne seinen Blick abzuwenden, legte er nach: »Jedoch ist dies viel ausgereifter und komplexer.«

Er ließ die Stadt wieder sichtbar werden und zeigte in Richtung der Raumstation. Ein Lichtpunkt, der vorher fast nicht zu sehen war, wurde von einer Sekunde zur anderen größer, bis er einige Meter vor dem Fenster zum Stillstand kam. Aaron wurden die Knie weich. Er war kurz davor aufzuschreien. Da schwebte wahrhaftig ein Objekt in Form eines Dreiecks. An den Ecken leuchteten grelle Scheinwerfer. Die Konstruktion war sagenhaft. Es sah aus, wie wenn es aus einem Stück wäre. Es gab keine sichtbaren Verbindungen der Teile.

Das ist nicht möglich. Das ist ein Ufo! Er schüttelte vehement den Kopf. *Wenn das mein Vater sehen könnte!* In der vorderen Spitze sah Aaron sogar die Besatzung hinter den Scheiben. Mit fragendem Blick und einer Million Gedanken sah er zum Herrscher hoch.

»Unglaublich! Warum ich?«

»Ich werde es dir zeigen! *Ugala, se-re-kim wer-dal zer-tid-um!*«

Der Riese verlies den Raum, wie er gekommen war, er entfernte sich durch die Wand.

»Wer ist euer Bote?«, überlegte Aaron laut, wie er dem Hünen nachsah.

»Ugala ist mein engster Vertrauter. Seine Loyalität ist einzigartig. Er ist einer der Wächter.«

Aaron, der krampfhaft überlegte, was der Befehl bedeutet, aber das Gefühl hatte, die Begriffe schon mal gelesen zu haben, platzte fast der Kopf. Ugala stand urplötzlich vor ihm und hielt seinen rechten Oberarm. Der Wächter hatte einen Metallhandschuh an, der angenehm warm war. Gleichzeitig setzte er Aaron eine Art von Helm auf den Kopf. Der blieb wie angewurzelt, regungslos stehen. Seine Stimme versagte und die Panik wich einem Halbschlaf ähnlichen Zustand. Nach wenigen Sekunden war der Spuk vorbei und Aaron saß wieder auf seinem Stuhl vor Enki.

»Was ist geschehen? Was habt ihr mir geschenkt? Euer Befehl war Ugala, schenke Sklaven Samen!« Seine Hände umfassten den Kopf. »Ich begreife das nicht, war ich vorher unfruchtbar?« Eine Millisekunde später ging bei ihm wortwörtlich das Licht an. *Wieso verstehe ich jetzt die Sprache der Ankh?*

»Ich habe dir das Leben geschenkt«, antwortete Enki. »Du sprichst nach dem wörtlichen Sinn eines Begriffes. *„Zer-tid-um"* bedeutet »*das Leben!*«

»Wieso, wer hat mir mein Leben genommen, wenn ihr es mir wieder geben müsst? War ich tot?«

Enki erhob sich, nahm seine Lanze in die Hand, hob diese ein wenig an und ließ den Stab auf den Boden krachen. Ein dumpfer Ton im Raum und ein Höllenknall im Schädel brachten Aaron dazu, vom Stuhl zu fallen. Mit beiden Händen am Kopf haltend, wälzte es sich in embryonaler Haltung auf dem Boden. In seinen Gehirnwindungen krachten Millionen von Böllern und alles, was einen Höllenlärm verursachte. Von einem Moment auf den anderen hörte er das Summen von unzähligen wild umherfliegenden Bienen. Es brachte ihn um den Verstand.

Stille, absolute Ruhe. Das ganze Gebrumme und Gesumme, die Detonationen wie weggeblasen. Er öffnete die Augen. Vorsichtig sah er sich um. Die Hoffnung, aus einem Traum zu erwachen, entpuppte sich als Illusion. Zunächst sah er Ugala, der ihn ohne jede Regung ansah. Er rappelte sich hoch. Völlig benommen und verschwitzt erblickte er den Herrscher der Anunnaki.

»Was habt Ihr mit mir gemacht?« Verschreckt nach dieser Erfahrung, setzte er sich wieder auf den Stuhl.

»Ich habe dir *»das Leben der Ankh«* geschenkt, dein Dasein war endlich, jetzt ist es unendlich!« Der Herrscher stand auf und entfernte sich Richtung Wand, die für ihn kein Hindernis war.

- 58 -

KAPITEL 11

Unterhalb des Bergmassivs bei Uintah County im US Bundesstaat Utah wurden durch Jahrmillionen der natürlichen Erosion unzählige Höhlen sowie engverzweigte Gänge und Schächte in das Gestein gefräst. Das gewaltige Höhlensystem war den Ureinwohnern seit Anbeginn bekannt. In den Legenden und Mythen der Navajo und den Uth werden über etliche Jahrhunderte sonderbare Geschichten von Dämonen und vor allem Gestaltwandlern in diesem Gebiet erzählt. Hauptsächlich die weitläufige Zone um die Skinwalker-Ranch erreichte durch Sichtungen von Ufos und paranormalen Begegnungen mit Furcht einflößenden Wesen eine gewisse Berühmtheit bei Mythenjägern und weltoffenen Wissenschaftlern. Die bisherigen Forschungen konzentrierten sich ausschließlich auf die ungewöhnlichen Erscheinungen, ohne fundierte Ergebnisse zu erlangen. Vage, zum Teil verrückt anmutende Theorien schwirren durch die Printmedien.

Die bizarre Höhlenwelt wurde bisher nur stiefmütterlich erforscht. In einer Tiefe von 200 Metern liegen Räumlichkeiten, die vor Urzeiten von Menschen geformt wurden. Hier unten hat sich ein einziger optimal eingerichtet. Es hatte Jahre gedauert, bis er die Hightechanlage nach seinen Wünschen installierte. Nur er alleine kennt die Position seines Versteckes:

Jason Kalamunu.

Im Kommandozentrum der *Dejjanum* sitzt er hinter einem massiven Schreibtisch. Dieses Herrschergeschlecht der Igigi hat sich selbst zu den "Richtern" dieser Welt, die wir kennen, ernannt. Sie haben über die sieben Kontinente jeweils einen Ihresgleichen eingesetzt. Jason Kalamunu ist der "Achte" und somit der höchste von ihnen. Ihm sind sie alle unterstellt.

Seit ewigen Generationen haben die Vorfahren der Richter ihre Mitmenschen manipuliert. Sie haben Hochkulturen zu Fall gebracht, haben Völker gegeneinander aufgebracht, haben Kriege heraufbeschworen. Stetig nutzten sie diese Konflikte, um als Sieger daraus hervorzugehen. Sie haben bewusst große Errungenschaften in Vergessenheit geraten lassen, um Mittelsmänner in hochrangige Positionen zu setzen.

Sie haben früh erkannt, dass die Unterwanderung von Staaten sowie der Global Player der Wirtschaft erfolgversprechender ist, statt ein gewaltsames Unterwerfen. Ihre Intention ist nicht mehr ein Volk gegen das andere, nein, es handelt sich um alle humanoiden Wesen. Es betrifft die gesamte Menschheit. Durch gezielte Manipulation ist es ihnen gelungen, eine Minderheit von knapp 20 "Elitemenschen" zu beeinflussen, sie zu skrupellosen Geschöpfen verkommen zu lassen. Diese "Auserwählten" streben unaufhaltsam nach Macht. Mit ihrem derzeitigen Eigenvermögen, das höher ist, was der Hälfte der gesamten Weltbevölkerung zur Verfügung steht, erfüllen sie sich ihre menschenverachtenden Welterneuerungsfantasien. Sie sind durch nichts und niemanden aufzuhalten, verdoppeln ihren Reichtum alle zwei Jahre schlagen aus weltweiten Krisen Milliardengewinne. Sie opfern für soziale Projekte einige ihrer Millionen, um in der öffentlichen medialen Wahrnehmung dafür gefeiert zu werden und von dem tatsächlichen Ziel abzulenken: die weitere Vermehrung des eigenen Wohlstands und der globalen Machtausübung. Hier haben die Igigi die Habgier in Gänze aktiviert.

Ihre Absicht ist es, die Menschen zu spalten, sie nicht mehr als Mitmenschen zu definieren, sondern durch stetige, wiederkehrende Lügen und permanent erzeugte Angstszenarien zu Gegenmenschen umzuformen. Je mehr in Angst und Panik versetzt werden, desto zahlreicher folgen darauf negative, unbrauchbare Gedanken. Umso besser und leichter sind die Massen zu steuern. Das Bewusstsein jedes Einzelnen, das ist der Schlüssel zu ihrer angestrebten Allmacht.

»Wie weit sind wir?« Jason sprach seinen australischen Dejjanum Jeff Sulgie an, der mit den anderen Richtern auf einem riesigen Bildschirm an der gegenüberliegenden Wand per Videomeeting zugeschaltet ist. Die Leitungen sind durch eigens dafür entwickelte Software völlig abhörsicher und nicht rückverfolgbar.

»Sie haben bis jetzt noch keines der Zeichen geortet!«, erwiderte der Angesprochene.

Die gesuchten Hinweise würden ihnen den Weg aufzeigen, wo sich der Standort für das Portal zu ihrem Heimatplaneten Nibiru befindet und wie man es aktiviert.

Die aktuellen acht Richter haben ihre Operation über Jahrzehnte genau geplant. 20 Elitekrieger, die von Kindheit an auf alle erdenklichen Szenarien des Überlebens, der Kampfkünste sowie der Waffenkunde trainiert wurden, hatten den Auftrag, das Portal zu sichern. Diese Garde wurde nach ihrer Geburt durch DNA-Bestimmung der Igigi-Gene sofort isoliert, um genau für diesen Einsatz unmenschlich vorbereitet zu werden. Alle haben gegenüber der existenten Rasse höhere Genübereinstimmungen ihrer Vorfahren. Dadurch sind sie um ein Vielfaches resistenter, stärker und langlebiger. Einer von ihnen wurde auserwählt, durch das Portal zu reisen.

Ziel der Operation ist das Eindringen und Platzieren eines eigens dafür entwickelten Virus. Zunächst ist es erforderlich, den

"Seelenraum" zu orten. Dieser soll in einem riesigen "Tesserakt" aufbewahrt werden, wo das wertvollste und Allerheiligste der Ankh bewahrt wird:

Das *"Zer-ti-dum"*, der *"Samen"* oder *"Lehm der Schöpfung"*, Unsterblichkeit für den, der es besitzt.

Wenn das Hindernis der 261 Möglichkeiten zum Öffnen des Würfels bestanden ist, folgt die hauptsächliche Herausforderung: den Eingang zum Seelenraum zu finden.

Im Inneren des Kubus ist dieser Raum aus unbekanntem Material in Form eines Oktogons gebaut. Er hat keine sichtbaren Türen. Durch Anordnung in richtiger Reihenfolge der Zeichen würde sich die Eingangstüre in einer der 8 Seitenmauern zeigen. Nach erfolgreichem Öffnen entwendet der Invasor das "Zer-ti-dum". Daraufhin platziert der Eindringling das Virus in die Belüftungsschächte, um die Bewohner zu verseuchen.

Jason ließ sich seine Enttäuschung anmerken und brüllte den Richter an, er solle sich gefälligst mehr anstrengen oder müsse er sich allein um alles kümmern. Die sieben Kontinentalführer zuckten nach dieser verbalen Entgleisung zusammen. Der europäische sowie der afrikanische Oberste kamen dem Kollegen aus Australien zur Hilfe und boten ihre Unterstützung an.

Das nächste Mal, wenn sie sich wieder zur Videokonferenz treffen, forderte er Ergebnisse.

KAPITEL 12

Aaron befand sich in einer fantastischen Szene. Die Hände hinter dem Kopf haltend wanderten seine Blicke von rechts nach links, von unten nach oben, er drehte sich um seine eigene Achse und empfand beim Anblick dieses florierenden Treibens den Drang für Erklärungen.

Die Wesen, die er sah, mussten Anunnaki sein. Die meisten von ihnen waren mindestens Zweieinhalbmeter, wenn nicht größer. Obwohl dieser Platz voll von den Bewohnern des fremden Planeten war, vermochte Aaron durch sie hindurch zu schlüpfen, ohne dass er sie berührte oder mit ihnen zusammenstieß. Sie hatten keine physische Präsenz. Er griff nach den Körpern, versuchte, sie aufzuhalten, doch erfolglos. Er staunte über die Gebäude, die in Pyramidenform und scheinbar aus Glas ähnlichem Material gebaut waren. Im rechten Augenwinkel bemerke er etliche auf den Kopf stehende Pyramidenhäuser, die zu schweben schienen. Sein Blick blieb an den fliegenden Objekten hängen, die sich am Horizont lautlos auf imaginären Bahnen durch die Gebäudeschluchten in sämtlichen Richtungen fortbewegten. Erstaunt sah er zum Himmel. Was für ein außergewöhnlicher Anblick. Ein leuchtendes, klares Azurblau, ohne eine einzige Wolke. Die Silhouetten von vier Himmelskörpern schwebten in einem leichten Rosa am Firmament. Ein faszinierendes Schauspiel. Er drehte sich um die eigene Achse, sog alles in sich auf, sein Gemüt wurde immer entspannter, sein Empfinden umso klarer.

Ohne jegliche Vorwarnung stand er urplötzlich an einem See. Ein tosender Wasserfall stürzte von den gegenüberliegenden Bergen in ihn herab. Was für prächtige Farben die Bäume, die Sträucher, die Wiesen und vor allem der See hatte. Seine Gedanken veranstalteten Purzelbäume. Diese fulminanten Eindrücke waren überwältigend. Er war voller Glücksgefühle, da ragte Ugala mit steinerner Miene neben ihm.

Die gesamte Szene war verschwunden. Sie standen in einem völlig leeren, hell beleuchteten Raum. Aaron sah aufgeschreckt in alle Richtungen, suchte nach diesem irrsinnigen Naturschauspiel, es war weg.

Mein Herr wünschte Dir "Elim", die Stadt des Herrschers Anu, auf Nibiru zu zeigen. Du befandest dich soeben dort und hast einige Eindrücke erlebt. Alles, was Du gesehen hast, ist existent. Du warst in Gestalt der "Netelim", Ihr würdet dazu Beobachter oder "Avatar", eine Form des Hologramms, sagen. Mein Herr verlangt, Dich zu sehen, vernahm Aaron die telepathische Botschaft.

Die Gedanken zu sortieren, war eine Herausforderung und er hatte im Moment keine Worte, um den Wächter zu antworten. So folgte er Ugala wortlos.

Enki saß auf einem thronähnlichen Sessel. Bei diesem Anblick erschrak Aaron zum wiederholten Male über dessen Größe. Vor ihm stand ein Hocker. Mit dem ausgestreckten Arm und nach oben gedrehter Handfläche forderte er den Sohn des Kronos auf, sich zu setzen.

»Du kennst unsere Geschichte und die Zusammenhänge mit deiner Spezies. Deshalb will ich dir ein wenig aus früheren Zeiten berichten.« Enki fuhr mit eiserner Miene fort:

»Wir zogen uns von diesem Planeten zurück. Wir hatten genug Gold abgebaut. Unser Heimatplanet war gerettet«, der Herrscher gönnte sich eine kurze Pause.

»Mein Bruder Enlil verabscheute eure Rasse. Für sein Empfinden zollten ihm die Menschen keinerlei Respekt und wenig Dankbarkeit.« Ernst fuhr er fort. »Er hielt sich für göttlich.« Enki erhob sich. »Neuerlich bestrafte er die auf der Erde lebenden mit einer Flut.«

Aaron saß wie angewurzelt, mit weit aufgerissenen Augen auf dem Hocker. Unbewusst schüttelte er den Kopf.

»Zur damaligen Zeit hatte ich Utnapischtin warnen lassen. Das ist die bekannte Geschichte, die ihr "Gott" zuschreibt.« Der Anunnaki nahm wieder Platz.

»Ich bin kein "Gott", mir ist das höchste Wesen genauso unbekannt wie euch!«

Das hatte gesessen. Aaron war unfähig, einen einzigen Laut hervorzubringen. Sein Hals war staubtrocken. Fasziniert hörte er den Ausführungen aufmerksam zu.

»Meine engsten Vertrauten haben ohne das Wissen meiner Familie ein Portal errichtet.« Nachdenklich sah Enki in den Raum.

»Es erlaubte uns, auf die Erde zurückzukehren. Ursprünglich hat es sich alle 3600 Erdenjahre öffnen lassen.«

Stirnrunzelnd setzte Aaron zu einer Frage an. Der Ankh kam ihm zuvor.

»Wir haben uns weiterentwickelt. Es gibt heute kein Hindernis mehr, sich im Raum und Zeit zu bewegen.« Gespannt verfolgte Aaron die Erklärungen. Erhaschte er soeben ein leichtes Schmunzeln im Gesicht des Riesen?

Dieser fuhr unbeeindruckt fort:

»In der Phase des Rückzugs und der Vernichtung der letzten Überschwemmung haben unsere Untergebenen die Igigi, die den

Transport des Goldes nach Nibiru beaufsichtigt hatten, den Mars verlassen.«

»Auf der Erde angekommen, fanden sie Gefallen an den überlebenden Sklavenfrauen und paarten sich mit ihnen. Von den gezeugten Nachkommen bestimmten sie die Fähigsten von ihnen zu *"Richtern"* der 7 Kontinente. Ab diesem Zeitpunkt waren Sie die wahren *"Herrscher"* eurer Welt. Seit dieser Zeit versuchen sie, ihre Macht auszuweiten und uns zu schwächen oder gar zu vernichten. Auch dieses Mal werden sie es wagen, da unser Planet der Erde nahekommt.«

»Warum wollen sie Euch schaden und wie wollen sie das umsetzen?«, entfuhr es Aaron, der endlich wieder genug Speichel im Rachen hatte.

»In den vergangenen Jahrtausenden haben wir einen anderen Weg gefunden, die Atmosphäre und die Ressourcen von Nibiru zu schützen. Wir benötigen dazu kein Gold mehr.« Enki rückte in seinem Thron ein Stück näher an Aaron heran.

»Wir haben eine andere Quelle erschlossen: die Energie eurer Gedanken.«

»Unsere Gedanken? Unsere Gedanken sind Energie?« Aaron saß stirnrunzelnd da und schüttelte vehement den Kopf.

»Euch ist es noch nicht möglich, diese zu messen, doch es ist eine unerschöpfliche Kraft, die ungenutzt in den Orbit aufsteigt. Seit der Erschaffung deiner Spezies haben wir Tausende von Planeten mit dem gleichen Samen besiedelt. Von all diesen Individuen der Planeten speichern wir die Energie der positiven Gedanken und nutzen sie in sämtlichen Bereichen unseres Seins.«

»Ihr sammelt alle unsere Eingebungen und das von jedem Menschen? Bitte verzeiht mir, wenn das meine Vorstellungskraft übersteigt.« Kopfschüttelnd saß Aaron auf dem Sessel und starrte den Herrscher und seinen Wächter abwechselnd an.

»Nicht die Gedanken, sondern die Energie, die mit den Positiven freigesetzt werden. Um diese Kraft zu sammeln und nach Nibiru zu befördern, ist auf dem Mond das Habitat entstanden.« Mit dem Finger zeigte er Richtung Scheibe.

»Jeder von euch hat täglich Zigtausende Gedanken. Multipliziere das mit der Menschheit und du kannst vielleicht ermessen, welches Volumen sich dahinter verbirgt.« Um die Bedeutung dieser Feststellung zu untermauern, breitete Enki seine Arme aus.

»Wenn ich das richtig verstehe, dann könnt ihr nur die positiven Gedanken verwerten. Was hat das aber alles mit mir und den Igigi zu tun?«

Der Herrscher der Ankh stand auf und verschränkte seine Arme vor der Brust.

»Die Igigi verleiten euch seit Anbeginn dazu, keine klaren, positiven Gedanken zu haben. Sie bemächtigen sich Instrumenten, um die Menschen ständig in Angst und Panik zu versetzen, sie andauernd zu belügen, Erreichtes in Vergessenheit geraten zu lassen.« Die Gesichtszüge des Erzählers wurden streng.

»Denke darüber nach, durch was die Geschichte der Menschheit geprägt ist? Euer Dasein ist durch Kriege und Leid gekennzeichnet. Wer sind die, die hinter all dem sinnlosen Blutvergießen stecken?« Enki hob seine imposanten Schultern und deutete mit dem Zeigefinger auf Aaron.

»Wie ist die jetzige aktuelle Zeit bei euch Menschen?« Der Angesprochene war in seinen Gedanken, bei dem gehörten, sodass er dem Herrscher nichts entgegnete. Dieser fuhr, ohne eine Antwort abzuwarten, mit seinen Ausführungen fort:

»Ihr werdet mit negativen Nachrichten überflutet. Aus Lügen werden Wahrheiten, wenn man sie oft genug in den Medien wiederholt. Das macht sich in der Qualität eurer Gedanken bemerkbar, sie wird vergiftet. Wir vermögen die Energie zu messen und wissen, dass die Igigi ihr Vorhaben, die Menschen so zu manipulieren, dass sie angsterfüllte, willenlose Geschöpfe werden, fast vollbracht haben.«

»Aber warum schreitet Ihr dann nicht ein und erledigt diese Intriganten?«

»Wir haben mit Tausenden Zivilisationen des uns bekannten kosmischen Raumes friedliche Vereinbarungen. Auf den Planeten gibt es seit 100 Millennien keine kriegerischen Auseinandersetzungen mehr. Krieg, Gewalt und die Habgier sind dem Frieden, Toleranz, Achtung, Anerkennung und der Liebe gewichen.« Enki sah in diesem Augenblick in den leeren Raum. Mit eindringlicher Stimme sprach er weiter:

»Leider hat sich eure Spezies immer noch nicht über den Entwicklungsstatus der aggressiven, primitiven und gierigen Kreatur hinausentwickelt. Wenn wir uns zeigen würden, würde euer Militär keine friedliche Lösung, sondern die Konfrontation suchen.« Aaron setzte zum Protest an:

»Aber ...!«

Der Anunnaki fuhr ihm ins Wort:

»Die Igigi und ihre Richter sitzen in den bedeutendsten Positionen eurer Zivilisation. Sie haben das Sagen und die Macht, einen Krieg zu befehlen. Dieser würde durch die Möglichkeit der atomaren Zerstörung die Erde auf Jahrtausende, vermutlich für immer zu unserem Zweck unbrauchbar machen!«

»Nein, das ist nicht die Lösung. Du Chiron, Sohn des Kronos bist der Schlüssel.« Weiter gedankenverloren in den Raum blickend, drehte sich der Herrscher der Anunnaki um und sah zu der Raumstation.

Aaron rutschte auf dem Hocker hin und her.

»Ich? Wieso bin ich die Lösung?«, rief er Enki entgegen. Das Blut raste durch seine Adern und rauschte in den Ohren.

Unbeeindruckt vom verbalen Ausbruch, leuchteten die Augen des Wesens bedrohlich:

»Möge es dir, Chiron nicht gelingen, die Igigi aufzuhalten, werden wir die Erde von den jetzigen Menschen säubern. Wir werden abermals warten, bis sich die Spezies auf das geistige Niveau und Bevölkerungszahl erholt hat, bevor wir die Energie verwerten.«

Nach einer Weile des Überlegens und des Sortierens des Vernommenen erhob sich Aaron und schritt auf Enki zu.

»Wieso habt Ihr mehrmals erwähnt: zum wiederholten Male von den Menschen säubern? Es gab doch nur eine Sintflut!« Mit einem fragenden Blick sah er von einem Ankh zum anderen hoch.

»Setz dich. Ich will dir die ganze Wahrheit erzählen!« Beide bewegten sich zu ihren Stühlen und nahmen Platz.

»Dir ist die Geschichte von *Noah* aus eurer Bibel bekannt?« Aaron nickte.

»Sei es *Gilgamesch*, *Odin* und seine Helden, *Brahma* oder *Viracocha* sowie unzählige andere, von euch zu Mythen degradierte Ereignisse haben den gleichen Hintergrund.«

Aarons Schläfen pochten. Die Kopfschmerzen nahmen von Minute zu Minute zu. Ihm wurde bewusst, dass er soeben die Vermutungen des Lebenswerkes seines Vaters bestätigt bekam.

»Sie liegen jedoch teilweise noch sehr viel weiter in eurer Vergangenheit!« Enki riss ihn aus seinen Gedanken und sah Aaron fest in die Augen.

»Wir hatten immer einen Auserwählten auf diesem Planeten.« Das Kribbeln in der Bauchgegend nahm Fahrt auf.

»Er sollte sicherstellen, dass die Menschheit den richtigen Weg bestreitet. Seine Aufgabe war es, euch zu führen, damit ihr eine friedliche, tolerante Zivilisation im Kosmos werdet!« Der Anunnaki legte eine Pause ein. Aus dem Nichts erschien ein holografischer Bildschirm.

»Da oben siehst du die erwähnte Zeit von *Utnapischtin.* Darunter steht die Schaffenszeit von *Ubara-Tutu,* dessen Vater.« Vor Aarons Augen erstrahlten ellenlange Tabellen und Grafiken.

»Wie alle seiner Vorgänger versuchte er in seiner Amtszeit von 18600 Jahren die Menschen auf den richtigen Weg zu bringen. König *En-Men-Dur-Ana* der hier aufgeführt ist und der Ära vor *Ubara-Tutu* vorausging, lies die von euch vor kurzen gefundene Versorgungsstation »*Göbekli Tepe*« erbauen! Seine Herrschaftszeit betrug 21000 Erden-Jahre.«

»Die Ruinen waren eine Raumfahrtanlage?« Die Hände am Kopf, mit kreisenden Bewegungen die Schläfen massierend, hörte Aaron den Ausführungen gespannt weiter zu.

»Ja. Das Königtum *Zimbir* erbaute diese Anlage. All diesen menschlichen Herrschern haben wir das *"Leben der Ankh"* gewährt, so wie dir. Vor *En-Men-Dur-Ana* gab es König *En-Sipad-Zid-Ana* der das Reich *Larag* regierte. Vermutlich ist *Larag* nicht geläufig, aber *Atlantis* ist dir gewiss ein Begriff?« Aaron nickte und hielt die Luft an.

»Er war dessen Begründer. Der Regent *En-Men-Lu-Ana* war zur selben Zeit mit ihm das Oberhaupt von *Lemuria.* Nachdem die beiden sich über Ideologien stritten und völlig den Sinn des Lebens verloren, haben wir eingegriffen!« Enki stand auf und zeigte auf endlose Zeilen des Bildschirms.

»Wie du siehst, geht es in der Zeit hier noch weitere Zehntausende Jahre in die Vergangenheit zurück. Was ich dir hiermit zeigen will, ist, dass wir von Anbeginn eurer Spezies, die Menschen zu dem Zeitpunkt, wo vor allem die Gier sowie der Zorn, Hochmut, Neid und die Verschwendung natürlicher Ressourcen über Hand nahm, immer in die Schranken gewiesen haben!«

Aarons Gesicht lief hochrot an. Er schnappte nach Luft. Er wurde impulsiv und sprang vom Stuhl auf.

»In die Schranken gewiesen? Ihr habt sie vernichtet!« Ugala war in dem Augenblick bei ihm, sobald Aaron vollkommen aufrecht dastand.

Enki bewegte sich gemächlich wieder zu seinem Sessel. Er nahm Platz und bat Aaron mit einer Geste seiner Hand, sich zu setzen.

Erregt und widerwillig folgte dieser der Anweisung. Der Wächter entfernte sich einige Meter von den beiden. Die Gedanken flogen Aaron wie ein Schmetterlingsschwarm durch den Kopf.

»Vor mehreren Millionen Jahren«, fuhr Enki mit bedächtiger, aber eindringlicher Stimme fort, »lange bevor wir die Ankh kamen und die Erde entdeckten, haben andere Zivilisationen vor uns, den Planeten durch Mikroben und Bakterien besiedelt.« Seine Gesichtszüge wurden härter.

»Denke darüber nach, was eure schlauen Köpfe für die Zukunft planen: "Terraforming" nennt ihr dieses Vorhaben.« Enki rückte ein Stück an Aaron heran. »Euer Ziel ist es, den Mars wieder bewohnbar zu machen.« Seine Mimik wurde freundlicher. Nach einer kurzen Gedankenpause sprach er weiter:

»Wir hatten diese Welt bereits mit ihrer Atmosphäre, Wasser und den Individuen so aufgefunden. Wir werden diesen Planeten und seine Ressourcen eine Perle im Universum vor den Menschen und ihrer Verschwendungssucht immer beschützten!«

»Was wollt Ihr tun? Einen Asteroiden auf der Erde einschlagen lassen?« Aaron sah den gegenübersitzenden Anunnaki verächtlich an. Es fiel ihm schwer, den Sarkasmus in seiner Stimme einzudämmen.

Enki, der Erzeuger, erhob sich und stellte sich in voller Größe vor Aaron. Der kippte fast vom Stuhl, als er seinen Kopf so weit in den Nacken legte.

»Das wäre eine Möglichkeit!« Der Riese ragte vor dem Sitzenden.

»Nein, wir werden einen anderen Weg finden, wenn du deinen Auftrag nicht erfüllen kannst!« Die Stimmenveränderung des Erzeugers untermauerte die Ernsthaftigkeit dieser Aussage. Sie drang buchstäblich durch Mark und Knochen.

Aaron zuckte innerlich zusammen. Seine Nackenhaare standen zu Berge. Ihm wurde übel und Schweiß bildete sich auf der Stirn.

»Warum? Warum ausgerechnet ich?« Hilfe suchend sah er sich im hell erleuchteten Raum um. »Ich verstehe es nicht. Was soll ich ausrichten?«

»Du bist der Gesuchte! Seit der letzten Zerstörung und der Übernahme der Igigi haben wir keinen mehr erkoren.«

Was erzählt er da? Nach der Sintflut gab es keinerlei "Auserwählte"?

»So ist es«, antwortete Enki auf Aarons Gedankenspiel.

»Die Richter haben sämtliche infrage kommenden kompromisslos vernichtet. Alle eintausend Jahre wird ein Kind geboren, dass die Fähigkeiten mit sich bringt. Sie nutzten ihre Macht und Einfluss um die Betreffenden, bevor wir sie schützen vermochten, zu eliminieren.«

»Wieso dann ich?«

»Es war deine Mutter, die einen Schutzzauber über dich verhängte!«

»Meine Mutter? Was hat jetzt meine Mutter mit dieser Angelegenheit zu tun?« Aaron war aufgesprungen.

»*Sin-Shar* war eine Magierin. Ihre Bestimmung folgte einer uralten Tradition. Ihr war der Schutz des auserwählten Kindes aufgetragen.« Enki kam auf Aaron zu. »Zu keiner Zeit wurde ein Auserkorener von einer *Shar* geboren.«

»Hört auf damit. Meine Mam hieß Lilith Voss. Sie war keine Zauberin oder Hexe!« Aaron schrie seine Wut und Verzweiflung hinaus.

Der Anunnaki zeigte auf den Bildschirm des holografischen Würfels. »Sieh genau hin. Erkennst du sie wieder?«

Staunend und ungläubig betrachtete Aaron Bilder, die seine Mutter in einer höhlenartigen Umgebung zeigten. Die fremdartigen Zeichen auf dem langen Gewand, das sie trug, konnte er nicht deuten. Vor der Wand standen ihm unbekannte Apparaturen, an denen Lilith zu arbeiten schien. Er starrte auf die Fotos seiner geliebten und schmerzlich vermissten Mutter.

»Sie hat deine Person vor mir und den Igigi unsichtbar werden lassen. Ihr Zauber hat dich vor dem Zugriff der Richter gerettet.«

»Wie konntet ihr mich dann finden?«, plapperte Aaron aus, ohne seine Blicke von dem Bildschirm zu nehmen.

»Sie liebte deinen Vater zutiefst. Um ihn in seiner Obsession zu unterstützen, lies sie ihm vage Informationen über die wahre Geschichte der Menschheit durch Mittelsmänner zukommen.« Enki trat vor Aaron, der mittlerweile mit feuchten Augen da stand.

»Durch die akribische Arbeit deines Vaters ist Ugala auf dich aufmerksam geworden. Er hat Chiron, den Sohn des Kronos gefunden!«

Langsam und verzerrt wie ein mit halber Geschwindigkeit abgespieltes Tonband, registrierte Aaron die letzten Worte des Erzeugers. Alles ergab mit einem Mal einen Sinn. Urplötzlich war er sich der Bedeutung seiner Mission bewusst.

Ich bin auf der gleichen Stufe mit Noah und den anderen Größen der Weltgeschichte!

Stille, absolute Stille.

KAPITEL 13

Die Gestalt beobachtet das Szenario, belauscht die Gespräche der Anwesenden. Sie bemerkt, wie die Person mit dem Laptop zu grinsen begann und „Stopp" schrie. Alle anderen sahen aufgeregt zu ihm herüber. Der Mann an seiner Seite lachte und bestätigte, dass er es ebenfalls sah. Mit einer kurzen Handbewegung, die dem Kerl hinter Francisco galt, wurde ein stiller Befehl ausgelöst. In einer extremen Geschwindigkeit riss dieser seine am Rücken verschränkten Arme nach vorne und schoss mit einer Taser-Pistole auf den Vordermann. Die herauskatapultierten Projektile schlugen im Lendenbereich ein, verfingen sich durch die Widerhaken und jagten 50000 Volt durch dessen Körper. Francisco schüttelte, verkrampfte sich, bis er bewegungsunfähig zu Boden fiel. Er hatte keine Chance, auf diesen feigen Angriff zu reagieren. Sofort waren zwei Männer über ihm, legten seine Arme auf den Rücken und verschnürten sie mit einem Kabelbinder. Gleichzeitig wurde ihm eine Spritze in den Hals gedrückt. Regungslos verweilte die Gestalt im Schutz der Mauer.

Viktor Clark sah kurz zu der Stelle, wo Francisco, vollständig handlungsunfähig, auf dem Rücken liegend, mit starrem Blick in den Himmel schaute. Er gab den Männern die Anweisung, ihren Guide aufzusetzen und an die Mauer zu lehnen, was sie sofort befolgten. Sanchez kam auf Viktor zu und zeigte mit dem Finger auf eine Stelle des Displays. Es folgte ein kurzes Kommando,

Vergrößern, scannen und analysieren. Sanchez kam dem anonymen Beobachter verdammt nahe, wobei er seinen Computer auf die Basaltmauer legte. Er fing sofort an, auf die Tastatur einzuklopfen. Zu spät fiel der Gestalt auf, dass einer der Männer nicht mehr im Scheinwerferlicht zu sehen war. Im selben Moment durchfuhren ihn stechende Schmerzen unterhalb der Schulterblätter, die sich in einem gewaltigen Impuls auf seinem gesamten Körper ausbreiteten. Er war vollkommen handlungsunfähig, vermochte sich nicht zu wehren, geschweige denn zu bewegen. Es waren Höllenschmerzen. *Sie haben mich überrumpelt*, waren seine letzten Gedanken, als er einen Einstich am Hals merkte.

Alejandro Garcia stürzte sich auf den durch die Elektroschockpistole gelähmten Eindringling. In einer irren Geschwindigkeit legte er dessen Hände auf den Rücken, zerrte an den bereitgehaltenen Kabelbindern so lange, bis sie sich in das Fleisch eingruben.

»Ich habe ihn!«

»Gut, bring ihn hierher zu Mr. Rojas«, entgegnete Viktor.

Es waren alle vier Mann nötig, um den Gefangenen zu Francisco zu transportieren. Beim Anblick des Überwältigten sah der Befehlshaber der MEFSA zum ersten Male besorgt aus.

»Wen haben wir den da? Das ist ja ein richtig großes Exemplar!«, stellte er kurz fest. »Samuel, du kannst die Drohne wieder landen lassen, wir benötigen sie nicht mehr.«

Völlig lautlos senkte sich ein winziger Punkt am sternenklaren Himmel. Rodriguez steuerte die spatzengroße Hightech Drohne gezielt neben sich auf den Boden.

»Ich habe noch nie einen gesehen, habe nur von ihnen gehört, aber das ist ein ganz Besonderer.« Viktor ließ sich die Anspannung vor seinen Leuten nicht anmerken.

»Was soll an ihm Besonderes sein. Nur weil er groß und von Kopf bis Fuß tätowiert ist?« Garcia sah von einem zum anderen.

»Das ist ein *Cerberus*, ein sogenannter *"Hüter des Tores"*«, entgegnete Viktor. Es war ein unerwarteter Glücksfall, einen *Aufseher* gefangen zu nehmen. Dieser Umstand brachte mehr Probleme wie Vorteile mit sich. Dieser Bewacher ist ein äußerst ernst zu nehmender Gegner. Auf der anderen Seite hatte das zu bedeuten, dass sie auf der richtigen Spur waren. Viktor überlegte krampfhaft, welcher seiner nächsten Schritte primär ist. Er entschied sich dafür, einen Anruf zu tätigen.

Dieter Mesche hörte sich den Bericht der Ereignisse in Mikronesien geduldig an. Sein Untergebener, Valentino Bana, hatte ihn umgehend über Viktors Telefonat kontaktiert. Ohne lange zu überlegen, befahl Mesche die unverzügliche Abreise von Valentino nach Pohnpei. Er solle ferner den Schriftgelehrten mitnehmen. Bana protestierte heftig gegen diese Idee. Es wäre nicht leicht, ihn zu dieser Reise zu bewegen, argumentierte er. Doch der Richter befahl ihm, den Wissenschaftler mitzunehmen. Er würde bei der Dechiffrierung der Zeichen hilfreich sein. Für den Fall des Misserfolges könne man sich vor Ort von ihm entledigen. Der Umstand, dass ein Cerberus gefangen wurde, erfordert diese Maßnahme unausweichlich.

Den nächsten Anruf, den der Richter aus Europa tätigte, nahm Jason Kalamunu entgegen. Er berief augenblicklich eine Videokonferenz der gesamten Dejjanum. Alle hörten gespannt den Ausführungen ihres europäischen Verbündeten zu und waren sich darüber einig, dass hier umgehend gehandelt werde. Jason forderte Jeff Sulgie auf, die in Australien befindlichen zehn "Elitekrieger" sofort nach Mikronesien zu entsenden. Sie werden sich der

Expedition von Viktor anschließen und ihm den Rücken freihalten. Weiter befahl der oberste Richter durch Mittelsmänner, dem Gouverneur von Pohnpei einige Geldscheine zuzustecken, um unangenehmen Fragen aus dem Wege zu gehen. Diese Aktionen müssen innerhalb der nächsten 24 Stunden abgeschlossen sein, waren seine Befehle und gleichzeitig das Ende der Konferenz.

Jason Kalamunu lehnte sich grinsend und entspannt in seinem Ledersessel zurück, legte die Füße auf den Tisch. Er nahm ein Glas Bier zur Hand. Auf dem Glas war einer der Regeln der ältesten Bierschankordnung aus dem Kodex *Hammurapi* graviert:

„Bierpanscher werden in ihren Fässern ertränkt!"

Er starrte auf die Weltkarte, die an einer Seitenwand angebracht war.

Nach der erfolgreichen Operation wird sie nicht mehr die gleiche sein und mir allein gehören. Dabei nahm er einen kräftigen Schluck.

Francisco, der seit Längerem alles registrierte, was um ihn herum geschah, schaffte es nicht, sich zu bewegen. Womöglich Begleiterscheinungen der Drogen? Er hörte zuerst nur dumpfe Laute. Mit jeder Minute wurde es aber immer besser und klarer. Sein Kopf dröhnte. Die Augen waren das Einzige, was ihm gehorchte. Er sah sich vorsichtig um, um keinen von den Anwesenden auf sich aufmerksam zu machen. Im Augenwinkel bemerkte er die Beine eines anderen, an seiner Seite sitzenden Menschen. Wie ein Vorschlaghammer traf ihn die Erkenntnis: *Moses sitzt neben mir. Nur er hat diese sonderbaren Tätowierungen. Was macht er hier und warum bewegt er sich nicht?* Er starrte wieder nach vorne, da einer der Söldner an ihm vorbeiging. Er hörte aufgeregte Stimmen und die Befehle von Viktor.

Vorsichtig sah er sich um, versuchte mit dieser Beschränktheit so viel wie möglich zu erkunden. Im rechten Ausschnitt seines Sichtfeldes sah er zwei von den MEFSA Leuten. Viktor und die anderen sah er nicht. Er hörte Clark sagen, dass ein Professor eintreffen wird, der ihnen bei der Entzifferung irgendwelcher Glyphen helfen wird. Sie sprachen von einem Cerberus, was immer das sein soll.

Francisco konnte sich auf diese plötzliche Aggressivität keinen Reim machen. Was haben die gefunden? Von welchen Zeichen reden die? War es so bedeutend, um ihn skrupellos mit einem Taser außer Gefecht zu setzen, zu betäuben und gefangen zu nehmen? Warum Moses? Wieso ist er hier? Was hat er hier zu suchen? Und wie um alles in der Welt haben sie ihn überwältigt?

Er sah wieder in die Richtung der Beine seines Freundes. Er bemerkte ein leichtes, fast nicht registrierbares Zucken des rechten Fußes. Sogar unter größter Anstrengung gelang es ihm nicht, seinen Mund, geschweige denn seine Zunge zu bewegen. Urplötzlich standen Viktor und Garcia vor ihm. Sie sahen von oben auf die beiden herab.

»Wie lange hält das Toxin an?«, erkundigte sich der Einsatzleiter bei seinem Nebenmann. Garcia fing an, über die Besonderheit des verwendeten Giftes zu referieren.

»Das Zeug wird aus den Conotoxinen der Kegelschnecke und dem Toxikum des Pfeilgiftfrosches hergestellt«, selbstgefällig schwoll seine Brust an.

»Sie erzeugen eine Muskellähmung des gesamten Körpers sowie Ausfall des Gehörs und Sprachapparates. Es ist zurzeit der effektivste Stoff auf dem Schwarzmarkt. Sehr schwer zu bekommen!«

»Wie lange?« Unterbrach ihn Viktor schroff.

»Den Forschungsergebnissen nach waren 12 Stunden die Mindestdauer.« Der Söldner kratzte sich am Hals. »Die längste wurde nicht beziffert. Diejenigen Probanden, die in dieser Zeit ihre motorischen Fähigkeiten nicht wiedererlangt hatten, haben es nicht überlebt«, antwortete Garcia trocken.

Nachdenklich musterte Clark die vor ihm Sitzenden.

»Ist eine weitere Dosis möglich?« Stirnrunzelnd sah er seinen Mitarbeiter an. Dieser zog eingeschüchtert seine Schulterblätter ein.

»Nein! Wir hatten nur diese beiden Ampullen!«

Viktor sah Francisco direkt in die Augen, der sich seinerseits voll konzentrierte, um nicht zu blinzeln.

Garcia versuchte, seinen Boss zu beruhigen, indem er ihm erklärte, dass erst 5 Stunden vergangen sind.

»Ok! Aber bereitet euch darauf vor, wenn der Cerberus wieder seine ganze Kraft besitzt!« Mit diesen Worten verschwand Viktor aus Franciscos Blickfeld.

KAPITEL 14

Woher wissen die Igigi von Eurer Gedankenenergie und dem Portal?« Bange lehnte sich Aaron nach vorne.

»Das ist eine der Aufgaben, die zu klären ist und weshalb du auserwählt wurdest.« Der Riese verschränkte die Arme vor der Brust.

»Wir haben Informationen, dass auf Nan Madol Nachforschungen bezüglich des *Schlüssels* betrieben werden.« Seine Hand wies auf den schwebenden holografischen Würfel. Aaron sprang vom Stuhl auf und trat näher heran. In dem Kubus sah er zwei männliche Personen in einem zellenähnlichen Raum. Beide saßen auf ihrem Bett und starrten vor sich hin. Er erkannte sofort, dass es die Männer aus Alfredos Restaurant waren.

»Sie waren auf dich angesetzt. Sie sind kleine, unbedeutende Fische«, bestätigte Enki Aarons Erkenntnis. Eine minimale Handbewegung reichte aus, damit Ugala die Ausführungen seines Herrn zu Ende brachte:

»Wir haben aus ihrem Gedanken diese Informationen extrahieren können.« Die Stimme des Wächters ließ Aaron das Blut in den Adern gefrieren.

Enki führte weiter aus:

»Du wirst auf die Mission geschickt, herauszufinden, was die Igigi auf Nan Madol vorhaben.«

»Was ist Nan Madol? Nie davon gehört? Von welchen Schlüssel ist die Rede?« Von einen zum anderen blickend, hoffte er auf Erklärung.

»Es ist eine verlassene, megalithische Anlage aus Basaltsäulen auf einer Insel, die ihr Pohnpei nennt. Vor Urzeiten nutzten wir das dort vorkommende Gestein, um all unser Wissen und Errungenschaften sicher zu verwahren!«, entgegnete der Anunnaki.

»Steine dienten als Speicher?« Aaron nahm auf dem Stuhl Platz.

»Ja! Wir haben sie als Datenspeicher, ähnlich der dir bekannten Festplatten im Computer genutzt!« Enki sah buchstäblich die Fragezeichen in Aarons Gesicht, daher fuhr er fort: »Basalt ist Vulkangestein und magnetisch. Mit unserer Technik konnten wir die Säulen somit als Datenträger verwenden.«

»Moment, wenn ich das richtig verstehe, befindet sich in den Steinen auf dieser Insel euer gesamtes Wissen?«

»Wie gesagt vor Urzeiten war es so. Jetzt nicht mehr!« Enki nickte seinem Wächter zu. Der setzte sich unverzüglich in Bewegung und trat an Aaron heran. Ugala hatte eine kleine Truhe in den Händen. Er öffnete diese. Zum Vorschein kam ein futuristischer Armreif.

Enki entfernte sich von den beiden. Bevor er durch die "durchlässige" Wand schritt, drehte er sich nochmals um:

»Ugala wird dir die Besonderheiten des Armbandes zeigen und alle weiteren wichtigen Aufgaben erläutern.«

Aarons Unterweisung endete damit, indem ihm der Wächter erklärte, dass er auf die Erde zurückkehren werde und das Netzwerk der Igigi und deren Richtern sprengen solle.

Wie in Trance war er den Ausführungen gefolgt, unfähig zu argumentieren oder nachzufragen. Es waren so viele, teilweise unbegreifliche Informationen und doch beschlich ihn das Gefühl, es tief im Inneren geahnt zu haben. Nur dass er Aaron Chiron Voss

dazu auserwählt ist, die Welt von diesen Intriganten zu befreien,
war starker Tobak.

- 82 -

KAPITEL 15

Das Armband, das Aaron am rechten Handgelenk trug, hatte fünf Dioden. Sie leuchteten in verschiedenen Farben. Die Rote war für diesen Einsatz die wichtigste: "Unsichtbarkeit". Er hatte absolut keine Ahnung, wie er auf diese Insel gekommen ist. Unbeholfen und verwirrt sah er sich um. Es war stockdunkel. Nachdem sich seine Augen an die Dunkelheit gewohnt hatten, sah er die Silhouette eines Sportbootes vor Anker und nicht weit davon, am Ufer ein Zeltlager, das unbeleuchtet war. Abwartend und hinter einem Mauervorsprung in Hocke sitzend, beobachtete er die Gegend. Er registrierte keine Menschenseele, hörte nur die Geräusche der nachtaktiven Tiere und das leise Rauschen des Meeres. Landeinwärts bemerkte er einen Lichtschein.

Ok. Da drüben sind sie.

Aaron schlich vorsichtig in gebückter Haltung Richtung der beleuchteten Stelle. Er war an dem Lager angekommen und bewegte sich an den Zelten lautlos vorbei. Ruckartig wurde eine Zeltplane zur Seite gerissen. Ein muskulöser Mann kam aus dem Inneren und marschierte schnurstracks nur Zentimeter an ihm vorbei. Aaron, der seinen ersten Impuls des Aufschreis unterdrückte, stand mit den Händen vor seinem Mund und wackeligen Knien auf der Stelle. Er vermochte sich nicht zu bewegen. Nach diesem Todesschreck, der ihm durch die Glieder gefahren war, registrierte er langsam:

Wow ...! Ich bin ...! Er sah seine Hände an.

Unsichtbar! Der hat mich nicht gesehen!

Es vergingen einige Sekunden, bis sich seine Herzfrequenz wieder beruhigte. Er rief sich unentwegt den Umstand der Nichtsichtbarkeit ins Gedächtnis:

So weit, so gut. Die sehen mich nicht!

Diese Gewissheit lies ihn mutiger und entschlossener werden. Er folgte dem Mann in gebührendem Abstand. Es dauerte nicht lange, da sah er den beleuchteten Platz. Seinem Instinkt folgend, hielt er sich im Schatten der Mauerüberreste auf.

Mal hören, was diese Typen hier vorhaben. Das war der Auftrag, den er erhalten hatte.

Aaron spähte durch einen Mauerspalt. Auf der linken Seite bemerkte er drei Personen, die ihre Köpfe über einem Laptop zusammensteckten und diskutierten. Den, der ihn fast zum Herzstillstand gebracht hatte, sah er mit einem anderen, bei zwei auf dem Boden sitzenden Männern, die ihre Arme nach hinten verschränkt hatten.

Er setzte sich in Bewegung und schlich auf die Gruppe zu. Dort angekommen hatte er einen perfekten Blick auf das Szenario. Die Männer am Boden waren gefesselt.

Was ist hier passiert? Wer sind diese Gefangenen? Warum rühren sie sich nicht? Die vorherrschende Szene war gespenstisch.

Derweil registrierte Francisco wieder eine Zuckung des Fußes von Moses. Mittlerweile schaffte er es, den Kopf zu drehen, und fühlte seine Gliedmaßen. Er vermied vorerst eine Bewegung, wenn ihn einer seiner Feinde beobachtete. Feinde, ja das sind sie. Keiner von ihnen hatte ihm dies ungestraft angetan, darauf gab er sich sein eigenes Wort.

Rodriguez, sein Erzfeind, der ihn so hinterhältig zur Strecke gebracht hatte, stand mit Santiago Martinez vor ihm und Moses. Beide starrten sie an, sprachen aber kein Wort. Viktor gesellte sich zur Gruppe.

»Wie ist die Lage? Schon wieder Lebensgeister?«

Martinez zuckte mit den Schultern und verzog seine Mundwinkel nach unten:

»Wir haben sie jetzt lange beobachtet, aber noch keine Regung«, antwortete er.

»Vielleicht war die Dosis zu hoch und die kommen nicht mehr ins Leben zurück?« Bei dieser Bemerkung rollte er mit seinen Augen und grinste diabolisch. Viktor befahl den beiden, weiterhin achtsam zu sein. Er wolle über die kleinste Körperzuckung seiner Gefangenen unverzüglich informiert werden. Daraufhin entfernte er sich Richtung Zeltlager. Aaron, der alles gehört hatte, sah ihm nach. Eine Minute später war Viktor im Dunkeln nicht mehr zu sehen.

Ok! Du bist der Boss! Der Chef des Ganzen! Du bist mein Ziel! In Gedanken spielte er die Unterhaltung durch.

Was die beiden Gefesselten anging, für sie konnte er im Moment nichts tun. Den Boss galt es jetzt genau zu beobachten. Wachsam entfernte er sich und folgte dem Leiter dieser Söldnertruppe.

Francisco hörte ein fast unmerkliches, leises, rhythmisches Rascheln. Vorsichtig spähte er für eine Millisekunde zu den beiden Aufpassern. Die standen gelangweilt mit dem Rücken zu ihnen da und unterhielten sich über irgendwelche Frauengeschichten. Im nächsten Augenblick vernahm er eine Bewegung von Moses.

Hätten Rodriguez und Martinez sie beobachtet, wäre ihnen diese nicht entgangen. Er lugte vorsichtig zu seinen erklärten "Feinden". Sie kümmerten sich nicht um ihn oder Moses. Francisco drehte langsam seinen Kopf und sah seinem Freund in die Augen. Dieser grinste ein wenig und zwinkerte ihm mit dem Linken zu. Den Zeigefinger seiner rechten Hand auf dem Mund gelegt, signalisierte er Francisco, Ruhe zu bewahren. Das Handgelenk triefte nur so vom Blut. Mit seinen weit aufgerissenen Augen und einem kurzen Nicken des Kopfes ließ Moses seinen Freund wissen:

Die zwei nehmen wir uns vor!

Durch seine jahrzehntelange Kampferfahrung wusste Francisco, Ablenkung ist die beste Chance eines Überraschungsangriffs. Durch das Rollen der Augen, ein Zeichen der beiden, wenn im Klub mal Ärger angesagt war, bestätigte er:

Ich bin dabei.

Jetzt war Improvisation gefragt. Er grübelte kurz und fasste den Entschluss.

Aaron war im Zeltlager angekommen. Das Zelt, indem einzig ein Licht brannte, genoss seine volle Aufmerksamkeit. Er hörte die Stimme von Viktor, der vermutlich telefonierte. Es fiel der Name Valentino und dass der Stein mit den Zeichen geortet wurde.

Abrupt verstummte Clark. Aaron hörte schnelle Schritte. Im gleichen Augenblick wurde die Eingangsplane zur Seite gerissen. Viktor trat mit einer Pistole in der rechten und dem Telefon in der linken Hand aus dem Zelt und schaute zornig in alle Richtungen.

Aaron war wie angewurzelt. Er sah dem Anführer direkt ins Gesicht. Viktor kniff die Augen zusammen und spähte in die Nacht. Er stand nur zwanzig Zentimeter von ihm entfernt, sah durch ihn hindurch. Unweigerlich hielt Aaron die Luft an. Der Gesprächsteilnehmer am anderen Ende redete weiter. Viktor hingegen lauschte und sah konzentriert in die Dunkelheit. Nach einer gefühlten Ewigkeit entspannten sich seine Gesichtszüge. Er zuckte kurz mit den Schultern, drehte sich um und verschwand im Zelt. Aaron, dem der Umstand der Unsichtbarkeit weiterhin Probleme bereitete, schnappte nach Luft. Er hörte, wie sich Viktor von seinem Gesprächspartner bis morgen früh verabschiedete.

Diese Augen! So maßlos böse! Gierig! Teuflisch! Aaron würde sie im Leben nicht vergessen.

Vollkommen in seinen Gedanken verloren, wurde er durch laute Schreie und Schüsse aus ihnen herausgerissen. Die Zeltplane flog auf. Viktor Clark hielt seine Pistole in der Hand. Er rannte in Richtung des ausgeleuchteten Platzes. Aaron nutzte die Gelegenheit und verschwand im Zelt. Er sah einen überdimensionalen Tabletcomputer auf einem der Tische. Eine Reihe von Computerbildschirmen erzeugten grünlich gefärbtes Licht. In der Ecke bemerkte er einen 3D-Drucker. Auf weiteren Klapptischen stapelten sich in einem Wirrwarr Papiere. Er trat näher an den riesigen Bildschirm heran. Ein Punkt leuchtete und blinkte in oranger Farbe. Aaron versuchte sich zu orientieren. Da er in stockdunkler Nacht hierher gelangte und es keine nennenswerten Lichtquellen gab, die die Gegend erhellten, erschwerte die Orientierung zusätzlich. Sein Gefühl sagte ihm:

Das muss der ausgeleuchtete Platz sein, wo die Zeichen gefunden wurden!

An der rechten Ecke des Bildschirms lag ein normales 13 Zoll Tablet. Auf diesem war eine 3D-Aufnahme eines rechteckigen Steines zu sehen. Dieser drehte sich virtuell um seine beiden Symmetrieachsen. Aaron, der erkannte, dass sich auf dem Model Erhebungen abzeichnen, versuchte mit der Zoomfunktion die Ansicht zu vergrößern. Er legte seinen Daumen und Zeigefinger auf das rotierende Rechteck. Der Versuch, die beiden Finger für die Vergrößerung auseinanderzuschieben, missglückte. Er probierte es abermals. Wieder kein Erfolg. Das Tablet reagierte nicht auf seine Berührung.

Mist! Was sind das für Zeichen auf dem Stein? Er dreht sich zu schnell!

Er konzentrierte sich auf eine der drei Erhebungen und war der Meinung, die Form eines Sterns zu erkennen. Oder symbolisiert das eine Sonne?

Die Aufnahme rotiert zu sehr. Ich sehe es nicht. Anhalten ist nicht möglich. Schon gar nicht vergrößern. Warum reagiert das Display nicht auf meine Berührung?

Sein Blick schweifte umher und blieb an dem Drucker hängen. Aaron sah, dass auf der Arbeitsplattform etwas reproduziert war. Er ging zu dem Tisch hinüber, auf dem das Gerät stand. Da sah er es deutlich:

Das ist das Model vom Tablet. Ich hatte recht. Nicht Stern oder Sonne. Sondern beide Symbole, die sich vom Basismaterial abheben.

Das Dritte war zu diesem Zeitpunkt unvollständig gedruckt. Dennoch erkannte er, dass es sich um die Darstellung eines Löwen handelt. Aaron betrachtete das unfertige Artefakt.

Denk nach, was bedeuten die Symbole bei den alten Völkern? Konzentriert fixierte er das 3D-Model.

Der Stern? Das Zeichen für den höchsten Herrscher! Anu! Er wurde in seiner Konzentration durch ein Geräusch gestört, das sich anhörte wie ein Hubschrauber in der Ferne, der näher kam.

Der Löwe? Für die Muttergöttin der Liebe und Fruchtbarkeit! Ištar!

Enki, der Erzeuger selbst, wird immer mit dem Symbol der Sonne dargestellt!

Anu, Ištar und Enki, drei der höchsten Persönlichkeiten der Anunnaki. Was hat das zu bedeuten?

Stirnrunzelnd sah er auf die Symbole. Gedankenverloren rieb er sich das Kinn.

Viktor war außer sich. Voller Wut brüllte er zwei vor ihm stehende Männer an. Er befahl, jeden Quadratmeter der Insel mit der Drohne abzusuchen und die Flüchtigen zu finden. Die gesamte Operation steht auf dem Spiel. Lucas Sanchez und Alejandro Garcia sahen sich gegenseitig an. Der Architekt war der, der als Erster sprach:

»Zunächst werden wir uns alle beruhigen! Der Stein ist gefunden! Unser Job erfüllt!« Sein Kumpan nickte und fügte hinzu:

»Uns ist egal, was mit den beiden passiert, wir wollen weg von dieser verdammten Insel. Unser Taxi ist gerade im Anflug, und dass bringt uns geradewegs zu unserer Million!«, beide grinsten sich schelmisch an.

Aaron, der inzwischen wieder am Beobachtungsplatz eingetroffen war, sah in den Himmel. Der Hubschrauber erzeugte einen Höllenlärm. Sehen konnte er ihn wegen seines Suchscheinwerfers nicht. Der grelle Lichtkegel hüpfte über den Boden und blendete ihn. Der Helikopter schwebte oberhalb der Baumwipfel und senkte sich auf den Platz zu. Blätterwerk flog umher. Staub wurde aufgewirbelt. Die Kronen der angrenzenden Bäume bogen sich. In seinem Augenwinkel registrierte er, wie die Köpfe der beiden Söldner ruckartig nach hinten geschleudert wurden. Ungläubig, mit weit aufgerissenen Augen sah er zu Viktor. Der hatte die Waffe in der ausgestreckten Hand. Er hatte die beiden kaltblütig durch einen Kopfschuss eliminiert.

Aaron ließ sich hinter der Mauer auf den Boden sinken. Er war kurz davor, den letzten Rest seines Magens herzugeben. Die Übelkeit, die ihn übermannte, war die Initialzündung für einen beispiellosen Hass. Er hätte es nie für möglich gehalten, dass er zu solch einer Emotion jemals fähig wäre.

Viktor, dafür wirst du büßen!

Nachdem er den ersten Schock verarbeitet hatte, sah er etliche Männer in Tarnuniform und Kampfausrüstung. Sie hatten sich durch heruntergelassene Taue auf dem Platz abgeseilt. Aaron zählte 10 Kämpfer. Einer von ihnen steuerte auf Viktor zu. Beim Hubschrauber erlosch der Scheinwerfer. In einem Bogen entfernte er sich von dem Schauplatz.

»Was ist hier geschehen?«, wurde Viktor von dem Ankömmling gefragt, der auf die beiden Leichen vor seinen Füssen deutete.

»Sie haben Befehle verweigert!«

KAPITEL 16

Fünfundzwanzig Minuten zuvor merkte Francisco, wie sein Freund die Muskeln anspannte. Seine Ablenkung, sich zur Seite fallen zu lassen, war nicht vollendet, da sprang Moses wie ein Panther nach vorne und hieb seine rechte Handkante dem völlig überforderten Martinez gegen die Kehle. Das Brechen des Kehlkopfes und des Genicks war deutlich zu hören. Was für eine Wucht steckte in diesem Hieb. Unbegreiflich, was er in Bruchteilen von Wimpernschlägen mit seiner linken Hand vollführte. Martinez, der durch diesen brutalen Schlag umkippte, wie ein Zementsack, hinderte Rodriguez daran, auszuweichen. Moses hatte ihn blitzschnell an der Kehle gepackt und sie ihm mit einem Ruck herausgerissen. Beide hatten nicht den Hauch einer Chance. In einer fließenden Bewegung schulterte Moses seinen Partner und verschwand mit ihm hinter den Mauerresten Richtung Ufer. Die abgefeuerten Patronen der anderen Söldner verfehlten allesamt ihr Ziel.

Das Wasser half bei der Flucht. Francisco hatte sich an den Schultern von Moses festgehalten. Der hatte mit einer ungeheuerlichen Kraft und Schwimmtechnik die Strecke lautlos überwunden. Am Ufer von Darong angekommen, half er seinem Freund, indem er ihn bei dessen schlürfenden Schritten stützte. Sie waren in einem winzigen Raum. Der Insulaner hatte einige kleinere Basaltsäulen auf die Seite gelegt. Dahinter verbarg sich dieses

Schlupfloch. An Francisco klebten Spinnweben, die er sich voller
Ekel mit beiden Händen aus dem Gesicht und vom Körper
wischte. Bevor Moses die Säulen von innen wieder so vor den
Eingang aufgerichtet hatte, dass der Ursprung hergestellt war, kroch
er ein paar Meter zurück und verwischte ihre Spuren mit einem
Zweig voller Blätter.

»Für den Moment sind wir sicher!«

Francisco schnaufte durch. »Ich bin dir was schuldig. Danke,
dass du mich da rausgeholt hast!«

Moses, der ihn ansah, war hin und her gerissen. Niemals kam
er in solch eine Situation. Er hatte seine Aufträge immer allein und
ohne Zeugen erfüllt. Was soll er jetzt machen.

»Cerberus?« Francisco sah ihn an. »Wer bist du?«

Fantastisch! Verdammt, auch das noch, er hat es gehört! Moses
zwang sich, seine Gedanken zu sortieren. Er muss eine
Entscheidung treffen.

Draußen wurde es langsam hell. Die Elitekämpfer der Igigi hatten
sich im Zeltlager einquartiert. Pazuzu, der Hauptmann der Truppe,
stand bei Clark und dem Model aus dem 3D-Drucker.

»Ok, das ist der Stein! Wie soll es jetzt weiter gehen?«, die
Frage an Viktor.

*Wie kommt man darauf, den Namen eines Dämons
anzunehmen?*

Clark war bekannt, dass "Pazuzu" in der sumerischen
Mythologie einer war.

*Wobei, wenn ich mir den genau ansehe, dann hat er durchaus
dämonische Gesichtszüge.* Dies behielt er für sich.

»Den Cerberus und den Skipper finden! Sie ausschalten! Das
ist vorerst die primäre Aufgabe!« War die stoische Antwort auf die
Frage.

Es dauert nicht mehr lange, dann wird Valentino mit seinem Begleiter eintreffen. Anschließend machen wir endlich weiter. Hoffte Viktor.

»Das war eine gute Idee, sich zur Seite fallen zu lassen, hat sie den richtigen Moment abgelenkt«, durchbrach Moses die vorherrschende Stille in dem kleinen Raum.

»Mir ist nichts besseres eingefallen«, antwortete Francisco. Er sah seinen Freund an und bemerkte seinen inneren Kampf etwas loszuwerden. Sollte Moses ihn in sein Geheimnis einweihen? Ihm sagen, dass er der Cerberus und somit der Türhüter des Portals auf Erden ist und er seit 4200 Jahren stets alleine diese Mission erledigt hat. Ihm enthüllen, dass er bei der letzten Konstellation mit *Nibiru* diese Aufgabe innehatte. Die Geschichte der Menschheit und ihrer Erschaffer. Ihm von alledem berichten? Er hat einen Eid darauf geschworen, sich um keinen Preis zu erkennen zu geben, doch jetzt? Francisco wurde über die Jahre sein bester Freund, sein Wegbegleiter. Niemals hatte er ein menschliches Wesen mehr geschätzt und respektiert wie ihn. Nicht im Entferntesten hatte er so eine Verbundenheit. Zu keiner Zeit hatte er einen wahren Buddy. Sollte er sich offenbaren oder sich des Problems entledigen?

Mit zusammengekniffenen Augen sah Moses seinen Freund an. Seine Fäuste ballten sich und sein Körper straffte sich. Francisco, der diese Regungen registrierte, rutschte ein wenig weiter weg von ihm.

»Ich habe eine Entscheidung getroffen«, fing Moses an zu reden. »Ich breche meinen Schwur und erzähle dir alles, was du über mich wissen sollst!«

Francisco saß paralysiert und staunend da. Er folgte den Ausführungen von Moses. Ab und zu vermochte er seine Mimik zu verändern, den Kopf ungläubig zu schütteln. Ansonsten lauschte er der verrücktesten und zugleich faszinierendsten Geschichte, die er je gehört hatte. Wie Moses zum Ende kam, bemerkte Francisco, dass sich seine körperliche Anspannung gelöst hatte.

Das ist, das ist ein Witz! Ein Märchen! Mit großen Augen die Stirn in Falten gelegt starrte er seinen Freund an. Aus seiner verbalen Ohnmacht erwachend, stammelte er:

»Was soll ich sagen. Mein Weltbild ist auf den Kopf gestellt. Das ist doch verrückt!« Mit ernstem Blick suchte er die Augen des Cerberus.

»Ich schwöre bei allem, was mir heilig ist, ich werde niemals auch nur ein Sterbenswörtchen über das verlieren, was du mir hier erzählt hast. Dein Geheimnis ist bei mir sicher!«

Obwohl, wenn ich das jemanden erzähle, liefern die mich postwendend in die Psychiatrie ein! Leicht schmunzelnd saß er da.

Gleichzeitig sah Aaron, wie die Soldaten in vier Zweiergruppen ausschwärmten und die Insel in verschiedenen Richtungen absuchten. Einer blieb bei dem Hauptmann und Viktor. Er bediente eine kleine Drohne, die er geschickt über die Baumwipfel steuerte. Von der Meerseite wurde das Geräusch eines Bootes hörbar. Es dauerte nicht lange, da legte es am Steg an.

Ein Mann mit Vollglatze stieg geschmeidig über die Seitenwand hinweg und befestigte das Seil am Stegpfosten. Der Zweite hatte sichtlich Probleme, seine Beine darüber zu bekommen. Der Hut, den er aufhatte, rutschte ihm bei den unbeholfenen Versuchen in die Stirn und verdeckte ihm zugleich das Sichtfeld. Er unterbrach die Anstrengung und zog den Hut vom Kopf.

Aarons Herz setzte für einen Moment aus. *Oh Gott, das ist nicht...!?*

Eine ohrenbetäubende Explosion, der eine meterhohe Feuersäule folgte, ließ ihn voller Schreck die Hände schützend vor die Augen halten.

KAPITEL 17

Entgeistert stand Aaron in einem hell beleuchteten Raum. Er begriff es nicht. *Was war geschehen? Wieso bin ich? Genau jetzt, zu diesem Zeitpunkt? Verdammt, wo bin ich?*

Du warst nie dort! Vernahm er eine Stimme im Kopf.

Du verweiltest die gesamte Zeit hier. Nur dein Netelim war vor Ort. Ugala trat an ihn heran und nahm den Armreif ab.

Voller Zorn und Enttäuschung sah sich Aaron im ganzen Raum um. Es war kein Gegenstand greifbar, den er aus Wut über die Situation und der Lüge zertrümmern konnte.

»Ich will auf der Stelle dorthin zurück! Sie haben meinen Vater! Meinen Vater! Er wurde entführt!«, forderte Aaron lautstark.

Weg von hier? Wie komme ich da runter? Es ist Enkis Pflicht, mich wieder auf die Erde zu bringen. Wie haben die es geschafft, ihn aus dem Sanatorium zu bekommen? Seine Gedanken rasten, da stand der Herrscher urplötzlich im Raum. Er sah ihn und den Wächter abwechselnd an. Daraufhin verlies Ugala wortlos die beiden.

»Warum? Wieso habt Ihr das getan? Warum habt Ihr mich angelogen? Sie haben meinen Vater!« Aaron war außer sich.

»Ich habe entschieden, dich bei der ersten Mission nicht allen Gefahren auszusetzen!« Enki nahm auf seinem Thron, der aus purem Silber zu sein schien, Platz.

»Deshalb hast du zunächst dem Geschehen in Form eines Netelim beigewohnt.«

»Aber sie haben meinen Vater! Ich muss ihm helfen! Er ist hilflos! Er ist krank!« Verzweifelt versuchte Aaron die aufsteigenden Tränen zu unterdrücken.

»Er ist nicht krank. Sie haben ihn nur mundtot gemacht.«

»Mundtot? Was hat das zu bedeuten?« Aaron bewegte sich auf den Anunnaki zu.

»Es ist für sie ein Leichtes, ihn wieder völlig normal werden zu lassen.« Ruhig sprach der sitzende Herrscher:

»Sie wollen von deinem Vater die Entschlüsselung der Zeichen und Glyphen. Er war schon mal sehr weit mit seinen Theorien über unsere Zivilisation.« In diesem Moment sah Aaron ein leichtes Schmunzeln in Enkis Gesicht.

»Er hat eine ausgesprochene, geniale Kombinationsfähigkeit. Er verknüpft die losen Enden miteinander. So sagt ihr in Eurer Sprache.« Der Blick wurde ernst: »Das durften die Igigi nicht riskieren, dass ein renommierter, anerkannter Wissenschaftler über ein Portal zu einem anderen Planeten Beweise vorbringt!«

»Dann verstehe ich Euch noch weniger«, entgegnete Aaron. »Warum holt Ihr mich und nicht meinen Vater, der so viel über Euch weiß?«

Der Anunnaki sah Aaron eindringlich an und sandte ihm eine telepathische Botschaft:

Du bist Chiron, der Sohn des Kronos! Ich habe Dich erwählt!
Du stehst unter meinem Schutz!
Befreie die Menschheit aus der Knechtschaft der Richter!
Offenbare niemals Dein Wahres, ich!
Vertraue Deinem Herzen!
Höre zu, was Dir Deine Gedanken sagen!

KAPITEL 18

Einmal Calamari Fritti. Isalata Mista. Das Wasser kommt sofort!« Stefano, der Kellner stellte die Köstlichkeiten vor Aaron auf den Tisch. Der starrte den Italiener an, wie wenn er der Weihnachtsmann und der Osterhase in einer Person wäre. Völlig perplex registrierte Aaron langsam, dass er wieder in Alfredos Trattoria saß. Alles um ihn herum war wie vor dem Erscheinen von Ugala. Die Gäste aßen, unterhielten und bewegten sich. Er roch die Düfte der Kräuter. Nur der Tisch rechts neben ihm war leer. Das Tablet fehlte ebenfalls. Ist das erlebte Realität oder wachte er aus einem Tagtraum auf? Was um alles in der Welt war passiert? Sein Blick registrierte Alfredo. Der saß ihm gegenüber und starrte ihn mit großen fragenden Augen an.

»Alfredo! Alfredo! Amico mio!« Überschwänglich sprang Aaron auf. Sein Gesicht strahlte. Er bekam seinen Freund zu fassen, umarmte ihn, drückte ihm die linke, dann die rechte Wange an die eigene. Der Wirt wiederum kniff die Augen zusammen, senkte die Mundwinkel und versuchte, sich der Umarmung zu erwehren.

»Wase ise lose mite dik ? Ik sitze. Warte aufe der Geschikte«, bemerkte Alfredo mit gequetschter Lippe und Nase, nachdem ihm Aaron seine Brust ins Gesicht drückte.

»Du musse wase Esse, ike denke du haste Unterzucke«, legte er nach.

Aaron ließ von ihm ab. Grinsend und glücklich setzte er sich wieder auf seinen Platz und nahm einen Bissen. Wie lange war es her, seit er das letzte Mal gegessen hat? Er konnte sich nicht mehr erinnern. Der Hunger, der ihn überkam, vereitelte ein Genießen der frittierten Oktopusringe. Er schlang sie förmlich herunter.

Der Römer sah ihn verwundert an und schüttelte ungläubig den Kopf. Die Eingangstüre des Lokals wurde geöffnet. Eine junge Frau kam auf direktem Wege auf die beiden zu. Aaron, der von seinem Teller aufsah, bemerkte sie und sprang freudestrahlend auf.

»Sarah, mein Schatz! Oh, wie ich mich freue, dich zu sehen!«

»Schatz? Hast du was genommen? Alfredo, was hast du ihm gegeben?« Erwiderte die Angesprochene und legte die Stirn in Falten.

»Hate Untezucke!« Alfredo zuckte mit den Schultern. »Spinne seite komme heute ine Trattoria!«

Aaron, der grinste wie ein Honigkuchenpferd, wurde unvermittelt ernst. »Sarah! Sorry! Ja, ich weiß. Ich habe Dich noch nie Schatz genannt, aber ich freue mich wirklich, Dich zu sehen. Setz Dich doch bitte!«, er zog einen Stuhl beiseite, sodass sie auf ihm Platz nahm.

»Ike brauche eine Grappa!« Alfredo stand auf und lies die beiden allein. Aaron hörte sich die Ausführungen des angeblich furchtbaren Arbeitstages seiner Freundin an. Am Anfang bekam er am Rande mit, dass ihre Firma ein Problem mit einem Chip hat. Dessen Aufgabe wäre, die Hupe in Notsituationen auszulösen.

»Es werde einige Zeit in Anspruch nehmen, bis die KI alles fehlerlos erfüllen wird, damit die Fahrzeuge ...!« Er hörte sie nicht mehr. Obwohl er ihr in die Augen sah, waren seine Gedanken bei seinem Vater und Enki.

Was soll ich tun, wie kann ich ihm helfen? Hier in Berlin auf keinen Fall. Ich muss wieder dorthin zurück!

Er sah durch Sarah hindurch. Erst nachdem sie ihm am Arm rüttelte, schreckte er auf. Sie warf ihm vor, keinerlei Interesse an ihrer Arbeit zu haben. Er setzte sein spitzbübisches Lächeln auf und war wieder mit seinen Gedanken am Tisch.

»Bitte verzeih mir. So ist es nicht. Ich hatte einen verrückten und unglaublich aufregenden Tag!«

»Hast du den Satz anders gedeutet. Hast du ihn entschlüsselt?« War ihre spontane Frage.

Weihe ich sie ein? Oder verschweige ich es ihr eher? Sie wird mich für vollkommen durchgeknallt halten?

»Ich bin mir nicht sicher«, schob er hinterher, um ein wenig Zeit zu gewinnen.

Ich schaffe das nicht allein. Ich brauche Hilfe. Denk nach Sohn des Kronos.

Aaron zermarterte sich sein Gehirn. Alfredo stellte eine Flasche *„Paolo Berta“* Grappa und drei Gläser auf den Tisch. Er setzte sich wieder auf seinen Stuhl und betrachtete die beiden. Bevor er etwas aussprach, beugte sich Aaron vornüber und flüsterte:

»Ich muss euch was Wichtiges sagen. Können wir bitte nach hinten gehen?« Dabei sah er Alfredo an, der sofort verstand. In dem kleinen Nebenraum, wo Feiern im engen Kreis stattfanden, saßen sie an einem Tisch und hörten den Ausführungen von Aaron zu. Im Vorfeld bat er seine Freunde, ihn auf keinen Fall zu unterbrechen oder Fragen zu stellen. Vor allem dann nicht, wenn seine Story verrückt und unmöglich wirkte. So präzise wie möglich erzählte er die Geschichte, wie sie stattgefunden hat. Ihm entging nicht, dass sich Sarah und Alfredo mehrmals ansahen, mit den Augen rollten und schmunzelten. Aaron beendete seine Ausführungen. Alle saßen staunend mit offenem Mund da. Keiner sagte ein Wort. Nach einer gefühlten Ewigkeit löste Sarah ihren ungläubigen Blick von Aaron, kramte in ihrer Handtasche und nahm das Handy zur Hand.

»Ich rufe sofort im Sanatorium an!«

Sie tippte auf die eingespeicherte Nummer in der Favoritenliste. Am anderen Ende meldete sich die Pflegerin und bejahte, dass Herr Voss auf seinem Zimmer sei und schlief. Sie bat die Nachtschwester, nochmals nachzusehen. Kurz darauf wiederholte diese ihre Bestätigung. Sarah bedankte sich und legte auf. Sie drehte sich zu Aaron um, verschränkte die Arme vor der Brust und sah ihn fragend an.

»Er ist im Bett, Martin schläft, das hat Agnes gerade zweimal bestätigt.«

Die Finger ihrer rechten Hand tippten provokant auf den Unterarm.

»Warum bindest du uns solch einen Bären auf und jagst uns einen Mordsschrecken ein? Das war doch leicht zu überprüfen!« Enttäuschung lag in ihrer Stimme. Alfredo, der vollkommen abwesend seinen Freund anstarrte, riss es aus seiner Lethargie.

»Ah, Martino nike ine Andalusia«, strahlte sein Gesicht.

Aaron hatte keine Erklärung für diese Situation. Er gestand seinen Freunden zu, dass die Geschichte zu abenteuerlich klingt. Welche Möglichkeit gab es ihnen zu beweisen, dass dies alles nicht seiner Fantasie entsprang, sondern der vollen Wahrheit entspricht? Er nahm den Kopf in beide Hände, stützte die Arme am Tisch ab und schloss die Augen. Er versuchte Ordnung in das Chaos seiner Gedanken zu bringen:

Befreie die Menschheit aus der Knechtschaft der Richter!

Offenbare niemals Dein Wahres, ich!

Vertraue Deinem Herzen!

Höre zu, was Dir Deine Gedanken sagen!

Immer wieder betete er im Gedächtnis diese letzten Worte des Herrschers der Anunnaki herunter. Wie durch einen Schlag mit dem Vorschlaghammer kam ihm eine Idee:

»Welcher Tag ist heute?« Er sah Sarah und Alfredo an. Beide schüttelten den Kopf und zuckten mit den Schultern.

»Dienstag, warum?«

Aaron klatschte sich die flache Hand an die Stirn.

»Ich denke, ich hab's!«

»Wenn Dienstag ist, dann wurde ich heute von Ugala mitgenommen. Deshalb ist Vater im Sanatorium.« Enthusiastisch sprang er auf. »Ich habe ihn erst am Donnerstag in dem Boot gesehen. Enki wusste es. Ihm war bekannt, dass sie meinen Vater holen werden.« Völlig aufgeregt stützte er sich am Tisch ab, sah von einem zum anderen.

»Er hat mich nur in Gestalt des "Netelim" dort hingeschickt!« Er überlegte kurz, »damit ich es sehe, aber nicht eingreife. Ich hätte nicht den Hauch einer Chance gehabt.« Sein Blick wurde traurig.

»Deshalb konnte ich auch das Tablet nicht bedienen. Jetzt wird mir einiges klar! Versteht Ihr, er hat es gewusst!«

Mit großen Augen und der vollen Überzeugung seiner Worte sah er die beiden Freunde an. Sarah, das merkte man ihr an, überlegte krampfhaft und fixierte Aaron mit eisernem Blick.

»Du machst mir echt Angst. Aber ok. Nehmen wir an, wir glauben dir und deine Geschichte ist wahr«, dabei sah sie den Wirt an, der zustimmend nickte.

»Dann wäre das die Story des Jahrtausends! Ach was, der gesamten Menschheitsgeschichte!«

Alfredo der ihr zuhörte, stand von seinem Stuhl auf. Begleitet von einem lauten Knarren der Rückenlehne, faltete er die Hände. Mit der typischen rauf und runter Bewegung und den hochgezogenen Schultern fragte er: »Ike glaube dik. Wase, willste du jetze make?«

Aaron schweifte mit den Augen gedankenverloren durch den Raum. Spontan kam ihm ein Gedanke. Der Versuch war es wert.

»Sarah, kannst du dich in das Computersystem des Sanatoriums hacken?«

KAPITEL 19

Am *"Pohnpei International Airport"*, der auf der Nebeninsel Dekehtik liegt, herrscht seit einigen Tagen ein reges Treiben. Wie jedes Jahr werden die *"Micronesia-Culture-Days"* gefeiert. Zu dieser Zeit begrüßen die »Föderierten Staaten von Mikronesien« die größte Anzahl der jährlich eintreffenden Touristen. An diesen Kulturtagen stehen die Lebensarten und Traditionen der Urbevölkerung im Mittelpunkt. Die Bewohner der knapp 600 Inseln präsentieren ihre uralten Rituale, Tänze und Mythen. Kinder beschenken die ankommenden Fremden mit Blumen.

Gustav Eberwein schreitet gemächlich durch die Ankunftshalle. Er riecht an der ihm überreichten Hibiskusblüte und steuert auf das Restaurant »*Babbar*« zu. Obwohl die Halle klimatisiert ist, klebt das Hemd unter dem Jackett am Körper. Am hintersten Tisch nimmt er schwerfällig Platz. Der Sessel, in den er sich mit seinem Gewicht hineinzwängt, gibt verdächtige, knarzende Geräusche von sich. Er holt aus seiner Hosentasche ein Stofftaschentuch und wischt sich den Schweiß von der Stirn. Die Brille, die er vorher abgelegt hatte, versucht er mit dem feuchten Taschentuch zu säubern.

Na klasse. Jetzt sehe ich gar nichts mehr. Was für eine Hitze. Mein Sakko ist durch.

Er wurde durch einen freundlichen Kellner aus seinen Gedanken gerissen. Er bestellte sich eine Flasche Wasser und bat um die Speisekarte.

»Guten Tag, Herr Direktor«, begrüßte ihn ein blonder Mann in dunkler Hose und schwarzem T-Shirt. Seine Augen waren hinter einer verspiegelten Sonnenbrille versteckt.

»Bitte verzeihen Sie meine Verspätung.«

»Guten Tag Hans. Schön Sie zu sehen. Kein Problem, ich habe mir gerade was zu trinken bestellt. Bitte setzten Sie sich doch«, antwortete der Direktor und deutete auf einen der Stühle.

Hans zog den nächsten an sich und nahm Platz. Der Kellner brachte Eberweins Getränk. Der Museumsleiter blätterte in der Speisekarte. Er hatte gefunden, was er gesucht hatte: die landestypischen Speisen: Yamswurzel, Brotfrucht, Meeresfrüchte, dazu einen Kokosnusssalat sowie nochmals eine Flasche Wasser.

»Für Sie?« Fragte er seinen Tischnachbarn.

»Nein. Vielen Dank.« Wie ein scheues Tier sah sich Hans im Restaurant um und vergewisserte sich, dass ihm niemand zuhören konnte. Dann legte er leise los:

»Sie hatten recht. Die sind seit zwei Tagen auf Nan Madol.«

»Wir haben sie von der Jacht aus mit den Feldstechern sowie über die Satelliten beobachtet.« Wieder sah er sich nervös um.

»Es muss was geschehen sein, was nicht geplant war, sie hatten zwei Gefangene.«

Eberwein runzelte die Stirn und sah ihm fragend in die Augen. Er hörte sich den Bericht bis zum Ende an.

»Was haben die beiden, die auf Aaron Voss angesetzt waren, herausgefunden?« Fragte der Direktor autoritär und wischte sich den Schweiß aus dem Gesicht.

»Wir haben keine Meldung von ihnen. Wir wissen nicht, was geschehen ist.«

»Hmm ..., gut ..., begleichen Sie die Rechnung. Danach fahren Sie mich zum Hotel.«

KAPITEL 20

Wie haben sie dich aufgespürt?«, fragte Francisco den finster dreinblickenden Hünen.

Weil mich mein Gehör im Stich gelassen hat. Ich habe versagt und die Drohne nicht registriert. Ich, der Cerberus, habe sie unterschätzt. Sie haben den Stein gefunden!

Seine Gedanken mochte er nicht aussprechen, somit erklärte er seinem Freund, dass er kurz vor seiner völligen Taubheit den Wortfetzen von Drohne wahrgenommen hatte. Im selben Moment bemerkte er, dass von Madol Pah aus, ein Boot mit zwei bewaffneten Männern durch den Kanal fuhr.

»Wir verschwinden!« Moses kroch aus dem Unterschlupf.

Es blieb ihnen keine Zeit, ihr Versteck zu tarnen. Sie bewegten sich wie Raubtiere Richtung Wasser. Ohne ein Wort zeigte er nach oben. Francisco erblickte sie sofort. Da war sie, diese Minidrohne, dieser Unheilsbringer. Beide verschmolzen förmlich mit den Basaltsäulen. Jegliche Bewegung konnte sie nun verraten. Scheinbar ziellos flog dieses fast lautlose Hightech Spielzeug in die eine, mal in die andere Richtung. Sie blieb in der Luft stehen, drehte sich um die eigene Achse. Danach stieg die Drohne ein wenig höher und bewegte sich wieder vorwärts. Beide beobachteten sie durch die Baumwipfel, die ihnen einen leichten Schutz boten.

In bedachten und vorsichtigen Bewegungen löste Francisco seinen schwarzen Neoprengürtel. Moses sah ihn fragend mit hochgezogenen Brauen an. Ohne zu antworten, die Drohne stets im Blick drückte er auf die beiden Metallstifte der Schnalle. Hierbei öffnete sich die Gürtelschnalle. Die Schließe in Form einer kleinen Halbkugel veränderte sich dadurch in zwei Hälften, die mit Flügel bezeichnet wurden. Der Cerberus sah ihm verwundert zu. Francisco legte vorsichtig einen runden Stein in die aufgeklappten Vertiefungen. Er beobachtete das Fluggerät unaufhörlich. Der Türhüter lies ihn nicht aus den Augen. Sah, wie sich sein Partner spannte. Francisco explodierte förmlich aus dem Versteck. Das brachte sogar Moses zum Staunen. Die kreisenden Bewegungen seines Unterarmes waren atemberaubend. In einer fließenden Bewegung schleuderte er den Stein mit seiner Gürtelschleuder in Richtung Drohne. In Sekundenbruchteilen schlug das Geschoss ein. Der Spion war tödlich verletzt. Wie eine abgeschossene Tontaube stürzte sie ins Wasser.

»Sie sind blind«, flüsterte Francisco.

»Du überrascht mich immer wieder. Los, lass uns verschwinden!« Gebückt schritt Moses los.

»Was ist geschehen?« Verwundert sah Viktor auf den Bildschirm. Der Soldat, der die Fernsteuerung der Drohne in beiden Händen hielt, zuckte mit den Schultern. Seine Daumen spielten mit den Joysticks. Er erhielt keine Rückmeldung der Kamera.

»Vielleicht war es ein Raubvogel, der sie vom Himmel holte?« Verlegen betrachtete er das Display.

Viktor, Pazuzu und Valentino sahen sich an. Keiner der drei konnte sich einen Reim darauf machen, was geschehen war. Viktor befahl dem Soldaten, die aufgezeichnete Aufnahme bis zum Verlust der Drohne nochmals auf dem Bildschirm abzuspielen.

Nach mehrmaligen Vor- und Rückläufen des Mitschnittes sowie der Zeitlupenvariante war es der Hauptmann, der "Stopp" schrie.

»Ein wenig zurück und halt! Da rechts unten! Vergrößern!« Der Soldat betätigte einige Tasten der Fernbedienung. Die Aufnahme wurde durch die Zoomfunktion vergrößert. Schemenhaft sah man einen stehenden Menschen.

»Näher ran!« Er beugte sich weiter an den Bildschirm heran. Mit zusammengekniffenen Augen betrachtete er die stetig deutlicher werdende Sequenz.

»Das ist der Skipper!«, rief Viktor hinter seinem Rücken. An den Soldaten gewandt, befahl ihm Pazuzu, seine Kameraden über die neue Situation zu informieren.

Wenige Augenblicke nach dem Abschuss waren Francisco und Moses im Wasser. Beide schwammen wie Krokodile völlig lautlos auf Madol Pah zu. Ihre Augen waren knapp über der Wasseroberfläche. Keine vierzig Meter vom Ufer entfernt, sahen sie, wie das Boot mit den zwei Uniformierten um die Ecke bog. Sie hatten es schon länger gehört. Aus welcher Richtung es kommen würde, war unmöglich zu bestimmen. Die Motorengeräusche prallten an den Basaltwänden ab und erzeugten vielfache Echos. Wie bei einer Dolby-Surround-Anlage zirkulierte der Lärm um sie herum. Mit hohem Tempo steuerte es direkt auf die beiden zu. Wie auf ein Kommando tauchten sie ab.

An dieser Stelle war das Wasser nicht tief. Mit leichten Handbewegungen sanken sie zum Grund. Um dem Auftrieb zu verhindern, hackten sie ihre Füße bei den am Boden befindlichen Steinen ein. Die Schiffsschraube rauschte oberhalb ihrer Köpfe an ihnen vorbei. Nach einigen Sekunden tauchten sie weiter Richtung Ufer. Bedächtig schwammen sie zur Oberfläche. Dort angekommen lugten Francisco und Moses vorsichtig aus dem Wasser. Das Boot hatte gewendet, kam mit Vollgas auf sie zu.

»Zieh den Kopf ein!« Im nächsten Moment lies sich Rojas nach unten sinken. Er hielt sich mit der rechten Hand an einer Wurzel fest. Mit der anderen zog er seinen Gürtel aus den Hosenschlaufen. Aufwärts blickend, sahen sie das Boot rasant näher kommen. Das Wasser war knapp eineinhalb Meter tief. Moses hatte Probleme, sich am Boden an etwas festzuhalten. Die Versuche, an einer Wurzel Halt zu finden, scheiterten. Er riss sie aus dem Untergrund. Er griff nach Steinen und ertastete endlich einen, der im Erdreich verankert war. Francisco hatte mittlerweile die Füße unter einem flachen Fels eingeklemmt. Seine Knie waren angewinkelt, sein Rücken lag am Boden auf. Das Boot mit dem lebensgefährlichen Außenborder war über ihnen. Im richtigen Moment schnellten die Arme des Ex-Legionärs mit dem gespannten Gürtel Richtung Propeller in die Höhe. Das Neoprenband verfing und wickelte sich komplett in die Schraube. Der Steuermann verlor die Kontrolle der Lenkung und donnerte mit der Restgeschwindigkeit auf die Basaltmauer der Insel zu. Beide Insassen hatten keine Chance mehr, aus dem unmanövrierbaren Boot zu springen. Es zerschellte mit einem lauten Knall an einer Mauer. Die Soldaten flogen in einem hohen Bogen und mit panischem Geschrei gegen die Basaltsäulen. Augenblicke später explodierte der Tank. Mit einer bis zu den Baumwipfeln reichenden Feuersäule wurden die letzten Teile des Bootes umher geschleudert.

Moses und Francisco, die wie zwei »Hippos« im Wasser verharrten und den Ausgang dieser Aktion beobachteten, sahen die Soldaten am Rande der Mauer liegen. Ihre Glieder waren unnatürlich vom Körper gedreht. Das Blut, das die Steine besudelte, bestätigte den beiden, dass sie von diesen Gegnern nichts mehr zu befürchten hatten. Wortlos bewegten sie sich am Ufer entlang Richtung Anlegestelle der *ONE.*

»Verdammt noch mal. Was war das schon wieder?« Valentino sprang im Kommandozelt von seinem Stuhl auf.

KAPITEL 21

Nach langem Hin und Her und stundenlangen Argumentationen und Zweifeln war Aaron mit Sarah in Richtung seiner Wohnung aufgebrochen. Den ganzen Weg über hatten sie diskutiert. Aufgewühlt und voller Emotionen betraten sie die Penthousewohnung. Diese leistete sich Aaron aus einem Bruchteil des Erbes der Großmutter. Ein ihm bekannter Innenarchitekt war für die moderne Inneneinrichtung verantwortlich. Sarah bemängelte immer diesen kühlen, zum Teil sterilen Stil der Möbel. Sie vermisste Topfpflanzen, Kuscheldecken sowie Kerzen. Alles war durchgestylt. Ihre Bemühungen, die Räume durch Dekoartikel und Grünpflanzen aufzupeppen, gab sie nach einigen Versuchen resignierend auf. Die Überlebenschancen von Gewächsen jeglicher Art waren bei ihrem Freund gleich null. Er legte den Wohnungsschlüssel auf die Kommode. Sie nahm im Wohnzimmer auf der Couch Platz.

»Ich springe kurz unter die Dusche. Kommst Du mit?« Er zog sich das Sweatshirt über den Kopf. Mit einem spitzbübischen Grinsen deutete er mit den Augen Richtung Badezimmer.

»Was hast du da am Unterarm?« Sarah zeigte mit dem Finger auf seinen rechten Arm.

Aaron sah verdutzt auf die Stelle. Eine Art Tätowierung, die aussah, wie wenn eine dünne Metallschicht auf die Haut geklebt wäre. Er betrachtete die Zone. Das Zeichen glich einem goldenen

»*Anch*-Kreuz«, das links am Balken einen roten und rechts einen grünen Punkt hatte.

»Keine Ahnung?« Er rieb über die Stelle. Das war kein Tattoo. Das Konstrukt war unter der Haut eingebracht und fühlte sich hart an. Er rubbelte hin und her und drückte fester darauf herum.

»Aaron? Was geht den hier ab? Aaron, wo bist du? Aaaaron?!«, hörte er die hysterisch kreischende Freundin.

»Ich glaube es nicht!« Fasziniert betrachtete er seinen Unterarm und grinste Sarah an.

Er hat mir dieses unsichtbar Machende ..., keine Ahnung ..., "Dingsbums" geschenkt! Wahnsinn! Wie funktioniert es?

»Wo warst du?! Was ist passiert?!« Völlig aus dem Häuschen und panisch schrie sie ihn an.

»Habe es euch doch erzählt. Ich war nicht zu sehen auf der Insel.« Seine Finger glitten vorsichtig über das magische Zeichen. »Das ist der Beweis. Durch dieses, was auch immer Ding, werde ich zu Luft!« Er drückte den roten Knopf. Die Reaktion von Sarah war die gleiche wie beim ersten Mal. Panik.

Mit einem Grinsen im Gesicht seiner Unsichtbarkeit bewusst, schlich er in ihren Rücken und hauchte ihr einen Kuss auf den Hinterkopf. Völlig in Rage drehte sie sich um, wirbelte und schlug mit den Händen um sich. Aaron berührte den grünen Knopf und stand einige Meter weit weg vor ihr im Zimmer.

»Das ist fantastisch! Er hat es mir geschenkt. Ich kann dich berühren und spüren!« Begeistert streichelte er sanft über das Kreuz.

»Aaron Chiron Voss. Unterstehe dich noch einmal, mich zu berühren, wenn du unsichtbar bist!« Mit bitterbösem Blick sah sie ihn an.

»Verzeih mir. Ich konnte nicht anders. Ich musste versuchen, ob ich etwas spüre«, entgegnete er entschuldigend grinsend.

Sarah schüttelte den Kopf, doch auch sie konnte sich dann ein Lächeln nicht verkneifen.

Gemeinsam schlüpften sie unter die Dusche. Sie schmiegte sich mit ihrem nassen, herrlich duftenden Körper erotisch an ihn. Sie fühlte seine Erregung. Er küsste sie leidenschaftlich. Mit dem Rücken an die Wand gelehnt, ließ sie ihn gewähren. Nachdem sie bei Atem waren, schlupften sie in die Bademäntel. Die Gemüter der beiden hatten sich ein wenig beruhigt. Sie steckten ihre Köpfe über dem Computer zusammen und Sarah tippte auf der Tastatur Befehle ein. Aaron bewunderte sie für ihre Affinität zu diesem Medium. Er war genau das Gegenteil. Er benötigte immer Hilfe bei technischen Herausforderungen. Das Einlegen einer "SIM-Karte" in ein neu erworbenes Handy, das brachte er fertig. Weiterführende Aktionen? Fehlanzeige. Solange ein System lief, war alles in Ordnung. Er stand auf, um frischen Kaffee aus der Küche zu holen. Dabei betrachtete er gedankenverloren sein *Anch* unter der Haut.

»Bingo, ich bin drin«, zufrieden sah Sarah auf den Bildschirm. Nach weiteren Tastenkombinationen war sie auf der Patientenliste. Sie öffnete die Datei für Professor Martin Voss. Sie sah auf das Foto von Aarons Vater, der bei dieser Aufnahme mit grinsendem Gesicht abgelichtet war und glücklich aussah. Wie von selbst hatte sie einen Kloß im Hals und ihre Augen wurden wässrig.

»Genial. Du bist genial. Siehe bitte bei den Besuchen nach«, bat Aaron sie.

Sarah wischte mit dem Handrücken die Tränen trocken. Sie tippte in der Menüleiste den Reiter "Besuche" an. Sofort fiel ihnen der Termin für den heutigen Vormittag 09:00 Uhr ins Auge:

Abholung von Prof. Martin Voss durch Herrn Dieter Mesche vom »Nationalen Wissenschaftsgremium Potsdam«.

Grund: Dem Professor wird durch oben genanntes Gremium der Ehrenpreis für seine wissenschaftlichen Errungenschaften und sein Lebenswerk verliehen.

Unterzeichnet und genehmigt: Aaron C. Voss (Sohn/Vormund).

Ungläubig sahen beide auf diese Eintragung. Die Randnotiz brachte Aaron gehörig in Wallung. Da stand schwarz auf weiß, dass Dr. Franke, der Leiter des Sanatoriums, mit ihm telefonisch diese Abholung besprochen hatte. Sie beide haben in Abwägung des Gesundheitszustandes des Vaters keine Bedenken geäußert und somit für risikolos eingestuft. Der Auszeichnung stand damit nichts mehr im Wege.

»Wer ist dieser Mesche?« Er wanderte durch den Raum auf und ab. Nach einigen Sekunden des Überlegens reagierte er:

»Ok, wir wissen das es so passiert!«

Sarah hatte die Seite des Sanatoriums geschlossen. Mit weiteren Befehlen auf der Tastatur beseitigte sie ihre Spuren im Netz. Aaron massierte zärtlich ihren Nacken. Nachdenklich und abwesend starrte er auf den Bildschirm, fixierte den blinkenden Cursor im Schriftfeld des Internet-Suchportals.

Wie gehts weiter? Es gelang ihm nicht, den nächsten Schritt festzumachen.

»Die werden auf keinen Fall mit einer Linienmaschine fliegen«, riss ihn Sarah aus seinen Überlegungen.

Sie hat recht. Sie werden mit einem Privatjet die Strecke bewältigen!

»Kannst Du prüfen, welche Flüge heute Morgen ab 09:00 Uhr starten?«

»Warum?! Die holen ihn doch um 9! Aber ok, klar mach ich!«
Ihre Finger flogen über die Tastatur.

Kurze Zeit später wurde sie am Flughafen Berlin-Schönefeld
fündig. Zumindest war es eventuell ein Treffer.

»Da ist eine Buchung. Hong Kong ohne Zwischenstopp. Start
um 09:40 Uhr«, bemerkte sie.

»Das ist aber nicht die direkte Route nach Pohnpei!« Aaron sah
sich auf seinem Tablet die Flugroute an.

»Das stimmt. Jedoch nur 2 Personen mit einem Privatjet, der
fast Überschallgeschwindigkeit erreicht?« Sie sah zu ihm.

»Über 9000 Kilometer ohne Zwischenstopp!« Sarah zeigte auf
den zweiten Bildschirm. Darin sah Aaron einen Learjet der
»*Gulfstream G600 Serie*«. Er lass die technischen Daten, die ihm
Sarah vorher mitgeteilt hatte. Er war nicht überzeugt und bat sie
darum, die Auftraggeber herauszufinden. Sie wies ihn darauf hin,
dass sie sich innerhalb einer Stunde einige Male strafbar gemacht
hatte. Nichtsdestotrotz, ihr Ehrgeiz war gepackt. Sie versuchte es
weiter.

Aaron studierte in der Zwischenzeit die Features des
Flugzeuges. Dabei fiel ihm auf, dass es für diese Strecke nur einmal
zwischenlanden würde.

Dieser Jet ist eine Rakete. Wow. Über 1100 Stundenkilometer!

»Ola. Was haben wir den hier? Eine »*Megalithic Foundation
Southamerica*« ist der Mieter!« Sarah verschränkte die Arme hinter
dem Kopf.

»Volltreffer!« Begeistert von dieser Nachricht küsste Aaron sie.
Er erzählte ihr ausführlich von dem Zeltlager, was er dort alles
gesehen hatte. Unter anderem auf etlichen Kisten diese Firmierung.
Er drückte sie voller Euphorie. Er war sich sicher, jetzt hat er eine
Möglichkeit, seinem Vater zu helfen. Das Adrenalin durchströmte
seinen Körper.

»Ich rufe Alfredo an. Er ist dran!«

KAPITEL 22

Alfredo saß eingequetscht im Auto von Maria, seiner Frau. Aaron hatte ihn gebeten, so unauffällig wie möglich die Entführung seines Vaters zu beobachten. Nebenbei erklärte er ihm, dass Martin nach Mikronesien und nicht, wie er meinte, Andalusien verschleppt wird. Er solle von den schrägen Vögeln, die ihn abholten, Fotos schießen. Alfredo war in seinem Element. Er, ein ausgesprochener Krimi-Fan und Liebhaber von *Agatha Christies* Detektiv *Hercule Poirot,* entschied sich zur Beobachtung für den *»Fiat 500«.* Seiner Meinung nach wäre sein *»Maserati Quattroporte«* zu auffällig, um die Ermittlung durchzuführen. Der Bauch hatte Kontakt mit dem Lenkrad. Trotzdem hatte er sich genügend zu Essen und Trinken mitgenommen. Nach Hunderten von Krimiromanen und Filmen war er sich bewusst: So eine Observation ist Kalorien zerrend. Er biss genüsslich in die Calzone und nahm einen Schluck aus der Thermoskanne voller Espresso.

Seit sieben Uhr stand er auf dem Parkplatz des Sanatoriums. Den Stellplatz, den er gewählt hatte, war perfekt. Er erlaubte ihm, den Ein- und Ausgangsbereich der Klinik ohne Hindernisse zu beobachten. Gleichzeitig hatte er so zwischen zwei Autos geparkt, dass er fast nicht zu sehen war. Der Fiat ist das ultimative Observationsfahrzeug. *"Hercule"* hätte genauso gehandelt. Seine Spiegelreflex-Digitalkamera hatte er auf dem Beifahrersitz platziert.

Er packte die nächste Calzone aus der Alufolie. Ein schwarzer Mercedes fuhr Richtung Eingang. Alfredo sah auf seine Uhr.

Ese ise halbe neune?

Er entschloss sich trotzdem ein paar Aufnahmen des Geschehens zu erstellen.

Kanne nikt schade.

Er nahm den Fahrer ins Visier und vergrößerte mit der automatischen Zoomfunktion das Bild. Die Schärfe justierte sich von selbst. Er sah einen Mann mittleren Alters mit nach hinten gekämmten, grau melierten Haaren. Er drückte ab. Die Canon gab einen leisen Klicklaut von sich. Fahrer sowie Beifahrer stiegen aus. Alfredo ließ den Zeigefinger am Auslöser. Die Kamera fabrizierte eine Serie von Fotos. Beide verschwanden im Sanatorium. Nach wenigen Minuten erschienen die zwei Männer mit dem Professor. Einer der Kidnapper stützte Martin Voss unter dem Arm und steuerte Richtung Fahrzeug.

Alfredos Hände waren feucht und zitterten. Sein Puls hämmerte in den Ohren. Er fotografierte eine Entführung. Er zwang sich, die Aufnahmen nicht zu verwackeln, und hielt die Luft an. Der Wissenschaftler wurde auf den Rücksitz verfrachtet. Der Fahrer öffnete die Türe und setzte sich hinter das Lenkrad. Der andere verstaute das Gepäck im Kofferraum und nahm neben dem Professor Platz. Zügig rollte das Fahrzeug Richtung Ausfahrt. Vor der Einmündung zur Hauptstraße bot sich die Gelegenheit, das Nummernschild abzulichten. Alfredo drückte auf den Auslöser und nahm die Atmung wieder auf. Der Mercedes bog auf die Straße und gab Gas. Einige Augenblicke später war er für den Observierer nicht mehr zu sehen.

Seine zittrigen Hände versuchten, die Speicherkarte aus dem Slot zu bekommen. Sie gehorchten ihm nicht. Mehrmals drückte er auf den Auswurfmechanismus und rutschte dabei mit dem Finger ab.

Er wischte sich die Hände an seiner Hose ab und versuchte es erneut. Endlich beförderte die kleine Stahlfeder im Inneren der Kamera die Karte ein Stück nach oben, sodass er sie entnehmen vermochte. Er fügte das Speichermedium in seinen Laptop und lud die Fotos hoch. Darauffolgend sendete er sie an Sarah, die sie schon ungeduldig erwartete. Völlig aus dem Häuschen und überdreht schilderte er ihr am Telefon, das soeben erlebte. Sie betrachtete dabei die exzellenten Aufnahmen auf ihrem Computer. Das Nummernschild war eindeutig zu lesen. Sie beendete das Gespräch und rief Aaron an.

KAPITEL 23

Alle Mann zum Lager, sofort!«, brüllte Kommandant Pazuzu den Befehl in sein Headset. Er befahl Viktor und Valentino, bei dem Professor zu bleiben und so rasch wie möglich die Dechiffrierung in Angriff zu nehmen. Er erteilte dem einzigen verbliebenen Soldaten einige kurze Befehle und verließ das Zelt.

Aaron beobachtete die ganze Szene des Bootsunfalls aus seinem Versteck.

Das war die Explosion, die ich zuletzt gehört hatte, bevor Enki mich wieder zurückgeholt hatte.

Er sah den beiden Männern nach, die am Strand wie zwei Jaguare versuchten, mit dem Hintergrund zu verschmelzen.

Sein Plan war aufgegangen. Sarah hatte ihn per Handy darüber informiert, dass die Entführung so geschehen ist. Er betrachtete ein paar der Fotos, die sie ihm gesendet hatte. Er erkannte den Glatzköpfigen, den er mit seinem Vater aus dem Boot steigen sah. Das ist Valentino. Clark hatte ihn einige Male in dem Telefonat im Zeltlager so angesprochen. Der andere war demnach dieser Dieter Mesche. Das Gesicht sagte ihm nichts. Er kannte diesen Mann nicht. Er nahm die Speicherkarte und die SIM-Karte aus seinem Telefon, brach sie auseinander und warf alles in den Fluss. Sein altes Handy hatte seinen Dienst erfüllt, auf Nan Madol nutzte es ihm nichts.

Er hatte sich durch seine Unsichtbarkeit in einem passenden Moment in den Frachtraum des Learjet geschmuggelt. Er harrte darin in einer Ecke aus. Durch ein kleines Fenster beobachtete er die ausgeklappte Treppe. Sein Vater und der Glatzkopf stiegen aus einem schwarzen Auto. Ein anderer holte aus dem Kofferraum Gepäckstücke und übergab sie dem wartenden Personal. Die Luke des Frachtraums wurde geöffnet. Ein Mann platzierte den Koffer sowie einen Rucksack in XXL-Maß in den Raum und verschloss die Türe. Aaron hielt über die gesamte Zeit der Beladung die Luft an. Er beobachtete, wie sein Vater schwerfällig die Treppe nach oben schlürfte. Es dauerte nicht lange, da rollte das Flugzeug Richtung Startbahn. Den Lärm, den die beiden Düsenantriebe erzeugten, war fast unerträglich. Nach einer gefühlten Ewigkeit Flugzeit mit einem Zwischenstopp landeten sie sicher in Mikronesien. Er nahm die zusammengeknüllten Papiertaschentuchfetzen aus den Ohren. Er hatte die Taschentücher sowie Toastbrot und Wasser in einem der Kartons im Frachtraum gefunden. Bevor die Luke geöffnet wurde, betätigte er das Kreuz am Unterarm. Er war unsichtbar. Zwei Einheimische entluden flink die Maschine. In einem günstigen Augenblick schlupfte er aus seinem Versteck. Auf der Rollbahn warteten SUVs. Er entschloss sich für den, bei dem der Kofferraum geöffnet war. Sein Vater und sein Entführer nahmen im ersten Fahrzeug Platz. Das Gepäck wurde durch die offene Luke in den Stauraum geworfen. Bei den Treffern an den Schienbeinen hätte Aaron am liebsten aufgeschrien. Er biss sich auf die Lippen. Mit schmerzverzerrtem Gesicht erlebte er eine turbulente Fahrt zum Hafen. Dort angelangt, bestiegen der Glatzkopf und Dr. Voss das bereitgestellte Boot.

Aaron sah zu, wie es sich Richtung Nan Madol aufmachte. Er entfernte sich zu einer Hütte und wurde wieder sichtbar. Er mietete ein kleines Schlauchboot mit Außenborder und folgte dem

Entführer. Wie er nah genug an die Insel herangekommen war, warf er den Anker. Seine panische Angst vor Haien kostete ihm eine gewaltige Überwindung, in das offene Meer zu gleiten. Seine Idee, das *Anch* zu drücken, beruhigte ihn für den Moment. Nach einiger Zeit im Wasser erinnerte er sich daran, dass Haie über Lorenzinische Ampullen verfügen und ihre Beute durch elektrische Impulse oder durch Temperaturunterschiede orten. Seine Schwimmbewegungen und sein Herzschlag erhöhten sich schlagartig. Er ärgerte sich über sich selbst. Der "Weiße Hai", ein Blockbuster von *Steven Spielberg*, haben ihn seit seiner Jugend nachhaltig geprägt. Immer wenn er im Meer schwimmt, läuft das Kopfkino aus dem Blickwinkel des Raubfisches, der sich von unten lautlos nähert.

Frische, zappelnde Beine!

Entkräftet, aber glücklich kein Snack geworden zu sein, war er am Strand angekommen.

Er konzentrierte sich weiterhin auf die zwei Männer, die sich vorsichtig in gebückter Haltung an den Mauern bewegten. Er hatte die beiden fest im Blick. Sein Gefühl sagte ihm, ihnen zu folgen. In gebührenden Abstand schlich er unsichtbar hinter dem Duo her. Moses blieb wie angewurzelt stehen. Francisco tat es ihm nach. Keiner von beiden sprach ein Wort. Der Cerberus legte den Kopf ein wenig zur Seite und schloss die Augen. Er konzentrierte sich auf die Geräusche um sich herum. Aaron schlich näher heran. Aus seiner Position sah er die beiden deutlich. Erst jetzt bemerkte er die Tätowierungen des einen.

Die habe ich schon gesehen! Ähnliche hatte Ugala auf seinem Anzug! Ist er ein Anunnaki?

Ohne Vorwarnung schlich Moses in gebückter Haltung weiter. Francisco folgte ihm und sah vor sich die Anlegestelle. Das Wasser schwappte mit leichten, rhythmischen Wellen an die Bootsseite. Es schaukelte sanft hin und her. Beide blieben in Deckung und beobachteten die Umgebung. Der ehemalige Legionär bemerkte, dass sein Freund abermals die Lider geschlossen hatte.

»Schleich dich zur *ONE* und mach sie startklar«, flüsterte Moses. Er hatte seine Augen zusammengekniffen und sah sich um. Francisco robbte zum Steg. Er ließ sich ins Wasser gleiten und tauchte zu den Motoren. Zwischen den beiden liegt die Ruheplattform. Dort ist die beste Möglichkeit an Bord zu gelangen. Er zog den Kopf ein, nachdem er sein Schnellboot betrat. Auf allen vieren kroch er hinter der Seitenwand zur Steuerzentrale. Er berührte das Touchscreenpanel. In das erschienene Feld tippte er seine Identifikationsnummer ein. "Code-Eingabe ungültig" sah er auf dem Bildschirm. Er versuchte es abermals mit dem gleichen Ergebnis. Er drückte gegen die rechte Seitenwand unterhalb des Steuerrades. Er hatte dieses Geheimfach von der Werft zusätzlich installieren lassen. Eine kleine Türe sprang auf.

Verdammt! Die haben den Code geändert. Meine Knarre ist weg!

Enttäuscht begab er sich auf den Weg zurück zu seinem Partner. Dort angekommen erklärte er ihm, dass diese Option, von der Insel zu kommen, nicht mehr besteht. Moses, so hatte es den Anschein, hörte ihm nur mit halbem Ohr zu. Er war auf irgendetwas konzentriert. Francesco sah ihn fragend an. Unmerklich schüttelte der Cerberus den Kopf.

Aaron war in die Hocke gegangen und lehnte mit dem Rücken an einer Basaltmauer. Er beobachtete das Treiben der beiden Personen. Ihn faszinierte die Erscheinung des tätowierten Riesen. Da seine Knie zunehmend schmerzten, veränderte er seine Haltung und richtete sich ein wenig auf. Ein fataler Fehler. Moses kam die zehn Meter, die er von ihm entfernt war, wie von einem Katapult geschleudert, in zwei, drei Sprüngen auf ihn zu und rammte ihn mit voller Wucht. Vor lauter Schreck starrte Francisco mit offenem Mund und weit aufgerissenen Augen zu der Stelle, wo Moses gegen die Mauer gesprungen ist.

»Bist du völlig durchgeknallt?« Er hob die Schultern und breitete seine Arme aus.

»Ich habe ihn«, war die kurze Antwort.

»Warst du zu lange unter Wasser? Willst du die Basaltmauer einreißen?« Kopfschüttelnd mit dem Zeigefinger auf die Schläfe trommelnd, zeigte er Moses, was er von dieser Aktion hielt. Der Cerberus ließ sich nicht beirren. Er bewegte die Hände im Sand und in der Luft, bis er Materielles spürte. Er tastete sich langsam an dem am Boden liegenden Körper nach oben. Er hatte die Stelle gefunden, die er suchte. Er griff unter die Achseln des bewusstlosen Unsichtbaren und setzte ihn gegen die Mauer.

»Was machst du da?« Zischte Francisco. Er verstand das Verhalten seines Freundes nicht.

Moses presste den Brustkorb des verborgenen Gegners gegen die Mauer. Mit seiner rechten Hand tastete er nach dessen Kopf und versetzte ihm mit der flachen Pranke einen leichten Schlag. Aaron gab einen Schmerzlaut von sich. Im gleichen Augenblick sprang Francisco aus seiner Hocke rückwärts auf den Rücken.

»Verdammt! Was ist hier los?« Entgeistert sah er zu, wie der Türhüter ein weiteres Mal einen Schlag mit der flachen Hand ausführte. Es klatschte, obwohl da nur Luft war.

Mit einem lang gezogenen »Ohhhh. Wo bin ich?« Wachte Aaron langsam aus seiner Bewusstlosigkeit auf.

Francisco empfand die Situation Furcht einflößend. Er war überzeugt, den Verstand zu verlieren. Er hörte schon Gespensterstimmen. Die Schauermärchen, die man sich über die Insel erzählt, waren die wahr?

»Zeige dich. Ich werde dir nichts tun!« Moses hielt ihn weiter an die Mauer gedrückt fest. Aaron, der sich fühlte, von einem Bus angefahren worden zu sein, sah dem Mann direkt in die Augen. Er sah dessen Entschlossenheit.

»Kannst du mich loslassen, damit ich ein wenig Luft bekomme?« Gleichzeitig drückte er das Kreuz.

»Spinn ich?«, rutschte es Francisco raus.

»Was zum Teufel? Woher?«, stammelte er.

Moses lies den Überrumpelten los. Der wiederum sah aus, wie wenn ihn wahrhaftig ein Bus angefahren hätte. Er hatte an etlichen Stellen des Körpers blutige Hautabschürfungen und einige Hämatome. Seine Kleidung war teilweise zerrissen und seine Unterlippe war aufgeplatzt. Aaron wischte sich mit dem Unterarmärmel das Blut unterhalb der Nase ab.

»Durch was habe ich mich verraten?«, fragte er leise und verunsichert. Der Cerberus sah ihm lange in die Augen. Er musterte ihn.

»Wer bist du?« Aaron erinnerte sich an die Worte von Enki: *Offenbare niemals Dein Wahres ich!* Aber er sagte ebenfalls: *Vertraue Deinem Herzen!*

Er vermochte es nicht zu begründen, dennoch vertraute er diesem Mann. Sein Herz sagte, dass es richtig und vor allem wichtig ist, sich ihm anzuvertrauen. Er schoppte den Hemdsärmel hoch.

Franciscos Weltbild wurde innerhalb kürzester Zeit zum zweiten Male komplett über den Haufen geworfen. Er verfolgte ungläubig mit offenem Mund die vorgetragene Geschichte. Das, was auf ihn einprasselte, überstieg seine Fantasie um Welten. Er, der sich hier in Mikronesien ein entspanntes Leben ausgemalt hatte, war mitten in eine "kosmische, interstellare Intrige" geraten, die womöglich Tausende Jahre währt.

KAPITEL 24

Die Terrasse des Kolonia-Hyatt-Hotels war zu dieser frühen Morgenstunde spärlich frequentiert. Die Touristen stürmten zu meist das umfangreiche Frühstücksbuffet später am Vormittag. Die Bediensteten verwöhnten sie nach aller Regel der Kunst. Liebevoll präsentierte Köstlichkeiten stellten den einen oder andern bei der Auswahl auf eine harte Probe. Die erhöhte Lage der Veranda gewährte einen fulminanten Ausblick auf die Weite des Meeres und des weißen Strandes. Eine leichte Brise streichelte angenehm wohlig über die Haut.

Er nahm einen Schluck Cappuccino, legte sich einen Teil des Spiegeleis auf die Scheibe Weißbrot, die er vorher mit Butter bestrichen hatte. Ein wenig Salz, Pfeffer sowie Paprikapulver darauf gestreut, so wie er es liebte. Genüsslich biss er in das Brot. Er putzte sich mit der Stoffserviette den Mund ab, griff in die Innentasche seines Jacketts und zog ein Foto heraus. Gedankenverloren sah er auf die vergilbte Aufnahme. Die Seitenränder waren teilweise eingerissen. An der Schärfe der Fotografie nagte der Zahn der Zeit. Es zeigte zwei Männer auf dem Turm eines U-Bootes mit einem dominanten Hakenkreuz. Handschriftlich, fast nicht mehr lesbar, war »*Sommer 1945, Mar de Plata, Argentinien*« auf dem Bild vermerkt. Er drehte es um und betrachtete den Text. Nach all den Jahren kannte er ihn auswendig:

»Neuschwaben, 7515o5838oo4283340, wir werden niemals untergehen - 211«

Seine Gedanken drehten sich um seinen Großvater, der auf dieser Aufnahme mit seinem Kommandanten zu sehen war. Dieser Schnappschuss gelang einem Unbekannten. Er zeigte Oberleutnant Otto Balter mit Korvettenkapitän Alfred von Eberwein, wie sie sich im Sommer 1945 im Hafen von »*Mar de Plata*« den argentinischen Behörden stellten. Durch die Geschichte seiner Familie und eigenen Recherchen war im bekannt, was der Text auf der Rückseite zu bedeuten hatte. Der Milchschaum des Kaffees war wie zu Beginn. Das sprach für die Qualität der Zubereitung. Er grinste vor sich hin und steckte das Foto wieder weg. Mit der Tasse in der Hand ließ er seinen Blick über diese herrliche Gegend schweifen. Er vernahm vertraute Schritte, die sich von hinten näherten. Ohne sich umzudrehen, begrüßte er den Ankommenden:

»Guten Morgen, Gustav. Gut geschlafen?«

»Guten Morgen, Hermann. Sehr gut, danke! Hast Du Neuigkeiten?«, erwiderte der Museumsleiter.

Der Freund fing ohne Umschweife an, dem Direktor die Ergebnisse seiner ihm anvertrauten Recherche zu schildern. Er informierte ihn über die Verschleppung von Martin Voss und das plötzliche Verschwinden von seinem Sohn. Sie hätten die Satellitenaufnahmen ausgewertet und zwei weitere Personen auf Madol Pah identifiziert. Der eine ist der Bootsführer des Schnellbootes, der andere der Betreiber des Klubs »*Pacon Nin*« und des gleichnamigen kleinen Hafens. Beide wären vor den MEFSA-Leuten geflüchtet. Zwischenzeitlich wurden weitere zehn Soldaten auf die Insel eingeflogen. Es gab einen Zwischenfall mit einem explodierten Boot. Anhand der Wärmesignaturaufnahmen aus dem Weltraum registrierten sie nur dreizehn Personen. Was mit den restlichen sechs geschehen war? Fehlanzeige. Vermutlich sind sie bei der Explosion ums Leben gekommen. Der

Museumsdirektor verfolgte die Ausführungen hoch konzentriert. Dabei nahm er seine Brille von der Nase und reinigte sie mit einem Putztuch.

»Johann hatte mir erzählt, dass sie zwei Gefangene hatten.« Sein Blick war auf die Brille in den Fingern gerichtet.

»Das müssen dann der Bootseigner und der Einheimische sein. Welche Informationen hast du?«

»Du wirst staunen!« Balter riss die Augen auf.

»Francisco Rojas ist der Bootsbesitzer und Touristenguide. Seine Vita ist außerordentlich!«

Hermann sah zum Nachbartisch, an dem ausgerechnet eine klassisch deutsche Familie Platz nahm. Vater und die zwei Söhne trugen Trikots von Borussia Dortmund, die Mutter einen Strohhut und eine Radler Sonnenbrille. Die beiden Kinder sahen verschlafen und lustlos aus. Die Eltern besprachen, wer von ihnen ans Buffet schreitet. Nach einer kurzen und nicht unüberhörbaren Debatte blieb der Vater mit leicht grinsendem Gesicht bei den Kindern.

Mit gedämpfter Stimme erzählte Hermann seinem Freund, was er alles über Francisco Rojas erfahren hat. Eberwein, der seine gereinigte Brille wieder aufhatte, hob des Öfteren seine Augenbrauen und runzelte die Stirn. Sichtlich beeindruckt, nickte er. Dabei zog er die Mundwinkel nach unten. Beim Bericht über Moses legte er ihm einige Fotos auf den Tisch. Die Augen des Direktors weiteten sich. Er pfiff leise durch die Zähne und sah Hermann fragend an. Er stützte sich mit den Ellbogen auf die Tischplatte und lehnte sich Balter entgegen.

»Das kann nicht sein?«

»Ich konnte es selbst nicht glauben. Aber es ist wahr. Es wurde überprüft. Der Insulaner ist ein Cerberus«, flüsterte Hermann, der sich wiederholt vorsichtig umsah.

»Wo sind die beiden jetzt?« Gustav Eberwein wischte sich den Schweiß von der Stirn.

»Die letzte Aufnahme stammt vom Anlegesteg. Ich denke, die wollten mit dem Boot die Insel verlassen, jedoch haben sie es noch nicht getan.«

Nach einer Gedankenpause kam Gustav seinem Gegenüber mit dem Oberkörper entgegen. Der Tisch, auf dem er sich abstütze, war kurz vor dem Kippen. Hermann hielt seine Tasse fest in der Hand.

»Sensationell! Planänderung!« Eberwein pochte mit dem Zeigefinger auf die Tischplatte.

»Du wirst Johann sofort informieren. Sie sollen sich bereithalten, die Insel zu übernehmen!« Er sah zu der Familie am Nachbartisch und fuhr mit gedämpfter Stimme weiter: »Weihe ihn in die Geschehnisse ein. Wir müssen den Cerberus gefangen nehmen, unbedingt. Das hat höchste Priorität!«

»Was mir gerade noch einfällt. Wer hat eigentlich Martin aus dem Sanatorium entführt?« Dabei sah er genervt zum Nachbartisch. Die Mutter war mit einem Tablet voller Speisen vom Buffet zurück und verteilte die ausgesuchten Köstlichkeiten an ihre Familie.

»Es war Valentino und ein Dieter Mesche. Laut Patienteneintragung ist er beim *»Nationalen Wissenschaftsgremium«* in Potsdam beschäftigt. Ich habe es geprüft. Es gibt dort niemanden mit diesem Namen.« Hermann holte ein wenig Luft.

»Unsere Leute sind darauf angesetzt. Wir erwarten in den nächsten Stunden einige Aufnahmen von den Überwachungskameras aus der Nähe des Geschehens.« Dabei hob er seinen Arm und machte so den Kellner auf sich aufmerksam. Sein Cappuccino war beim Gespräch kalt geworden. Er bestellte einen frischen.

Warum kommt mir dieser Name so bekannt vor? Dieter Mesche, den habe ihn schon gehört. Aber in welchem Zusammenhang? Der Museumsdirektor grübelte vor sich hin und spulte im Geiste die Gespräche mit Valentino durch. So viele Jahre, wie solle er sich da an die ganzen Details erinnern. Er war sich sicher, er hat diesen Namen in einer der unzähligen Unterredungen schon einmal gehört.

Der Kellner stellte Hermann den bestellten Cappuccino auf den Tisch. Der kippte zwei Teelöffel Zucker hinein und sah dabei zu, wie er im Milchschaum unterging.

»Was sonderbar ist, ist das Verschwinden von Josef und Heinrich!« Dabei sah Hermann Balter nicht von seiner Tasse und dem Löffel auf den er bedächtig rührte.

»Hast Du herausgefunden, wo Aaron ist?«, fragte ihn der Freund.

»Seine Spur verliert sich leider wie auch die von unseren beiden Männern in der Trattoria. Es gibt dort keine Kameras. Ich habe keine Ahnung, was dort geschehen ist!« Hermann setzte seine Tasse an die Lippen und nahm einen kräftigen Schluck.

»Wir müssen den Cerberus schnappen. Das ist unsere größte Chance, die wir je hatten!« Sinnierte Dr. Eberwein vor sich hin. Er stand auf und bewegte sich Richtung Frühstücksbuffet.

KAPITEL 25

Im Zeltlager der MEFSA-Foundation herrschte reges Treiben. Die sieben übrig gebliebenen Kämpfer der Elitetruppe hörten aufmerksam den lautstarken Befehlen des Hauptmanns zu.

Pazuzu teilte mit klaren Handbewegungen die Mannschaft in drei Zweiergruppen auf. Er und ein weiterer werden zur Anlegestelle vorrücken. Er befahl seinen Männern, den Cerberus lebend zu fangen. Den Skipper benötigten sie nicht mehr. Daraufhin salutierten alle kurz und verließen in verschiedene Richtungen das Lager.

Durch die vorherrschende Lautstärke wachte Professor Voss auf. Er war benommen und sah sich fragend um.

Wo bin ich? Was sind das für Leute? Mein Schädel!

»Na endlich! Er ist aufgewacht!« Ein Mann mit einer Zigarre im Mundwinkel deutete auf ihn. Ein Glatzköpfiger kam daraufhin zu ihm hinüber. Er half dem verdutzten Professor, sich auf dem Feldbett aufzusetzen. Martin Voss roch den Schweißgeruch und den unangenehmen Atem des anderen.

»Wo bin ich? Was ist geschehen? Wer sind Sie?«

»Das tut im Moment nichts zur Sache«, antwortete Valentino.

»Hier am Tisch haben wir für Sie Essen und Trinken bereitgestellt! Stärken Sie sich zunächst und dann sehen wir weiter!« Martin erhob sich und setzte sich an den Tisch. Brot sowie Sandwichbrötchen waren in Folie gewickelt. Es stand eine offene

Dose mit Streichwurst, Butter, eine angeschnittene Hartwurst und ein geöffnetes Glas mit Sauergurken bereit. Ein Plastikbecher Erdbeermarmelade war ebenfalls offen. Im Becher waren mehr Butterrückstände wie Fruchtaufstrich. Martin Voss hasste es, wenn jemand mit demselben Messer, Butter und Marmelade auf das Brot strich. Wie lange der Kaffee schon auf der Warmhalteplatte der Kaffeemaschine stand, vermochte er nicht zu erraten. Das Getränk war pechschwarz.

Sein Hunger war größer als der Ekel, den er beim Anblick der Speisen empfand. Er bestrich eine Scheibe Brot mit Butter und schnitt einige Lagen der Hartwurst ab. Er legte die ersten beiden in zwei Fingern geklemmt, auf die Seite. Dabei zog er seine Mundwinkel vor lauter Abscheu nach unten. Die anderen, seiner Auffassung hygienischeren Wurstscheiben, legte er auf das Brot. Er schenkte sich eine Tasse Kaffee ein und sah sich auf dem Tisch nach Milch oder Zucker um. Keiner der Zutaten waren vorhanden. Er schaute zu den beiden Männern, die mit ihm im Zelt waren. Sie beachteten ihn nicht. Sie hatten ihm den Rücken zugekehrt und unterhielten sich mit gedämpfter Stimme über einen Gegenstand, den einer der beiden in Händen hielt.

Der Professor sah sich weiter im Zelt um. Gedankenverloren nahm er den ersten Schluck Kaffee. Postwendend würgte es ihn und er hatte das Bedürfnis, das Gebräu wieder auszuspucken. Er schmeckte abscheulich. Bei den Würgetönen drehten sich Valentino und Viktor gleichzeitig zu ihm um. Beide sahen sich kurz an und fingen an zu grinsen. Überheblich wandten sie sich, ohne ein Wort zu verlieren, wieder um. Martin Voss erspähte auf einem anderen Tisch ein Sixpack Wasser. Er stand auf und trottete auf ihn zu. Dabei bemerkte er den Schriftzug der MEFSA auf den Transportkisten. Er griff sich eine der Flaschen, drehte sie auf und nahm einen kräftigen Schluck. Erst jetzt wurde ihm bewusst, wie durstig er war. Die ein Liter Pulle hatte er im Nu ausgetrunken. Er stellte sie ab und schnappte sich eine Zweite. Er trottete zurück an seinen Platz und verspeiste das Wurstbrot.

Valentino hatte ihn dabei beobachtet:

»Sind Sie satt?«

»Na ja, ich habe schon besser gefrühstückt! Wer sind Sie und wo sind wir?«, fragte der Professor abermals.

Viktor gestikulierte mit der Hand:

»Kommen Sie zu uns herüber.«

Zögerlich und eingeschüchtert bewegte sich der Gelehrte zu den beiden. Valentino entfernte sich einen Schritt von seinen Kumpanen und ließ ihn durch die Mitte an den Tisch. Martin Voss stand vor dem viereckigen Stein, der auf einem überdimensionalen Bildschirm lag. Wäre vor einigen Minuten nach dem widerlichen Schluck Kaffee nicht die Übelkeit aufgetreten, hätte er diesen Anblick für einen Traum gehalten. Seine Augen waren um das doppelte Volumen angewachsen und drohten aus den Höhlen zu springen. Sein Puls raste innerhalb von Sekunden in gefährlichen Sphären. Er stützte sich am Tisch ab. Hätten sich Viktor und Valentino vor ihm aufgehalten, sein Gesicht und seine Mimik gesehen, wäre ihnen sofort aufgefallen, dass er den Stein erkannte.

»Mir ist ein wenig schwindelig. Ich muss mich setzen. Haben Sie einen genießbaren Kaffee, der mich ein wenig aufputscht?«, überspielte er seine Überraschung.

Die beiden sahen sich kopfnickend an und zuckten mit den Schultern. Viktor schritt auf einem Hartschalenkoffer zu und entnahm eine Injektionspistole.

»Ich denke, das ist viel besser als jeder Kaffee. Danach werden Sie sich wie neugeboren fühlen!« Mit einem aufgesetzten Lächeln schritt er auf den älteren Mann zu, platzierte sich hinter ihm und drückte den Lauf der Pistole seitlich an den Hals. Der Professor zuckte kurz bei dem Einstich zusammen. Seine Hand schnellte an die Einstichstelle. Ein kleiner Tropfen Blut war an seinem Zeigefinger, den er an seiner Hose abwischte.

Martin hatte die letzten Jahre täglich etliche Injektionen gegen oder für alles Mögliche bekommen. Er war es gewohnt, dass man ihm im Sanatorium bei jeder kleinen Anomalie eine Spritze sowie Tablette gab. Das hier war anders: Sein Körper straffte sich, sein Lebensmut erwachte aufs Neue. Es war nicht mehr so wie in Berlin, voller Schleier und Trübsinn. Er nahm seine Umwelt wieder wahr. Vor allem er erinnerte sich. Es war irgendetwas geschehen, dass diesen Prozess in Schwung brachte. Er verstand es nicht, er war wie neugeboren.

»Was ist das für ein Zeug, das Sie mir gegeben haben?«, fragte er verwundert. Valentino sah ihn mit zusammengekniffenen Augenbrauen streng an.

»Vitamine! Was sagen Sie zu dem Artefakt hier?«

»Meinen Sie den Klotz auf dem Tisch? Ich muss ihn genauer betrachten!« Dabei stand er auf und ging wieder an den Platz zurück.

Er nahm das Stück in die Hände und war wegen des geringen Gewichtes erstaunt. Sein Unterbewusstsein meldete ihm, dass es diese Möglichkeit des 3D-Druckes gibt. Die Technik schreitet immer weiter und schneller voran.

»Das ist nicht das Original, oder?«

Ihm wurde erklärt, dass das echte Exemplar 14 Meter unter der Erde in einem kleinen Hohlraum geortet wurde. Das Artefakt, das er in Händen hielt, ist die maßstabgetreue Replikation des dort befindlichen Gesteins.

Martin Voss begutachtete die Reliefs. Er betrachtete den Stein von nah und abwechselnd von weiter weg. Im fielen die fast nicht sichtbaren Ritzungen in den Symbolen auf. Er nahm einen Stift, der auf dem Bildschirm lag und schrieb auf die Hinterseite eines Blattes, auf dem Tabellen und Skalen verzeichnet waren, einige

Zahlen. Er überprüfte seine Notizen und drehte sich zu Viktor und Valentino um.

»Dieser Stein ist sehr interessant!« Dabei legte er seine Stirn in Falten.

»Die drei Symbole der höchsten Götter der sumerischen Mythologie, *Anu, Ištar* und *Enki!*«

»Ja, das wissen wir! Das ist uns bekannt!« Unterbrach ihn Valentino schroff. »Was hat diese Anordnung zu bedeuten?« Er deutete auf die drei Symbole und ihre Positionierung zueinander.

»Wo sind wir hier?« Verträumt stellte der Professor die Gegenfrage.

»Was hat das mit meiner Frage zu tun?« Verärgert und drohend baute sich Valentino vor ihm auf.

»Wir sind auf Nan Madol, genauer gesagt auf Madol Pah. Den Stein haben wir auf Idehd gefunden.« Mischte sich Viktor beschwichtigend ein.

Der Gelehrte zog die Augenbrauen nach oben. Seinem Gesicht war die Verwunderung anzusehen.

»Wir sind in Mikronesien? Wie bin ich hierhergekommen? Ich kann mich nicht erinnern? Das Letzte ...?«, er sah traurig und verwirrt in den Raum. »... eine ältere Dame, die mir mein Bett gemacht hat«, flüsterte er vor sich hin.

»Halt die Klappe! Verdammt noch mal! Sag mir jetzt, was Du hier siehst und was das zu bedeuten hat!«, schrie ihn Valentino an, der bedrohlich nah vor ihm stand.

Erschrocken zuckte der Professor zusammen. Er sah den aggressiven Glatzkopf an, der mit hochrotem Schädel dastand. Viktor hatte seine Zigarre im Mundwinkel und nickte Martin mit lächelnden Augen aufmunternd zu.

»In der sumerischen Mythologie sind das die Zeichen der drei Hauptgötter der Anunnaki. Stern, Sonne und Löwe auf einem Artefakt zu finden muss was ganz Besonderes sein! Aber das wissen

Sie bereits«, legte der Professor los. »Was sonderbar ist, sind diese Ritzungen von Zahlen in den Symbolen. So etwas habe ich vorher noch nicht gesehen. Ich habe die Summe der Zahlen errechnet und komme auf das Ergebnis von 770!« Er sah den beiden in die Augen.

»Sagt Ihnen diese Zahl etwas?« Dabei deutete er mit dem Finger auf das Blatt Papier mit seinen Aufzeichnungen.

Valentino und Viktor sahen sich fragend an, schüttelten verneinend den Kopf und hoben die Schultern.

»Die 7 ist eine heilige Zahl. Das *»Enûma Elis«*, der Schöpfungsmythos der Babylonier, wurde auf 7 Steintafeln geschrieben. In der Bibel wird die 7 genau 770-mal erwähnt. Das ist kein Zufall. Da steckt was dahinter.«

Viktor Clark sah zuerst den Professor fragend an. Nach einigen Sekunden des Nachdenkens veränderte sich seine Mimik schlagartig. Grinsend und zufrieden sah er Richtung Valentino.

»Was habe ich Dir gesagt. Er wird uns nützlich sein!«

KAPITEL 26

Beim Anflug auf *Dekehtik* regnete es. Sarah und Alfredo waren voller Sorge und Anspannung ins nächstbeste Flugzeug gestiegen. Es war eine beschwerliche Anreise mit 5 Zwischenstopps. Sie hielten es unter aller Umständen für notwendig, Aaron die Ergebnisse ihrer Recherchen mitzuteilen.

Nach erfolgter komplikationsloser Eincheckprozedur schritten sie durch die Ankunftshalle Richtung Ausgang. Die beiden hätten optisch nicht gegensätzlicher sein können. Sie, eine attraktive Blondine. Ein Hingucker mit stahlblauen Augen und dunklen Augenbrauen, einer schlanken Figur und langen Beinen. Er, ein mittelgroßer untersetzter Mann, dem sein T-Shirt mit gewaltiger Spannung um die Taille passte. Seine fülligen schwarzen Haare zähmte er mit Gel. Der Dreitagebart war pechschwarz und verlieh ihm einen selbstsicheren bis arroganten Ausdruck.

Sie verließen den Ankunftsbereich und traten zum Taxistand hinaus. Der Regenschauer hatte aufgehört. Durch die gespeicherte Wärme stieg Wasserdampf vom Asphalt empor. Es herrschte eine hohe Luftfeuchtigkeit. Die Kleidung klebte förmlich an ihnen und zeichnete sich durch dunkle Flecken ab.

Sarah und Alfredo steuerten auf das nächste Taxi zu. Der Fahrer begrüßte sie höflich und lud die Gepäckstücke in den Kofferraum. Beide stiegen ein. Sie entschied sich für den Rücksitz, er ließ sich auf den Beifahrerplatz nieder. Sie teilten dem

Taxifahrer das Ziel mit und genossen die Fahrt bis zum Hotel. Am Kolonia Hyatt angekommen, bezahlte Alfredo die Rechnung. Der Insulaner Kauri Rimus staunte über die vielen Kreditkarten in der Brieftasche. In seinem langen Berufsleben hatte er so etwas bei einer einzelnen Person nicht erlebt. Seine spontanen Gedanken: *Ein Zuhälter, Mafioso oder Industrieller. Macht mit seiner Sekretärin einen drauf!*

Die erste Aktion, die Alfredo in seinem Zimmer ausführte, war das Öffnen der Minibar. Ein kurzer Blick hinein und er entschied sich für einen Ramazotti. Mit vollem Genuss kippte er den Inhalt der kleinen Flasche in den Rachen. Nach der wohltuenden Dusche zog er sein Lieblingspoloshirt und hellblaue Sommer-Chinos an. Den Kragen des Polos stellte er auf. Das war lässig. Gut duftend und frisch rasiert trat er auf den Balkon und war von dem Ausblick überwältigt. Seine Gedanken waren bei seinen Freunden Aaron und Martin.

Das Mittagessen war delikat. Die Köche des Fünfsternehotels haben sich selbst übertroffen. Alfredo schwärmte von den Geschmacksexplosionen an der Zunge und im Gaumen. Enthusiastisch kommentierte er die Präsentation der vorzüglichen Speisen. Sarah hatte nur Hunger. Sie achtete nicht auf die Besonderheiten. Ohne einmal aufzublicken, schaufelte sie alles Essbare in sich. Gesättigt und glücklich bestellten sie sich zum Schluss einen Espresso.

»Frau von Stiller? Sarah von Stiller?« Dr. Eberwein stand neben dem Tisch der beiden und sah auf sie herab.

»Doktor? Was machen Sie den hier?« Überrascht erhob sie sich und umarmte den Angesprochenen.

»Das Gleiche wollte ich Sie gerade fragen«, entgegnete der Direktor. Er löste sich aus der Umarmung. Sarah stellte ihm ihren Begleiter vor und bat Eberwein, sich zu ihnen zu setzen. Der Museumsdirektor folgte der Einladung und erzählte, dass er hier sei, um an den Feierlichkeiten der *»Culture-Days«* teilzunehmen. Er sei mittlerweile zum achten Mal da. Er verbinde dies immer mit dem Besuch von Nan Madol und den faszinierenden Basaltsäulen. Diese Bauten haben es ihm angetan. Sie bergen unzählige Geheimnisse, die er seit Jahren versucht zu enträtseln.

»Was für ein unglaublicher Zufall oder Glücksfall!« Sarah sah ihn mit ihren großen blauen Augen an.

»Wir sind wegen Martin und Aaron hier«, sprach sie leise weiter. Eberwein setzte einen verblüfften Gesichtsausdruck auf.

»Wegen Martin und Aaron?«

»Sie werden es nicht glauben, aber Martin wurde aus dem Sanatorium entführt und hierhergebracht«, ließ sie folgen.

Alfredo saß nur da und sah abwechselnd den Direktor und Sarah an. Bei den Ausführungen von ihr beobachtete er die Regungen des Museumsdirektors. Er bemerkte ein leichtes Schütteln des Kopfes. Der Blick von Eberwein war für einen Moment auf die Eingangstüre des Speisesaals gerichtet. Alfredo legte die Stoffserviette, die er auf den Oberschenkeln liegen hatte, auf den Tisch. Er erhob sich mit der Begründung, dem Ruf der Natur zu gehorchen. Er sah im Türstock einen blonden Mann mit schwarzer Sonnenbrille. Wie Alfredo auf die Türe zu schritt, betätigte er die Video-Aufnahmefunktion seines Smartphones. Mit dem Handy in der einen Hand filmte er seinen Weg Richtung des Eingangs. Damit dies nicht auffiel, gaukelte er vor, eine Nachricht zu schreiben. Dabei tippte er mit dem Zeigefinger der Rechten auf das Display. In dem Augenblick, wo er nah genug an dem Blonden war, stoppte er die Aufnahme und steckte das Gerät in die Hosentasche. Auf der Toilette angekommen verschwand er sofort in einer der Boxen und verriegelte diese. Flink flogen seine Finger über die Tastatur seines Smartphones:

Die letzte Bewegung war der Druck auf den Sendebutton.

Sarah unterbrach höflich das Gespräch zwischen ihr und dem Direktor und sah auf ihr Telefon, das sich einige Sekunden vorher durch Vibration bemerkbar gemacht hatte. Ungläubig und überrascht las sie die Nachricht. Irritiert steckte sie ihr Handy in die Handtasche.

Alfredo war in der Zwischenzeit wieder auf dem Rückweg zum Tisch. Er setzte sich auf seinen Platz und schenkte allen ohne Nachfrage ein wenig Wasser nach.

»Wire wisse, dase Martino vone due Persona entführte ise.« Seine Stimme wurde immer leiser:

»Valentino Bana e un Diete Meske ise die Böse vone Societa MEFSA«, führte Alfredo das Gespräch weiter.

»Wire habe recherchiere unde gefunde, der Firma nikt viele mite Wissenschafte zu tune. Nutze alse Tarnunge. Iste moderne Schatzräube!« Er sah Gustav Eberwein direkt in die Augen und gab Sarah mit seinem rechten Fuß einen leichten Tritt gegen ihr Schienbein.

»Ähh ja, genau!«, stotterte sie.

»Warum sollten diese Leute, wie sie behaupten, einen alten Mann entführen? Und was hat die Entführung mit Aaron zu tun? Das verstehe ich nicht.« Der Museumsleiter sah von ihr zu ihm.

Alfredo war in seinem Element. In Highspeed-Geschwindigkeit legte er sich eine plausible Geschichte zurecht und versuchte sie voller Theatralik Eberwein zu verkaufen. Er berichtete von der Entführung, die er zufällig beobachtete. Vor Arbeitsbeginn an dem besagten Tag hatte er einen Besuch bei seinen Freund Martin geplant. Wie er dort ankam, erfasste er blitzschnell das Szenario. Mit dem Handy gelangen ihm einige Aufnahmen von den

Entführern. Sarah hat ihre Kontakte bei der Polizei ins Spiel gebracht. In kürzester Zeit wurden die beiden anhand der Fotos identifiziert. Die Beamten haben zusätzlich herausgefunden, dass dieser Dieter Mesche nicht der ist, für den er sich ausgibt. Nach gründlicher Recherche hat ihnen die Kontaktperson bei der Kripo das Ziel des gebuchten Fluges mitgeteilt. Daraufhin hat Aaron versucht, sich in das Flugzeug zu schmuggeln. Leider haben sie seitdem keinen Kontakt mehr zu ihm und hoffen, ihn bei seinem Vater zu finden. Sie sind hier, um mit den örtlichen Behörden nach den beiden zu suchen.

Den Mund geöffnet und völlig konzentriert starrte Eberwein Alfredo in die Augen:

»Eine unglaubliche Geschichte! Ich bin sprachlos!« Kopfschüttelnd sah er von einem zum anderen.

»Können Sie mir die Fotos von der Entführung zeigen?« Der besorgte Gesichtsausdruck traf den Erzähler.

Alfredo, der jetzt merkte, dass er sich ein Eigentor geschossen hatte, zuckte ein wenig zusammen. Kurzerhand ging es ihm durch den Kopf: Fast, aber nur knapp vor der Torlinie ein "autorete". Improvisieren war die Devise.

»Leide no. Die Handy vone Maria mio Donna iste bei die Polizia ine Berlino, die die Foto ane Interpool weitergebe werde. Wahrscheinlik habe sie ese schone getane!« Mit mitleidigem Blick presste Alfredo dabei seine Lippen zusammen.

Sarah saß am Tisch und verfolgte das Gespräch der beiden völlig konsterniert. Mit offenem Mund und Fragezeichen in den Augen starte sie den Wirt an.

»Schade, sehr schade! Sie müssen so schnell wie möglich zu den hiesigen Behörden«, riss sie Gustav aus ihrer Lethargie.

»Leider sind diese anlässlich der Feierlichkeiten nur vormittags besetzt. Sie sollten sich entspannen und den Strand oder den Pool genießen. Heute können sie nichts mehr erreichen!« Dabei erhob sich Eberwein behäbig aus seinem Sessel.

»Darf ich Sie heute Abend zum Essen einladen? Sagen wir so gegen 21 Uhr? Morgen Vormittag werde ich sie bei den Behörden unterstützen!« Er hatte Sarahs rechte Hand in seine gelegt und ihr einen altmodischen Handkuss darauf gegeben.

Die beiden bedankten sich für die Einladung. Sie verabredeten sich für die vorgeschlagene Uhrzeit an der Bar des Hyatt. Der Museumsdirektor verließ den Speisesaal. Kurze Zeit später stand der blonde Mann von seinem Barsessel auf und folgte ihm. Alfredo hatte die Szene fest im Blick.

»Was sollte dieser Blödsinn? Was war das für eine hanebüchene Geschichte?«, zischte ihn Sarah mit giftigem Ton an. Mit hochrotem Kopf und verärgerter Mine sah sie ihm in die Augen.

»Scusa, Bella. Tute mire leide, aber ike musste improvisiere!« Beschwichtigend hob er seine Hände und erzählte ihr von den Reaktionen des Museumsdirektors im Laufe des Gespräches sowie seine Beobachtung mit dem Blonden.

»Du bist doch völlig paranoid! Das hier ist kein Film. Das ist real und sehr ernst!« Kopfschüttelnd mit Tränen in den Augen erhob sich Sarah und ließ Alfredo allein am Tisch zurück. Mit beleidigtem Blick einer Diva bestellte er sich einen Grappa.

KAPITEL 27

Die Krähe mit ihrem schwarz glänzenden Flügeln und dunkelgrauen Federkleid stolzierte in respektablen Abstand an Moses, Francisco und Aaron vorbei. Der Kopf des Vogels bewegte sich bei jedem Schritt nach vorne. Es sah aus, als ob er auf einen imaginären Punkt hacken würde. Er blieb kurz stehen, sondierte die Umgebung und setzte seinen Spaziergang im Sand fort.

Die drei hatten ihre Köpfe zusammengesteckt, flüsterten und sahen der Krähe nach. Mit einem lauten Krächzen und wilden Flügelschlägen erhob sich der Vogel in die Lüfte. Moses war sofort alarmiert. Francisco spannte sich und lauschte.

»Verschwinde!«, war die Aufforderung an Aaron.

Der sah den Cerberus verwundert an:

»Was? Warum?«

»Verschwinde von hier! Mach dich unsichtbar! Sofort!«, fauchte ihn der Hüne durch zusammengepresste Zähne an.

Ohne nochmals nachzufragen, befolgte er die Anweisung und entfernte sich in Richtung des Anlegesteges.

Moses und Francisco verstanden sich blind. Kein Mucks kam über ihre Lippen. Sie verweilten hinter der Basaltmauer. In ihrer Deckung versuchten sie die Geräusche um sich herum zu filtern. Aaron, der aus seiner Position den Strandabschnitt mühelos sah, bemerkte die uniformierten Männer sofort. Sie kamen aus allen

Richtungen direkt auf die beiden zu. Da sie sich nicht anschlichen, sondern sich bedacht und vorsichtig bewegten, hatte Aaron den Eindruck, dass sie sich dem Bootsführer und dem Klubbetreiber überlegen fühlten. Es dauerte nicht lange, da sprang der Anführer über die hüfthohe Mauer. Er stand keine 10 Meter von den beiden entfernt. Mit der Pistole in der rechten Hand rief er seinen Leuten zu.

»Wir haben sie!«, dabei zielte er auf Francisco.

Es dauerte nur Bruchteile von Sekunden, da standen alle Mann am Strand und umzingelten die beiden. Pazuzu gab den Befehl, die Gefangenen zu fesseln. Zwei der Soldaten zogen ihre Kabelbinder aus den Taschen und hielten die Plastikschlaufen für ihren Einsatzzweck bereit. Ein anderes Paar bewegte sich mit gezückter Waffe vorsichtig auf Moses zu. Die Freunde sondierten die Lage. Sie waren bis in die kleinste Faser ihres Körpers kampfbereit. Keiner von beiden hatte eine Idee, wie sie sich dieser misslichen Situation entziehen. Ihnen gegenüber standen acht bewaffnete Söldner. Sie erweckten den Eindruck, ihr Handwerk zu verstehen. Vor allem der Anführer hatte einen teuflischen Blick voller Entschlossenheit und Härte. Hinter ihnen war die Basaltmauer, die eine blitzartige Flucht verwehrte. Wie Kobras beobachteten sie jede Bewegung ihrer Gegner.

Der Söldner, der Moses am nächsten war, stürzte mit einem Schrei vornüber und fiel mit dem Gesicht in den Sand. Ohne die Hände zum Abstützen zu benutzen, schlug er auf. Alle erschraken infolge dieses unmenschlichen Aufschreis. Francisco realisierte sofort, dass der Mann einen Kopfschuss erlitten hat. Er sah an den anderen vorbei Richtung Meer und erblickte etliche Personen mit Gewehren im Anschlag. Ihre Körper waren bis zum Bauch im Wasser. Sie hatten schwarze Neoprenanzüge an, mit einer futuristischen Taucherbrille, die Francisco niemals gesehen hatte.

Ohne jegliche Vorwarnung fingen die Gestalten an zu feuern. Die schallgedämmten Gewehre verursachten keinen Lärm. Was sie Anrichteten, war grausam. Pazuzu ließ sich sofort auf den Boden fallen und robbte Richtung Mauer. Drei Söldner hatten nicht mehr die Möglichkeit, sich zu wehren. Sie wurden Opfer der Feuersalve der Angreifer.

Francisco und Moses schnellten im selben Moment hoch und sprangen mit einem Satz über das Basalthindernis. Francisco kam mit schmerzverzerrtem Gesicht auf der anderen Seite unsanft auf dem Boden auf. Moses fiel einen halben Meter neben ihm in den Sand. Francisco sah, dass sein Freund von einigen Kugeln getroffen war. Aus seinem Rücken quoll das Blut. Aaron, der voller Schreck zusammengekauert hinter einem Stützpfeiler des Anlagesteges die ganze Szene verfolgte, sah, wie die Männer vor der Mauer keine Chancen hatten. Sie wurden regelrecht durchsiebt. Einer nach dem anderen fiel tot um.

Pazuzu schleppte sich getroffen und blutend über die Mauer. Die Klicklaute der schallgedämmten Gewehre der Angreifer hörten auf. Langsam kamen sie aus dem Wasser. Die Waffen fest im Anschlag und in gebückter Haltung sicherten sie den Strand. Einer von ihnen zeigte in die Richtung, wo Pazuzu über die Mauer verschwand. Er selbst bewegte sich vorsichtig zu der Stelle hin, wo Francisco und Moses abtauchten.

An der Mauer angekommen, gesellten sich zwei seiner Männer zu ihm. Er zeigte den beiden drei Finger. Er klappte einen nach dem anderen ein. Wie seine Hand zur Faust wurde, sprangen alle auf und hielten ihre Waffen über die Mauer Richtung Boden. Die beiden waren weg. Nur die Blutspuren zeichneten sich deutlich ab.

»Die können nicht weit sein! Ausschwärmen und den Großen gefangen nehmen!« Die ersten Worte, die Aaron von den Angreifern hörte.

Unverzüglich entschied er sich, nach den beiden zu suchen. Er bewegte sich vorsichtig und versuchte, an keinem Strauch anzustoßen. Unsichtbar nutzte er die Zeit, die die Kämpfer zur Orientierung benötigten, um sich einen kleinen Vorsprung zu verschaffen. Augenblicke später entdeckte er den Legionär. Mit dem Rücken an einem Baum gelehnt saß er am anderen Ende des Eilands. Er war völlig außer Atem und blutverschmiert.

»Francisco. Ich bin's, Aaron! Bist du in Ordnung? Wo ist Moses?«, flüsterte er ihm zu.

Der Angesprochene deutete nur mit dem Kopf Richtung Wasser. Dabei hielt er sich mit beiden Händen den linken Oberschenkel und biss die Zähne zusammen. Erst jetzt bemerkte Aaron, dass die Handrücken nur so vor Blut trieften.

»Halte durch. Ich komme zurück! Ich muss Moses retten!« Im gleichen Augenblick war er schon im Wasser, um nach dem Cerberus zu suchen.

Durch den aufkommenden Wind bildeten sich kleine Wellen mit weißen Schaumkronen. Die Blätter des Mangrovenwaldes waren in einem kräftigen Grün. Durch die Böen veränderte sich ihre Farbe in ein zartes Mintgrün oder Türkis. Die Seevögel nutzten den Auftrieb und schwebten schwerelos im Wind. Vereinzelt stürzte sich eine Möwe aus der Höhe ins Meer und stieg mit einem Fisch im Schnabel empor. Das Gekreische der Futterneider wurde bei jedem erfolgreichen Fang schriller.

Aaron war fokussiert und bekam von alledem nichts mit. Er hielt sich an den Wurzeln der Mangroven fest. Er nutzte sie, um schneller voranzukommen. Kein leichtes Unterfangen, da er bis zur Brust im Wasser stand. Er hörte laute Stimmen von der Stelle, wo er Francisco gesehen hatte. Angespornt arbeitete er sich unermüdlich durch den natürlichen Widerstand.

Dann sah er ihn. Mit neuem Elan biss er auf die Zähne und zog sich mithilfe der Wurzeln immer näher an Moses heran. Der lag auf dem Rücken. Sein Kopf und ein Teil seiner Brust waren oberhalb des Wasserspiegels. Die Arme von seinem Körper ausgebreitet, bewegten sich rhythmisch mit den Wellen auf und ab. Aaron bekam ihn zu fassen. Der Cerberus war nicht bei Bewusstsein. Sein gewaltiger Brustkorb hob und senkte sich. Der Unsichtbare schüttelte ihn und sprach leise zu ihm. Keinerlei Reaktion.

Ich muss ihn hier wegbringen, verstecken, irgendwo in Sicherheit bringen!

Er hielt Moses unter einer Achsel fest und zog ihn immer tiefer in den Mangrovenwald. Eine Krähe, die dies alles aus dem Baumwipfel aufmerksam beobachtete, sah ein großes Wesen, das wie durch Zauberhand immer weiter im Wald verschwand. Mit lautem Gekreische erhob sie sich in die Lüfte und steuerte einen anderen Baum an.

Aaron erblickte keine zwanzig Meter von sich entfernt, einen gigantischen Mangrovenbaum, dessen Wurzeln wie ein Dach aussahen. Ihm war sofort klar:

Das ist das Versteck!

Er hatte nur diese Chance, entweder er findet eine Luftblase unterhalb des Baumes oder sie werden ertrinken. Die Flut war im vollen Gange. Er zog Moses mit seiner ganzen Kraft unter diese natürliche Behausung. Das Wurzelgeflecht war riesig. Er hielt sich an den Gebilden fest und drang immer weiter in das Labyrinth ein.

Nach jedem Meter, den er ins Innere schaffte, wurde es dunkler und unheimlicher. Das Wasser hatte sein Kinn erreicht. Sein Überlebensdrang war aktiviert. Er stampfte mit den Beinen so fest wie möglich in den schlammigen Boden und zog sich mit einer Hand an den Wurzeln stetig voran.

Das Licht schaffte es nicht mehr bis zu dieser Stelle, wo sich die beiden aufhielten. Aaron bewegte sich wie in Trance immer weiter nach innen. Er sah absolut nichts. Er stieß mit dem Kopf gegen eine Baumwurzel, blieb an einer mit dem Bein hängen. Niemand vermochte ihn aufzuhalten. Er quälte sich durch die völlige Dunkelheit. Er legte seinen Kopf in den Nacken, um an Sauerstoff zu gelangen. Ob das Gesicht des Riesen über Wasser war, sah er nicht.

Er zog mit letzter Kraft an einer Wurzel. Den Blick stetig nach oben gerichtet sah er, dass sich darüber eine Art Kammer öffnete. Ein leichter Lichtschimmer durchflutete diesen Ort. Die Wurzeln waren an dieser Stelle etwa zwei Meter im Radius nicht nach unten gewachsen.

Aaron wendete seine letzten Kraftreserven auf, um den riesenhaften Cerberus hochzuhieven. Er nahm einen Arm von Moses und klemmte seine Achsel in eine Wurzel. Das Gleiche mit dem anderen Arm. Sein Kreislauf spielte ihm Streiche. Allmählich wurde ihm schwarz vor Augen. Er war kurz davor zu erbrechen. Trotzdem gelang es ihm, den Hünen ein Stück höher in den Wurzeln einzuklemmen. Sie hatten beide wieder einen halben Meter, der ihnen Zeit und vor allem Luft verschaffte.

Völlig entkräftet sah Aaron durch die Wurzeldecke nach oben. Jetzt hoffte er, dass das Wasser nicht weiter anstieg.

KAPITEL 28

err, soll ich eingreifen?« Ugala stand vor Enki und sah auf den im Raum schwebenden holografischen Würfel. »Nein! Wir werden sehen, ob er würdig ist!«

Der Herrscher der Ankh schaute weiter auf den Bildschirm und verfolgte die Geschehnisse auf der Insel. Er sah, wie sich die in Schwarz gekleideten Angreifer aufteilten. Eine Gruppe hatte den Verletzten in Gewahrsam genommen. Zwei Männer begleiteten den humpelnden zum Zeltlager der MEFSA. Die Weiteren bewegten sich am Rand des Mangrovenwaldes und suchten nach dem Cerberus. Sie waren wenige Meter vom Versteck entfernt.

Enki berührte seinen Gürtel. Der Würfel faltete sich in sechs einzelne Bildschirme. Auf dem Äußeren hatte er die Szene im Blick, wo sich zwei Männer immer näher dem Schnellboot von Francisco näherten. Einer blieb stehen. Er drehte sich um, lief einige Schritte zurück, half einem auf dem Boden Liegenden auf die Beine. Er legte den Arm des Verletzten über seine Schulter und hielt ihn mit beiden Händen fest. Er zog den anderen buchstäblich hinter sich her.

»Sie verschwinden!« Ugala stand mit verschränkten Armen vor der Brust neben seinem Herrn.

»Sie haben die Zeichen nicht gedeutet! Kakkab wird sie im Auge behalten!« Enki strich sich durch seinen Bart und verließ den Raum.

Ein kurzes "Aak Aak" und Kakkab die Rabenkrähe flog von einem Baum zum anderen, setzte sich in den Wipfel einer Mangrove. Sie hatte die drei Gestalten fest im Blick.

KAPITEL 29

Das Abendessen war vorzüglich. Sarah hatte mit Alfredo und ihrem Gastgeber Doktor Eberwein einen etwas angespannten Abend verbracht. Sie hatte sich zwar wieder ein wenig beruhigt, jedoch fehlte es ihr für die Aktion des Nachmittages an Verständnis. Eine Aussprache mit Alfredo wird sich früher oder später ergeben. Der wiederum war am Tisch darauf bedacht, dem Museumsdirektor so wenig wie möglich über ihre tatsächlichen Beweggründe zu erzählen. Die Gespräche des Abends hatten einen Small-Talk-Charakter. Nach einem letzten Umtrunk an der Bar verabschiedeten sie sich voneinander und verabredeten sich für den folgenden Morgen. Kurz vor Mitternacht verschwanden Alfredo und Sarah getrennt in ihren jeweiligen Zimmern.

Frisch geduscht legte sie sich nackt auf das Bett. Die Satinbettwäsche umschmeichelte ihre nach Bodylotion duftende Haut. Trotz Tausender Gedanken und Sorgen, die sie beschäftigten, schlief sie sofort ein.

Alfredo saß zu dieser Zeit auf seinem Balkon und betrachtete gedankenverloren den Sternenhimmel. Er trank den letzten Schluck des Wassers und trat in das Zimmer zurück. Auf dem Tisch lag seine Fotokamera. In Gedanken entnahm er die Speicherkarte, die sie morgen den Behörden übergeben. Er deponierte sie in seiner Hosentasche. Er fügte eine neue SD-Karte in die Kamera. Wieder fest in der passenden Hülle eingepackt, stellte er sie in den Schrank. Müde und ausgelaugt legte er sich aufs Bett und starrte die Decke an. Seine Gedanken drehten sich um seinen besten Freund und seiner Partnerin.

Sarah riss ihre Augen auf. Über ihr war ein maskierter Mann. Er presste ihr seine Hand, die in einem Handschuh steckte, brutal auf ihren Mund. Sie versuchte zu schreien, sich wehren, doch ein zweiter hielt ihre Arme fest.

»Wenn du schreist, bist du tot! Hast du verstanden?« Die tiefe, bedrohliche Stimme des Mannes über ihr veranlasste Sarah in Todesangst zu nicken. Die Einbrecher lösten ihren Griff. Einer der beiden hielt ihr eine Pistole an die Schläfe. Sie hatten Sturmhauben auf. Die Augen waren mit einer dunklen Sonnenbrille verdeckt.

»Zieh dich an!«, befahl ihr der Mann mit der Waffe.

Sarah war völlig apathisch. Sie gehorchte, ohne ein Wort über die Lippen zu bringen. Sie schlupfte in ihre Unterwäsche und zog eine Jeans sowie Sweater an. Sie zitterte am gesamten Körper. Ihr wurde fürchterlich kalt und übel. Einen Einstich am Hals war das Letzte, was sie registrierte.

Die Türe des Zimmers 4004 des Hyatt wurde zeitgleich mit dem Zentralschlüssel des elektronischen Schließsystems geöffnet. Der leise Klicklaut war genug, dass Alfredo wie von der Tarantel gestochen aufsprang. Er betätigte sämtliche Lichtschalter, die er fand und verschwand im Bad. Es dauerte einige Sekunden, dann hörte er leise Stimmen.

Er hatte es noch nicht richtig zu Ende gedacht, da trat ein maskierter Mann die Türe zum Badezimmer ein. Alfredo versuchte sich zu verteidigen. Er schlug wild um sich und kickte nach den Angreifern. Alles, was er zum Greifen bekam, warf er panisch in den Raum. Ein brutaler, gezielter Fausthieb in seinen Solarplexus beendete das Gerangel schlagartig. Völlig manövrierunfähig schnappte er nach Luft. Er brach zusammen und krümmte sich vor Schmerzen. Er hatte das Gefühl zu ersticken. Im selben Moment würgte es ihn, bis er sich übergab. Es war Blut, das zum Vorschein kam. Tränen stiegen ihm in die Augen.

»Willst du sterben?«, fragte einer der maskierten Eindringlinge.

Alfredo war unfähig zu sprechen. Er hatte höllische Schmerzen und fürchterliche Angst. Er zwang sich dazu, den Kopf so fest wie möglich zu schütteln und die Frage optisch zu verneinen.

»Gut, dann zieh dich an und hör auf, Mätzchen zu machen!« Mit breit auseinanderstehenden Beinen stand der Schläger über ihm.

Der Italiener quälte sich in seine Klamotten. Durch den Hieb war ein Aufrichten des Oberkörpers nahezu unmöglich. Das Anziehen des Hoodies entwickelte sich zur Herausforderung. Den Kapuzenpulli über den Kopf zu bringen, glich einer Entfesselungsdarbietung »Houdinis«. Zwischendurch würgte es ihn immer wieder, dabei spuckte Alfredo Blut. Nach schier unmenschlicher körperlicher Anstrengung schaffte er es, sich vollständig anzukleiden. Zuletzt schlüpfte er in seine blauen Sneakers. Den Stich in die Halsseite bemerkte er nicht mehr.

»Findet sein Handy!«, befahl eine tiefe Stimme.

Sarah kam langsam wieder zu Bewusstsein. Sie hatte furchtbare Kopfschmerzen und ihre Augen tränten fortwährend. Sie kniff sie zusammen und rieb sie fest mit den Händen. Nach mehrmaligen Scheuern stellte sich ihre Sehkraft allmählich wieder ein. Sie registrierte, dass sie am Rücken lag. Ihr Blick schweifte an der grünen Decke entlang, die aussah, wie wenn sie andersfarbige Längs- und Querstreifen hätte.

Beim Versuch, sich aufzusetzen, zersprang ihr fast der Kopf. Mit einem gequälten Schrei ließ sie sich wieder zurückfallen. Ihre Hände umschlossen die Schläfen. Es dauerte einige Minuten, bis sie sich traute, die Augen erneut zu öffnen. Dieses Mal war es besser. Der Kopfschmerz war nicht mehr so präsent. Sie wagte es, sich vorsichtig aufzusetzen. Mit den Füßen auf dem Boden saß sie auf ihrer Feldpritsche. Mit den Armen stütze sie sich an der Bettkante ab und sah sich um.

Sie erschrak. Es waren andere Personen anwesend. Sie sah in der rechten Ecke ein Stockbett. Darauf lagen zwei Menschen, die ihr den Rücken zudrehten. Auf der gegenüberliegenden Seite saß ein Mann auf dem Bett und sah zu ihr hinüber.

»Ausgeschlafen?«, sprach der Unbekannte Sarah mit einer tiefen, freundlichen Stimme an.

»Wo bin ich? Was ist geschehen? Wer sind Sie?« Bei der Frage sah Sarah, dass sie sich in einer Zelle oder einem großen Käfig befand. Bei diesem diffusen Licht erkannte sie erst jetzt, dass er in einem Zelt untergebracht war.

»Sie sind auf Nan Madol und sie sind eine Gefangene wie wir alle!« Seine Hand deutete in die Ecken.

Zum wiederholten Male sah sie sich um. Ihre Augen hatten sich an die Lichtverhältnisse angepasst und ihre Kopfschmerzen waren verflogen. Sarah hatte ihn vorher nicht registriert, aber der Italiener lag eine Pritsche weiter links neben ihr. Sie stand auf und rüttelte ihn an der Schulter.

»Alfredo, wach auf! Komm schon wach auf!« Ihre Bemühungen hatten Erfolg. Der Geschüttelte gab Laute von sich und er bewegte seine Arme. Einige Augenblicke später schlug er seine Augen auf und sah Sarahs makelloses Gesicht über sich.

»Bella, wase ise passiere? Ike hatte eine furchtbare Alpetraum!« Dabei setzte er sich auf. Millisekunden später realisierte er den Schmerz in der Magengegend und ihm wurde klar, dass es echt ist.

Völlig überdreht sprudelte er los:

»Verdammte, wo sinde wir? Wo sinde die Schläger, die mik überfalle habe? Wieso biste du hiere?«

»Alfredo, beruhige dich!« Sarah rüttelte wieder an seiner Schulter.

»Er hat mir gesagt, dass wir auf Nan Madol sind und wir alle hier Gefangene sind, von wem auch immer!« Sie zeigte auf den Mann in der Ecke.

»Wer sinde Sie?« Alfredo war hellwach.

»Ich heiße Francisco Rojas und wer sind Sie?«

Der Römer, der in seinem Langzeitgedächtnis recherchierte, ob er diesen Namen jemals gehört hatte, kniff die Augen zusammen, presste die Lippen aufeinander und schüttelte den Kopf.

»Were ise Francisco Rojas wase makte ere hiere?«

»Du bist ganz schön vorlaut! Unhöflich noch dazu! Ich habe dir meinen Namen gesagt und du? Willst mir nicht deinen nennen?« Francisco setzte einen ersten Blick auf. »Aber auch egal, wir sind hier gefangen und werden mit Sicherheit diese Insel nicht mehr lebend verlassen!« Dabei veränderte sich seine Mimik in Teilnahmslosigkeit.

»Bitte verzeihen Sie«, mischte sich Sarah ein. »Ich entschuldige mich für das Verhalten meines Freundes!« Sie sah Alfredo mit hartem Blick in die Augen.

»Mein Name ist Sarah von Stiller und das ist Alfredo Ambrosio. Wir beide sind aus Berlin.« Der Hobbyinspektor versuchte, in Franciscos Mimik und Gestik zu lesen.

Die Gesichtszüge des Ex-Fremdenlegionärs nahmen eine freundliche Gestalt an. Er lächelte die attraktive Frau an:

»Freut mich Ihre Bekanntschaft zu machen! Berlin sagen Sie? Was machen Sie am anderen Ende der Welt?«

Mit einem Seufzer setzte sich die Person in der oberen Etage des Stockbettes auf. Beide Berliner sprangen gleichzeitig hoch:

»Martin!«

Der Gelehrte sah sie fragend an.

»Sarah? Alfredo? Was macht ihr denn hier?« In seiner Euphorie sprang er vom Bett. Keine glanzvolle Idee. Seine Knie versagten den Dienst und er schnappte wie ein Schweizer Taschenmesser zusammen. Mit einem Schmerzschrei landete er unsanft auf dem Boden. Die beiden eilten sofort zu ihm, halfen ihm, sich aufzurichten. Mit schmerzverzerrtem Gesicht setzte er sich auf die Pritsche von Sarah.

Im Rücken der beiden Helfer drehte sich der letzte Gefangene um.

Aus seiner Ecke beobachtete Francisco die Geschehnisse. Er kannte keinen dieser Personen. So wie es aussieht, wird niemand von denen ihm beim Fluchtversuch hilfreich sein. Für ihn war klar, er musste es allein versuchen, von hier zu verschwinden.

»Wo bin ich?« Hörten alle den auf der Pritsche Liegenden, fragen.

»Gustav?« Prof. Voss reagierte sofort. Nur Bruchteile einer Sekunde später waren es Sarah und Alfredo, die synchron:

»Doktor Eberwein?« »Der Museumsdirektor?«, verwundert ausriefen.

Der Direktor sah mitgenommen aus. Eins seiner Brillengläser war zerbrochen und glich einem Spinnennetz. Der linke Bügel der

Brille war verbogen und stand ihm vom Kopf weg. Ein grapefruitgroßes Hämatom am völlig zugeschwollenen Auge zwang Eberwein, seinen Schädel seitwärts zu drehen, um geradeaus zu sehen. Schwerfällig und unbeweglich richtete er sich auf. Die Matratze und die Federn des Feldbettes wurden ihrer Tragfähigkeit auf das Äußerste geprüft. Die drei sahen ihn mitleidig an.

»Was ist geschehen? Wo sind wir? Wieso seid ihr alle hier?« Sein Hemd war blutverschmiert und an einem Ärmel eingerissen. Unterhalb des linken Nasenflügels hatte er geronnenes Blut.

Die drei fingen gleichzeitig an, ihre eigenen Interpretationen der letzten Erinnerungen vor dem Verschleppen preiszugeben. Keiner der emotionsvoll Vortragenden beachtete Francisco. Er saß in seiner Ecke und versuchte das eine oder andere aus den verschiedenen Geschichten zu sortieren.

»Moment!«, rief Eberwein. »Nicht alle auf einmal! Man versteht rein gar nichts!«

Nach einer kurzen Gedankenpause und Stille war es Alfredo, der sich an den Museumsdirektor wandte.

»Warume fange Sie nikt ane? Wie komme Sie here?« Er machte keinen Hehl daraus: *Ich kann dich nicht leiden!*

Der Direktor zuckte mit den Schultern und erklärte sich bereit, seine Version den Anwesenden mitzuteilen. Könnten Blicke töten, Sarahs hätten Alfredo auf der Stelle vernichtet.

Eberwein nahm seine demolierte Brille ab. Dabei kniff er sein intaktes Auge ein wenig zu, um schärfer zu sehen. Er fing damit an, dass er nach dem Abendessen mit dem Hoteldirektor einen kurzen Small Talk gehalten hatte, bevor er auf sein Zimmer ging. Daraufhin setzte er sich mit einem Glas Rotwein auf die Terrasse seiner Penthousesuite und genoss die laue Nacht. So gegen 1 Uhr legte er sich schlafen, fuhr er mit seinen Ausführungen fort. Er könne sich nur bruchhaft an das erinnern, was dann geschah. Mitten in der Nacht standen unverhofft drei Personen in seinem

Zimmer. Alle waren in schwarzen Overalls gekleidet. Sie hatten Sturmhauben und Sonnenbrillen. Eberwein legte eine kurze Pause ein, dabei setzte er seine Brille wieder auf.

»Ich kann mich nur noch an einen Faustschlag in mein Gesicht erinnern.« Seine rechte Hand tastete vorsichtig auf die zugeschwollene Stelle seines Auges.

Sarah und Alfredo sahen sich an und bestätigten im Grunde die gleiche Vorgehensweise ihrer Entführungen und die Brutalität der Angreifer. Der Kumpan und Wegbegleiter von Gustav Eberwein, Professor Martin Voss, ergriff nach dieser Ausführung die Initiative:

»Meine lieben Freunde, es tut mir aufrichtig leid, dass euch so etwas Schreckliches widerfahren konnte. Ich verstehe es nicht?« Mit hängenden Schultern und kopfschüttelnd saß er auf der Kante des Bettes und sah von einem zum anderen.

»Ähm, wenn Sie erlauben, darf ich mich kurz einmischen?«, ertönte eine dunkle Männerstimme aus der linken Ecke.

Der Professor sah hinüber, wo Francisco ausgeharrt hatte und das Wort ergriff. Er hatte ihn die ganze Zeit nicht bemerkt.

»Da es den Anschein hat, dies hier ist ein trauter Familienausflug von Intellektuellen, würde mich brennend interessieren...«, er stand vom Bett auf. Eine Hand presste er auf den verbundenen Oberschenkel. »...wieso waren die Leute der MEFSA, von denen nur so am Rande erwähnt, keiner den Überfall überlebt hat, so darauf erpicht, einen Gelehrten zu kidnappen und warum sind nun diese gestörten, vermummten Wahnsinnigen hinter Euch her?«

Er legte eine rhetorische Pause ein und fuhr fort:

»Wer von den Herrschaften ist der Professor, der irgendwelche Zeichen entschlüsseln soll?«

Die vier sahen sich mit fragendem Blick gegenseitig an. Der Kriminalspezialist Alfredo machte einige Schritte auf Francisco zu.

Im gleichen Augenblick riss ein Mann die Zeltplane zur Seite und trat vor den Gitterkäfig. Er war in einem schwarzen Kampfanzug gekleidet. Die Sonnenbrille auf seiner Sturmhaube vermied eine Identifizierung der Person hinter der Maske. Gustav Eberwein fing hysterisch an zu stammeln:

»Das ..., das ..., das ist er. Das ..., das ..., das ist der, der mich geschlagen hat!« Er legte seine Hände schützend über die Brille.

»Halt die Schnauze!«, raunte der Mann ihn an. Er klimperte mit dem Schlüsselbund, positionierte sich an der Käfigtüre und steckte den Schlüssel in das Schloss. Sechs identisch gleich angezogene Männer kamen nacheinander ins Zelt. Auf ihrer Kleidung gab es nicht einen einzigen Hinweis. Kein Sticker, weder Abzeichen, Logo oder sonst ein Merkmal, das man zur Kennung verwenden könnte.

»Wir fangen mit dem Fetten da hinten an, holt ihn raus!« Der Uniformierte zeigte auf den Museumsdirektor Gustav Eberwein.

KAPITEL 30

Einige Seemeilen vom Ort des Geschehens entfernt, hielt Valentino das Satellitentelefon ans Ohr. Die *ONE* wurde von Viktor gedrosselt. Der verletzte Pazuzu saß mit verzerrtem Gesicht in einem der hinteren Sitze. Sie glitten gemütlich dahin und die Lautstärke der Motoren war akzeptabel. Am anderen Ende der Leitung meldete sich Dieter Mesche, der Richter Europas.

Valentino berichtete seinem Vorgesetzten alle Details des Überfalls durch die unbekannten Angreifer, die Verluste ihrer Männer und der Entdeckung der Zahlen auf dem Stein, die von dem Professor entziffert wurden. Mesche fragte nach dem Verbleib des Gelehrten. Valentino gestand, dass sie ihn zurückgelassen haben, um sich zu retten. Der Dejjanum brüllte ihn durch das Telefon an. Unterstellte ihm ein völliges Versagen. Er werde diese Angelegenheit selbst in die Hand nehmen und es dem Höchsten berichten. Viktor, der Valentino bei Telefonat beobachtete, bemerkte, wie sich dessen Gesichtsfarbe änderte. Er wurde blass wie eine Wand, sobald er den Befehl entgegennahm:

»Du drehst auf der Stelle um und bringst dieses Schlamassel wieder in Ordnung! Es ist mir egal, wie du das anstellst! Schaffe den Cerberus und Martin Voss herbei!«

Alle Einwände, die Valentino aussprach, wurden von Dieter Mesche niedergebügelt. Er ließ keinen der Proteste zu und legte auf.

Viktor sah den starr auf das Meer blickenden Kumpanen an:

»Was hat dein Auftraggeber gesagt?«

Ohne den Blick abzuwenden, antwortete er mit leisem Ton:

»Wir sollen zurück und den Riesen und diesen Professor holen!«

»Hat der sie nicht alle? Ist der verrückt? Mich bringen keine zehn Pferde dorthin zurück!«

»Befehl ist Befehl, dreh um!« Apathisch warf Valentino das Telefon in den Ozean.

Einundzwanzig Flugstunden von den beiden entfernt, im Kommandozentrum der Richter, stand Jason Kalamunu vor einem riesigen Aquarium und betrachtete die Fische.

Gedankenverloren sah er den Schmetterlingsbuntbarschen, Mosaikfadenfischen, den Guppys und vielen anderen Sorten zu, wie sie sich gemächlich in ihrer Umgebung bewegten. Aus den Lautsprecherboxen brüllte laute, fremdartige Musik in den Raum. Er genoss die vertrauten Klänge der Instrumente, die durch keinen Gesang gestört wurden. Diese visuelle Ruhe, gepaart mit der akustischen Brutalität, ließ ihn in Erinnerungen schwelgen:

Bald ist es so weit. Es ist angerichtet!

In sämtlichen Räumen seines Zuhauses, tief unter der Erde, ist an der Decke eine kleine rote Lampe montiert. Sie leuchtete in den letzten Monaten nicht einmal auf. Heute war es anders, die Leuchte blinkte rhythmisch. Jason bemerkte es und trat an seinen Schreibtisch. Er nahm das Handy in die Hand und lass die Mitteilung auf dem Display:

»Sie haben versagt! Der Cerberus ist verschwunden, der Stein nicht entziffert! Du wurdest verraten!«

Der oberste Dejjanum schloss die Lider und ließ die gelesenen Worte sacken. Die Nachricht stammt von der Person, die er seit ewigen Zeiten für seine Zwecke "Meine Augen und Ohren zur Außenwelt" bezeichnete.

Nur er hatte diese Nummer. Allein dieser einzige Mensch hatte das volle Vertrauen des höchsten Richters.

»Eliminieren! Alle die damit zu tun haben. Ohne Ausnahme!« Tippte er in sein Display.

Am anderen Ende der Leitung sah der Vollstrecker auf sein Smartphone und fing leise an zu summen. Es war sein Markenzeichen. Kurz bevor er die Todesurteile vollstreckte, hörte das Opfer das Gesumme dieser unbekannten, gespenstischen Melodie.

Er gab sich den Eigennamen „Shadow“. Niemand war in der Lage, von diesem gruseligen Summen zu berichten. Der es je zu Ohren bekam, nahm es als Letztes mit ins Jenseits.

KAPITEL 31

Vorsichtig bewegten sich die Verfolger durch die Mangroven. Immer darauf achtend angebrochene Zweige oder Blutspuren zu entdecken. Der Anführer blieb abrupt stehen und langte sich mit den Fingern an sein Ohr. Er hörte konzentriert den Befehl seines Vorgesetzten über das Headset. Leise gab er die Anweisung an seine Mitstreiter weiter.

Keine fünf Meter von ihnen entfernt vernahm Aaron im Versteck die geflüsterten Befehle. Vier von den Männern wurden in das Basislager zurückbeordert. Die restlichen zwei suchen den Cerberus.

Aaron hoffte, dass Moses nicht in diesem Moment irgendwelche Töne von sich gibt. Das Wasser war nicht mehr weiter gestiegen. Sie hatten genug Luft und Raum. Die beiden Männer der Patrouille achteten auf jeden ihrer Schritte. Aaron lauschte. Er registrierte keine Geräusche von ihnen. Durch einen kleinen Spalt sah er nach oben. Seine Anspannung stieg sekündlich. Seine Nackenhaare standen senkrecht und er vermochte sich nicht zu bewegen, geschweige denn zu atmen. Er war auf das kleine Sichtfenster und dessen Lichteinfall fokussiert. Er zuckte zusammen. Da war er! Ein schwarzer Stiefel, der oberhalb seiner Position auf der Stelle stehen blieb.

Nicht bewegen. Bitte Moses, nicht jetzt!

Er drehte den Kopf nach links. Der Riese war verschwunden! Unverhofft zuckte er zusammen und erzeugte ein leichtes Geräusch. Augenblicklich bewegte sich der Schuh einige Schritte, um an einer anderen Position wieder stehen zu bleiben. Der Besitzer der Stiefel ließ sich langsam und bedächtig in das Wasser neben dem Mangrovenbaum hinabgleiten. Aaron sah ihn nicht, er fühlte ihn förmlich. Seine ganze Hoffnung beruhte darauf, dass er weiterhin unsichtbar war. Er registrierte, wie sich ein Körper vorsichtig und gezielt in seine Richtung bewegte. Im Wasser bildeten sich kleine Wellen. Nach jedem Schritt wurden sie ein wenig höher. Aaron hätte am liebsten geschrien. Seine Klaustrophobie schlug vollends zu. Er war gefangen, unmöglich aus diesem Gefängnis raus zu kommen. Ihm schnürte es den Hals zu. Das Atmen fiel ihm schwer. Keine Luft. Er krallte sich an den Wurzeln fest und bereitete sich auf die Begegnung mit dem Verfolger vor.

»Aaron, los komm, lass uns hier verschwinden!« Die Stimme von Moses war das Letzte, was er erwartet hatte. Umso überwältigender war die Erleichterung.

»Wo warst Du? Ich habe nur kurz weggesehen!« Ein leerer Raum sprach zu Moses. Der schüttelte sich, drehte um und verließ ihren Unterschlupf. Aaron handelte augenblicklich und folgte dem Riesen. Draußen angekommen, sah er den Cerberus, der die Umgebung beobachtete.

»Was ist geschehen?«, flüsterte Aaron.

»Du kannst dich zeigen, die Luft ist rein!«

»Wo sind die Verfolger? Ich habe einen in das Wasser gleiten gehört.«

Ohne zu antworten, zeigte Moses mit dem Daumen hinter sich. Dort sah Aaron zwei schwarz uniformierte Personen im Wurzelgeflecht. Zunächst erschrak er. Wie er genauer hinsah, bemerkte er, dass die Köpfe der beiden unnatürlich nach hinten verdreht waren. Aaron hielt sich die Hand vor den Mund, um keine alarmierenden Geräusche von sich zu geben.

Oh mein Gott! Moses Mori, dich möchte ich nicht zum Feind haben!

»Wie hast du das gemacht und wieso bist du wieder so bei Kräften?«

»Ist eine lange Geschichte. Die kurze Variante: Ich bin unsterblich! Mein Körper ist zwar verletzlich, aber ich regeneriere mich sehr schnell!«

Aaron stand zwei Meter neben Moses, sah ihm in die Augen. Er setzte zur nächsten Frage an, doch der Cerberus kam ihm zuvor.

»Wo ist Francisco?«

Aaron schüttelte kurz den Kopf. Er hoffte, damit wieder ein wenig Ordnung in das Chaos seiner Gedanken zu bekommen.

»Die Killer in den schwarzen Taucheranzügen haben ihn gefangen genommen!«

»Ok, dann lass uns zum Basislager aufbrechen!«, war die kurze Antwort von Moses.

Der Türhüter riet ihm, wieder unsichtbar zu werden. Es wäre von Vorteil, eine Trumpfkarte im Ärmel zu haben, mit der der Feind nicht rechnet. Aaron widersprach im nicht, zumal er sich dadurch sicherer fühlte. Beide bewegten sich mit äußerster Vorsicht durch das Dickicht. Gebückt nutzten sie die eine oder andere Basaltmauer zur Deckung. Sie erreichten die Basis der Angreifer und verharrten im Schatten der Steine. Die Schmerzensschreie aus einem der Zelte hatte ihre volle Aufmerksamkeit. Beide wägten ihren nächsten Schritt ab. Schnell waren sie sich einig, dass der Unsichtbare sich die Situation ansehen wird, um dann wieder hierher zurückzukehren. Die Bedenken von Aaron bezüglich seiner Transparenz zerstreute der Cerberus.

Moses hatte ihm erklärt, wie er ihn aufgespürt hatte. Seine Augen haben die Fähigkeit, kleinste Veränderungen der

Luftverhältnisse zu registrieren. Für den Bruchteil einer Sekunde sah er, wie der nicht Wahrnehmbare sich bewegte und sich die Atmosphäre in der Kürze eines Wimpernschlags dadurch veränderte. Daher war er für ihn auffindbar. Er beruhigte Aaron und nahm ihm die Sorge: Ein normaler Mensch ist dazu nicht fähig.

Mit einem mulmigen Gefühl schlich sich Aaron zum besagten Zelt. Dabei bemerkte er, dass vor einem anderen weitere schwarz Uniformierte postiert waren. Den Hals eingezogen und die Schultern nach oben gespannt, bewegte er sich Schritt für Schritt um das Zelt. Die qualvollen Schreie wurden wieder lauter und häufiger. Er sah ein kleines Stück Zeltplane an der Seitenwand überhängen, die vermutlich als Luftklappe oder Fensterladen diente. Er entschied sich, durch diese Öffnung einen Blick zu riskieren. Behutsam schob er das Stoffteil mit den Fingern einen Spalt zu Seite. Zunächst sah er keine Personen. Alles, was sich in seinem Blickfeld befand, war ein Tisch, auf dem drei geöffnete Werkzeugkoffer lagen. Vorsichtig veränderte er seine Position. In der Mitte war ein Stuhl, auf dem ein Mann mit nacktem Oberkörper saß. Er war daran festgebunden. Sein Blut rann ihm seitlich am Kopf hinunter und besudelte seine rechte Schulter sowie seinen Oberarm. Aaron kniff die Augen zusammen.

Jetzt sah er es deutlich: *Die haben ihm ein Ohr abgeschnitten!*

Im gleichen Moment fiel ihm auf, dass der Gefangene ein Söldner der MEFSA ist. Die Uniform beziehungsweise die Hose und die Stiefel, die er anhatte, identifizierten ihn.

»Gustav, denkst du, es reicht? Sollen wir aufhören?«, hörte er eine hell klingende Stimme sagen.

Aaron stockte der Atem. Er traute seinen Augen nicht. Museumsdirektor Gustav Eberwein bewegte sich in sein Blickfeld. Dieser schrubbte beim Vorbeigehen mit einem Handtuch sein Gesicht. Aaron war wie gelähmt.

»Es genügt!«, hörte er den Direktor sagen.

»Johann, Ihr Auftritt! Vermasseln Sie es nicht!«

Was wird hier gespielt? Wieso ist Gustav da, und warum zum Teufel hat er das Kommando über diese Leute?

An der Stirnseite wurde die Plane beiseitegeschoben und ein maskierter Mann trat heraus. Er bewegte sich auf das bewachte Zelt zu. Aaron nahm sofort die Verfolgung auf. Die wachhabenden Uniformierten stets im Blick umging er sie vorsichtig. An der Längsseite des identischen Zeltes angekommen, schob er den Stoff ein wenig beiseite.

Er sah, wie der Rädelsführer und weitere vier maskierte Männer den Raum betraten.

»Was für ein Jammerlappen, der dicke Museumsprofessor hat geflennt wie ein kleines Mädchen!«, sprach Johann zu den anderen Maskierten.

»Was habt ihr mit ihm gemacht? Was habt ihr Dr. Eberwein angetan?«

Diese Stimme? Aaron riss es den Boden unter den Füßen weg. Er sah in die gegenüberliegende Seite und war kurz davor in Ohnmacht zu fallen. Jetzt bemerkte er sie alle. Sarah, Alfredo und seinen Vater in einem Käfig eingesperrt. Sein ganzer Körper zitterte wie bei einem epileptischen Anfall. Er bekam keine Luft, sein Herz raste. Ihm wurde übel und vor seinen Augen flimmerten unzählige Punkte.

»Er hat die Zeichen auf dem Stein und ihre Bedeutung nicht erklären können. Hat bei jeder Berührung gewinselt wie ein junger Hund. Was für ein Versager!«, antwortete der Maskierte. Gleichzeitig ließ die Antwort Aaron aus seiner Starre erwachen.

Verzweifelt starrte er in die Ecke, wo Alfredo auf einer Pritsche saß und Sarah und sein Vater standen.

»Was wollen Sie von uns? Wer sind Sie?«, fragte Martin Voss forsch.

Der Angesprochene reagierte nicht auf die Frage. Er drehte sich zu seinen Kumpanen um und flüsterte. Keiner der Anwesenden hörte, was er sagte.

Aaron sah, wie sich seine Freunde gegenseitig fragend ansahen und verängstigt umherblickten. Alfredo saß zusammengekauert da. Er hatte deutlich erkennbar Schmerzen. Sarah stand aufrecht, die Hände provokant in den Hüften, neben seinem Vater. Der wiederum hatte, typisch für ihn seine Rechte in den grauen Haaren und kratze die Kopfhaut. Ein Zeichen, dass er etwas nicht verstand und krampfhaft überlegte.

Für Aaron stand fest: *Ich verschwinde zu Moses!*

Er hatte keine andere Wahl. Die Situation überforderte ihn. Schweren Herzens ließ er den Zeltstoff wieder an seinen angestammten Platz zurückgleiten. Er benutzte den gleichen Weg zurück. Bei Moses angekommen, sprudelten seine Gedanken in Form von undefinierbaren Sätzen heraus. Der Hüne versuchte, ihn einzubremsen, rüttelte ihn, damit er vor allem die Lautstärke senkte. Aaron war voller Emotionen, vollgepumpt mit Adrenalin, dass er keinen klaren Gedanken, geschweige einen Satz formulierte. Moses war mit seiner Weisheit am Ende. Er holte leicht aus und gab ihm eine Backpfeife. Aarons Kopf riss es zur Seite. Augenblicklich war er still und sah den Cerberus mit weit aufgerissen Augen fragend an.

»Aua! Das hat wehgetan!«

»Sorry, aber du musst deine Lautstärke senken«, flüsterte ihm Moses zu.

Nach einer kurzen Pause, in der Aaron seine rechte Wange massierte, war er wieder Herr seiner Regungen. Er erzählte alles, was er beobachtet hatte.

»Wieso ist der Museumsdirektor hier und befiehlt die Kidnapper? Und warum sagt der sogenannte Johann, dass sie

Eberwein gefoltert haben?« Aaron fuhr sich mit der Hand durch seine Haare und kratzte seine Kopfhaut.

»Ich verstehe es nicht, das ergibt keinen Sinn«, ließ er folgen.

Moses grübelte. Er saß am Boden. An eine Basaltmauer gelehnt, versuchte er das Puzzle zusammen zu fügen.

»Es fehlen einige Teile, aber ich denke, dass dieser Eberwein ein schlimmer Finger ist!«, sprach er leise vor sich hin.

»Du musst da nochmals hin!«

»Dort in dem Zelt sind mindestens fünf Mann! Du hast selbst erlebt, zu was die fähig sind!«, protestierte Aaron und schüttelte vehement den Kopf.

»Du bist für sie unsichtbar, vergiss das nicht! Weiß jemand von deiner Unsichtbarkeit?« Moses sah auf das Kreuz an Aarons rechten Unterarm.

Nach kurzem Überlegen erzählte er die Geschichte, wie Sarah in Berlin das Geschenk von Enki entdeckte. Dass es Francisco bekannt war, erübrigte sich der Erklärung.

»Ok! Schleiche dich wieder an und versuche in das Zelt zu kommen. Nimm mit deiner Freundin Kontakt auf. Wir werden sie alle da rausholen, vertrau mir!« Moses grinste ihn an.

»Bist du völlig durchgeknallt? Sie wird uns alle verraten. Sie wird hysterisch kreischen, wenn ich sie nur berühre!«

»Dann grapsche sie nicht an. Versuche herauszubekommen, was hier läuft. Vielleicht weiß sie was von Francisco!«

Aaron sah den Cerberus an und versuchte, in seiner Mimik zu erkennen, ob er scherzte oder ob es ihm ernst war. So wie der ihn ansah, gab es keine zwei Meinungen.

Sein Puls beschleunigte sich:

»Ok! Ich mache es!« Er richtete sich auf und sein Körper spannte sich.

»Was machst du in der Zwischenzeit?«

»Ich sehe mir das an, wo du den Museumsdirektor gesehen hast!« Moses deutete mit dem Kopf zum Zelt hinüber.

Aaron nickte. In gebückter Haltung setzte er den ersten Schritt.

»Ich würde dir raten, mach dich unsichtbar!« Mit einem Lächeln im Gesicht sah ihn Moses an.

Aaron rollte die Augen und blies die Backen auf. Er betätigte das *Anch* und schlich dem Ort des Geschehens entgegen. Zwei Mann saßen gelangweilt in Klappstühlen seitlich des Eingangs. An ihnen vorbeizukommen, war keine Herausforderung. Der eine drehte sich bedächtig eine Zigarette, der andere schnitzte mit dem Messer an einem kleinen Ast. Aaron bewegte sich auf Zehenspitzen um sie herum. Er schob vorsichtig die Eingangsplane einen Spalt zur Seite und spähte hinein. Kurz warf er einen Blick zurück zu den beiden Wachen. Die saßen in ihren Stühlen und sahen in die entgegengesetzte Richtung. Er drehte den Kopf wieder zum Eingang. Im selben Moment wurde die Plane vor ihm zur Seite geschoben und ein Maskierter sprach nach hinten gerichtet, dass er gleich wieder zurückkommen würde, und marschierte schnellen Schrittes einige Zentimeter an ihm vorbei.

Aaron gefroren sämtliche Glieder. Trotzdem überwand er diesen Schock und nutzte die Gelegenheit, durch den sich bietenden Zwischenraum durchzuschlüpfen. Vor ihm lehnten zwei maskierte Männer lässig an den Gitterstäben. Einer der beiden schwenkte einen überdimensionalen Ring, an dem ein Schlüssel befestigt war, hin und her. Er sah sich um. Erfasste die Gegebenheiten. Sein Vater, Sarah und Alfredo hielten sich in der hinteren rechten Ecke der Gefängniszelle auf. An den Seiten und an den Stirnseiten war die Zeltplane höchstens zehn Zentimeter vom Käfig entfernt. Dort hindurchzukommen war unmöglich.

Wie komme ich an Sarah heran?

Er behielt die beiden Aufpasser im Blick und spähte die gesamte Zelle aus. Erst jetzt bemerkte er Francisco. Der lag die

Arme hinter dem Kopf verschränkt, auf einem Feldbett und war wegen der beiden Maskierten in der vorderen linken Ecke schwer zu sehen. Aarons Herz vollbrachte einen zusätzlichen Schlag.

Francisco! Das ist die Lösung!

Bedächtig bewegte er sich nach vorne. In gebückter Haltung visierte er die linke Seite des Zeltes an. Auf allen vieren robbte er vorwärts. Die Strecke vom Eingang bis zur Ecke erforderte seine völlige Konzentration. Obwohl es nur 5 bis 6 Meter waren, die er hinter sich brachte, schwitzte er wie nach einem Marathon. Er war wenige Zentimeter von seinem Ziel entfernt, da wurde die Plane wieder zur Seite gerissen, und drei uniformierte Männer traten ein. Wie immer hatten sie ihr Gesicht hinter einer Sturmhaube mit aufgesetzter Sonnenbrille versteckt.

»Der Boss hat befohlen, dass wir mit dem alten Professor weitermachen!« Er deutete mit der Hand zur Käfigtüre.

Der Wärter, der den Schlüssel innehatte, versuchte, ihn in das Schloss zu stecken. Entweder sah er wegen der Brille nicht deutlich oder er zitterte, denn er fungierte umständlich und mit zunehmender Dauer immer nervöser. Der Vorgesetzte befeuerte die Nervosität des Wachmanns. Er brüllte ihn fortwährend an. Das war die Gelegenheit. Aaron nutzte sie sofort. Er berührte Francisco am Unterarm. Dieser sprang mit einem Satz aus seinem Bett hoch und protestierte:

»Verdammt! Was soll das?!«

Der Typ mit dem Schlüsselbund stolperte erschrocken zwei Schritte nach hinten. Der Vorgesetzte stampfte forsch auf die Türe zu.

»Verkriech dich sofort wieder in dein Bettchen! Du kommst noch früh genug dran!«, drohte er dem Gefangenen.

Aaron ist hier! Zeit. Ich muss Zeit gewinnen! Er bewegte sich auf Sarah und die anderen zu.

Im gleichen Augenblick wurde eine Pistole unter der Zeltplane direkt vor die Hände von Aaron geschoben. Der sah zu den Wächtern. Keiner der Männer hatte es bemerkt. Sie waren alle auf den Aufgesprungenen fixiert. Vorsichtig schob er die Waffe durch die Gitterstäbe unter das Bett von Francisco. Er streckte den ganzen Arm so weit wie möglich aus, damit die Schusswaffe von außen nicht mehr sichtbar war.

Der Anführer brüllte seinen Untergebenen an. Ohne seine Reaktion abzuwarten, riss er ihm den Schlüsselring aus der zitternden Hand. Er machte sich sofort daran, den Schlüssel in das Schloss zu stecken. Gleichzeitig zog er seine Pistole aus dem Halfter. Francisco drehte sich zur Türe um.

»Okay! Okay! Ich gehe wieder zurück!« Er trat mit erhobenen Händen beschwichtigend die wenigen Schritte zum Bett und setzte sich auf die Pritsche. Verwundert bemerkte er die Waffe. Mit dem linken Fuß schob er sie leicht zur Seite und stützte sich mit den Ellbogen auf seinen Knien ab.

»Braves Hündchen, so ist es recht!« Abfällig, arrogant und zynisch quittierte der Rädelsführer die Entscheidung. Er schob die Zellentür nach innen und trat ein. Die Waffe in der Hand baute er sich majestätisch vor allen auf. Er befahl seinen Männern, den Professor aus dem Käfig zu holen. Aaron nutzte diese Gelegenheit und kroch auf den Handballen und Knien in die offene Tür und verharrte in der Position. Die beiden Angesprochenen bewegten sich wie befohlen zur Tür. Der Erste flog buchstäblich über das unsichtbare Hindernis, der Zweite stolperte, fiel ebenfalls nach vorne und knallte mit der Stirn gegen die Gitterstäbe der geöffneten Türe.

In Sekundenschnelle hatte Francisco die Schusswaffe in der Hand und schoss. Der Anführer ließ die Waffe mit einem Aufschrei fallen. Aaron sprang über die beiden am Boden Liegenden in die Zelle und baute sich vor Sarah und den

Mitstreitern auf. Alle waren von den Vorkommnissen völlig überrascht und standen wie Salzsäulen da. Jegliche Schreie blieben ihnen im Halse stecken. Die beiden außerhalb der Zelle stehenden Vermummten griffen sofort zu ihren Waffen und richteten sie auf Francisco. Zum Abfeuern kamen sie nicht mehr. Mit einem furchterregenden Gebrüll sprang Moses die beiden von hinten an und schlug ihre Köpfe gegeneinander. Sie verloren sofort das Bewusstsein und lagen am Boden. Die über Aaron Gestolperten unternahmen den Versuch, sich aufrichten.

»Ich würde euch raten: bleibt einfach liegen!« Mit einem zur Seite geneigten Kopf sah sie Francisco, die Pistole auf sie zielend, grinsend an. Die Hand an der Stirnplatzwunde sah der eine den anderen an und nickte ihm zu. Sie blieben sitzen.

Alfredo war der Erste, der aus der Schockstarre erwachte.

»Mister Rojas, wo du haste das Waffe? Unde wer ise Sie jezet?«, er zeigte auf Moses.

»Nehmt den Typen die Kabelbinder ab und fesselt sie damit! Nehmt ihnen endlich diese bescheuerten Sturmhauben ab!« Francisco deutete auf die Überwältigten.

Alfredo nahm sich sofort den Anführer zur Brust. Er schob ihn zu den Gitterstäben und fesselte ihn mit den Bindern an die Stäbe. Mit den anderen verfuhren sie genauso. Alle fünf Mann saßen gefesselt am Boden und sahen verdutzt und ungläubig in den Raum.

»Darf ich Ihnen vorstellen: Das ist mein Freund Moses Mori!« Francisco legte dabei seine Hand auf die Schulter des Cerberus.

»Wie sollen wir Ihnen danken?« Eine emotional aufgewühlte Sarah hatte Tränen in den Augen.

»Nicht mir gebührt der Dank«, die dunkle Stimme von Moses hatte etwas Majestätisches an sich.

»Alles machte nur er möglich«, dabei zeigte er in die Ecke, in der sich die Silhouette von Aaron manifestierte.

Alfredo schrie auf. Sarah schlug sich die Hand vor den Mund. Für den Professor war es zu viel. Ihm versagten seine Beine. Er fiel ohnmächtig auf das Feldbett.

KAPITEL 32

Die *ONE* glitt geräuschlos und bedächtig durch die unzähligen Wasserstraßen von Nan Madol. Der Mann am Ruder steuerte auf das Ufer zu. Dort angekommen, zurrte er das Boot an einer Mangrovenwurzel fest. Einem der drei Insassen gelang es nicht wie den beiden anderen, geschmeidig über die Reling auf das Eiland zu springen. Er nahm auf den Seitenplanken Platz. Schwerfällig hob er zunächst ein Bein, um das Hindernis zu überwinden. Anschließend unterstützte er mit den beiden Armen das andere. Er hievte es hoch und fand im Sand Halt. Er bewegte sich langsam ins Unterholz.

»Warum kommen die zurück?« Ugala stand neben Enki im Raum und betrachtete die Szene auf einem Hologramm.

»Sie haben einen Befehl bekommen umzudrehen!« Der Anunnaki verschränke die Arme vor der Brust.

»Derjenige, der diesen gab, ist ein Dejjanum! Sie werden versuchen, den Cerberus und den Professor zu erwischen!« Enki strich sich durch seinen Bart.

Ugala nickte zustimmend.

»Ich informiere den Sohn des Kronos!«

»Er soll die Spur des Richters verfolgen!«

Bevor sich Enki von dem Bildschirm wegdrehte, tippte er auf eine Diode seines Gürtels. Kakkab die Rabenkrähe flatterte mit einem Kreischen aus ihrem Versteck.

KAPITEL 33

Aaron hielt sich mit seinen Mitstreitern im Kommandozelt auf. In der Mitte saß der an einen Stuhl festgebundene Museumsdirektor.

Zuvor hatten sie sämtliche Angreifer im gegenüberliegenden Gefängniszelt an die Gitterstäbe gefesselt. Nach der Abnahme der Sturmhauben sahen sie endlich die Gesichter der Kidnapper. Zwei gemeinsame Merkmale der Gefangenen stachen augenblicklich ins Auge. Sie hatten alle die gleiche Farbe der Iris: Blau sowie blonde Haare.

Wie ein Angeklagter vor einem Richtergremium ließ Eberwein unbeeindruckt die Nachfragen über sich ergehen. Jeder der Anwesenden hatte Duzende davon an ihn. Trotz alledem hielten sie sich im Zaum und überließen Aaron die Befragung.

Alfredo sah den Direktor mit zusammengekniffenen Augen an:

Ike wisse es! Der Blick schweifte weiter Richtung Sarah, der er mit einem Nicken seine Vorahnung signalisierte. Seine Brust schwoll an.

Der Befragte hielt sich mit seinen Antworten merklich zurück. Mitten unter der nächstgestellten Frage vernahm Aaron eine telepathische Nachricht. Er zuckte zusammen und fasste sich an den Kopf.

»Was hast Du?« Besorgt sah ihn Sarah an.

Ohne Zeit zu verlieren, erhob er sich und forderte Moses und den Legionär auf, ihm zu folgen. Mit verdutztem Gesicht sah sie den dreien nach. Vor dem Zelt flüsterte er seinen beiden Weggefährten die Nachricht von Ugala zu. Francisco war es gewohnt, Befehle ohne zu hinterfragen, auszuführen. Moses nickte nur kurz und war im Dickicht verschwunden. Aaron betrat wieder das Zelt. Er löste die Fesseln von Eberwein und brachte ihn zu seinen Mitstreitern. Dort angekommen legte er ihm die Kabelbinder um die Handgelenke und befestigte ihn neben seiner Killertruppe an den Gitterstäben.

Zurück bei Martin und den anderen sah er in die fragenden Augen seiner Freunde. Es fiel ihm schwer, die richtigen Worte zu finden. Seiner Liebe, seinem Vater und dem besten Kumpel die Sorgen zu nehmen, die absolut begründet waren. Er versuchte, ihnen zu erklären, dass er sich wieder unsichtbar macht. Francisco und Moses werden versuchen, die beiden Angreifer der MEFSA zu überwältigen. Ohne auf die Gegenfragen zu achten, verschwand er vor den Augen der Erschrockenen.

Valentino und Viktor hielten sich im Schatten der Bäume auf. Jeden ihrer Schritte wählten sie mit Bedacht aus. Sie schlichen fast in Zeitlupe, den Blick immer auf den Boden gerichtet, auf das Zeltlager zu. Eine Krähe krächzte in den Baumwipfeln. Unbeirrt setzten sie ihren Weg fort. Hinter einer der unzähligen Basaltmauern spähten sie auf den Platz des Lagers. Es waren keine Personen zu sehen.

»Wir gehen hinten rein!«, dabei zeigte Valentino auf das Kommandozelt. Vorsichtig schoben sich die beiden Männer durch einen schmalen Durchgang in der Mauer. In gebückter Haltung, die Köpfe eingezogen, näherten sie sich mit schussbereiten Waffen dem Hintereingang des Zeltes. Ein gewaltiger Farnstrauch gewährte beim Anschleichen die nötige Deckung. Hinter den saftigen, grünen Blättern achteten sie auf jegliche Bewegung um sie herum.

Wie ein ausbrechender Vulkan kam Moses aus dem Versteck inmitten des Farnbusches emporgeschossen und riss Valentino um. Francisco sprang ebenfalls hoch und hieb Viktor die Faust gegen das Kinn. Der Überraschungseffekt hatte zur Folge, dass beide ihre Waffen dadurch verloren. Überraschenderweise stellte sich Valentino, der um die Hälfte kleiner war, als ebenbürtiger Gegner heraus. Der Cerberus erwehrte sich gezielten Kicks und Finten. Der Glatzköpfige war listig und ungemein flink. Moses wich den Schlägen aus, wehrte einen Sidekick mit dem Ellbogen ab. Eine kurze Unachtsamkeit später wurde er von Valentino durch einen erneuten Kick an der Schläfe getroffen.

Francisco rang mit Viktor am Boden um jeden Zentimeter. Beide hatten sich ineinander verkeilt. Die Gewichtsvorteile des Ex-Legionärs halfen ihm in der momentanen Situation nichts. Sein Gegner hatte seine Arme blockiert. Er schaffte es, die Oberschenkel um den gesamten Brustkorb zu schlingen. Durch das Zusammenpressen der Beine versuchte er ihm die Luft zu rauben. Das Atmen fiel von einer Sekunde auf die andere immer schwerer. Mit unbändigen Willen und schier unmenschlicher Kraft schaffte es Francisco, einen minimalen Spalt zwischen sich und seinen Angreifer zu bringen. Er zog einen Arm aus der Umklammerung, suchte mit der Hand das Gesicht seines Gegners. Der wiederum bemerkte das Vorhaben und konterte.

Valentinos Schläge trommelten wie die eines Besessenen auf den Cerberus ein. Er erwehrte sich dieser brutalen Hiebe, indem er die Arme an die Brust heranzog und den Kopf gleichzeitig damit schützte. Die Technik, die dieser kleinere Gegner aufzubieten hatte, beeindruckte Moses. Er sah durch eine Lücke seiner schützenden Arme und bemerkte, dass seinem Gegenüber langsam die Puste ausging. Die Schläge waren nicht mehr kontrolliert. Die Härte lies nach. Seine Strategie ging auf. Er ließ Valentino auspowern und dann schlug er mit voller Wucht zu. Es genügte eine Rechts-Links-Kombination gegen den Kopf und der wild gewordene lag mit verdrehten Augen bewegungslos im Staub.

Zehn Meter entfernt schaffte es Viktor, sich oberhalb von Francisco zu positionieren. Speichel ran ihm aus dem Mund, seine Augen waren weit aufgerissen. Er war entschlossen zu töten. Ein dumpfer Laut, ein kurzer Aufschrei und Viktors Körper löste jede Spannung. Er sackte kraftlos auf Francisco zusammen. Der stieß ihn voller Ekel von sich weg. Einen Ast in den Händen wurde Aaron über ihm sichtbar.

»Das hätte ich allein geschafft«, protestierte Francisco und stand schwerfällig auf.

»Das war ich diesem Schwein schuldig!«

Nach kurzem Durchschnaufen zerrten sie die beiden zum Zelt. Auf der gegenüberliegenden Seite verzurrten sie Valentino und Viktor an den Eisenstäben gegenüber der anderen. Sie hatten sie alle gefangen und sicher verwahrt. Sogar die beiden Folterer aus dem Kommandozelt, die Moses vor der Befreiungsaktion k.o. geschlagen hatte. Für den Mann der MEFSA kam jede Hilfe zu spät. Sie hatten ihm die Kehle durchtrennt.

»Was für ein illustrer Haufen von Abschaum!« Francisco sah sich jeden Einzelnen der am Boden Sitzenden an. Nur der blonde Anführer Johann grinste ihm ins Gesicht.

KAPITEL 34

Sarah stand vor der Kaffeemaschine im Kommandozelt. Die anderen saßen am Tisch und analysierten die vergangenen Vorkommnisse. Jeder hatte seine eigene Theorie. Ein wildes Durcheinander erfüllte das Zelt. Die Diskussion war im vollen Gange, da meldete sich Professor Voss lautstark zu Wort.

»Meine Freunde. Meine Freunde. Bitte lassen Sie mich erklären, was ich auf dem besagten Stein entdeckt habe, bevor wir hier in Spekulationen versinken!« Martin stand von seinem Platz auf.

Er berichtete in seiner behäbigen Art von der Begutachtung des Steines. Dass die beiden Leute der MEFSA keine Ahnung von der Bedeutung der eingeritzten Zahlen hatten. Dass er sie auf die falsche Fährte lockte, indem er ihnen nicht die ganze Wahrheit über die Deutung verriet, ließ er mit einem leichten Grinsen folgen.

Sarah hielt ihren Kaffeebecher in beiden Händen. Den Kopf zur Seite geneigt fragte sie den Professor:

»Was hat es mit dieser Zahl 770 auf sich?«

Das Lächeln von Martin Voss verstärkte sich. Er erklärte, dass es für die 770 eine Menge an mystischen und esoterischen Interpretationen gibt. Bei seinen weiteren Ausführungen senkte er seine Stimme erheblich und fing an zu flüstern:

»Ich habe nicht die 770 gesehen, sondern die 777!« Er sah in die fragenden Gesichter der Anwesenden.

»Diese Zahl steht für *„das Göttliche"*. Versteht ihr? Die oberste Gottheit. Den Erschaffer. Den Höchsten und Einzigen!« Alle sind näher an den Vortragenden herangerückt, um diese Aussage akustisch zu verstehen.

Den Gesichtszügen der Anwesenden war zu entnehmen, dass sie völlig im Dunkeln tappten und keine Ahnung hatten, was dies bedeutete. Nach einer kurzen Phase des Nachdenkens war es Aaron, der von seinem Platz aufstand und seinen Vater in die Augen sah:

»Das würde heißen, dass es höhere Wesen gibt wie die Anunnaki? Übrigens, sie nennen sich Ankh!« Kopfschüttelnd bewegte er sich auf Sarah und die Kaffeemaschine zu. Er schenkte sich eine Tasse ein und drehte sich wieder zu den anderen um.

»Ankh? Ah, ja genau. Was denkst du? Wer hat sie erschaffen?« Martin sah seinen Sohn überrascht an.

Aaron kontere: »Wer? Keine Ahnung. Aber wem dem so ist, wer hat dann denjenigen geschaffen, der wiederum sie ins Leben gerufen hat?«

Der Professor hob die Schultern und breitete die Arme aus. »Das kannst du jetzt unendlich weiterführen, bis du bei dem höchsten aller Wesen angelangt bist«, er stoppte kurz und setzte sich. »Und das ist eben das "höchste Wesen", das durch die Zahl 777 symbolisiert wird!«

»Were hate danne der hohe Wese erschaffe?« Meldete sich ein sichtlich ergriffener, verwirrter Alfredo zu Wort.

»Leute, das ist doch scheißegal, wer wenn gezeugt hat! Wir müssen hier weg!«, unterbrach Francisco schroff die Diskussion. Moses war der gleichen Meinung. Sie mussten die *ONE* finden, um von hier zu verschwinden. Um die Gefangenen werden sich die Behörden aus Kolonia kümmern.

Aarons Vater sah den Cerberus mit starrem Blick an. Seine Hand vergrub er in seinen Haaren und massierte die Kopfhaut.

»Darf ich Sie fragen, woher Sie diese Tätowierungen haben?«
Er sah Moses an. »Vor allem das Zeichen an Ihrem Hinterkopf ist
sehr interessant!« Dabei deutete er auf den Kopf des
Angesprochenen.

Moses unternahm keinerlei Anstalten zu antworten. Francisco
sah in seinen Augen das große Unbehagen, das ihm diese Frage
bereitete. Scherzhaft erzählte er von den Anfängen der
Freundschaft zwischen Moses und sich. Er hoffte, dadurch die
angespannte Situation zu entschärfen.

»Ich kenne die Bedeutung dieses Zeichens!«, fuhr Professor
Voss den Ausführungen von Francisco dazwischen.

Der Türhüter zuckte unmerklich mit den gewaltigen
Oberarmen. Sein Blick verfinsterte sich. Der Brustkorb blähte sich
auf, um sich Sekundenbruchteile später wieder zu senken. Seine
nächsten Worte wollte er gut bedacht an den Professor richten.
Dieser kam ihm zuvor.

»Ihr seid ein Cerberus. Ein »*Türhüter des Portals*«. Ihr habt das
heilige Zeichen des »*Portals*« und die Koordinaten auf Eurem
Körper tätowiert. Nur Ihr kennt den Standort und wie man es
öffnet!« Nach einer rhetorischen Pause fügte er hinzu:

»Ihr seid unsterblich. Wie lange seid Ihr schon auf dieser
Welt?«

In Moses brodelte es. Seine Tage waren gezählt. Er hatte
versagt. Welche Strafe wird ihn auf Nibiru erwarten? Er stand auf
und verlies ohne ein Wort das Zelt.

»Wie kommen Sie den darauf? Unsterblichkeit? Cerberus?
Türhüter? Portal? Was soll der Blödsinn?« Francisco versuchte,
seinen Freund zu schützen.

Unbeirrt sprach Martin Voss aus voller Überzeugung an die
Anwesenden. Er erklärte ihnen, dass er in mehr wie vier
Jahrzehnten die Zeilen der sumerischen Keilschrifttafeln sorgfältig
studierte. Er hat die schulwissenschaftliche Auslegung des

Geschriebenen niemals akzeptiert. Die ältesten Aufzeichnungen der Menschheit hat er ernst genommen und sie wie Tatsachenberichte interpretiert. Er hat sie nicht, wie der überwiegende Teil seiner renommierten Kollegen, in die Schublade von Märchen oder Fabeln gesteckt. Er hat sie mit etlichen anderen historischen Gegebenheiten verglichen, Querverweise erstellt. Die Ergebnisse seiner Forschungen decken sich mit dem hier jetzt Erlebten. Der Beweis liege nahe, wenn man sich das ansehe, was Aaron widerfahren ist und welche Umstände sie alle zusammengeführt haben.

»Von Anbeginn der Zeit ist die Unsterblichkeit das Streben sämtlicher Kulturen.« Er sah in die Gesichter.

Der Anblick amüsierte ihn. Die Münder staunend offen, die Augen starr, keiner blinzelte. Alle hörten ihm wie seine Studenten in der Uni konzentriert zu.

»Ihr könnt die Spuren im »*Gilgamesch Epos*« finden. Schlagt im »*Enûma Elis*«, in den Veden des »*Rigveda*«, den Überlieferungen der »*Hopi*« Südamerikas und sogar in der Bibel nach!« Der Professor war in seinem Element. Einmal kurz eingeatmet fuhr er fort:

»Überall dort. In den ältesten Aufzeichnungen geht es darum, ewig zu leben. Der Mensch wollte schon immer so wie die Götter sein!« Mit einer Pause ließ er die Worte wirken.

»Du hast absolut recht!«, erklang die leise Stimme Aarons. Bevor er dies aussprach, wägte er die Konsequenzen ab. Ihm waren die Anweisungen des Herrschers der Ankh bewusst. Er vertraute wieder einmal seinem Herzen. Aaron stellte seine Tasse ab und zog einen Stuhl zu sich. Er nahm Platz.

»Es ist *"ZER-TID-UM"*«, dabei betonte er alle Silben.

Er berichtete, wie er von Enki dieses »was auch immer« erhalten hatte. Aaron erzählte nochmals die gesamte Geschichte für seinen Vater. Dass die Igigi vorhaben, das "Wundermittel" von

Nibiru zu stehlen, um dann den Planeten und somit die Anunnaki zu vernichten. Dazu benötigen sie das Portal. Dass die Igigi die Weltherrschaft innehatten, erklärte er nur beiläufig. Nachdem er fortfuhr, dass sie die meisten Menschen durch Manipulation so weit gebracht haben, dass sie eine willenlose, nicht hinterfragende Gesellschaft waren, quittierte das der Professor mit einem Nicken.

»Moment mal!« Sarah, die ihre Stirn in Falten gelegt hatte und Aaron fragend ansah, legte nach:

»Habe ich das richtig verstanden? Du bist unsterblich? Was bedeutet das?« Ungläubig streiften ihre Blicke die Anwesenden, zum Schluss sah sie Aaron an.

Er vermochte ihr nicht zu antworten. Er hatte keine Ahnung, welche Konsequenzen es für ihn hatte. Hatte dies zur Folge, dass er so lange wie die biblischen Helden Methusalem, Adam und Noah lebte, oder womöglich ewig?

Die Unsterblichkeit war das Privileg der Götter!

KAPITEL 35

Eine Flusskreuzfahrt auf der Spree hatte Shadow schon immer auf seiner To-do-Liste. Er genoss die Fahrt des Hop-On/Hop-Off Dampfers bei herrlichstem Sonnenschein. Auf dem voll besetzten Boot wählte er einen Platz, wo er sich sicher war, dass ihn kein übereifriger Tourist mit dem Handy ablichtete. Er war der Einzige, der sein Smartphone nicht in der Hand hielt. Die Gabe seines fotografischen Gedächtnisses half ihm, auf diese Erinnerungsstütze zu verzichten. Dadurch genoss er uneingeschränkt die Eindrücke dieser Fahrt. Eine Berliner Sehenswürdigkeit nach der anderen passierten sie in den Kanälen der Spree. Professionell und amüsant erklärte der junge Guide die Highlights. Dreisprachig referierte er über die Besonderheiten. Die teilweise humorvollen Randgeschichten dazu wurden von dem internationalen Publikum mit Applaus bedacht.

Das Ausflugsboot legte am Steg zum Regierungsviertel an. Diese Möglichkeit, das Boot zu verlassen, nutzte er. Er hatte keinerlei auffallende Merkmale an sich. Hatte keine Kleidung an, an die sich ein modebewusster Beobachter erinnern würde. Er hatte die Erscheinung einer Person, die es zu Tausenden in Berlin gab. Das war über die Jahrzehnte sein Credo: durch keine Handlung auffallen, immer im Schatten!

Innerhalb einiger Minuten mischte er sich unter die Menge der Touristen und Einheimischen und verschmolz mit der Masse. Sein

Ziel war nicht weit von seinem Standort entfernt. In der Umgebung waren die Gebäude wegen der Nähe zum Bundestag durch Sicherheitsfirmen geschützt. Das Hochhaus, auf das er zusteuerte, hatte in der Lobby einen Concierge und eine Zutrittscodierung. Das Bürogebäude hatte 7 Stockwerke, wo internationale Firmen mehrheitlich aus der IT-Branche ihre Mitarbeiter beschäftigten. Sein Ziel war die Penthousewohnung im Stock darüber. Am Eingang führte er einen codierten Schlüssel in Form einer Kreditkarte in den dafür vorgesehen Slot. Die Glastüre öffnete sich automatisch mit einem leisen Zischen. In der weitläufigen Eingangshalle zierte ein Springbrunnen die Mitte der Lobby. Ein monströser Kronleuchter hing an einer Kette von der Decke herab, die an eine Ankerkette eines Kreuzfahrtschiffes erinnerte. Es war ein gewaltiges Stück Handwerkskunst, das hier schier schwerelos im Raum hing. Auf den unzähligen Glaseinsätzen in Tropfenform spiegelten sich die Strahler und verursachten einen faszinierenden Lichteffekt. Hunderte von verschiedenartig bunten Lichtpunkten verteilten sich im gesamten Raum, tänzelten auf den Wänden, an der Decke und am Boden.

Der Concierge Jan Bergmann stand hinter dem Tresen und tippte auf die Tastatur seines Computers. Beim Öffnen der Türe hob er den Kopf und grüßte den Eintretenden mit einem Lächeln auf den Lippen:

»Guten Tag!«, gleichzeitig griff er sich mit der rechten Hand an den dunkelblauen Krawattenknoten und vergewisserte sich, dass er an der richtigen Position saß.

Seine geschmeidigen Schritte erzeugten auf dem Marmorboden einen leisen Hall im hohen Raum. An der Rezeption angekommen, legte Shadow seinen Ausweis auf den Tresen. Dass dies einer von unzähligen Gefälschten war, erahnte der freundliche Gegenüber nicht. Nach einer kurzen Überprüfung gab er ihn dem Gast zurück.

»Herzlich willkommen Mister Evans, Sie haben einen Termin?«

»Ja bei meinem Bruder. Er arbeitet bei der »*IFSET-Corporation*«, antwortete der vermeintliche „Mr. Evans“ mit einem englischen Akzent.

Einige Anschläge auf der Tastatur später sah ihn der Concierge an und deutete auf die Aufzüge an der gegenüberliegenden Seite.

»Einen angenehmen Aufenthalt. Die Fahrstühle befinden sich dort hinten. Siebtes Stockwerk!«

Mit einem freundlichen Nicken drehte sich der Besucher um und verschwand im Ersten. Seine akribische Planung eines Auftrages schloss eine Panne förmlich aus. Würde es wider Erwarten zu einer kommen, hatte er stetig einen Plan-B. Bis zum heutigen Tage genügte immer die A-Variante für seine Aufgaben.

Es gab einen Frank Evans bei der »*IFSET-Corporation*«. Er war der »*Purchasing Direktor*« in dem Unternehmen. Ebenfalls der Termin mit seinem Bruder Callum stand in dessen Terminkalender. Jederzeit vermochte der Concierge die jeweiligen Besuchstermine von allen Firmen im Haus abzufragen.

Es war für Shadow ein Leichtes, in das Computersystem der Gesellschaft einzudringen, sich einen Eintrittsschlüssel zu beschaffen und den Termin so zu platzieren. Für ihn war das Internet ein Segen. Er hatte in seiner Jugend Informatik studiert und wusste damit umzugehen. Es hatte nicht lange gedauert, bis er die familiären Hintergründe des besagten Managers recherchiert hatte. Amüsiert grinste er vor sich hin und fing zu summen an.

Auf seinem Handy tippte er einige Befehle. Er hackte sich in das Kamerasystem des Gebäudes ein. Das Bild der Kamera erschien, die den Aufzug und dessen Türe im Blick hatte, in dem er sich aufhielt. Zwei, drei Kommandos mehr in das Smartphone eingegeben und er sah den gesamten Flur des siebten Stockwerkes. Er hatte die installierten Deckenkameras des Ganges gehackt. Sein

Summen begleitete seine Eingaben. Der Aufzug kam zum Stillstand und die vierflügelige Teleskopschiebetür öffnete sich. Er betätigte den leuchtenden Button auf seinem Handy und wartete kurz das Ergebnis ab.

Alle Kameras waren ausgeschaltet. Ohne zu zögern, schritt er auf die Türe zu, die als Notausgang gekennzeichnet war. Er steckte seine codierte Schlüsselkarte in das Lesegerät. Ein leises Klicken. Er schob die Stahltüre auf, schlüpfte hindurch und verschloss sie hinter sich. Ein kurzer Blick auf den Bildschirm. Die Kameras waren nach einem leichten Flackern wieder in Betrieb. Im Treppenhaus folgte er zielstrebig den Stufen zum obersten Stockwerk hoch. Er stand vor dem letzten Hindernis, dem Zugang zur Penthousewohnung. Der Eingang wurde nicht über den Generalschlüssel geöffnet. Ohne jegliche Hektik griff er in seine Jackentasche und hielt einen Akkuschrauber in Form eines Kugelschreibers in der Hand. Die vier Schrauben des Paneels für den Eingabecode löste er im Handumdrehen. Die Kabel lagen offen. Er klemmte zwei der Drähte mit seinen mitgebrachten Kabelverbindern an. Den daran hängenden Stecker verband er mit dem Smartphone. Er rief eine spezielle App auf seinem Gerät auf. Sein Summen verkürzte das Warten.

Aus den Lautsprecherboxen der Penthousewohnung klang die Stimme von Luciano Pavarotti mit »*Nessum Dorma*«, begleitet durch das »*Royal Philharmonie Orchester*«. Die Arie aus Giacomo Puccinis »*Turandot*« interpretierte keiner wie der italienische Tenor. Mit geschlossenen Augen genoss Dieter Mesche jeden Ton dieser faszinierenden Darbietung. Bei 80 Grad saß er in seiner Sauna. Kurz zuvor goss er einen Scheffel Wasser, angereichert mit Eukalyptuskonzentrat über den Saunaofen. Die reinigende Wirkung der Atemwege und das angenehme Prickeln auf der Haut entspannten den Richter. Er sah auf die Sanduhr, die an der gegenüber liegenden Wand hängte. Der Sand war durch die Taille gelaufen.

Drei Saunagänge reichen für heute.

Das Badezimmer hatte diese Beschreibung nicht verdient. Richtigerweise wäre die Bezeichnung Badehalle angebracht. Schwimmbecken, Massagebereich, Whirlpool und die Sauna in einem Raum. Ein monströser Saal wie in einem Fünf Sterne Spa Hotel. Er stand auf und verließ die Wohlfühloase. Gleich nebenan stieg er in das Kaltwasserbecken. Das eiskalte Wasser brachte alle Lebensgeister wieder auf Trab. Nach dem kurzen Eintauchen wechselte er unter die Dusche. Er ließ die Regendusche ein wenig nachtropfen und nahm ein Frottee Handtuch vom bereitgelegten Stapel. Er tupfte sich mit dem Tuch ab und legte seinen Bademantel an. Die Musik hatte aufgehört. Die Wohnung war gespenstisch still. Diesen Zustand hasste er. Er schlupfte in seine Badeschlappen, die bei jedem Schritt quietschende Geräusche von sich gaben. Er kam im Wohnbereich an. Vor der riesigen Fensterfront, von der aus man einen traumhaften Blick auf die Spree und das Regierungsviertel hatte, stand die Musikanlage. Sie war in einem maßgefertigten Zwei-Meter-Sideboard verbaut. Er schob eine der Türen auf und entnahm die CD von Pavarotti. Ein kurzer Blick genügte und die gesuchte Disc war gefunden.

ZZ Top, jetzt kommt Stimmung in die Bude. Er legte die Scheibe in den Einzug des Players und drückte auf Play. Nichts geschah. Kein Ton kam aus den High-End Boxen. Er hörte nur ein fremdartiges, melodisches Summen. Verwundert bückte er sich zu der Anlage, drehte am Lautstärkeregler, richtete sich wieder auf und hielt sein Ohr an einen der Standlautsprecher.

Dieter Mesche, der Richter Europas, hatte nicht den Hauch einer Chance. Er hatte nicht bemerkt, dass sich der tödliche Schatten hinter ihm platzierte und seine Kehle mit einem sauberen Schnitt durchtrennte.

Die Hände auf den Hals gepresst und mit panischem Gesichtsausdruck schaffte er es, sich zu dem Killer umzudrehen. Seine Knie gaben nach und er sackte in sich zusammen. Das Blut sprudelte durch die Hände des Opfers. Mit weit aufgerissenen, ungläubig dreinblickenden Augen sah er seinem Mörder ins Gesicht. Der stand regungslos und summend vor ihm.

Nach kurzer Zeit schloss einer der Verräter seine Augen zum allerletzten Mal.

KAPITEL 36

E r stand in der linken Ecke mit dem Rücken an der großen Fensterfront und sah die letzten Lebensgeister aus dem Körper des Dieter Mesche weichen. Sein Mörder thronte über ihm und putzte in aller Seelenruhe sein blutverschmiertes Messer mit einem Lappen, begleitet durch ein stetiges Summen.

Aaron war zu spät gekommen. Er konnte nicht mehr eingreifen. Die gespenstische Melodie des Killers ließ sämtliche Haare zu Berge stehen. Ihm war schummrig zumute. Welchen Grund gab es dafür? Der Anblick, der sich ihm bot oder diese unfassbare Reise, die er gerade hinter sich gebracht hatte.

Ugala hatte ihm telepathische Nachrichten gesendet. Er verriet ihm, dass er weitaus mehr Fähigkeiten besitzt. Das unsichtbar sein ist nur eine davon. Es sei ihm möglich, von einem Ort zum anderen durch Raum und Zeit zu reisen. Wie er das Kreuz zu bedienen hatte, um diese Fortbewegung zu ermöglichen, hatte ihm der Wächter mitgeteilt. Aaron kam aus dem Staunen und Wundern nicht mehr raus. Seine Mimik spiegelte seine emotionalen Zustände wider. Einmal hatte er die Augen weit aufgerissen, dann wieder zu Schlitzen verengt. Die Mundwinkel mal nach unten gezogen und plötzlich zu einem Lächeln verzogen. Über die gesamte Zeit der gedanklichen Übertragung bekam er von seiner unmittelbaren Umgebung nichts mehr mit. Er war vollkommen auf die Erläuterungen fokussiert.

Die Botschaften waren zu Ende. Im gleichen Augenblick war er sich sicher, dass der zweite Mann hinter dem Anschlag auf seinen Vater eine gewichtige Rolle in diesem Puzzle spielt. Die Adresse von Dieter Mesche hatte er von Sarah erhalten, die ihm stolz preisgab, was sie und Alfredo alles über ihn herausgefunden hatten. Sie waren sich einig, dass er diesem fiesen Kidnapper einen Besuch abstatten sollte. Er war voller Euphorie. Seinem Drang, diese grandiosen Möglichkeiten, die ihm zur Verfügung standen, sofort zu erproben, gab er nach. Er schob seinen Hemdsärmel hoch, berührte das *Anch,* wie es ihm erklärt wurde. In Sekundenbruchteilen war er am Ziel angekommen, wo er leider nur den Mord an dem Entführer seines Vaters miterlebte.

Der Fremde steckte das gereinigte »*Ontario Mark*« Messer in die schlagfeste Kunststoffscheide. Er hatte es in einem Halfter unter seiner linken Achsel befestigt.

Diese Melodie und das bescheuerte Summen! Hör auf damit! Das hält man im Kopf nicht aus!

Aaron beobachtete die weiteren Handlungen des Killers. Dieser nahm sein Handy aus der Jackentasche und tippte darauf eine Nachricht.

Was schreibt er? Ich muss es lesen!

Im gleichen Augenblick bewegte sich Aaron zu ihm hin. Er schlich auf Zehenspitzen um Shadow herum und hatte so einen perfekten Blick auf dessen Smartphone. Kein Empfängername. Es war nur eine Nummer sichtbar.

»Berlin erledigt! Soll ich aufräumen?«, tippte er ein.

Er stieg über die Leiche und steckte die Lautsprecherstecker in die dafür vorgesehenen Buchsen der Stereoanlage. Der Ausgaberegler war von Mesche kurz vor seinem Dahinscheiden auf volle Lautstärke gedreht worden. Es brüllte »*Gimme all your*

Lovin«, dass die Scheiben der Terrassenfront besorgniserregend wackelten. Seelenruhig drehte Shadow den Regler auf Zimmerlautstärke zurück. Ein Signalton des Handys ließ ihn auf dieses sehen. Aaron suchte wieder seine Nähe und sah ihm über die Schulter.

»Halte dich nicht auf! Erledige Australien und kümmere dich um Bana und die anderen! Das Geld habe ich überwiesen!«

Mit einem Grinsen im Gesicht und fünf Millionen US-Dollar reicher sah sich Shadow im Raum um. Er schritt auf eine der unzähligen Türen zu, öffnete diese. Er stand im Eingang zum Büro des Opfers. Zielstrebig steuerte er an den Schreibtisch. Er nahm im Chefsessel Platz und machte sich an dem Computer-Tower zu schaffen. Zog ihn aus der Halterung unterhalb der Tischplatte und löste sämtliche Kabel. Er stellte den Turm auf den Tisch. Den kleinen Akkuschrauber aus seiner Innentasche geholt, drehte er die Schrauben der hinteren Verkleidung auf. Er entnahm sorgsam die Festplatte.

Aaron sah in gebührendem Abstand zu, wie der Mörder seine Finger, die in schwarzen Lederhandschuhen steckten, spreizte, sie ineinanderschob. Mit gefalteten Händen sah sich Shadow hinter dem monströsen Schreibtisch sitzend, im Raum um. Sein Blick blieb auf einem etwa zwei mal drei Meter "Modern Art" Wandgemälde hängen. Auf der Leinwand waren 8 Kreise in verschiedenen Größen wahllos auf der Fläche platziert. Sieben davon hatten eine rote Farbe. Der Achte war in einem dunklen Blau gehalten. Dieser war mit einem schwarzen Pinselstrich durchgestrichen. Der Hintergrund des Gemäldes war in einem zarten Pink, das sich zum rechten Rand hin in ein mildes Mint veränderte.

»Klarer konntest du dein Vorhaben nicht aufzeigen, du kleine Richter-Ratte. Du wolltest den Big Boss vom Thron stoßen!«

Aaron zuckte unwillkürlich zusammen, nicht darauf gefasst, dass der Killer plötzlich laut zu sprechen begann. Er sah ihm zu, wie er aufstand und auf das Bild mit einem dicken, schwarzen Edding-Marker in der Hand zuging.

Er legte den Kopf ein wenig zur Seite und zeichnete durch einen der roten Kreise zwei Knochen in X-Form. Darüber setzte er kleine Ringe. Durch diese Veränderung entpuppte sich die ursprüngliche Darstellung als Totenkopf. Er lächelte und nahm sich den nächsten Kreis vor. Wie ein Künstler trat er ein wenig zurück und begutachtete sein Werk.

»Ein Schädel für Europa. Der Zweite für Australien. Ihr verfluchten Verräter!«, achtlos warf er den Stift in die Ecke und ging schnurstracks zur Ausgangstüre. Grinsend sah er nochmals zu dem Leichnam und verließ die Wohnung.

In der Ecke des Büros kauernd, schnaufte Aaron tief durch. Er benötigte einige Sekunden, um das Geschehene zu verarbeiten. Er wurde aus dem Ganzen nicht schlau:

Was haben diese Kreise zu bedeuten? Er hat den Ermordeten „Richter Ratte" genannt? Was ist in Australien? Wer ist Bana, wer ist der große unbekannte Auftraggeber? Und warum alles in der Welt hat der Typ die Festplatte liegen lassen?

Aaron unternahm die ersten Schritte Richtung Tisch. Seine Hand war zum Greifen der Speicherplatte ausgestreckt, als plötzlich aus dem Nichts der Killer im Raum stand. Ohne Umschweife ging der zum Schreibtisch, nahm die Festplatte an sich und verließ das Zimmer mit einem Summen.

Verflucht, wo ist der den hergekommen. Der ist lautlos wie ein Schatten.

Mit zittrigen Knien versuchte er sich durch tiefes, gleichmäßiges Atmen zu beruhigen. Er blieb gute zehn Minuten in der Türe des Arbeitszimmers stehen und beobachtete dabei die Eingangstüre. Keine Regung und vor allem kein Killer.

Er bewegte sich vorsichtig durch diese riesige Wohnung. Die Musikanlage spielte einen weiteren Song der »*ZZ Top-CD*«. Aaron hatte keine Erinnerung daran, ob in der Zeit mit dem Mörder die Musik lief. Jetzt hörte er einen seiner Lieblingssongs der texanischen Kultband – »*Sharp Dressed Man*«. Er vermied den direkten Blick auf die Leiche und die große Lache, die sich auf dem Marmorboden abzeichnete. Ein Teil davon war bis an den Rand des weißen, handgeknüpften Teppichs aus reiner Seide geflossen. Der Saum des Geschenkes vom asiatischen Dejjanum Aki Nabi saugte sich langsam, aber stetig voll.

Aaron hatte unerträglichen Durst. Die Designer Küche mit ihrer gewaltigen Kochinsel war geschmackvoll in die linke Ecke des Wohnraumes integriert. Obwohl er ebenfalls in Besitz einer hochqualitativen Küche war, hatte er solche ausgefallenen Geräte und Accessoires noch nicht gesehen. Die Kühl-Gefrier-Kombination erkannte er sofort. Er zog einen Ärmel seines Sweat-Shirts über die Handfläche und öffnete die Türe.

Keine Ahnung, ob ich Fingerabdrücke hinterlasse. Sicher ist sicher!

An den Barhocker gelehnt und die Dose Cola in der Hand sah er sich langsam in dem Wohnraum um. Seine Augen wanderten von der Arbeitszimmertüre weiter zu der großen Wohnlandschaft, auf der mindestens eine Fußballmannschaft übernachten könnte. Monströs und dekadent. Der 98 Zoll OLED-Fernseher war an der Wand gegenüber befestigt.

Die Musik verstummte. Er machte sich auf den Weg zur Anlage. Dabei beschritt er einen großen Bogen um den toten Dieter Mesche. Er stand zwischen der Musikanlage und der Fensterfront. Von seiner Blickrichtung aus lag der Richter mehr rechts davon, daher wählte er den Weg links um das Sideboard. Er sah sich die CD-Sammlung an. Der Ermordete hatte anscheinend keine favorisierte Musikrichtung. Da war von allem etwas vorhanden: vom Hardrock bis Volksmusik, über Klassik zum Hip Hop. Eine CD, die sich rechts in der Halterung befand, passte nicht so richtig in die vorgesehenen Einsparungen und fiel Aaron sofort auf. Er hatte für so etwas ein Faible. Sarah neckte ihn andauernd wegen seiner Neigung zur pingeligen Korrektheit. Alle anderen Musik-Discs waren wie an der Schnur gezogen, fein säuberlich verstaut. Nur eben diese eine nicht. Sie war nicht vollkommen nach hinten geschoben. Beim Versuch, sie in die dafür vorgesehene Rille zu drücken, klemmte sie. Aaron griff sie sich und zog sie heraus. Die Scheibe wäre ihm fast aus der Hand gefallen. Ein kurzer Klicklaut, das Sideboard hob sich ein wenig an und schwenkte nach rechts weg. Erschrocken und verwundert begutachtete er, was geschehen ist. Das gesamte Möbelstück stand auf kleinen Rollen. Vorsichtig schob er es zur Seite. Unter dem Sideboard offenbarte sich eine in den Boden eingelassene Luke. Sein Herz raste. Im Eifer eines Entdeckers versuchte er das Versteck zu öffnen. Es gab kein Schlüsselloch oder sonstige Zugangsvorrichtungen, also musste es irgendwie von Hand zu knacken sein. Er probierte es mit seinen Fingernägeln, die er in die sichtbare Kerbe legte. Da das Unterfangen wegen der Kürze der Nägel keinen Erfolg hatte, holte er sich ein Messer aus der Küche. Dieser Versuch schlug ebenfalls fehl. Vor lauter Ärger über die Misserfolge hieb er mit der Faust auf den Deckel. Dabei bemerkte er, dass sich die Luke ein wenig nach unten bewegt hatte. Er drückte mit beiden Händen gegen die Marmoraussparung. Die Gegendruckfeder, die unterhalb des Deckels montiert war, gewährte das Aufspringen des Hindernisses. Die etwa ein Meter lange, 50 Zentimeter tiefe und breite Aussparung des Bodens war beleuchtet. Darin fand er einen Laptop sowie ein exklusives »*Paperblanks*« Notizheft. Das hochwertige Cover zierten die drei Parolen der Partei aus dem Bestseller »*1984*« von George Orwell.

> „Krieg ist Frieden - Freiheit ist Sklaverei -
> Unwissenheit ist Stärke!"

Er holte das Notebook und das Notizbuch aus dem Versteck. Darunter kam eine braune Holzschatulle zum Vorschein. Er legte alles neben sich auf den Boden und öffnete die Schatulle. Darin war eine Menge an Geldscheinen. Im ersten Augenblick sah er Dollars, Euros, chinesische Yuan und japanische Yen.

Wow. Wie viele Leute sprangen über die Klinge, um diese Summe anzuhäufen?

Aaron legte das Geld samt Behälter in die Mulde zurück. Nachdem er die Luke verschlossen hatte, erhob er sich und schob das Sideboard wieder in Position. Er zuckte durch ein lautes rhythmisches Klingeln eines Telefons zusammen. Der Klingelton kam aus dem Büro. Er rannte in das Zimmer. Das Handy lag auf dem Schreibtisch und blinkte und vibrierte. Auf dem Display sah er eine braun gebrannte Person mit markanten Gesichtszügen. Der Anrufbeantworter schaltete sich ein.

»Hallo Dieter, wir haben ein Problem! Unsere Leute sind gefasst worden! Wie ist der Plan?«, kurze Pause.

Der Anrufer sieht in verschiedene Richtungen und fährt fort: »Wir sind am Arsch. Wenn wir das Portal nicht öffnen können, bevor uns ...«, abermals die verängstigten Blicke ringsum.

»Melde dich sofort, wenn du das abhörst!« Der Anruf war beendet.

Zehn Minuten später hatte Aaron die Wohnung wieder so präpariert, wie er sie aufgefunden hatte. Den Laptop, das *»Paperblanks«* und die leere Dose des Erfrischungsgetränkes in den Händen, berührte er die Spirale. Er hätte allzu gerne das Handy mitgenommen. Die Ortung dieser Geräte hat ihn davon abgehalten. Was er nicht wissen konnte: Dieses Telefon war nicht rückverfolgbar.

❋

KAPITEL 37

Der Cerberus, Francisco, Aarons Vater und Alfredo breiteten sich in der *Seaside-Suite* des Kolonia Hyatt aus. Zwei Stunden zuvor hatten sie sich gemeinsam auf die Suche nach der *ONE* aufgemacht. Der Trattoriabesitzer entdeckte das Schnellboot festgezurrt an einer Wurzel in einem Seitenarm des Mangrovenwaldes. Sarah nahm sich das Bedienfeld vor und checkte die Daten. Martin rief die zuständigen Behörden mit dem Handy an, dass sie dem Museumsdirektor weggenommen hatten. Er teilte inkognito dem Police-Department mit, das sich auf der Insel kriminelle Personen aufhalten. Sie wären in einem Zelt an einen Gitterkäfig gefesselt und warten auf ihre Abholung. Danach legte er auf.

Nach einer Reihe von Versuchen hatte Sarah die Verschlüsselung der elektronischen Wegfahrsperre geknackt. Sie gab einige Befehle in die Tastatur ein und speicherte das neue Passwort, das ihr Francisco genannt hatte. Sie verließen ohne weitere Hindernisse die Insel Richtung Hauptstadt. Dort angekommen, war der erste Weg von Sarah und Alfredo in ihre Hotelzimmer und unter die Dusche. Die anderen drei hatten die Suite gebucht.

Sarah hatte ihr Badetuch um die Brust geschlungen, das feuchte Haar wurde von einem Handtuchturban gebändigt. Sie war dabei, ein Mineralwasser aus der Minibar zu entnehmen, da vernahm sie eine Frage in ihren Gedanken:

»In welchem Hotelzimmer bist du?« Erschrocken zuckte sie zusammen, sah sich panisch im ganzen Raum um. Es war niemand hier und trotzdem hörte sie die Stimme klar und deutlich.

»Aaron, bist du hier? Ich sehe dich nicht!«

Es folgte stattdessen eine Frage: »Wie ist die Nummer deines Zimmers?«

»4002«, antwortete sie und bewegte hektisch ihren Kopf hin und her. Mitten im Raum manifestierte sich Aaron vor ihr. Ungläubig sah sie ihn an. Im nächsten Augenblick überwog die Freude des Wiedersehens und sie fiel ihm um den Hals, küsste ihn innig und drückte ihn an sich. Die ganze Anspannung der letzten Stunden und das Chaos waren vergessen. Sie waren vorerst endlich in Sicherheit. Nach geraumer Zeit schob er sie mit einem Grinsen zärtlich ein Stück von sich weg.

»Sorry, aber ich bekomme keine Luft mehr!« Dabei presste er die Lippen aufeinander und lächelte sie verlegen an. Bei der Umarmung löste sich das Badetuch und fiel zu Boden. Aaron wickelte ihren Turban auf und strich ihr durch das herrlich duftende Haar. Sie liebten sich leidenschaftlich und konnten nicht genug voneinander bekommen. In diesen Augenblicken war es nicht wichtig, was beide erlebt hatten. Hier und jetzt waren sie ineinander verschmolzen, sie waren eins. Alles um sie herum hatte aufgehört zu existieren.

Es klopfte an der Türe der Suite. Moses erhob sich von seinem Sessel und öffnete. Er sah eine glücklich strahlende Sarah zu sich aufblicken. Aaron stand hinter ihr. Sie schob sich am Cerberus vorbei und zog ihren Freund an der Hand in das Zimmer. Martin sprang vom Sofa auf und begrüßte seinen Sohn überschwänglich. Alfredo umarmte und drückte ihn voller Wiedersehensfreude.

»Ich habe Unglaubliches erlebt!« Aaron nahm neben dem Vater auf dem Sofa Platz. Alle, außer Moses, saßen sie da und hörten den Ausführungen gespannt und konzentriert zu. Bei der Passage über den Fund des Notebooks drehte sich der »Türhüter des Portals« um. Er hatte bei Aarons Schilderungen aus dem Terrassenfenster auf das Meer gesehen.

»Wenn es so war, was du uns hier erzählst, dann hast du den ersten Dejjanum gefunden!«, er sah Aaron eindringlich an.

Moses rieb sich das Kinn und flüsterte vor sich hin:

»Der Killer hatte den Toten mit Richter-Ratte bezeichnet. Was überaus interessant ist, ist der Umstand mit dem Bild!«

Er stand mit verschränkten Armen vor der Fensterfront.

»Wenn ich es richtig interpretiere«, jetzt erhob er seine Stimme, damit es jeder der Anwesenden hörte, »dann stehen die 7 Kreise für die Richter der Kontinente in dem Gemälde. Der Europas ist Geschichte. Der Australier ist der Nächste!«

Er schritt gemächlich durch den Raum. Dass seine Gehirnzellen auf Hochtouren arbeiteten, merkte man ihm förmlich an. Seine Adern an den Schläfen traten hervor. Seine Backenknochen malmten.

Was bedeutet der 8. Kreis?, von einem achten Richter hatten wir keine Kenntnis!

»Lasst uns nachsehen, was wir im Computer finden. Vielleicht gibt es dort einen Hinweis?«, schaltete sich Sarah ein.

»Habe ich schon versucht, leider ist er codiert!«, entgegnete Aaron.

Sie rollte mit den Augen. Mit einem Lächeln nahm sie den Laptop an sich. Auf dem Tisch aufgeklappt, drückte sie den Einschaltknopf. Übermütig pustete sie auf ihre Fingerkuppen und quälte die Tastatur.

Martin Voss betrachtete den kunstvollen Einband des Notizbuches. Die darauf verzeichneten drei Parolen der fiktiven

Partei aus dem Roman ließen ich nachdenklich werden. Er las die Leitsätze, die dieser geniale Autor 1949 in seinem Weltbestseller veröffentlichte.

Mister Orwell, Sie und ihr Kollege Aldous Huxley. Ihr wart Propheten! Heute ist es zum großen Teil so, wie ihr es beschrieben habt. Teilweise schlimmer!

Der Professor nickte bei diesem Gedanken und blätterte wahllos in den Aufzeichnungen. Einer seiner lieb gewonnenen Gewohnheiten. Durch seine Jahrzehnte lange Erfahrung beim Studieren von Tausenden Büchern erlaubte sein geschultes Auge es ihm, bei bestimmten, interessanten Passagen innezuhalten.

Auf dem Terrassengeländer landete eine Krähe. Sie hatte den Schnabel zum Fenster hingerichtet. Ein kurzes Krächzen und der Cerberus wie Aaron sahen synchron in ihre Richtung. Ohne ein Wort zu verlieren, begaben sie sich zu ihr. Die Türe zog Moses hinter sich zu. Alfredo und Francisco hatten diese plötzliche Regung der zweien staunend mitbekommen. Sie beobachteten, wie die beiden mit der Krähe sprachen. Verwundert starrten sie zunächst auf die Terrasse, um sich dann gegenseitig anzusehen und die Schultern fragend zu heben.

Am Tisch tippte Sarah Tastaturvariationen in einer Geschwindigkeit, die dem Betrachter Probleme bereitete, ihren Fingern zu folgen. Sie war im "Tunnel", bekam von allem um sich herum nichts mit. Ihr Fokus lag vollkommen auf der Entschlüsselung des codierten Notebooks. Ihre Mimik spiegelte ihre momentane Zufriedenheit ihrer Befehle wider. Einmal zog Sie ihre Augenbrauen hoch, um sie Sekunden später durch die zusammengekniffenen Augen nach unten zu bewegen. Ihren Mund schob sie in die eine und dann wieder in die andere Richtung. Wie ein Schauspieler, der kurz vor einer Szene seine gesamte Mimik trainierte und alle Facetten des Gesichtsausdruckes erprobte. Es waren unbewusste Regungen, ebenfalls, wie sie sich zum wiederholten Male durch ihre Haare fuhr.

Aaron und Moses kamen wieder in den Wohnraum der Suite. Francisco bemerkte bei seinem Freund eine positivere Körperhaltung. Seine Miene hatte sich ebenso entspannt. Alfredo stand vom Platz auf und ging auf beide zu:

»Wase ware da drausse? Wase ise geschehe?« Besorgt sah er seinen Kumpel an. Aaron suchte den Augenkontakt des Cerberus, der ihm kurz zunickte.

»Ok, ich werde euch meine Bestimmung und die Aufgabe, die ich von Enki dem Erzeuger auferlegt bekommen habe, erklären!«

»Leute! Ich bin drin!« Die Arme hinter dem Kopf verschränkt, lächelte Sarah ihnen entgegen. Alle, außer Martin Voss, der weiterhin fleißig in dem Notizbuch blätterte, mal innehielt, eine Passage las und dann wieder weiterblätterte, sahen zu ihr. Voller Euphorie umarmte Aaron sie, wollte wissen, wie sie das geschafft hatte. Jeder suchte sich einen Platz neben oder hinter ihr und starrte gespannt auf den Bildschirm.

»Er ist nicht von dieser Welt!«, kam es dem Professor über die Lippen. Die fünf sahen zu ihm herüber.

»Das wissen wir Vater. Enki ist nicht von hier!«

Ohne den Blick von dem »*Paperblanks*« zu heben, schüttelte er den Kopf:

»Nein. Ich meine nicht den Erzeuger. Sondern den »*achten Richter*«! Der ist nicht von dieser Welt!«

Moses und Aaron nahmen ihre Stühle und setzten sich Martin gegenüber. Beiden saßen mit fragendem Blick da und warteten auf die Begründung dieser Feststellung.

»Dieser Dieter Mesche, oder wie auch immer er geheißen haben mag, hat über einen achten Richter recherchiert. Dieses Notizbuch sind seine ganzen gewonnenen Erkenntnisse. Er schreibt hier, dass er davon ausgeht, dass ein gewisser "Jason" der Oberste ist und im Untergrund lebt!« Er hob den Kopf und sah die beiden an.

»Er ist ein Igigu. Das ist uns klar. Das habe ich dir doch bereits erklärt!«, erwiderte Aaron.

Sarah hob ihre Hände und winkte:

»Jungs! Sieht euch das mal an!«

Alle sammelten sich wieder bei ihr. Gespannt sahen sie auf den Bildschirm. Auf diesem war die Welt mit ihren Kontinenten zu sehen. Rechts daneben war für jeden Erdteil in einer gesonderten Farbe ein Name markiert. Insgesamt waren es sieben. Einer fiel sofort ins Auge: Dieter Mesche! Er war unter Europa in Blau gehalten.

Aaron und Moses riefen gleichzeitig Jeff Sulgie aus, der Name, der unter Australien stand.

»Das ist der Nächste, der von dem Killer einen Besuch bekommt!«, folgerte Mori.

Er bat seine Liebste, die Adresse dieses Richters herauszufinden. Sie bewegte den Cursor auf einen anderen Unterordner und drückte auf das Touchpad. Es erschien ein Organigramm. Es war riesig. Sie scrollte sich durch dieses Labyrinth von Namen und Unternehmen, von Ländern und Bezirken. In dieser Liste waren alle Kontakte sowie Firmen verzeichnet, mit denen die Kontinentalrichter in irgendeiner Verbindung standen. Über dem Ganzen thronte eine Pyramide, in dessen Mitte der Name „Jason“ mit einem Fragezeichen vermerkt war. Mit offenem Mund sahen sie auf dieses Spinnennetz der Macht und Geldes.

Sie waren alle vertreten, die selbst ernannten Philanthropen fehlten genauso wenig wie die Multimilliardäre aus dem Finanzbereich und Wirtschaft. Da waren Konzerne und ihre Bosse der Pharmaindustrie, der Waffenlobby, der Computerprogramm-Giganten, der privaten

Weltraumunternehmen, fein säuberlich dokumentiert. Sogar die Social-Media-Dinos, die Medienunternehmen, die global fungierenden Banken und Immobilien-Tycoons und ihre CEOs standen in dieser Auflistung. Es war auffallend, dass die reichsten Männer und Frauen der Welt auf dieser Liste wie eine Art „Spitze des Eisberges" geführt wurden. Unter den Betreffenden lief die Tabelle wie ein monströses Dreieck auseinander. Es wurde, wenn Sarah immer weiter scrollte, breiter und verwirrender. Es waren Tausende von Unterfirmen und Seilschaften, die hier notiert waren. Unmöglich, diesen ganzen Wirrwarr beim ersten Anblick zu entschlüsseln. Sie öffnete den nächsten Ordner. Die gemeinsame Verwunderung wurde um ein Vielfaches gesteigert. Aufgeführt waren Staatsoberhäupter, hohe Beamte und Politiker verschiedenster Parteien. Daneben wurden Geldbeträge mit den jeweiligen Personen und Unternehmen aufgelistet, an die horrende Summen flossen.

»Was ist das für eine Sauerei? Ist denn die ganze Menschheit korrupt?« Genervt sah Aaron Moses an.

Der Cerberus rieb sich das Kinn. Nach kurzem Innehalten ließ er seinen Gedanken freien Lauf. Sie werden diese Seiten genau begutachten und die Zusammenhänge verstehen lernen. Dieser Computer und dessen Inhalt ist eine unsagbare Waffe im Kampf gegen diese unsichtbare Macht der Igigi. Er ist sich sicher, wenn jemand außer den hier Anwesenden die Kenntnis davon hätte, wäre ihr Leben keinen Cent mehr wert.

»Martin, weißt du, wie viele Staaten es im Moment gibt?«, fragte Sarah in Richtung von Professor Voss.

Dieser war weiterhin vollkommen mit dem Lesen des Notizbuches beschäftigt. Er hatte nichts von dem, was die anderen herausgefunden und besprochen hatten, mitbekommen. Er sah vom Buch auf, grübelte kurz:

»Ich bin mir nicht sicher, aber ich denke etwas über 190 oder so!« Daraufhin vertiefte er sich wieder in das Notizbuch.

»Es sind unglaubliche 175 Staaten, besser gesagt, ihre Oberhäupter und hochrangige Politiker in diesem „Korruptionsregister“ aufgeführt.« Sarah hatte es aus der Tabelle errechnet.

Sie waren fassungslos. Keiner war im Moment im Stande etwas zu sagen. Alle sahen auf den Bildschirm des Notebooks und auf das, was er ihnen aufzeigte.

»Ich benötige ein Ladekabel, der Akku ist fast leer!«, riss Sarah die Anwesenden aus ihren individuellen Gedanken.

»Kann mir bitte jemand ein Blatt Papier und einen Stift geben?«, fragte Martin die Gruppe.

Alfredo schritt zum Sideboard, das rechts neben der Eingangstüre stand. Er nahm Kugelschreiber und den bereitgelegten Notizblock, der beim Hoteltelefon lag, an sich. Hektisch tippelte er die wenigen Meter zum Professor und überreichte ihm die Gegenstände. Ohne aufzusehen, nahm er den Stift zur Hand und schrieb eine Passage aus den Aufzeichnungen des Ermordeten auf den Block:

HT HTN B 13 901 YTNC K 8 04

»Wase haste du gefunde?«

Der Gelehrte kritzelte auf dem Blatt mit dem edlen Hyatt-Kolonia-Wasserzeichen weitere Buchstaben und Zahlen. Er legte das Notizbuch von Dieter Mesche auf den Beistelltisch neben dem Sofa und lehnte sich mit dem Block in der Hand zurück. Dabei betrachtete er das Notierte und grübelte vor sich hin:

»Das könnte eine Ortsangabe sein. Koordinaten? Nur was bedeutet das K und das B?« Er strich sich durch das Haar.

»Sarah, kannst du bitte einmal die 13° 901' und 8° 04' in den Computer eingeben?« Sobald er die Frage stellte, fiel ihm sofort die Sinnlosigkeit dieser auf. Es gibt keine 901 oder 04 Minuten im Koordinatensystem.

»Sorry, mein Fehler! Warte einen Moment, da stimmt was nicht!« Er fing wieder an auf dem Notizblock zu schreiben.

»Tut mir leid, Martin, aber ich habe den Laptop ausgeschaltet. Wir haben keine Batteriekapazität mehr.«

Francisco, der hinter Sarah wie angewurzelt stand, reagierte prompt. Er bot sich an, in die Lobby zu fahren und über den Concierge ein Netzkabel zu besorgen. Der Professor solle ihm die Zahlen geben, die er überprüfen wolle. Er würde den Hotelcomputer benutzen, um die vermeintlichen Koordinaten zu ermitteln. Martin Voss starrte auf seine Aufzeichnungen. Wie er die erste Seite umblätterte, sah er durch das Papier seine geschriebenen Zahlen und Buchstaben durchschimmern. Sofort kam ihm die Erkenntnis:

»Es ist spiegelverkehrt. Natürlich, so ergibt es einen Sinn!« Er sortierte sie neu:

109 13 B und 40 8 K

»Was bedeutet das B und das K?« Stellte er sich selbst erneut die Frage.

Alfredo, der hinter dem Professor stand, ihm über dessen Schultern auf seine Aufzeichnungen sah, bemerkte lapidar: »Vielleikte ise Abkurzunge ine andere Sprake? Ike Meine wie die Weste ine Tedesco, bedeute aufe Italieano, Ovest!«

Martin starrte auf seine handschriftlichen Notizen. Einige Gedankensprünge später drehte er sich um.

»Klar, du hast Recht, das ist es! Warum bin ich nicht gleich darauf gekommen!« Er hielt sich seine flache Hand an die Stirn.

»Der Richter war ein Igigu, das bedeutet, er hat die Kürzel in Sumerisch geschrieben. *"Batu"* ist West und *"Ku"* steht für Nord. Francisco bitte prüfen Sie folgende Koordinaten:«

109° 13' W und 40° 8' N

Der Fremdenlegionär hatte in seinem Leben große Erfahrung im Lesen von Längen- und Breitengraden gesammelt. Er bemerkte den gedanklichen Fehler von Aarons Vater sofort. Er behielt es für sich und begab sich grinsend auf den Weg zur Rezeption.

KAPITEL 38

azuzu, der Elitekämpfer, hatte die gesamte Flucht des Professors mit dem Cerberus und den anderen von seinem Versteck aus beobachtet. Es war für ihn unmöglich, einzugreifen. Seine Verletzungen ließen das nicht zu. Er hatte sich entschlossen, nach Valentino und Viktor zu suchen. Eile war geboten, denn er hörte Motorengeräusche auf die Insel zukommen.

Er war in dem Basislager angekommen und verharrte hinter einer Basaltmauer. Er sah sich um, lauschte. Es waren leise Stimmen aus dem Zelt vor ihm zu hören.

Mit schmerzverzerrtem Gesicht schlich er sich so geräuschlos wie nur möglich an. Vorsichtig schob er den unteren Rand der Eingangsplane ein Stück zur Seite. In dieser Position hatte er eine begrenzte Sicht in den Innenraum. Er wartete. Sein Gehör signalisierte ihm, dass im Inneren keine Wachen sind. Mit einer Bewegung riss er die Plane zur Seite und stand mit ein, zwei Schritten im Zelt. Valentino reagierte sofort:

»Hauptmann, hierher! Schneiden Sie uns los!«

Der Schlüssel steckte im Schloss. Er drehte ihn um, schob die Türe auf und schlürfte schwerfällig zu den beiden. Er befreite sie von den Fesseln. Das anschließende Aufrichten erforderte eine enorme Anstrengung. Sein Körper war von einigen Projektilen getroffen. Die Wunden waren notdürftig versorgt und sein Blut zeichnete sich an der Kleidung ab. Grimmig wandte er sich zu Eberwein und den anderen um. Voller Ekel und Verachtung sah er diese blonden Männer an, die seine ganze Einheit kaltblütig ausgelöscht hatten. Er sah sich jeden Einzelnen an. Mit zusammengekniffenen Augen spukte er förmlich „Nazis" aus.

»Wir machen sie kalt. Jetzt und hier. Sofort!« Er war im Begriff, auf die wehrlosen Gefangenen zuzugehen, da fauchte ihn Valentino an:

»Hauptmann Pazuzu! Es reicht! Los, wir verschwinden von hier. Das ist ein Befehl!« Bei diesen Worten waren er und Viktor fast schon aus dem Zelt.

Pazuzu hatte niemals einen Befehl missachtet. Dieses Mal war es anders, er war es seinen Kameraden schuldig. Er schlürfte die wenigen Schritte zu den am Boden Sitzenden. Mit einer fließenden und explosiven Bewegung schnitt er mit seinem Messer den ersten zwei Gefangenen die Kehle auf. Röchelnd, mit weit aufgerissenen Augen saßen die Kumpane von Museumsdirektor Eberwein wehrlos da. Das Blut quoll ihnen aus dem Hals. Die Lebensenergie wich langsam aus den Körpern. Voller Panik schrien die Verbliebenen durcheinander und versuchten, den Mörder zu beschwichtigen. Jeder zerrte an seinen Fesseln, wollte sie loszuwerden. Das sich die Plastikbänder in das Fleisch fraßen, bemerkten sie durch das ausgeschüttete Adrenalin nicht.

»Verdammt, jetzt komm schon! Wir müssen weg! Es kommen Leute in unsere Richtung! Los jetzt sofort!«, brüllte ihn Viktor an, der wieder in das Zelt zurückkam.

Ein Zögern von Pazuzu. Er setzte sein dämonisches Lächeln auf, das seinem Namen alle Ehre machte. Der Direktor und seine Mitstreiter atmeten kurz durch, wie sich der Angreifer zum Eingang drehte. In gelassener Ruhe wischte er sein Messer an der Hose seines Kampfanzuges ab und verließ das Zelt, ohne ein Wort zu verlieren.

Keine vier Minuten später wurde die Zeltplane erneut zur Seite gerissen. Einige uniformierte Männer drangen hinein. Eberwein erkannte sie sofort: Es waren die einheimischen Polizisten.

»Was zum Teufel ist denn hier geschehen?« Ein kleiner, untersetzter, rotgesichtiger Beamter schob seine Schirmmütze ein Stück aus der Stirn und stemmte sein Arme in die Hüften.

Eberwein nutzte sofort die Situation. Mitleidig tischte er dem Inspektor Tama Kansou vom Kolonia-Police-Department eine völlig absurde Darstellung der Geschehnisse auf. Er berichtete, dass er und seine Mitarbeiter von einer paramilitärischen Gruppe überfallen wurden. Er wäre im Auftrag des Berliner Museums auf der Insel, um die Geschichte der Anlagen auf Nan Madol zu erforschen. Der leitende Beamte sah zu den beiden ermordeten Personen, die mit aufgeschnittener Kehle am Boden saßen. Er war im Begriff, eine weitere Frage zu stellen, da trat ein Kollege an ihn heran. Er flüsterte ihm ins Ohr:

»Inspektor, das müssen sie sich ansehen!«

»Macht ein paar Fotos von dieser Sauerei hier und schneidet sie los! Keiner verlässt dieses Zelt, bis ich es sage!«, befahl er seinen Männern.

Die Gefangenen wies er an, auf dem Boden sitzen zu bleiben. Der Sergeant marschierte voraus. Er blieb an einer hüfthohen Mauer stehen und deutete über sie hinweg. In einer Senke dahinter lagen tote Menschen wie in einem Massengrab.

»Was um alles in der Welt ...?« Inspektor Kansou nahm sein Funkgerät in die Hand. Er brüllte den Befehl:

»Die im Zelt anwesenden Personen sofort verhaften und in Gewahrsam nehmen!«

Die nächste Instruktion galt seinem Sergeanten. Er ist dafür verantwortlich, dass die Forensik-Spezialisten den Tatort mit allen zur Verfügung stehenden Männern sichern. Daraufhin informierte er seinen Vorgesetzten.

Auf beiden Seiten des Anlegesteges waren vier Boote des Kolonia-Police-Departments festgemacht. Zwei Polizistenanwärter lehnten gelangweilt an den Stegpfeilern. Ihr Befehl lautete: die Fahrzeuge zu bewachen. Das sahen die Grünschnäbel locker, sie spielten auf ihren Handys »Solitär«. Keiner der beiden bemerkte, wie drei Personen auf sie zukamen. Valentino und Viktor stützten Pazuzu. Dessen Kinn lag auf der Brust. Nachdem die Beamten angesprochen wurden, hoben sie ihre Köpfe:

»Bitte helfen sie uns! Unser Freund hat sich schwer verletzt!« Viktor hätte für diese Vorstellung mindestens eine Golden-Globe-Nominierung, wenn nicht mehr erhalten. Die Rekruten zögerten keinen Augenblick und bewegten sich zu den dreien. Wie sie nah genug waren, war es ein leichtes, die beiden Grünschnäbel zu überwältigen. Valentino nahm das Messer des Elitekämpfers an sich und durchschnitt die Benzinleitungen von drei Booten. Sie stiegen in das Fahrtüchtige und entfernten sich von der Insel. Viktor steuerte das Polizeiboot auf Pohnpei zu. Sie fuhren in gebührenden Abstand zur Uferlinie. Die Dämmerung hatte eingesetzt. Die Strandbeleuchtung half bei der Orientierung. Er hielt nach der Zufahrt zur Meerenge »*Dauen Lewi*« Ausschau. Dort angekommen, lenkte er das Boot routiniert in die natürliche Meeresbucht. Am Ende der Wasserstraße legten sie an. Viktor und Valentino zurrten es notdürftig am Steg fest und halfen Pazuzu auszusteigen.

An diesem kleinen Hafen liegt die malerische »*Petin Plaza*«. Ein romantischer Platz, der von alten, im Kolonialstil gebauten Häusern umrahmt ist. In der Mitte ziert ein dreistufiger Marmorbrunnen die offene Fläche. Von der Café-Bar »Black Sand« überblickt man das Treiben des gesamten Platzes und des Hafens. Viele der Insulaner kommen hierher, um sich abends mit Freunden zu treffen und den Alltag hinter sich zu lassen.

Amalia sitzt an einem der Holztische. Ein Latte macchiato und ein Käse-Tomaten-Sandwich, von dem sie einmal abgebissen hatte, lagen vor ihr. Kauend sah sie auf das Display ihres iPads und prüfte ihre Aufzeichnungen. Sie bewegte ihre Hand zum Kaffeeglas. Die Finger griffen ins Leere und ihr Blick schwenkte von ihren Notizen hoch. Im Augenwinkel bemerkte sie drei Personen, die schwerfällig den Steg hochkamen. Sie beobachtete die Männer. Zwei hatten den Dritten in ihre Mitte genommen und stützten ihn.

Ist der betrunken? Na, da hat einer zu tief ins Glas geschaut!

Die drei trotteten mit einigen Metern Abstand an ihrem Tisch und den anderen Gästen vorbei. Keiner der Anwesenden beachtete das Trio. Viktor sah kurz in die Richtung des Cafés. Amalia erschrak.

Den kenne ich. Den habe ich schon mal getroffen.

Sie starrte der Gruppe hinterher. Den Arm nach oben gehoben, bedeutete sie dem Kellner: Ich lege das Geld hierhin!

Sie packte ihr Tablet ein, ließ zehn Dollar auf den Tisch und folgte den Männern. Ihr schwarzes Basecap mit dem gestickten Logo einer bekannten Footballmannschaft zog sie weiter nach unten. Mit ihrem Rucksack, den kurzen Hosen, blauen T-Shirt, den knöchelhohen Wanderschuhen so wie der Sonnenbrille, die auf ihrer Kopfbedeckung eingeklemmt war, entsprach sie dem typisch optischen Bild eines Touristen. In sicherer Entfernung verfolgte sie das Trio. Das blieb an einer Parkbank stehen. Der Betrunkene ließ sich darauf nieder. Gleichzeitig zog sie ihr Smartphone aus der Hosentasche. Sie nahm ebenfalls auf einer der Bänke Platz. Das Handy am Ohr täuschte sie ein Telefonat vor. Aus dem Augenwinkel registrierte sie, dass der Glatzköpfige den anderen gestikulierte, sitzen zu bleiben. Er selbst entfernte sich auf direkten Weg zum *»Pohnpei-State-Hospital«*. Es dauerte keine fünf Minuten, da kam er in Begleitung eines älteren dunkelhäutigen Mannes zurück. Seiner Kleidung zu urteilen, einem Arzt.

Amalia Johannson bestreitet ihren Lebensunterhalt als freiberufliche Investigativ-Journalistin. Ihr tägliches Brot ist es, zu recherchieren, nach Daten und Fakten zu suchen, Skandale aus Wirtschaft und Politik ans Licht zu bringen. Sie beherrscht alle Facetten des heimlichen Beobachtens. Genau wie jetzt: das Smartphone am Ohr und dazu die Videofunktion eingeschaltet. Sie nahm die Szenen auf, die drei Parkbänke weiter von ihr entfernt geschahen. Später im Hotel, wird sie die Zeit haben, herauszufinden, wer der ihr bekannte Mann war und woher sie meint, ihn zu kennen. Das Quartett begab sich auf den Weg. Sie trotteten am Haupteingang des Krankenhauses vorbei und verschwanden in dem kleinen Nebengebäude.

Keine fünfzig Meter entfernt, lehnte ein Mann in einem dunklen Hauseingang und tippte eine Nachricht in sein Telefon:

»Die drei sind hier!« Wenn der Empfänger in Australien gelandet ist, wird er diese Info erhalten. Zufrieden verließ er seine Deckung.

Amalia stoppte die Videoaufzeichnung und steckte das Handy in die Tasche. Sie begab sich auf den Weg zurück ins Hotel. Ihr Instinkt sagte ihr: Bei diesen Gestalten ist etwas nicht in Ordnung. Im Hyatt angekommen, war ihr erstes Ziel die Hotelbar. Ihr fiel sofort der gut aussehende, muskulöse Mann am Tisch links vor dem Tresen auf. Er hatte ein Notebook vor sich geöffnet und studierte konzentriert den Inhalt. Amalia nahm an der Theke Platz und bestellte sich einen Wodka Lemon.

Der Barkeeper stellte das Getränk nach kurzer Zeit in einem Longdrink-Glas auf einem Filz-Untersetzer vor ihr ab. Eine Besonderheit des Hauses war es, jedem Gast einen Strohhalm in der Farbe seines Oberteiles in den Drink zu stecken. Amalia fasste den blauen Trinkhalm, führte ihn zum Mund und genoss den ersten Schluck. Der perfekt gemischte Drink ließ sie ihre Augen für kurze Zeit schließen. Sie nahm ihr Basecap vom Kopf. Dabei fiel ihre aufgesteckte Sonnenbrille zu Boden.

Der Aufprall der Brille ließ Francisco von dem Laptop aufblicken. Er sah eine Touristin am Tresen, die sich unter dem Barhocker zu schaffen machte. Er nahm sein Bierglas zur Hand. Wie sich die Frau aufrichtete, stoppte er augenblicklich mit seiner Handbewegung. Er war erstarrt. Seine Augen sprangen förmlich aus den Höhlen.

Francisco hatte schon vielen hübsche, schöne Frauen gesehen, doch dieser Anblick verschlug ihm die Sprache.

Just in diesem Augenblick stand der Concierge des Hotels neben ihm: »Bitte sehr, Mr. Rojas, ihr Ladegerät, Sir!«

»Ähm ..., ja, ok, vielen Dank. Bitte schreiben Sie es auf die Rechnung!« Verlegen kramte Francisco in seiner Hosentasche und gab ihm einen zwanzig Dollar-Schein Trinkgeld.

Er sah wieder zu dieser atemberaubenden Frau. Diese hatte ausgetrunken. Sie stand vom Barhocker auf, sah ihn an und lächelte. Francisco schmunzelte zurück. Er fühlte sich wie ein pubertierender 14-Jähriger. Er hatte Schmetterlinge im Bauch. Er war sich nicht sicher, ob er rot angelaufen war. Seine Wangen waren heiß. Sie nickte kurz, drehte sich um und verließ die Hotelbar. Francisco griff neuerlich das Glas und trank das Bier in einem Zug aus.

Nach einem wohltuenden Duschbad steckte Amalia ihr Smartphone an ihren Laptop und überspielte die Videoaufnahmen von vorhin. Sie sah den prozentualen Veränderungen des Übertragungsbalkens zu. Schon unter der Dusche kam ihr der attraktive Mann aus der Bar in den Sinn. Sie war sich sicher: Hätte sie mehr Zeit zur Verfügung, würde sie den Kontakt zu ihm suchen. Leider war in der Vergangenheit das mit den männlichen Bekanntschaften nicht so ganz einfach. Viele ihrer Beziehungen beruhten meist auf körperlichen Absichten. Nicht dass sie etwas dagegen hätte. Im Gegenteil, sie gab sich den Gefühlen in dem Moment völlig hin. Wenn es sich aber um tiefgründige Gespräche, Interessen handelte, beendeten ihre Partner die Liaison aus teilweisen hanebüchenen Gründen. Sie war ihnen mit ihrer Persönlichkeit, mit ihrer Gewissenhaftigkeit, Loyalität, Hingabe, Stärke, Ausdauer und Emanzipation in allen Belangen überlegen.

Ihre Gedanken waren bei Morton. Ihn hatte sie einzig und allein aufrichtig geliebt. Er nahm sie so, wie sie ist. Er war tolerant, wollte sie nicht verändern oder unterwerfen. Das Schicksal meinte es nicht gut mit ihnen. Er kam vor acht Jahren bei einem Flugzeugabsturz in Afrika ums Leben. Ein kurzer Piepton riss sie aus ihren Gedanken und verkündete, dass die Übertragung der Sequenzen abgeschlossen war.

KAPITEL 39

Vor der Türe zur »Seaside-Suite« hielten die zwei Servicekräfte des Hotelrestaurants an. Beide überprüften den Sitz ihrer Kleidung und klopften. Alfredo öffnete und forderte die Kellner auf, mit ihren Servierwagen einzutreten. Voller Vorfreude wartete er auf die Köstlichkeiten, die sich unter den metallenen Gloschen versteckten. Ungeduldig sah er ihnen zu, wie sie die Hauben entfernten. Sie alle waren ausgehungert und inspizierten gierig die Teller. Die beiden Hotelkräfte verließen mit einem üppigen Trinkgeld freundlich grinsend, die Suite. Moses stapelte die Servierglocken in einer Ecke des Zimmers. Es klopfte abermals an der Türe. Aaron öffnete sie und ließ Francisco eintreten. Der Hunger war nicht bei allen größer wie die Neugierde, was die Recherche vom Ex-Legionär erbracht hatte.

Martin und Aaron konnten es nicht erwarten, was er rausgefunden hatte. Ob es sich tatsächlich um Koordinaten handelt und wo der Ort sein würde. Francisco machte sich einen Spaß daraus und spannte sie ein wenig auf die Folter. Er nahm ein paar Happen und setzte sich an den Tisch, wo Sarah das mitgebrachte Ladekabel mittlerweile in das Notebook gesteckt hatte. Aufgeregt schaltete sie es wieder ein.

Alle hatten einen Teller und Getränke vor sich und forderten Francisco auf, sie an seinen Ergebnissen teilhaben zu lassen.

»Ok, ok! Also Professor, es sind tatsächlich Koordinaten. Ich habe sie in der richtigen Reihenfolge eingegeben!«, er zwinkerte dem Gelehrten zu.

»Es handelt sich um Utah! Genau gesagt, um Uintah County in Utah, USA!«

Martin Voss sah auf seine Aufzeichnungen:

HT HTN B 13 901 YTNC K 8 04

Er fing an, sie auszufüllen und in richtiger Reihenfolge zu schreiben:

HATU HATNIU B 13 901   YTNUOC K 8 04

UTAH UINTAH 109° 13' B   COUNTY 40° 8' K

»Das ist es! Francisco, Sie haben Recht! Das ist die Lösung!« Strahlend zeigte er seine Aufzeichnungen den Anwesenden.

»Er hat die Zeile spiegelverkehrt und ohne Vokale geschrieben. Mesche vermutete diesen „Jason“ dort!« Seine Ohren glühten vor Aufregung. Es sprudelte so aus ihm heraus:

»Wo könnte sich der Gesuchte verstecken? Meiner Kenntnis nach ist Utah voll von Wüstenlandschaften. Ok. Salt Lake City ist der Hauptsitz der Mormonen, aber sonst?«

Francisco erhob sich von seinem Platz.

»Es kommt noch besser.« Er sah von einem zum anderen.

»Uintah County. Da liegt die »*Skinwalker Ranch*«. Schon mal was davon gehört?« Sichtlich stolz, etwas vermeintlich allein zu wissen, schwoll seine von Natur aus imposante Brust zusätzlich an.

Fragende Blicke, Achselzucken. Alle fingen an durcheinanderzureden. Alfredo war der Einzige, der still auf seinem Platz saß und krampfhaft überlegte. Er sprang vom Stuhl auf:

»Habe ike Doku gesehe! Ise Horrorranch, saget man! Forsche habe Ufos und gefährliche Tiere beobachte!« Dabei sah er Francisco an, dessen Brust an Volumen verlor.

Alfredo erzählte seinen Mitstreitern, was in der Sendung über die besagte Farm und das Gebiet rundherum aufgezeigt wurde. Welche uralten Mythen, aber auch neuzeitliche Erscheinungen sowie paranormale Phänomene dort ihr Unwesen treiben.

Aaron, der hinter Sarah stand und ihr unbewusst die Schultern massierte, setzte diesem Durcheinander ein Ende:

»Leute! Wir müssen eines nach dem anderen angehen. Ich habe Anweisungen, was zu tun ist. Moses und ich haben mit Enki gesprochen. Es ist wichtig!«

Völlige Ruhe kehrte nach diesem Satz in den Raum ein. Keiner traute sich mehr, ein Wort zu verlieren. Alle sahen abwechselnd zu Aaron und Moses.

»Ihr habt mit einer Krähe gesprochen!« Francisco sprach seinen Gedanken laut aus. Alfredo nickte zustimmend:

»Genau! Habe wire gesehe!«

Es wäre eine zu lange Geschichte, um sie hier und jetzt zu erzählen. Moses überlegte kurz, dann entschied er sich für die Kurzfassung.

Martin Voss hatte beide Hände am Kopf und kraulte sich die Haare. Er hörte den Ausführungen des Cerberus genau zu, sog förmlich jedes Wort in sich auf. Vor seinem geistigen Auge bildete sich ein klares Bild. Er schüttelte leicht den Kopf und schloss den Mund. Auf dem Notizblock vermerkte er einige Namen, zog Linien und verband diese mit anderen Begriffen.

Wie Moses mit seiner Kurzfassung der Geschichte um die Krähen des Enki geendet hatte, platzte es aus dem Professor heraus:

»Sie haben uns soeben bestätigt, dass die Mythen der gesamten Menschheit auf einer einzigen Urfassung beruhen. Zum Beispiel hatte »*Odin*«, der Gott der nordischen Völker, ebenfalls Raben, die »*Munin*« und »*Hugin*« hießen.« Er legte eine kurze Pause ein, um fortzufahren:

»Wenn Ihre Geschichte von Enki wahr ist, und davon gehe ich aus, dann haben die frühen Völker andere Namen für die gleichen Götter verwendet!«

Der Cerberus überlegte kurz bevor er dem Professor antwortete:

»Sehen Sie, ich bin 40 Jahrhunderte auf diesem Planeten und habe sämtliche der sogenannten „heiligen Schriften" der Menschheit gelesen. Sie können versichert sein, alle beziehen sich im Grunde auf das, was mein Herr hier vollbracht hat. Die Niederschrift, die der Wahrheit am nächsten kommt, wurde von den Sumerern und Ägyptern verfasst. Einige Hochrangige hatten das Privileg, mit meinesgleichen in Kontakt zu stehen!« Moses sah auf die Gruppe und spürte förmlich ihre Glaubenskrise, ihre Zerrissenheit und legte nach:

»Das, was die alten Völker für die Nachkommen aufgezeichnet haben, ist nur ein minimaler Teil dessen, was Tausende Jahre vorher bereits der Menschheit durch unsere Lehrer vermittelt wurde.«

Er verriet seinen staunenden Zuhörern, dass die Spezies der Menschen vor Hunderttausenden von Jahren durch das Eingreifen in dessen DNA von einem primitiven Hominiden die Veränderung zum Homo sapiens erfuhr. Sein Herr hatte dies ermöglicht. Die Theorie von der Evolution sei eben in diesem Fall nur eine Idee. Die Sprache, das Bewusstsein, die technischen Kenntnisse, Mathematik, Astronomie sowie Zivilisation, dass alles wurde von den Weisen der Ankh den uralten Völkern beigebracht.

»Aua!« Sarah wand sich aus den Händen von Aaron. Er hatte ihre Trapezmuskeln unbewusst zu stark gedrückt.

»Sorry!« Mit mitleidigem Blick sah er zu ihr herab.

»Gut, danke Moses für diesen Ausflug in unsere Historie, aber wir müssen uns darauf konzentrieren, was Enki aufgetragen hat!«

Er bat Sarah, Flüge für alle, außer ihn nach Los Angeles am morgigen Vormittag zu buchen. Alfredo solle zur Rezeption runterfahren und einige USB-Sticks besorgen. Er wolle ihnen später das „Wieso und Warum" erklären.

Der Italiener wurde von der netten Dame am Empfang an das Souvenirgeschäft im hinteren Teil der Lobby verwiesen. Sie war sich sicher, dass die Kollegen über Speicher-Sticks verfügen. Er bedanke sich und spazierte langsamen Schrittes zum besagten Geschäft. Dort angekommen öffnete sich die Eingangstüre automatisch.

So gleich hatte er ein Déjà-vu. Der Laden unterschied sich nicht im Geringsten von den Ramschläden an der Adriaküste Italiens. Unzählige Regale voller bunter Holzschnitzereien. Flaschen mit Motivbildern waren neben Schneekugeln mit Schiffen und Inseln im Inneren aufgereiht. Billige, nach Färbemittel riechende T-Shirts hingen an Drahtbügeln von der Decke. Plagiate von Turnschuhen renommierter Sportartikelgrößen wurden angepriesen. Die drittklassigen Fälschungen von Fußballtrikots vieler bekannter Vereinsmannschaften ließen ihn verwundert den Kopf schütteln. Nicht mal die farbenfrohen Badeschlappen aus Plastik und Gummi fehlten in dieser Ansammlung.

Gleichzeitig bemühte sich Sarah, den besten Flug nach Los Angeles zu finden. Es war für den folgenden Tag ausgeschlossen, einen Direktflug zu ergattern. Sie war gezwungen, einen Zwischenstopp auf Hawaii zu berücksichtigen. Verärgert stellte sie fest, dass diese Flüge ebenfalls fast ausgebucht waren. Sie fand nur Anschlusspassagen für zwei Personen von Honolulu nach San Diego und für die restlichen drei wie geplant, Los Angeles. Sie besprach sich mit Aaron und buchte die Flüge.

Es war kurz nach 23 Uhr, da traf Alfredo mit den Speicher-Sticks im Zimmer ein. Er hatte dem müden Angestellten eine komplette Packung von 20 Stück abgekauft.

Aaron bat Sarah, möglichst viele Dokumente des Notebooks auf die USB-Sticks zu überspielen.

»Ich habe euch versprochen, dass ich euch unseren Auftrag verrate.«, ohne Pause redete er weiter:

»Enki hat uns aufgetragen, dass Moses und ihr alle nach Kalifornien fliegen sollt. Dort befindet sich das Portal, das unser Cerberus hier«, dabei deutete er auf den Hünen »seit tausenden Jahren erfolgreich behütet!«

»Ich selbst werde nach Australien reisen und versuchen, diesen Jeff Sulgie vor dem Killer zu retten!« Das sollte vorerst für seine Mitstreiter an Information genügen.

Sofort war ein Aufruhr im Raum. Alle waren bestrebt, mehr zu erfahren, die Gründe, den Sinn des Unterfangens zu verstehen. Aaron und Moses blieben hart. Sie baten die Anwesenden, es dabei zu belassen und sich auszuruhen. Sie sollten versuchen, Schlaf zu finden, damit sie morgen fit sind, das nächste Abenteuer anzugehen.

Das Kopieren der Computerdaten übernahm Moses. Er setzte sich trotz des vehementen Protestes bei Sarah durch. Sie solle, wie alle, etwas schlafen. Alfredo und sie verzogen sich widerwillig auf ihre Zimmer. Die anderen blieben in der Suite. Moses führte einen weiteren Stick in den USB-Port. Aaron schenkte zwei große Tassen Kaffee ein. Eine davon stellte er dem Riesen neben das Notebook. Der sah kurz zu ihm auf und nickte.

Francisco breitete sich auf dem Sofa aus. Martin war in das Schlafzimmer der Suite gegangen. Er saß auf dem Bett und starrte auf den Boden. Aaron stand angelehnt am Türstock. Die Kaffeetasse in der Hand.

Sein Vater sah zu ihm auf:

»In was habe ich euch vor allem dich da verwickelt?« Sein trauriger Blick schnürte Aaron die Kehle zu.

»Wieso bist du deprimiert? Du müsstest vor Freude tanzen! Du hattest mit allem Recht. Du bist der Einzige, der die Geschichte richtig erzählt hat!«, antwortete Aaron mit einem Lächeln.

Sein Vater sah ihm lange in die Augen:

»Wissenschaft, Archäologie und Schriften zu interpretieren ist eine Sache. Verrat, Intrigen, getötete Menschen eine ganz andere.«

In diesem Moment war sich Aaron bewusst, warum der Herrscher der Ankh ihn erwählt hatte. Sein Vater wäre nicht im Stande, seine Anweisungen auszuführen.

»Es wird alles gut! Glaube mir. Wir haben einen göttlichen Vertrauten!«

KAPITEL 40

Die Großraumzelle des Kolonia-Police-Departments war mit Dr. Eberwein und seinen fünf Verbündeten zu hundert Prozent belegt. Auf der unteren Pritsche von einem der drei Stockbetten saß der Direktor. Er hatte seine Brille in den Händen und versuchte sie an seinem Hemdzipfel zu reinigen. Es war eine unbewusste Handlung, die er vollführte, wenn er angestrengt nachdachte:

Wie hat dieser Riese es geschafft, meine Leute außer Gefecht zu setzten? Woher kam Aaron so plötzlich her? Wie können wir diesen Cerberus ergreifen?

Nachts hatte er kein Auge zugemacht. Ihn ekelte es, auf dieser nach Urin stinkenden Matratze zu liegen. Er dachte an seine geliebte Espressomaschine und den Kaffee, den sie so vorzüglich zubereitete. Ihm lief das Wasser im Mund zusammen.

Tags zuvor wurden sie nach ihrer Festnahme sofort dem Richter vorgeführt. Dieser hatte aufgrund der Beweislage einen Haftbefehl ausgestellt und die Kaution für jeden Anwesenden auf zwei Millionen US-Dollar veranschlagt.

Es war kurz vor 8 Uhr morgens, da schloss ein Beamter die Zelle auf. Er bedeutete Eberwein, sich zu erheben und ihm zu folgen. Die anderen sahen sich gegenseitig verwundert an. Der Direktor wies sie an, Ruhe zu bewahren, und folgte dem Polizisten durch die Ausgangstüre.

»Mein Name ist Ari Rayphand. Ich bin der Police Commissioner!« Er sah Eberwein in die Augen, die ihm zu verstehen gaben: »Mit mir ist nicht zu spaßen!«

»Für Sie wurde die Kaution hinterlegt!« Der große, grau melierte Insulaner stand in seiner farbenprächtigen Uniform, die einem Bollywood-Streifen entsprungen zu sein schien, hinter dem Tresen. Er zeigte mit dem Arm zu einer Sitzgruppe. Dort saß regungs- und emotionslos, Hermann Balter.

Rayphand widmete sich wieder Eberwein:

»Wir wissen, dass Sie im Hyatt untergebracht sind. Dort bleiben Sie auch. Sie sind bis auf Weiteres unter Arrest gestellt. Meine Kollegen werden Sie bis zur Verhandlung bewachen. Ihr Ausweis ist konfisziert!«

Eberweins Versuche, gegen diese Auflagen zu widersprechen, wurden vom Chief des Police-Departments abgeschmettert. Er teilte dem Direktor mit, dass die Einsatzleiterin, Lieutenant Ariana Francis von nun ab das Sagen hat. Ihren Anweisungen hatte er uneingeschränkt Folge zu leisten.

Missmutig verließen Dr. Gustav Eberwein und Hermann Balter das Gefängnis. In Begleitung von vier Beamten zwängten sie sich in einen Van. Die zierliche Vorgesetzte befestigte ihren Schlagstock im Gürtelhalfter und folgte dem Sextett auf den Beifahrersitz.

So früh am Morgen waren die Aktivitäten vor dem »Pohnpei-State-Hospital« überschaubar. Das diensthabende Personal hatte bereits um 6 Uhr die Schichtdienste ihrer Kollegen übernommen. Die männliche Person, die auf einer Parkbank mit dem freien Blick auf die Eingänge des Krankenhauses und des Nebengebäudes saß, hatte einen Kaffee-To-Go-Becher neben sich stehen. Das rechte Bein über das linke gelegt, las er entspannt in der lokalen Zeitung. Ab und zu hob er seinen Blick von den News des vergangenen Tages. Keiner der vier Männer, die er gestern Abend das Gebäude betreten gesehen hatte, hatte dieses wieder verlassen. Da war er sich sicher. Vielleicht war es sein erster Fehler bei einer Observation. Ganz sicher war es sein Letzter.

Valentino war unbemerkt hinter ihn getreten, packte seinen Kopf und brach ihm durch eine blitzartige Bewegung das Genick. Er fasste in die Jackentasche des Mannes und nahm sein Handy an sich. Den Kopf des Spions legte er auf die Brust, schloss ihm die aufgerissenen Augen mit den Fingern. Valentino war zufrieden. Sein Opfer sah aus, als ob er über der Zeitung eingeschlafen wäre.

Kein Wunder bei dieser Berichterstattung.

Lächelnd entfernte er sich von der Parkbank. Viktor und Pazuzu warteten in einem alten Ford Taunus auf ihn.

Sobald Direktor Eberwein mit Hermann allein in der Penthouse-Suite waren, legte Balter den Zeigefinger auf die Lippen und bedeutete ihm, still zu sein. Er nahm einen Stift vom Sideboard und schrieb auf den bereitliegenden Notizblock:

„Wir werden abgehört!“

Hermann öffnete die Türe zum Badezimmer und drehte alle Wasserhähne auf. Das Wasser lief lautstark in die Wanne und Waschbecken. Ein Kunststoffschemel unter den Tropen-Duschkopf gestellt, schon erreichte man eine Geräuschkulisse, die das Abhören beträchtlich erschwerte. Der Direktor folgte ins Bad. Hermann flüsterte ihm zu:

»In der Kürze der Zeit war es mir nur möglich, das Geld für dich so schnell aufzutreiben.« Er kam ein wenig näher:

»Es ist alles in die Wege geleitet, um die Mannschaft aus dem Gefängnis zu bekommen.«

Zum Schluss informierte er seinen Kumpanen, dass sie beide Morgen von hier verschwinden werden. Bis dahin solle er Ruhe bewahren. Ohne auf Fragen des Direktors zu warten, drehte er die Wasserhähne wieder zu. Er nickte kurz seinem Weggefährten und verließ die Suite.

Hermann schritt durch den Eingangsbereich des Hotels. Unauffällig sah er sich nach den abgestellten Polizisten und ihrer Anführerin um. Seine aufgesetzte Sonnenbrille half ihm dabei, seine Augen dahinter zu verstecken. Zweien von den Vollzugsbeamten begegnete er vor dem Aufzug im Stockwerk der Suite. Lieutenant Ariana Francis erteilte den beiden Kollegen, die vor dem Ausgang postiert waren, Anweisungen. Sie hatten ihn nicht bemerkt.

Geschickt bewegte sich Hermann hinter einem Koffergepäck-Wagen, den ein Hotel-Page vor sich herschob. Die Besitzer der Koffer waren diese deutsche Familie, die ihn schon einige Tage zuvor beim Frühstück nervte. Die Kinder quengelten in einer Tour. Die Mutter, deren Strohhut anscheinend angewachsen war, spähte über den Rand ihrer Radlersonnenbrille verächtlich zu ihrem stoisch dahinschreitenden Gatten.

Die zwei Polizisten hörten ihrem Lieutenant gelangweilt zu. Keiner achtete auf diese schreckliche Familie. Hermann nutze die Gelegenheit und schlupfte vor dem Pagen durch die Ausgangstüre. Ohne Hektik bewegte er sich zum Parkplatz und stieg auf der Beifahrerseite in einen geparkten BMW. Hinter dem Lenkrad saß ein blonder Mann, der eine schwarze Sonnenbrille aufhatte. Hermann betätigte den elektrischen Fensterheber und sog die frische Luft ein. Keiner der beiden sprach ein Wort. Entspannt saßen sie im Fahrzeug, hörten den Oldie-Musiksender und warteten.

Tags zuvor um 14.30 Uhr Kindergarten »*Dente de Leão*«, Kolonia

Mikaere Francis half seiner Tochter, Maia ihre Schuhe anzuziehen. Die 3-Jährige zappelte mit ihren Beinchen. Es fiel ihr schwer, auf ihrem Miniaturstuhl still zu sitzen. Ihr Vater hatte alle Hände voll zu tun, diesen kleinen Wirbelwind ruhig zu stellen. Mit stoischer Ruhe und Gelassenheit hielt er zunächst den einen, dann den anderen Fuß fest, stülpte ihr die rosa/weißen Klett-Sneaker über. Innerlich musste er immer grinsen, wenn er diese Schuhe sah, die seine Eltern ihrem Enkel gekauft hatten. *Snoopy*, einer seiner Kindheitserinnerungen, zierte die Seiten der Sneaker.

Er griff sich den kleinen Rucksack, überprüfte, ob die Brotzeitbox und die Trinkflasche eingepackt waren, und führte Maia an der Hand haltend aus dem Anziehzimmer des Kindergartens. Der kurze Plausch mit der Leiterin im Gang hielt ihn ein wenig auf. Er verabschiedete sich und trat auf den Parkplatz heraus. Maia sang fröhlich ein nicht definierbares Lied und hüpfte an seiner Seite. Vor seinem schwarzen SUV hob Mikaere die Kleine hoch, gab ihr einen Kuss auf die Wange, öffnete die hintere Türe und zerrte sie in dem Kindersitz mit den Gurten fest. Überschwänglich begrüßte Maia ihren auf dem Beifahrersitz sitzenden Bruder Hemi. Der Siebenjährige hatte keine Lust, sich zu seiner Schwester umzudrehen. So beließ er es bei einem:

»Hallo Maia!«

Der Vater sah kurz zu ihm herüber, presste die Lippen aufeinander und schüttelte den Kopf. Er wusste, wenn Hemi nicht gut aufgelegt ist, muss man ihn einfach in Ruhe lassen. Das war er meistens nach der Schule. Sein Sohn ist ein interessierter Beobachter der Natur. Tiere, das ist seine ganze Leidenschaft. Unterricht hielt er für überflüssig.

»Wir fahren zu Oma und Opa!« Mikaere betätigte die Zündung, legte den Gang seines Automatikgetriebes ein, prüfte die Umgebung und fuhr vom Parkplatz auf die Hauptstraße.

Er bemerkte nicht, dass er seit Stunden von einer unbekannten Person beobachtet wurde. Er war völlig ahnungslos, dass der Fremde Fotos von ihm und vor allem von seinen geliebten Kindern gemacht hatte.

Rudolf, so hieß der Blonde neben Balter, trommelte rhythmisch mit den Fingern auf das Lenkrad. Hermann kannte diesen Song nicht, der im Moment durch den Äther lief und seinen Nebenmann zu dieser nervigen Trommelei inspirierte.

»Da ist sie!« Emotionslos zeigte der Fahrer auf die Frau in Uniform, die das Hotel mit einem Handy ans Ohr haltend verließ. Sie steuerte auf das parkende Einsatzfahrzeug zu. Kurz davor blieb sie stehen und gestikulierte mit der freien Hand. Sie verlagerte ihr Gewicht von der einen auf die andere Seite. Sie bewegte sich ein, zwei Schritte, drehte sich um, um gleich wieder stillzustehen. Nach kurzer Zeit legte sie auf. Ariana atmete tief durch, um ihre professionelle Ruhe wiederzufinden. Die Taschendiebe waren ihr entkommen und ihr Vorgesetzter war alles andere als begeistert. Zur "Strafe" durfte sie mit vier Grünschnäbeln auf einen alten, dicken Mann aufpassen, der an einen Käfig gefesselt gefunden wurde. Es war nicht unbedingt die Richtung, wie sie sich ihre Karriereplanung zurechtgelegt hatte. Sie öffnete die Autotür und stieg ein. Auf der Mittelkonsole lag ein brauner DIN-A-4 Umschlag, der da nicht hingehörte. Kein Absender. Empfängeradresse? Fehlanzeige.

Ariana Francis öffnete verwundert das Kuvert. Sie sah hinein und nahm zunächst einen Stapel Bilder heraus. Ihr Herz setzte für einen Moment aus. Das oberste zeigte ihre süße kleine Maia im Kindergarten, wo sie mit Freunden spielte. Das Nächste ihren Sohn vor der Schule. Es folgte ein weiteres mit dem gemeinsamen Geländewagen, auf dem ihr Mann mit den Kindern vor ihrem Haus zu sehen war. Sie sah sich eines nach dem anderen an. Auf allen Aufnahmen waren ihre Sprösslinge oder ihr Ehemann zu verschiedensten Uhrzeiten und an unterschiedlichen Orten. Selbst die Großeltern waren auf den Fotos, wie sie ihre Enkel umarmten und liebkosten.

Was zum Teufel ...?

Sie kramte im Umschlag und zog ein Blatt Papier heraus:

**MRS. LIEUTENANT FRANCIS,
WIR WISSEN, WO SICH IHRE FAMILIE AUFHÄLT.
LESEN SIE GENAU DIESE ANWEISUNG UND ES WIRD
IHNEN NICHTS GESCHEHEN!**

Arianas Puls war in grenzwertigen Sphären angelangt, er machte sich in Ihren Ohren lautstark bemerkbar. Sie zitterte, ihr wurde eiskalt und hundeübel. Die Schrift verschwamm vor ihren Augen, trotzdem zwang sie sich und fing an zu lesen ...

KAPITEL 41

Sarah und Moses waren seit einer Stunde Richtung Honolulu in der Luft. Für die anderen drei war der Abflug 60 Minuten später vom *»Pohnpei-International-Airport«* mit gleichem Ziel geplant. Francisco und Martin hatten ihre reservierten Plätze eingenommen. Den Fensterplatz beanspruchte der Professor. Eine Reihe weiter vorne lümmelte sich Alfredo in den Stuhl. Er saß am Gang der gegenüberliegenden Seite der 2er Bestuhlung.

»Bitte verzeihen Sie, dürfte ich an meinem Platz?« Eine Bordkarte mit der Sitzplatzbeschreibung A5 wurde ihm vor das Gesicht gehalten.

Alfredo erhob sich und sah eine bezaubernde Frau, die ihn freundlich anlächelte. Ihm fielen sofort die perfekten weisen Zähne auf. Er quittierte die Frage mit einem breiten Grinsen, bei dem er seine strahlenden Zahnreihen zur Schau trug. Er untermalte seine Antwort mit einer einladenden Handbewegung:

»Sicuramente, per favore, una donna bellissima!«

In dem Moment war es um Francisco geschehen. Er beobachte die Szene, die sich vor ihm abspielte.

Das ist sie! Das ist diese Wahnsinnsfrau aus der Bar!

Seine Wangen fingen wieder an zu glühen und der Schwarm der Flugtiere in seinem Bauch nahm sekündlich an Größe zu.

Mist! Warum habe ich den Platz neben dem Professor genommen? Verdammt!

Er hätte alles dafür gegeben, über einen Röntgenblick zu verfügen und durch den Sitz, der zwischen ihm und dieser Traumfrau war, hindurchzusehen. Mit dem Fuß stieß er gegen die Rückenlehne von Alfredo. Sein Gangnachbar auf Platz 6-C sah ihn mit fragendem Blick an und schüttelte abfällig den Kopf. Francisco lächelte zurück und bedeutete ihm, dass alles in Ordnung wäre.

»Ich kenne ihn«, flüsterte er dem Unsympathen zu.

Alfredo unternahm keinerlei Anstalten, sich umzudrehen. Er war in voller Konversation mit „seiner" Franciscos Traumfrau. Am liebsten hätte er den Römer aus dem Sessel gezogen.

Sie waren seit drei Stunden in der Luft, da bat Amalia ihren Sitznachbar darum, ihr den Weg freizumachen. Der Kaffee und die etlichen Becher Wasser verlangten den Besuch der Bordtoilette. Franciscos Puls schnellte postwendend, wie er in ihr makelloses Gesicht aufsah, hoch. Sie stand direkt vor ihm im Gang. Überrascht lächelte sie ihn an. Mit einem kurzen »Hallo« bewegte sie sich an ihm vorbei. Er roch ihren Duft. Er schmeckte Frische und Reinlichkeit. Francisco glaubte eine Spur von Minze oder Nelke wahrzunehmen. Das war seine Chance. Er stand auf und bat Alfredo, die Plätze zu tauschen. Der hatte keine Lust darauf und zierte sich, hielt sich im Sitz fest wie ein kleines bockiges Kind. Zu früh kam sie den Gang auf die beiden zu. Sie bewegten sich zwei, drei Schritte nach hinten, damit sie ihrem Platz wiedereinnehmen konnte.

»Ihr kennt euch?« Amalia zeigte auf Franco und sah Alfredo erwartungsvoll an. Der benötigte einige Sekunden, um sich eine Geschichte zurechtzulegen. Er stellte die beiden gegenseitig vor.

»Freut mich sehr, Francisco Rojas! Ich bin Amalia Johannson!« *Diese Stimme. Nicht von dieser Welt!*

Der Legionär war völlig hin und weg. Freundlich erwiderte er die Vorstellung, wünschte ihr weiterhin einen angenehmen Flug. In Gedanken verteufelte er den Italiener und ließ sich auf seinem Platz nieder. Professor Voss bekam von allem nichts mit. Er studierte das Notizbuch des Dieter Mesche.

Sie landeten pünktlich auf der Insel Oahu. Der *»Daniel-K.-Inouye-International-Airport«* ist Honolulus Hauptflughafen. Nach den obligatorischen Einreisechecks begaben sie sich in den Wartebereich der Abflughalle. Francisco steuerte auf Amalia zu, die an einer der Sitzbänke Platz genommen hatte und auf ihr Smartphone sah.

»Bleiben Sie nicht auf Hawaii?« Fragte er etwas verlegen.

Sie sah ihm in die Augen, lächelte und bedauerte, dass sie nicht an diesem atemberaubenden Fleckchen Erde verweilen könne. Leider ruft der Job und man erwarte sie in Los Angeles. Aber eines ihrer nächsten Urlaubsziele wäre sicherlich Hawaii, das hätte sie sich fest vorgenommen. Er beobachtete fasziniert das Minenspiel dieses bildhübschen Gesichtes. Jedes Blinzeln, die kleinste Geste, selbst wenn sie sich nur eine Strähne des Haares aus der Stirn strich, hatte etwas Magisches für ihn. Sie unterhielten sich angeregt. Keiner von beiden versuchte tiefgründiger bei diesem Gespräch nachzuhaken. Aus der Unterhaltung raus erfuhr Amalia, dass Francisco ein Schnellboot besitzt und auf Nan Madol Touristen betreut. Er wiederum hatte ihre Passion des Enthüllungsjournalismus erfahren. Die Wartezeit bis zum Anschlussflug verging in rasender Geschwindigkeit.

Es war kurz vor Mitternacht, als die Boing 747 aus Honolulu in Los Angeles gelandet war. Francisco nahm die Reisetasche von Amalia und trug sie durch die Ankunftshalle. Alfredo sah immer wieder eifersüchtig zu den beiden, die den Anschein erweckten, sich blendend zu verstehen. Francisco dankte in Gedanken Sarah, die für alle Zimmer im Hyatt »Regency Airport Hotel« gebucht hatte. Amalia übernachtete im gleichen Haus. Schon im Flugzeug bot er ihr an, ein gemeinsames Taxi zu nehmen. Alfredo trottete sichtlich genervt hinter ihnen her.

Martin Voss war diese Frau sehr sympathisch, jedoch spürte und vor allem hörte er in ihrer Ausdrucksweise, dass sie hoch intelligent war. Nicht, dass er dies nicht schätzte. Im Gegenteil. Er bewunderte in dieser kurzen Zeit der Konversation mit ihr ihre gestochen scharfen Aussagen, Fragen, Anmerkungen und Argumente. Sie brachte sie immer so vor, ohne jemals herablassend oder unsympathisch zu wirken. Seine Bedenken behielt er für sich. Es war zurzeit erforderlich, auf der Hut zu sein, mit wem sie sich einlassen und was sie erzählten. Desto weniger Menschen von dem wussten, was ihr Ziel war, umso besser für alle.

KAPITEL 42

Die Hauptstadt Perth des Bundesstaates Western Australia begrüßte ihre Besucher mit strahlend blauem Himmel. Zu dieser Zeit am frühen Morgen waren die Temperaturen angenehm und trocken. Der Wetterdienst hatte für den heutigen Tag einen Höchstwert von 32 °C vorausgesagt. Endlich war es wieder möglich, das Smartphone aus dem Flugmodus zu erwecken. Unmittelbar nach dem Aktivieren ploppten unzählige spamverdächtige Mitteilungen auf. Shadow wischte sie mit dem Finger in den virtuellen Abfallkorb. Seine gesamte Aufmerksamkeit erregte die Nachricht seines Messenger-Dienstes:

»Die Drei sind hier!«

Er tippte auf die Antwortleiste. Es erschien die Tastatur. Seine Antwort war kurz:

»Bleib dran!«

Zielstrebig steuerte er auf den Ausgang des Flughafens zu. Draußen buhlten die Taxifahrer um die Neuankömmlinge.

Perth ist mit seinen über 2 Millionen Einwohnern die viertgrößte Stadt des Kontinents. Auch hier haben die traditionellen Personenbeförderer ihre liebe Mühe, sich gegen das bestens verknüpfte Netz der Carsharing-Gesellschaften durchzusetzen und einen Teil vom Kuchen abzubekommen. Die Fahrer versuchten, durch einwandfreie Manieren und saubere Kleidung die

Aufmerksamkeit auf sich zu lenken. Ihre meist asiatischen Fahrzeugtypen waren allesamt auf Hochglanz poliert. Von diesem Treiben amüsiert, schlenderte Shadow unbeirrt an ihnen vorbei. Er hatte eine Sonnenbrille mit runden, blau verspiegelten Gläsern in einem dunkelblauen Designer-Gestell auf der Nase sitzen. Er war sich sicher, dass in einer so großen Stadt diese kleine Besonderheit niemanden nachhaltig in Erinnerung bleiben würde. Das grau melierte Snapback-Cap hatte keine der obligatorischen Stickereien einer Baseball-Mannschaft oder eines Football-Teams. Das schwarze T-Shirt, ebenfalls ohne Logo, hing lässig aus der dunklen Jeans. Seine anthrazitfarbenen Nike-Air-Sneaker passten zu der gesamten Erscheinung. Über seine Schulter geschwungen, hielt er mit der linken Hand einen grauen Rucksack fest.

Er hatte einen aufrechten, stolzen Gang. Anscheinend wollte er unbewusst größer wirken. Mit seinen 1,70 cm Körpergröße und einem leichten Bauchansatz, seinem lichten Haar, war er kein Womanizer. Dem genauen Betrachter wären seine überdurchschnittlich entwickelten Bizepsmuskeln aufgefallen. Eventuell ein Boxer oder Ringer, hätte man vermutet. Diese Masse stammte nur von intensivem Training.

Er bog in eine Seitengasse, sah sich kurz um und schritt auf ein abgestelltes weißes Fahrzeug zu. Er griff unter den linken Kotflügel. Tastend suchend fand Shadow den Zündschlüssel, der an der Innenwand mit Panzerklebeband befestigt war. Dank der *Keyless-Technologie«* musste er nur den Griff berühren. Die Zentralverriegelung öffnete sich mit einem hörbaren Klickgeräusch. Er nahm hinter dem Lenkrad Platz. Im Handschuhfach war ein baugleiches *Ontario-Messer«* deponiert. Er stellte die Verbindung des portablen Navigationsgerätes mit der 24-Volt-Steckdose her und gab die Adresse ein:

Port Beach Road 679, North Fremantle 6159. Die Anschrift des »Leighton-Beach-Globe-Resorts«.

Verwundert, aber nicht besorgt, denn „Sorgen" existierten in seinen Wortschatz und Gedankengängen nicht, sah er auf sein Handy. Keine weiteren Nachrichten? Er drückte den Startknopf des »*Lexus*«.

Seit einer Stunde saß oder stand Aaron abwechselnd unsichtbar für seine Mitmenschen im »Five Senses« Restaurant. Einige Male wechselte er gezwungenermaßen seinen Platz. Es war ein stetiges Kommen und Gehen. Die Lokalität erfreute sich wegen ihrer vorzüglichen Kreationen von Meeresfrüchten großer Beliebtheit. Die Touristen liebten das Angebot des »Leighton-Beach-Globe-Resorts«. Vor allem wohlhabende Amerikaner arbeiteten die Speisekarte von oben nach unten ab. Sie ließen sich die liebevoll und mit Finesse zubereiteten Lobster, Makrelen, Marlins oder Thunfische schmecken.

Aaron beobachtete den Tisch links in der Ecke. Dieser stand unmittelbar vor der riesigen Glaswand, die den Blick auf den Indischen Ozean gewährte.

Jeff Sulgie saß an jenem Tisch mit dem Rücken zum Meer und genoss sichtlich das Gericht, das vor ihm lag. Seiner Mimik nach zu urteilen, schmeckte es fantastisch. Nach jedem Bissen schloss er für einige Sekunden die Augen und zelebrierte förmlich das Kauen der Speise. Er hob die Stoffserviette an die Lippen und tupfte die Mundwinkel. Bei solchem offenkundigen Genuss lief Aaron das Wasser im Mund zusammen. Er hatte den Richter sofort, nach dem er durch Raum und Zeit gereist war, erkannt. Auf dem Display des Handys von Dieter Mesche hatte er älter gewirkt, wie er in Wirklichkeit aussah.

Ein Kellner steuerte mit einer Flasche Grappa, einem Glas, das er professionell auf einem Tablet balancierte, auf den Tisch des

Richters zu. Jeff Sulgie sah zu ihm hoch und nickte freundlich. Der Ober schenkte den Grappa in das Glas und stellte die Flasche am Tisch ab. Grinsend bedankte sich Jeff.

»Dies wurde für Sie abgegeben«, der Kellner hielt ihm einen Briefumschlag entgegen.

Sulgie verengte die Augen zu Schlitzen und nahm das Kuvert verwundert an sich. Er begutachtete die Vorder- und Rückseite. Kein Absender. Er öffnete den Umschlag und las die Nachricht auf dem innen liegenden Blatt:

Der Richter Dieter Mesche ist tot.
Es ist ein Killer auf Dich angesetzt!
Wenn Du leben willst,
treffe mich am Hinterausgang des Lokals.
Ich kann Dir helfen.
Sofort!

Die Gesichtszüge entgleisten ihm völlig. Jetzt wirkte er um Jahrzehnte älter wie damals bei dem Videoanruf. Hektisch und auffällig sah er im Restaurant umher. Voller Panik stieß er mit dem Unterarm die Flasche mit dem sündteuren Grappa um. Einige Gäste spähten sofort in seine Richtung. Schweiß bildete sich auf seiner Stirn. Er hatte es geahnt. Er wusste es. Er hätte nicht auf den Deal mit Mesche eingehen und weiter treu den Befehlen von Jason folgen sollen. Es hatte ihm an nichts gefehlt. Er hatte das Paradies auf Erden. Nun aber war er selbst zum Abschuss freigegeben. So wie er es schon zig Male an Unliebsamen oder Widersprechenden exerzieren ließ. Krampfhaft überlegte er, las nochmals die Nachricht. Den wartenden Kellner verscheuchte er mit einer abwertenden Handbewegung. Seine Blicke wanderten durch den Raum, suchend, hilferingend, die Person zu erblicken, die ihn warnte.

Aaron hatte das Lokal verlassen und stand zwischen den Mülltonnen am Hinterausgang. Die Seitenstraße war nur wenig frequentiert. Auf beiden Seiten des Bordsteines parkten vereinzelt Fahrzeuge. Die Hintertüre des Lokals öffnete sich und Jeff Sulgie trat aus dem Restaurant ins Freie. Suchend schweifte sein Blick in alle Richtungen. Seine Nervosität zeichnete sich in seinen Bewegungen und in seiner Mimik ab. Schwitzend suchte er nach dem Absender des Briefes. Es war keine Menschenseele in seinem Blickfeld auszumachen. Aaron inspizierte ebenfalls die Seitenstraße. Beobachtete den Richter. Er war sich sicher, dass sie allein waren. Seine Hand bewegte sich Richtung *Anch-Zeichen*.

»Hey Jeff!«, erklang eine Stimme.

Sulgie riss den Kopf nach rechts und erblickte einen Mann, der aus einem weißen Fahrzeug stieg, das hinter einem Fiat-Ducato-Van fast unsichtbar geparkt war. Er kam langsam auf ihn zu.

Aarons Finger hatte nur einige Millimeter Abstand zu dem Sensor. Wie nach einem elektrischen Schlag riss er den Arm zur Seite. Sein Puls schnellte im gleichen Tempo hoch. Seine Ohren pfiffen. Er hörte sein Blut zirkulieren. Der Killer war fast bei dem australischen Richter angelangt.

»Wer sind Sie und was hat das alles zu bedeuten?« Jeff Sulgie registrierte, dass der Fremde weiter auf ihn zuschritt.

Der machte keine Anstalten zu antworten oder stehen zu bleiben. Voller Panik stammelte Sulgie zusammenhanglos:

»Woher wissen Sie vom Tod von Dieter Mesche? Wieso kennen Sie mich? Wo ist der Killer jetzt? Hat ihn Jason auf mich angesetzt?« Er bewegte sich unbewusst einige Schritte zurück zur Hauswand.

Für einen kurzen Augenblick stutzte Shadow und blieb stehen. Hinter seiner Sonnenbrille hatte er seine Augen zusammengezogen.

»Ja!«, entgegnete er.

»Was, ja? Ist Jason dafür verantwortlich?« Das blaue Hemd hatte seine ursprüngliche Farbe verändert. Der Angstschweiß ließ es schwarz wirken.

»Sie haben geschrieben, Sie können mir helfen! Was haben Sie vor?« Voller Hilflosigkeit wischte sich Jeff die Schweißperlen mit dem Hemdärmel von der Stirn.

Unauffällig sah sich der Mörder um. Er war knapp zwei Meter vor dem Opfer.

Aaron verspürte Verzweiflung in sich aufkommen. Sollte er den verantwortlichen Richter, der mit seinen Kumpanen so unsagbares Leid über die Menschheit gebracht hatte, helfen? Sollte er eingreifen? Oder den Killer gewähren lassen?

»Befreie die Menschen aus der Knechtschaft der Richter!« Die primäre Weisung des Erzeugers kam ihm in den Sinn. Wenn er die Welt von dem Übel, diesem korrupten und menschenverachtenden Geschwür erlösen soll, dann könnte er getrost dem Mord zustimmen. Sein Gewissen, seine Gedanken zerrissen im schier den Kopf.

»Warum hast du das getan?« Die Frage von Shadow riss Aaron aus seinen Überlegungen.

Sulgie lehnte mittlerweile an der Hauswand und sprudelte abwechselnd eine Arie von Erklärungen zum Motiv heraus. Das Ende seiner Entschuldigungen hatte immer das gleiche Resümee: Dieter Mesche hatte das geplant und er, der arme Jeff, ließ sich von ihm einlullen und für diesen Verrat benutzen.

»Können Sie mir helfen, mit Jason zu reden. Ich will ihm alles erklären!« Das Haar des Richters war tropfnass.

Wüssten es die beiden Personen, die ihn beobachteten, nicht besser, der eine vor ihm sichtbar und die andere unsichtbar, würden sie vermuten, dass es vor Kurzem stark regnete oder er mit seinen Klamotten unter der Dusche gestanden hatte.

Teuflisch grinsend fing Shadow zu summen an. Die Melodie fuhr Aaron durch Mark und Knochen.

Er wird es tun. Er bringt ihn um.

»Halt, aufhören!«, hörte er sich schreien.

Seine Finger hatten das Kreuz berührt. Der Killer, der sein Messer in der Hand hielt, schnellte nach rechts und sah ihn erschrocken an.

Jeff Sulgie wurden die Knie weich. Er war kurz vor der Ohnmacht.

Aaron bewegte sich in Deckung der Abfallcontainer. Sie waren nicht arretiert. Die Bremsbügel griffen nicht in die Gummireifen. Er schob einen Container vor sich und näherte sich dem Killer. Dieser wusste in diesem Moment nicht so recht, wie er darauf reagieren sollte. Zum ersten Mal benötigte Shadow einen Plan „B“. Nein, der war nicht ausreichend, dass hier ist eine ganz andere, noch nie da gewesene außerordentliche Situation.

Jeff Sulgie lehnte gekrümmt an der Wand und starrte mit offenem Mund ungläubig auf die Szene. Ihm war übel und er empfand einen stechenden Schmerz in der rechten Brusthälfte. Er hielt sich diese, presste mit beiden Händen fest darauf. Vor seinen Augen sprangen schwarze Punkte auf und ab. Bei jedem Blinzeln vermehrten sich diese um ein Vielfaches.

Im Augenwinkel registrierte Shadow, dass sein Opfer mit sich selbst zu kämpfen hatte. Sein Entschluss stand fest. Er bewegte sich grazil wie ein Panther, vorsichtig, darauf bedacht sein nächstes Opfer nicht aus den Augen zu lassen und dabei gleichzeitig einen Fehler zu entdecken, der ihm den Angriff erleichterte.

Aaron schob den Müllcontainer, der mit Kartonagen gefüllt war, zwischen dem Killer und sich.

Verdammt, was mache ich hier? Ich bin so bescheuert! Was habe ich mir nur dabei gedacht?

»Hör auf mit diesem beknackten Summen!« Schrie er den Killer an.

»Das ist das Letzte, was du hören wirst!« Im gleichen Augenblick erhöhte er die Lautstärke der Melodie, machte zwei, drei explosive Schritte nach links und sprang auf Aaron zu. Erschrocken von dieser Finte drehte Aaron intuitiv den Container dem Angreifer zu. Das Messer in der ausgestreckten Hand des Killers schlug in den Plastikdeckel des Abfallbehälters. Aaron zuckte unweigerlich zusammen. Er drehte den Behälter in Panik, um ihn wieder zwischen sich und den Angreifer zu bekommen. Dabei blieb er mit dem Fuß an der Containerverankerungsstange hängen und fiel zu Boden.

Dieser winzige Moment der Unachtsamkeit genügte Shadow, um den Behälter von Aaron wegzuschleudern und sich über ihm zu positionieren. Mit einer diabolischen Grimasse beäugte er sein nächstes Opfer. Er sah ihm in die Augen, spähte auf seinen Unterarm, der das Kreuz freigab. Seinen Gedanken, dass er zuerst den am Boden Liegenden killt und sich dann das Zeichen unter den Nagel reist, vermochte er nicht zu Ende zu denken. Er wurde getroffen. Von etwas Heißem. Er hatte keine Chance. Er pulverisierte sich vor den geweiteten Augen Aarons.

Jeff Sulgie kniete zusammengekauert am Boden und presste weiterhin seine Brust.

Was war das denn? Wo ist er? Aaron sah sich um, zittrig stand er langsam auf.

Die Sonnenbrille, Uhr, die Gürtelschnalle sowie das Messer und der Zündschlüssel des Killers lagen verstreut am Boden. Er selbst war verschwunden.

Mitten auf der Straße begann die Luft zu flimmern. Immer deutlicher wurde eine Gestalt sichtbar. Ein sehr großes Wesen manifestierte sich. Ugala trat aus dieser glitzernden Luftspiegelung. Er hatte seinen rechten Arm ausgestreckt. Am Mittelfinger seiner behandschuhten Hand leuchtete ein großer, breiter Ring in einem gleißenden Grün. Bei jedem Schritt auf Jeff Sulgie zu verblasste das Leuchten.

»Was ist geschehen? Warum bist du hier?« Aaron schrie den Wächter an.

»Ich nehme den Igigu mit. Mein Herr wird ihn befragen.« Wie eine Streichholzschachtel hob er den Richter von Boden auf.

»Was war das? Was hast du mit dem Mörder gemacht?«

»Er war nicht wichtig. Ich habe ihn in seine einzelnen Atome aufgelöst.«

»Was?« Aaron sah den Riesen, der den mittlerweile bewusstlosen Jeff unter den Arm geklemmt hielt, fragend an.

»Er ist keine Gefahr mehr. Das muss dir genügen«, bei der Antwort lupfte Ugala den Richter ein wenig mehr in seine Armbeuge.

»Vergiss nicht deinen Auftrag.« Er drehte sich um und war im Begriff, das Szenario zu verlassen.

Aaron setzte nach, versperrte ihm den Weg, sah von unten zum Gesicht des Wächters:

»Ich werde nicht zum Mörder, ich werde diese Leute nicht töten. Geschweige denn, ich finde sie!« Flehend sah er hoch.

»Du sollst die Menschheit befreien. Mein Herr hat dir niemals aufgetragen, einen Mord in Betracht zu ziehen!« Ugala stolzierte an Aaron vorbei.

»Suche und finde die anderen. Um den Rest werde ich mich kümmern!« Die Luft flackerte wie bei einer Fata Morgana. Der Wächter schritt hindurch und war verschwunden.

KAPITEL 43

Ein weißer Hyundai entfernte sich mit zwei Insassen von Hyatt Richtung Flughafen. Der Fahrer hielt sich strikt an die Geschwindigkeitsbegrenzungen. Zuvor hatte er seinen Beifahrer am Lieferanteneingang des Hotels einsteigen lassen.

Lieutenant Ariana Francis begrüßte kurz ihre wachhabenden Kollegen, hörte sich den Bericht an. Sie steuerte direkt in den Videoraum, wo alle wichtigen Plätze des Hotels durch Kameras beobachtet wurden. Der Mitarbeiter einer externen Sicherheitsfirma lehnte gelangweilt im Sessel. Beim Eintreten von Ariana sprang er in Sekundenbruchteilen in eine akzeptable Sitzhaltung. Aufrecht sitzend und konzentriert auf die Monitore blickend, begrüßte er die Beamtin.

»Alles ruhig?« Fragte sie nach.

Er bestätigte ihr, dass es keine nennenswerten Vorkommnisse gab, außer der Abholung einer Person am Hinterausgang.

»Zeigen Sie mir die Stelle der Aufnahme!« Ariana sah gebannt auf den Schnellrücklauf des Videos. Der Security Mitarbeiter stoppte das Band bei besagter Position und ließ es in Echtzeit vorwärtslaufen.

»Überprüfen Sie sofort die Zimmer«, brüllte sie in ihr Smartphone.

Die beiden Polizisten, die im Stockwerk vor der Suite von Professor Eberwein postiert waren, sahen sich verwundert an.

Augenrollend und kopfschüttelnd bewegten sie sich gemächlich zur Türe. Das Handy auf Lautsprecher gestellt, hörten sie die Offizierin immer wieder »sofort« schreien. Einer der beiden öffnete mit dem Generalschlüssel die Eingangstüre zur Suite.

»Direktor Eberwein?«

Die Beamten riefen mehrmals den Namen des Museumsdirektors. Sie erhielten keine Antwort. Sie wurden hektisch, rissen eine Türe nach der anderen auf, inspizierten jeden Raum, öffneten die Terrassentür, hofften, dort den Inhaftierten zu finden. Kleinlaut antworteten sie ihrer Vorgesetzten:

»Er ist weg!«

»Großfahndung! An alle verfügbaren Einsatzkräfte, Doktor Gustav Eberwein ist aus dem Hyatt geflohen! Mutmaßlich ist er Beifahrer in einem weißen Kleintransporter, Fabrikat Hyundai, zwei Personen. Auffallendes Merkmal des Flüchtigen seine Körperfülle und dicke Brille!« Gab sie über den Polizeifunk durch.

Dem Mann der Security Firma erteilte sie den Auftrag, das Kennzeichen des Fahrzeuges zu ermitteln und ihr dann unverzüglich mitzuteilen. Dieser protestierte und verwies darauf, dass das Nummernschild nicht sichtbar ist.

Das hörte Ariana Francis nicht mehr, sie war schon aus dem Zimmer gestürmt. Die vier Beamten waren vor den beiden Einsatzfahrzeugen und warteten auf ihre Befehle.

Von weitem hörte man eine zunehmende Anzahl von Polizeisirenen, die mehr und mehr in ein gleichmäßiges, nervtötendes Geräusch übergingen. Die Einwohner der Stadt blieben am Straßenrand stehen und sahen diesem Treiben der wild umherflitzenden, blinkenden und lauten Fahrzeuge staunend zu. Diese Präsenz der Exekutive hatte keiner hier in Kolonia so geballt gesehen. Den meisten war gar nicht bewusst, dass die Stadt diese Anzahl an Einsatzfahrzeugen hatte.

Zur gleichen Zeit betätigte Gustav Eberwein den Druckknopf. Der ausgeklügelte Mechanismus hob das Bücherregal, das im Wohntrakt an der Wand stand, einige Millimeter hoch. Es schwenkte zur Seite. Daraufhin öffnete sich die Türe zum Weinlager in der Penthouse-Suite des Hyatt.

Der Raum war im Prospekt des Hotels zum Highlight erkoren. Gefüllt mit den erlesensten Tropfen und wohltemperiert, war es den betuchten Gästen möglich, aus dem Vollen zu schöpfen.

Die beiden Beamten, die das Appartement überprüften, hatten davon keine Ahnung. Der Museumsleiter schloss sein Versteck und verließ die Suite über den Treppenaufgang. Er war froh, dass er die Treppen nicht aufwärts bewältigen musste. Trotzdem lief ihm das Wasser den Rücken hinunter, wie er sich mit schmerzenden Kniegelenken behäbig herunter quälte. Unten angekommen wartete er vor einer verschlossenen Tür. Ein Angestellter, in der Kluft des Hotels gekleidet, öffnete die Türe von außen zum Treppenhaus. Wortlos überreichte er Eberwein einen breitkrempigen Strohhut, Sonnengläser, die auf ein Brillengestell geklemmt werden. Der Direktor nahm die Gegenstände an sich, setzte den Hut auf und spannte die Gläser auf seiner Brille ein. Er verließ das Hotel durch den Personaleingang, wo Hermann mit laufendem Motor des BMWs auf ihn wartete.

Der Security Mann achtete nicht auf den dunklen Bildschirm Nummer 28. Er war ausgeschaltet. Stattdessen versuchte er krampfhaft, über Zoomversuche das Nummernschild des kleinen Fahrzeuges zu erkennen.

Ariana Francis saß hinter dem Steuer ihres Fahrzeuges. Durch die Freisprechanlage ließ sie die verbalen Entgleisungen vom Chef Ari Rayphand über sich ergehen. Ihr Beifahrer sowie der auf der

Rücksitzbank sitzender Kollege sahen aus dem Fenster. Beide vermochten ihre Schadenfreude nicht zu verbergen. Gemeinsam grinsten sie vor sich hin. Alle Argumente, die Ariana vorbrachte, schmetterte der Commissioner ab. Er hatte keinerlei Einsehen. Über Funk kam die Meldung, dass ein verdächtiger Van, der zur Beschreibung passt, in Richtung Flughafen gesichtet wurde.

Ari Rayphand persönlich ließ es sich nicht nehmen, den Befehl zu geben, den Transporter unverzüglich zu stoppen. Alle Beamten des Police-Departments befolgten diese Anweisung, wendeten mit quietschenden Reifen ihre Fahrzeuge oder fuhren mit Höchstgeschwindigkeit in die besagte Richtung. 26 Polizeifahrzeuge mit Vollgas auf ein Ziel zu.

Hermann steuerte den Wagen in den Hafen. Er blieb kurze Augenblicke neben dem Fahrzeug stehen, reckte sich und beobachtete unauffällig die Gegend. Einige Fischkutter, vier Schlauchboote sowie Jachten verschiedenster Größe und Geldbeutel des Besitzers lagen vor Anker. Es war ein reges Treiben. Die Fischer feilschten mit Händlern um ihren Fang. Eine Gruppe Touristen steuerte auf eines der Boote zu, die sie zu den Basaltsäulen von Nan Madol brachte. Hermann klopfte an die Seitenscheibe und Eberwein stieg schwerfällig aus dem Fahrzeug. Ohne aufzusehen, bewegte er sich im Pulk der Urlauber zum Steg eines kleinen Kutters. Der Bootssteg, ein durch die Jahre durchgebogener, breiter Balken, bog sich knarzend nach unten, nachdem er ihn betrat. Aus der Kabine trat Johann, der ihm die Hand entgegenstreckte. Eberwein faste diese, tippelte einen Schritt über die Planke und nahm die festen Schiffsplanken der »*Lady Swordfish*« unter seinen Füssen wahr. Langsam glitt das Schiff aus dem Hafen, raus auf das offene Meer.

Knapp fünf Kilometer entfernt stoppten Einsatzfahrzeuge des Kolonia-Police-Departments, einen weißen Hyundai. Die Insassen saßen unaufgeregt im Van. Zahlreiche Polizeibeamte umzingelten es und fordern die beiden auf, auszusteigen.

Kollegen, die bei ihren Fahrzeugen stehen blieben, sahen sich in alle Richtungen um. Drei gewaltige, dumpfe Detonationen in der Ferne ließen sie aufhorchen. Nach mehrmaligen Aufforderungen öffnet sich zuerst die Fahrertür. Ein etwa 40-jähriger Insulaner stieg in seiner Muttersprache die Beamten beschimpfend aus. Ein Unbekannter hatte ihm 300 Dollar gegeben, wenn er mit seinem Freund diese Fahrt unternimmt. Alle anwesenden Polizisten waren sofort auf die Person fokussiert. Mit zittrigen Händen verließ der Beifahrer ebenfalls das Auto. Mit seiner Statur wäre er für Sumo Ringkämpfe prädestiniert. Ein Koloss. Die Letzte, die am Ort des Geschehens eintraf, war Lieutenant Ariana Francis.

Genau in dem Moment, wie die Beamten die Insassen des Hyundai zum wiederholten Male aufforderten auszusteigen, drückte der Beifahrer auf den „Sendebutton" seines Smartphones. Die Nachricht, die er versendet, ist kurz: ok!

In der Außenwand der Großraumzelle des Kolonia-Police-Departments klaffte nach drei Explosionen ein großes Loch. Staub verteilte sich in der gesamten Zelle. Die Kameras waren blind. Wie in dem Augenblick, wenn ein Ameisenbär seinen Rüssel in einen Termitenhaufen steck: Aufruhr im ganzen Gebäude. Das Department stand Kopf. Planlos liefen die aufgescheuchten Beamten schreiend gestikulierend durch die Gänge.

Police Commissioner Ari Rayphand fluchte laut vor sich hin, schrie seine Leute an, erteilte hysterische Befehle. Etliche Polizisten zogen sich Gasmasken über und bewegten sich mit gezogenen Waffen zur Gefängniszelle. Wie sie es in zahllosen Lehrgängen geprobt hatten, sicherte der eine den anderen. Der winzige, aber eklatante Unterschied bestand darin, dies hier ist keine Übung, es ist die Realität. Voller Adrenalin schoben sie sich Stück um Stück weiter nach vorne. Sie erreichten die Großraumzelle. Der Staub legte sich langsam in und auf allem ab, er kroch in jede Ritze, nahm sämtliche Möbel in seinen Besitz. Zuletzt erschuf er einen dreckigen Teppich auf dem Fußboden.

»Wo sind die Gefangenen?« Der Commissioner brüllte seine Untergebenen an, wie er die leere Zelle sah. Alle Steine der Mauer waren aus dem Gebäude geflogen, kein einziges größeres Stück lag im Inneren des Zimmers.

»Das waren Profis!« Hörte Rayphand seinen Inspektor Tama Kansou sagen.

»Sehen Sie sich die Flugbahn der herausgesprengten Mauerteile an. Alle gingen nach außen, weg von den Insassen der Zelle!« Er hatte die Arme vor der Brust verschränkt. Eine Hand hob er zum Kinn und massierte es. Nachdenklich folgerte er:

»Sie wurden befreit!«

Am Police-Department angekommen, schnaufte Ariana Francis erst mal durch. Der bevorstehende Gang zu ihrem Vorgesetzten lag ihr seit der gesamten Fahrt im Magen. Sie stellte den Motor ab. Die Frage, die sie quälte: Wie ihm die Umstände erklären, was geschehen ist?

Ich und meine Familie sind von Handlangern der Flüchtigen erpresst und bedroht worden, deshalb habe ich unsere Leute auf die falsche Fährte gelockt! Die hätten den Kindern was angetan!

Den Kopf in beiden Händen haltend, mit dem Ellbogen am Lenkrad aufgelehnt und den Beinen nervös wippend, überlegte sie krampfhaft weiter, – *nein, die stecken mich wegen Beihilfe in den Knast!*

Ich habe das Video der Überwachungskameras des Hotels falsch interpretiert und bin in Panik geraten? - Nein, das ist nicht besser!

Die beiden, Reilly und Magglore haben die Suite nicht vorschriftsmäßig überprüft. Oder sie haben die Flucht nicht bemerkt, beziehungsweise sogar verpennt! Ja. Das ist gut. Sie haben es verbockt. Sie sind schuld an dieser ganzen Misere. Ich wälze es auf die beiden ab, das ist es! Das ist die Lösung!

Schwermütig, mit hängenden Schultern schleppte sich Ariana die Treppen nach oben. Ihre Gedanken erschwerten diesen unvermeidlichen Gang zum Rapport. Sie war eine kompetente Polizistin, sie ist sogar Lieutenant. Niemals hatte sie sich etwas nachsagen lassen müssen. Sie war kollegial, ist ein Teamplayer. Vor der verglasten Türe des Commissioners straffte sich ihr Körper. Ihr Gesicht strahlte Entschlossenheit aus. Sie hatte sich eine plausible Geschichte erdacht. Ariana klopfte an die Holztüre. Von drinnen hörte sie Ari Rayphand mit seiner unsympathischen, dunklen Stimme sagen:

»Kommen Sie rein!«

KAPITEL 44

Es war ein paradiesischer, sonniger Morgen in Los Angeles. Francisco schlenderte am Frühstücksbuffet des Hotels entlang. Er war bestens gelaunt, obwohl er fast kein Auge zugemacht hatte. Amalia hatte ihm erwartungsvoll und bereitwillig die Türe ihres Zimmers geöffnet, nachdem er sich aus seinem Einzelzimmer den Flur nach Alfredo und Martin inspizierend, davongestohlen hatte.

Er legte sich einige Erdbeeren und zwei Ananasscheiben auf seinen Teller. Sein Gesicht strahlte Zufriedenheit aus. Seine Augen umspielten kleine Lachfalten. Er dachte an den sensationellen Abend. Nein, nicht an die Nacht, sondern an Amalia.

Sie hatte nach seinem Eintreten die Türe geschlossen und ihn begierig angesprungen. Ihre Arme hatten sich um seinen Hals gelegt und ihre Beine umschlungen seine Taille. Gleichzeitig küsste sie ihn voller Leidenschaft. Er konnte sich nicht entsinnen, jemals so erregt gewesen zu sein wie in jenem Augenblick.

Ein Schoko-Croissant auf den Teller gelegt, eine Blätterteigtasche mit Vanillecreme suchte er vergeblich, spazierte er verliebt zu einem eingedeckten Tisch für 4 Personen. Er hatte kaum Platz genommen, da stand eine füllige Kellnerin vor ihm und begrüßte ihn freundlich. Er strahlte sie an und bestellte sich einen Cappuccino.

Seine Gedanken schwenkten wieder zu Amalia, ihrem fantastischen Körper, ihrer zarten, glatten und wahnsinnig erregend duftenden Haut. Wie in einem Film liefen vor seinem geistigen Auge abwechselnd die leidenschaftlichen und zugleich zärtlichen Berührungen, Stellungen und Liebkosungen ab. Er schwelgte vor sich hin, bemerkte nicht, dass der Cappuccino serviert, vor ihm auf der Tischplatte stand.

»Guten Morgen!« Martin Voss gesellte sich zu ihm.

»Hallo Professor, hatten Sie eine geruhsame Nacht?«

»Geruhsam kann man nicht sagen, das Notizbuch hatte mich gefesselt, irgendwann muss ich wohl eingeschlafen sein!« Nachdenklich kratze er sich am Kopf.

»Haben Sie neue Erkenntnisse gewinnen können?«

Der Gelehrte sah sich im Frühstücksraum um, rückte seinen Stuhl näher an Francisco heran.

»Entweder war der Richter ein Verrückter oder seine Rechercheergebnisse sind Fakten, die sich der Logik und meinem Wissensstand völlig entziehen!« Im gleichen Augenblick hielt er seinen Zeigefinger auf die Lippen und bedeutete mit den Augen zum Eingang.

Ein Engel schwebte über den Teppich des Raumes. Gekleidet in hellblauen kurzen Chinos, die ihre schlanken, gebräunten Beine zur Geltung brachten. Eine Nuance dunkleren Topp, der eng anliegend die wohlgeformten Brüste betonte. Die dunkelblauen Flipflops berührten scheinbar nicht den Boden.

Francisco war geplättet. Hatte er tatsächlich dieses Wesen aus einer anderen Welt vergangene Nacht in seinen Armen gehalten, hatten sie sich miteinander vereint oder hatte er alles nur geträumt?

Amalia, am Tisch der beiden angekommen, legte ihm ihre Hand kurz auf die Schulter.

»Guten Morgen, die Herren!« Mit einem freudigen Lächeln begrüßte sie die beiden.

»Wünsche ich Ihnen auch, Amalia!« Martin erhob sich und zog einen Stuhl vom Tisch weg. »Haben Sie sich gut erholen können?«

Amalia nahm Platz und schlug die Beine übereinander.

»Ich habe noch nie so gut entspannt wie heute Nacht, es war eine in aller Hinsicht fantastische, unvergessliche Nacht.« Lächelnd suchte sie Franciscos Augen.

Der wiederum bemerkte, dass er sie die ganze Zeit mit offenem Mund anstarrte. Beim Schließen klackten die Zahnreihen aufeinander. Verlegen nahm er einen Schluck seines inzwischen lauwarmen Cappuccinos.

Ein übellauniger, missmutiger Italiener setzte sich in den letzten freien Stuhl am Tisch.

»Buongiorno«, Alfredo hatte die Mundwinkel nach unten gezogen und murmelte den Morgengruß. Er sah keinen der Dreien an. Sein Genick schien seinen Kopf nicht in der angestammten Position zu halten. Amüsiert beachteten sie ihn nicht und unterhielten sich, nachdem sie sich von Buffet mit Köstlichkeiten eingedeckt hatten, über belanglose Themen.

Amalias Smartphone vibrierte. Sie entschuldigte sich bei ihren Tischkollegen, nahm das Gespräch an, begrüßte einen „Bruce“ und entfernte sich einige Meter von ihnen. Francisco sah ihr nach.

»Ich wusste, dass ich den Typen kenne«, mit der freien Hand fuhr sie sich durch die Haare.

»Viktor Clark, genau, jetzt erinnere ich mich wieder«, sie sah zum Tisch ihrer Begleiter.

»Das Galadinner in Davos richtig?« Einige Augenblicke hörte sie dem Anrufenden zu und bedankte sich bei ihm. Sie verabschiedete sich von ihm und bestätigte: Er hätte ihr geholfen. Sie steckte das Handy ein und nahm auf ihrem Stuhl Platz.

Francisco, Martin und vor allem Alfredo sahen sie verdutzt an. Keiner ihrer Tischnachbarn sagte ein Wort.

»Was ist? Habe ich durchsichtige Klamotten, oder was? Warum gafft ihr so?« Genervt von dieser sichtbaren und offenkundigen Regung der drei, nahm sie einen kräftigen Schluck Latte macchiato.

Alfredo ruckte mit seinem Stuhl zur Seite. »Wase ware ...?«

»Ruhe! Sei still!«, unterbrach ihn Francisco schroff.

»Amalia, kann ich dich kurz unter vier Augen sprechen?« Er stand auf und hielt ihr seine Hand entgegen. Verdonnert sah sie ihn an und folgte seiner Bitte widerwillig.

Im Foyer angekommen, nahmen sie auf einer beigeledernen Loungeecke Platz. Die Couch war für sich allein an der durch eine Fototapete mit der Skyline von Los Angeles verzierten Wand platziert. Flankiert wurde sie von zwei imposanten Petticoat-Palmen in monströsen Kübeln.

Sie waren die einzigen Gäste in dieser Zone der Halle. Amalia hatte ihre Stirn in Falten gelegt und sah Francisco fragend an. Er hielt ihrem Blick stand und studierte ihre Mimik.

»Bitte verzeih unser bescheuertes Verhalten«, seine Hand griff nach ihrer »in deinem Telefonat, das wir leider ungewollt mithören konnten, fiel ein Name«, sie zog die Hand zurück.

»Viktor Clark, was hast du mit ihm zu tun?« Er versuchte, seinen besorgten Blick durch ein Lächeln zu kaschieren.

Mit weiter zusammengekniffenen Augen setzte sich Amalia aufrecht:

»Was hast du oder ihr mit ihm zu tun?« Schnellte es bissig aus ihr heraus.

»Amalia, bitte, ich muss es wissen!«

Sie sah ihn mit eisernem Blick an. Er bemerkte, dass sie versuchte, hinter seine aufgesetzte Fassade zu sehen. Er zwang sich zu einem gekünstelten Lächeln. Ihr Blick blieb standhaft. Ihre Lippen pressten sich aufeinander und der Mund verformte sich zu einem Strich.

»Bitte!« Flehend hielt Francisco beide Hände gegeneinandergepresst.

Ohne ihre aufrechte Sitzposition aufzugeben, stützte sie ihre beiden Ellbogen auf den Oberschenkeln ab. Er befürchtete, dass sie ihn umgehend anspringen oder aufstehen und verschwinden würde.

»Er ist ein Puzzleteil«, sie beendete ihre aggressive Sitzhaltung und legte die Beine übereinander. Francisco jubilierte innerlich, dass sie sich dazu entschlossen hatte, zu reden.

»Ich recherchiere bereits seit 6 Jahren in einem Sumpf aus Korruption und sehr gut verdeckten Machtverschiebungen innerhalb der Vereinigten Staaten. Dieser Viktor Clark ist ein kleines Zahnrad im großen Getriebe«, sie fuhr sich mit beiden Händen durch die blonden Haare und zwirbelte sie am Nacken zu einem losen Pferdeschwanz.

Sie sah in die Weite der Halle und fuhr fort:

»Er gehört einer Organisation an, die sich MEFSA nennt. Bedeutet »Megalithic Foundation Southamerica«. Amalia lehnte sich zurück.

»Wie gesagt, versuche ich seit ewiger Zeit hinter diese spinnennetzartigen Firmierungen zu blicken.« Sie sah Francisco wieder in die Augen.

»Leider ist es mir noch nicht gelungen, diese ganzen verwirrenden, einerseits offiziellen, andererseits diffusen, dubiosen Verstrickungen zu entwirren.«

»Wie, bist du an ihn geraten? Woher kennst du ihn?« Francisco saß angespannt auf der Couch.

»Ich habe ihn zum ersten Mal auf einem Wirtschafts-Kongress 2020 in Davos gesehen. Er hatte dort eine kleine Rede an unseren Tisch beim Abendessen gehalten, die mir in Erinnerung blieb und Anlass zum Nachdenken gab.« Amalia sah ins Leere.

Francisco beobachtete ihr Gesicht, das sich verspannte. Seinen Impuls, ihr den Arm um die Schulter zu legen und sie an sich zu schmiegen, unterdrückte er.

»Ich war wegen einer anderen Story in Kolonia, da läuft mir doch tatsächlich dieser Typ mit zwei anderen über den Weg.«

»Er ist dir in Kolonia über den Weg gelaufen?« Franciscos Puls erhöhte sich.

»Ich konnte ihn nicht zuordnen, wusste aber, dass ich ihn schon mal gesehen hatte. Ich hatte Videoaufnahmen gemacht und sie an unseren Verlag gesendet. Mein Kollege Bruce Middleton hat für mich im Archiv recherchiert und ihn als Viktor Clark identifiziert.« Sie sah Francisco in die Augen.

»Jetzt habe ich dir meine Geschichte um Clark erzählt, woher kennst du ihn? Warum ist das so wichtig für euch?«

Er wägte ab, soll er ihr die ganze Wahrheit sagen oder eine zurechtgelegte Story auftischen. Es bedurfte keinem großen Hin und Her, er hatte sich in diese Frau verliebt und er vertraute ihr. Sein Instinkt, seine Intuition sagte ihm, dass es in Ordnung wäre, sie einzuweihen.

»Ok, gut, ich erzähle es dir. Es ist eine lange, verrückte, unglaubliche Geschichte, die erst vor Kurzem begonnen hat.« Francisco nahm eine gemütliche Sitzposition ein und sah sich vorsichtshalber nochmals im Raum um.

Dann fing er an, im Schnelldurchlauf die Eckpfeiler seiner Erlebnisse aufzuzählen. Er achtete bedacht darauf, Aaron keine Unsterblichkeit oder Unsichtbarkeit zu attestieren, genauso wenig vermied er es, Moses als »Türhüter des Portals« zu outen. Viktor und die MEFSA hob er in den Vordergrund seines Berichtes. Amalia saß ihm gegenüber, brachte den Mund nicht zu. Einen Augenblick lang vermutete Francisco, sie wäre erstarrt, schockgefroren. Sie blinzelte seit Minuten nicht mehr.

»Alles gut bei dir?« Fragte er besorgt.

Aus ihrer Zuhör-Staunen-Welt herausgerissen, zuckte ihr gesamter Körper einmal zusammen. Wie wenn der On-Schalter einer batteriebetriebenen Puppe umgelegt worden wäre, sprangen sämtliche Muskelfunktionen wieder an.

»Verarscht du mich?«, sie lümmelte sich in die Couch. »Was soll das mit dem Portal? Da glaubst du doch selbst nicht daran?« Kopfschüttelnd wedelte sie abwertend mit der Hand.

Francisco verstand sie in allen Belangen. Hätte er es nicht am eigenen Leib erfahren und erlebt – er würde diese Geschichte ebenfalls für ein Hirngespinst halten.

Alfredo lehnte mit dem Rücken an einer der fünf Säulen der Lobby und beobachtete die beiden durch die Spiegelung der gegenüberliegenden Glasfront.

Die Anzeige der Gespräche des Smartphones zeigte bei den letzten Versuchen 19 fehlgeschlagene an. Valentino drückte die Wahlwiederholung ein weiteres Mal. Das Handy des Dieter Mesche vibrierte auf dessen Schreibtisch vergeblich.

»Wieder nichts?«, fragte Pazuzu. Er saß am Bordstein. Ihre Flucht hatte sie über die Nett-Cir-Island-Road und weiter Richtung Norden geführt. In Timwenpwel, einem kleinen, verschlafenen Fischerdorf am Pazifik, waren sie am vereinbarten Ziel angekommen. Von dort führt die 500 Meter lange, schnurgerade in den Ozean gebaute »Nett-Point-Road«. An ihrer rechten Flanke lieg das »College of Micronesia Land Grant«.

Clark hatte über seine Hintermänner eine »Cessna 182 Skylane« geordert. Sie stand seit einigen Minuten mit rotierendem Propeller auf der zwecks der Feierlichkeiten der »Micronesia-Culture-Days« gesperrten »Nett-Point-Road«.

»Wir verschwinden«, Viktor stieg in das bordeaux – weiß lackierte Flugzeug.

Kurze Zeit später, nachdem alle ihre Plätze einnahmen, schob der Pilot den Gashebel nach vorne und beschleunigte. Der Motor gab sein Bestes. Die Reifen rollten mit einer besorgniserregenden Geschwindigkeit dem Ende der Straße zu. Rechter Hand wurde das Collegegebäude immer gewaltiger und die Kante zum Meer hin präsenter. Valentino, der neben dem Steuerpult saß, drückte sich in den Sitz und krallte sich an der Haltestange fest.

Scheiße, das wird eng!

»Festhalten!« Nahezu in stoischer Ruhe warnte der Pilot die Drei vor dem Kommenden. Er riss das Steuerhorn zu sich. Dieses Manöver bedingte einen weitaus steileren Aufstieg, wie es vorgesehen ist. Das Heck touchierte den Boden und die eiserne Transportöse sprühte Funken. Nur wenige Meter vor dem Ende des befestigten Untergrundes entfernt, stieg die *»Cessna«* stetig dem Himmel entgegen.

»Puh. Brave Lady, gut gemacht«, die Luft aus den Backen blasend, sah der Pilot Valentino mit verschwitzen Gesicht über beide Ohren grinsend von der Seite aus an.

»Habe ich ihnen gesagt, dass wir zum Aufstieg laut Gebrauchsanweisung knappe 480 Meter benötigen?«

Clark und Pazuzu sahen sich an. Beide hatten beim Start nicht die Sicht der vor ihnen Sitzenden und waren nicht imstande, diese heikle Aktion einzuschätzen, der sie entschwebten. Viktor sah auf sein Handy, auf dem ein kleiner Punkt blinkte.

»Nein, hast du nicht«, aufgeregt vom Start, giftete Valentino den Piloten an: »Jetzt flieg uns zu den Marshallinseln!«

Zu dem blinkenden Punkt auf Clarks Display gesellte sich die Silhouette einer Küstenlandschaft. Langsam baute der Cloud-Server die Landkarte auf. Stetig kamen mehr Details zum Vorschein. Viktor sah aus dem Fenster. Unter ihnen nur Wasser.

Er hasste Ozeane. Er fühlte sich immer unbehaglich, wenn ihm sein Unterbewusstsein suggerierte, wie weit das nächste Festland entfernt war. Ein nochmaliger Blick zurück zum Handy. Das Bild war komplett.

»Sie sind in Los Angeles!«

KAPITEL 45

Früher Nachmittag in Los Angeles. Auf der Terrasse des Hotels, unter einem monströsen Sonnenschirm sitzend, schlürften Amalia und Francisco einen Espresso. Der Professor und Alfredo saßen mit am Tisch und veranstalteten ein Frage- und Antwortquiz. Jeder der Anwesenden suchte nach Antworten, versuchte, mehr Erkenntnisse aus diesem ganzen Wirrwarr zu gewinnen.

»Das mit den Richtern oder Dejjanum habe ich noch nicht verstanden!« Amalia sah in die Runde.

Bereitwillig unternahm Francisco einen Versuch, die Vorkommnisse in andere Worte zu verpacken, zu erklären. Alfredo, von Haus aus misstrauisch und Martin hielten sich mit ihren Erklärungsversuchen zurück.

»Hier seid ihr!« Sarah stand grinsend vor den Vieren. Überschwänglich begrüßten sie sich gegenseitig.

»Wo ist Moses?« Fragend sah sich Martin um.

»Er wird bald da sein, er kümmert sich noch um das Equipment und ein Fahrzeug.« Sarah sah die Frau am Tisch nachdenklich an.

»Oh bitte entschuldige!« Francisco stand auf und stellte ihr Amalia vor.

Er berichtete ihr, in welchem beruflichen Umfeld sie tätig ist und dass sie ihnen bei ihrer Aufgabe hilfreich sein würde.

Freundlich beäugte Sarah die Neue. Ihr weiblicher Instinkt schrie förmlich: Die beiden sind ineinander verliebt. Sie sah abwechselnd Aarons Vater und Alfredo an. Die zuckten mit den Schultern.

»Freut mich.« Sarah streckte ihre Hand Amalia entgegen. Der Händedruck zeugte von Selbstbewusstsein und Stärke. Alfredo zog einen Stuhl für die neu Angekommene an den Tisch heran und sie nahm Platz.

»Ist Aaron schon da?«

Die Gruppe verneinte die Frage. Man hätte keine Kenntnis darüber, wann er zu ihnen stoßen werde. Sie fragte in die Runde, ob jeder ein Getränk hat, da sie sich einen »*Aperol*« bestellt. Amalia, Alfredo und Martin schlossen sich ihrem Vorhaben an. Francisco orderte sich ein »*Budweiser*«. Alle versuchten Sarah auf den neuesten Stand zu bringen. Genauer gesagt war es Francisco, der die ganze Zeit redete und dass es nur von Vorteil wäre, wenn Amalia dem „Team" angehören würde. Keiner der anderen drei argumentierte dagegen, jedoch wog jeder für sich die Konsequenzen ab, eine völlig fremde Person mit ins Boot zu nehmen. Eine gewisse Hemmung lag bei ihnen vor, die „Neue" willkommen zu heißen.

»Da ist Aaron«, Martin erhob sich aus seinem Stuhl.

Sarah sprang hoch, drehte sich um und umarmte ihren Freund. Sie drückte ihm einen leidenschaftlichen Kuss auf und quetschte ihn an sich. An ihrem Kopf vorbeisehend, den Mund auf Sarahs Lippen gepresst, sah er auf die Anwesenden. Sein Vater kam um den Tisch herum und klopfte ihm auf die Schulter.

»Wie war die Reise mein Sohn?«

»Turbulent«, Aaron und Sarah, die ihr rechtes Ohrläppchen massierte, bewegten sich zum Tisch. Francisco übernahm die Vorstellung von Amalia. Höflich begrüßte er diese betörende Frau. Er hatte das geheime Zeichen von seiner Freundin gesehen. Sie hatten es sich im Hotelzimmer in Kolonia ausgedacht, bevor sie zu den anderen in die »Seaside-Suite« gegangen waren: *Massieren des Ohrläppchens bedeutet: keine Informationen. Wir reden belangloses Zeug!*

Alfredo hatte einen weiteren Stuhl hinzugestellt. Alle nahmen an dem runden Tisch Platz. Es entstand eine peinliche Stille. Keiner rang sich durch, mit einem Thema anzufangen. Es war Amalia, die diese unangenehme Situation sprengte.

»Ihr Vater erwähnte, dass Sie verreist waren. Darf man fragen, woher Sie kommen?« Mit einem Zwinkern lächelte sie den Gefragten an.

Moses stand an der Schiebetüre, die die Hotelterrasse vom restlichen Hotel trennte und beobachtete die Gruppe. Der gesamte Platz war für diese Tageszeit mäßig besucht. Einige vereinzelte Tische waren mit Touristen oder Geschäftsleuten besetzt. Die einen hatten Stadtführer vor sich und studierten die Sehenswürdigkeiten, die anderen sahen gebannt und konzentriert auf die Bildschirme ihrer Laptops oder Tablets.

Er fragte sich, ob er umdrehen und die ganze Angelegenheit alleine so wie immer erledigte. Dadurch würde er aber die Befehle seines Herren missachten und dem auserwählten Menschen in den Rücken fallen. Er beobachtete Aaron. Moses Gedanken verrieten eine gewisse Sympathie für ihn. Er war zwar noch sehr unbeholfen, vermochte mit seinen Fähigkeiten und Gaben nicht umzugehen. Aber er war von Grund auf ein ehrlicher Mann. Für die Loyalität seiner eigenen Überzeugungen gegenüber schätzte ihn der Cerberus.

Er erkannte, dass dieser Aaron C. Voss eine erstaunliche Persönlichkeit besitzt, dass ihn der Herrscher der Ankh nicht umsonst auserwählt hatte. Nur er selbst, Chiron erahnte es nicht. Noch nicht. Es war ihm im Moment unmöglich, sich zusammenzureimen, zu was er alles im Stande war und über welche Kräfte er verfügte.

Aaron nahm an dem Gespräch nur am Rande teil, hatte die Frage von Amalia wie ein Politiker nichtssagend umschifft. Er empfand die Präsenz von Moses. Er registrierte dessen Kraft. Gedankenbruchstücke des Cerberus gelangten in sein Gehirn. Es war ihm nicht möglich, sie festzumachen, sie zu verstehen. Trotzdem vernahm er den einen oder anderen Gedankenfetzen von ihm. Er drehte sich auf seinem Sessel um. Moses verzog sein Gesicht zu einem kurzen Lächeln und kam auf ihn zu.

Vehement schob Francisco seinen Stuhl nach hinten weg. Er stand am Tisch, stupste Amalia gegen die Schulter.

»Darf ich vorstellen, Moses Mori!« Grinsend wie ein Honigkuchenpferd zeigte er auf den Hünen.

»Freut mich sehr. Ich habe schon viel von Ihnen gehört«, erwiderte Amalia.

Unter dem riesigen Sonnenschirm staute sich die Wärme langsam auf. Das Thermometer zeigte mittlerweile 31 °C. Unbewusst schob Aaron seine Ärmel des Langarmshirts nach oben. Amalia sah dem stehenden Moses in Erwartung einer Antwort in die Augen. Durch die Aktion von Aaron verließ sie für Millisekunden das Gesicht des Cerberus und erhaschte im Augenwinkel einen kurzen Blick auf die freien Unterarme. Moses zog die Brauen nach unten.

»Ich muss mit dir reden«, mit seiner gewaltigen Hand zeigte er auf seinen Freund und bedeutete ihm, mit dem Daumen über die Schulter wippend, ihm zu folgen.

Verdutzt legte Francisco Amalia die flache Hand auf ihren Unterarm und tätschelte ihn kurz. Er entschuldigte sich bei ihr und folgte dem Riesen.

Moses steuerte auf die Bar zu. Mit Schwung öffnete er die Eingangstüre, hielt sie für Francisco so lange auf, bis er durchgegangen war. Beide nahmen am Tresen Platz.

»Vorhin, das war nicht freundlich von dir«, stellte er fest.

»Was hast du ihr erzählt?« Moses sah verärgert und genervt aus.

»Für wie blöd hältst du mich?«, der Ex-Legionär war jetzt auf dem gleichen Level wie sein Gegenüber.

»Ich frage dich nochmals, was hast du ihr erzählt?« Moses stand auf. Er war zu einem bedrohlichen Monster mutiert.

»Komm wieder runter Großer, setzt dich auf deinen Arsch«, ohne das kleinste Anzeichen von Unruhe fuhr er fort, »ich wiederhole. Ich bin nicht bescheuert. Habe nur das Nötigste aus unserer Bekanntschaft mit Viktor und der MEFSA preisgegeben.«

Warum er ihr das alles erzählt hatte, begründete er seinem Freund mit der Tatsache, dass sie in die gleiche Richtung recherchiert. Sie hatte Clark mit zwei anderen in Kolonia gesehen. Das bedeutet, dass sie von Nan Madol entkommen waren. Seinem Impuls folgend, schlussfolgerte er, dass es eine prima Idee wäre, sie mit an Bord zu haben.

»Moses, ich habe dir geschworen, dein Geheimnis ist bei mir sicher!« Francisco sah ihm in die Augen.

Einem schwarzen Saphir ähnelnd, musterten ihn diese ohne eine erkennbare Pupille. Emotionslos wandte Moses den Blick auf den Tresen.

»Du hast mit ihr geschlafen.«

»Was? Das geht dich verdammt nichts an«, den Ärger in der Stimme konnte Franco nicht ausblenden.

»Das war keine Frage. Es war eine Feststellung. Ich weiß es!«

Francisco sprang vom Barhocker und baute sich vor dem Cerberus auf.

»Was ist los mit dir? Das hat dich einen Scheiß zu interessieren!« Er ballte die Fäuste. »Sie ist ein wunderbarer Mensch und basta.«

»Das kann ich nicht beurteilen. Du bist über beide Ohren verliebt. Dein Urteilsvermögen ist getrübt, mein Freund.« Moses schlug mit der flachen Hand gegen eine der geballten Fäuste. Die Körperhaltung entspannte sich.

»Was könnte im schlimmsten Fall geschehen? Sie könnte eine Story veröffentlichen, in der sie diese Geschichte der breiten Allgemeinheit zugänglich macht.« Francisco lehnte sich an die Kante seines Hockers.

»Mal ehrlich. Wer würde sie ernst nehmen? Vorausgesetzt, irgendein Redakteur der Mainstream-Medien wäre bereit, es überhaupt zu drucken?« Er ließ seine Worte wirken.

Moses begrub die schwarzen Edelsteine hinter seinen Augenlidern. Der Daumen und Zeigefinger bewegten sich an die Nasenwurzel. Er massierte sie. Er grübelte.

»Nehmen wir sie mit. Sie kann uns nützlich sein. Sie kann die Seilschaften eventuell mit Sarah gemeinsam entwirren. Was haben wir zu verlieren?« Francisco sah seinen Freund flehend an.

Moses hatte weiterhin die Augen geschlossen. Nur die Zuckungen seiner Lider verrieten, dass er die letzten Worte seines Freundes registrierte. Ohne sie zu öffnen, antwortete er:

»Wir? Was heißt wir? Nein, -*ihr*- habt nur euer einziges kurzes Leben zu verlieren.« Er sah Francisco durchdringend an. Der hatte das Gefühl, geradewegs durchbohrt zu werden.

»Die Erde und dadurch mein Herr könnten weitaus mehr verlieren, als du dir jemals erträumen lassen kannst.«

Nach 25 Seemeilen in einer Spitzengeschwindigkeit von 6 Knoten war Dr. Eberwein hundeübel. Dieses stetige Auf und Ab durch die Wellentäler, das seitliche Schaukeln dieser Nussschale, unfähig die Wogen auszugleichen, machten sich in seiner Magengegend bemerkbar. Kreidebleich saß er auf einer Holzplanke im Heck der »Lady Swordfish« und starrte auf den

beschädigten, ramponierten Boden. Seiner Körperfülle geschuldet, lehnte er nur an der Planke. Sein voluminöses Hinterteil hätte eine weitaus größere Sitzfläche benötigt. Kurz hatte er darüber nachgedacht, sich auf den Schiffsboden zu setzen. Es blieb bei dem Gedanken. Er hätte es nicht frühzeitig auf geschafft, bei dem Versuch, sich über die Reling zu übergeben.

»Wir sind bald da, ich sehe die »*Minerva*«. Hermann hatte sich neben seinem Freund platziert.

Der Direktor, völlig verschwitzt mit einer Gesichtsfarbe, die einen 2-jährigen Urlaub in einem Bergwerk vermuten ließ, sah mit einem aufgezwungenen Lächeln nach oben.

»Wie lange noch?« Gequält stammelte er seine Frage und senkte den Kopf.

Hermann sah an der Kapitänskabine vorbei nach vorne.

»Wir fahren mit Höchstgeschwindigkeit«, er verengte die Augenlider, »ich denke so knapp 20 Minuten. Leider schafft dieser Kahn nicht mehr wie 12 Stundenkilometer.«

Es dauerte eine dreiviertel Stunde, bis sie an ihrem Schiff, der »*Minerva II*«, das knapp 35 Seemeilen von Kolonia entfernt vor Anker lag, anlegten.

Der Fischkutter sah gegen die 160 Millionen Euro teure Hightech-Megajacht aus, wie wenn *Kolumbus* ein Treffen mit extraterrestrischen Besuchern hätte. Sie mist knapp 100 Meter Länge mal 18 Breite. Die 5 Deck-Ebenen weiten sich wie ein Pfeil von vorne nach hinten aus. Der Hubschrauberlandeplatz am Bug erweckt den Eindruck, dass diese Jacht nicht von dieser Welt stammt. Die über die jeweilige Länge verlaufenden Fenster sind aus getöntem Glas. Der Kontrast zur schneeweißen Lackierung poppt die futuristische Erscheinung der Jacht dadurch auf. Dieses Schmuckstück der deutschen Schiffswerft »*Meinershagen & Partner*« wurde durch vier MTU-Dieselhochleistungsmotoren mit insgesamt 40250 PS in Bewegung gesetzt. Diese geballte Kraft leiteten Wellen an zwei Propeller weiter, die die »*Minerva II*« mit nahezu 30 Knoten Höchstgeschwindigkeit durch das Wasser gleiten ließen.

Im Interieur fehlte es an nichts. Dampfbad, Sauna, Whirlpool, Fitnessraum, alles wurde bei dem Bau dieses schwimmenden Luxusliners bedacht. Nur die wertvollsten Materialien wurden verbaut. Teak für den gesamten Boden, hauchdünn polierte *Bianco-Carrara* Marmorplatten für die Bäder, die Polstermöbel in feinstem, grau gefärbtem Anilinleder. Selbst die Garage, in der im Moment 4 von 6 möglichen Fahrzeugen parkten, fehlte nicht.

Hermann half Eberwein auf die wackligen Beine. Dieser überwand die Spalte zwischen dem schaukelnden Kutter und der Jacht durch einen Ausfallschritt. Zwei Mitarbeiter begrüßten ihn und boten ihm ihre helfenden Hände an. Der Direktor nahm die Hilfe dankend entgegen und ließ sich von den beiden nach innen führen. Endlich hatte er zu diesen stinkenden Fischkutter Distanz gewonnen. Sofort stellte sich bei ihm Erleichterung ein. Minütlich machte sich Besserung bei ihm bemerkbar. Er ist wieder auf sicherem Boden und steuerte auf seine Kabine zu.

In der Zwischenzeit war Rudolf ins Unterdeck des Kutters gegangen. Nachdem er in den Ecken kleine Sprengsätze befestigte, lenkte er das Fischerboot in westliche Richtung. Er schipperte geradeaus, weg von der Megajacht. Sobald er weit genug entfernt war, zurrte er das Steuerrad mit einem Seil fest und beließ den Gashebel auf der Höchstgeschwindigkeit. Die »*Lady Swordfish*« brachte gemächlich Distanz zwischen den beiden Booten auf.

Rudolf sprang ins Wasser und schwamm zur Jacht. Er stieg die Leiter nach oben. Auf der Plattform der »*Minerva II*« sahen einige Männer zu, wie er seine Hände trocknete, ein Handy nahm und einen grünen Button drückte. Der Impuls erreichte den Fischkutter in Bruchteilen von Sekunden. Die Zündladungen flogen mit dumpfem Grollen hoch, rissen 4 große Löcher in den Rumpf. Um das Boot bildete sich eine weiße Gischt. Die alte *"Lady"* sank langsam in ihr nasses Grab.

Frisch geduscht und neu eingekleidet erklomm der Museumsdirektor die Treppe zur nächsten Ebene. Dank der »*Gyro-Stabilisatoren-Technologie*«, die das Schaukeln der Jachten unterdrückte oder vielmehr verringerte, war es ihm nicht mehr übel. Eine kleine Müslimahlzeit, bestehend aus Banane mit Kiwi, gemischt mit Haferflocken und Joghurt gab ihm die Energie zurück.

Auf dem Deck angekommen, steuerte er auf die Kommandozentrale zu. Diese ist mit den modernsten technischen Hilfsmitteln ausgestattet. Von hier aus haben sie sogar zu etlichen Satelliten direkten Zugriff. Es ist ihnen möglich, von dieser Zentrale aus die verfügbaren Kommunikationssatelliten zu steuern oder gar umzuprogrammieren. Er trat in den Raum.

»Achtung!«, hörte er eine laute, tiefe Stimme. Alle Mann in dem Kommandoraum sprangen auf und standen steif und still, die Augen geradeaus gerichtet, bewegungslos da.

»Rühren, wie oft soll ich Ihnen noch sagen, dass wir hier nicht bei der Wehrmacht sind«, mit hochrotem Kopf sah Eberwein seinen Kapitän an. Hundertmal wird nicht reichen, dass er dem alten Haudegen einzubläuen versuchte, dass sie hier keine militärische Einheit waren.

»Willkommen an Bord, Direktor«, ungerührt der Mahnung, salutierte der Kapitän Albert von Bochholt. Er konnte nicht über seinen Schatten springen. War ein Soldat durch und durch. Nachdem ihn Hermann vor 10 Jahren abgeworben hatte, war er im Rang eines Konteradmirals. Seine Karriere ist beeindruckend. Damals hatten Balter und Eberwein gestritten. Der Direktor war der Meinung, dass Bochholt niemals seine Marine verlassen und zu einem privaten Unternehmen wechseln würde. Hermann hatte die Auffassung: Jeder hat seinen Preis. Die Höhe war auch schnell gefunden. 500.000,00 € im Jahr, Kost und Logis frei, sowie der Befehlshaber auf der »*Minerva II*«.

»Danke Kapitän, haben Sie Neuigkeiten für mich?«

»Durch unseren Kontakt am Flughafen wissen wir, dass sie sich getrennt haben«, er tippte auf das Display seines Tablets.

»Eine Gruppe ist nach Honolulu und weiter nach Los Angeles geflogen, die andere von Honolulu weiter nach San Diego.« Bochholt wischte mit dem Finger auf dem Bildschirm. Mit einem mitleidigen Unterton fügte er hinzu:

»Leider verliert sich dort ihre Spur.«

»Hmm, Los Angeles. San Diego.« Eberwein kraulte sich das Kinn.

»Na dann gut. Dann eben Los Angeles. Ich sehe hier noch keinen Sinn, aber wir folgen dieser Spur. Setzen Sie Kurs. Unsere Leute in San Diego sollen sich mal umhören.«

»Zu Befehl!«

Wieder dieses militärische Gehabe! Hoffnungslos mit dem Mann.

»Ähm ..., eine Sache noch Direktor! Dieser Aaron Voss war auf keiner dieser Maschinen nach Amerika.«

»Wo ist er abgeblieben? Ist er noch in Kolonia?« Verwundert sah Eberwein seinen Kapitän an.

»Wir haben alles geprüft.« Bochholt kratzte sich am Kopf.

»Der ist nicht auffindbar, er ist verschwunden. Weg! Es gibt in sämtlichen Passagierlisten keinen Flug für ihn, keine Schiffspassage, nichts.«

»Er wird sich einen Privatjet oder ein Boot gemietet haben, bestimmt unter falschem Namen«, sinnierte Eberwein laut vor sich hin.

»Haben wir alles überprüft. Nichts. Er ist verschwunden, in Luft aufgelöst.« Ratlos stand der Kapitän vor seinem Boss.

✸

Aaron war mit Sarah und den anderen an der Bar des Hotels. Francisco hatte Amalia zuvor zu ihrem Zimmer begleitet.

»Ich gehe nochmals in die Bar. Ich wünsche mir, dass du mit uns mitkommst«, hatte er zu ihr gesagt.

»Ich habe nicht den Eindruck, als würden mich deine Freunde dabeihaben wollen, bei dem, was ihr auch immer vorhabt«, erwiderte sie leicht säuerlich.

»Ich regel das schon!« Sanft drückte Francisco ihren Oberarm und gab ihr einen Kuss auf die Wange.

In der Bar war bei seiner Ankunft eine rege Diskussion im Gange. Sie redeten in gedämpften und flüsternden Ton miteinander. Wie sie ihn wahrnahmen, verstummten alle und sahen ihn gebannt an.

Sekunden, die vergingen, ohne dass die Gruppe den Blick von Francisco löste. Dann platze es aus ihm heraus:

»Was?«, mit hochrotem Kopf sprach er weiter. »Was ist los mit euch. Habe ich euch was getan, habe ich euch verraten, oder was?«

»Wenn du es so nennen willst? Dann ja. Du hast unsere Abmachung verraten.« Aarons Blick wechselte von einem zum anderen. Alle nickten ihm zustimmend zu.

»Du hättest uns fragen können, bevor du diesen Egotrip veranstaltest.« Ergänzte er. »Sei's drum. Wir haben entschieden, dass wir Amalia mitnehmen werden.«

»Echt jetzt?« Francisco war völlig geplättet. Er hätte nie erwartet, dass die Entscheidung so leicht zu seinen Gunsten ausfallen würde. Innerlich hatte er sich auf eine lange Nacht mit unzähligen Wiederholungen seiner Argumente eingestellt. Jetzt sah er nur ungläubig zu seinen Partnern.

»Moses hat uns über das Gespräch mit dir informiert. Er vertraut dir. Das genügt ihm und somit auch uns.« Alle lächelten Francisco an.

»Morgen früh um 6 Uhr gehts los. Wir treffen uns in der Lobby.« Mori hatte das Wort übernommen.

»Checkt noch heute Abend aus, damit wir pünktlich wegkommen.«

Francisco sah dem Lichtpunkt zu, wie er von einer Zahl des Panels auf die nächste sprang. Im Moment zeigte es das zweite Stockwerk an. Im Sechsten würde er aussteigen und die Nachricht Amalia überbringen. Bis dahin lauschte er der gedämpften Musik im Fahrstuhl.

KAPITEL 46

Das letzte Gepäckstück, der Seesack voller Waffen, war in den Dodge-Grand eingeladen. Den Van hatte Moses bei der Autovermietung geordert. Mit in sämtlichen Richtungen abstehenden Haaren trudelte Martin Voss ein. Bedächtig und mit tiefen Augenringen nahm er hinten in dem Siebensitzer Platz. Aaron stellte alle Spiegel seiner Sitzposition schuldend ein. Moses saß mit angezogenen Knien neben ihm auf dem Beifahrersitz. Die Arretierung lag in der letzten Rille und Sarahs Kniescheiben touchierten die Rückenlehne. Sie bat den Riesen, die Lehne nicht nach hinten zu verstellen. Diese Aktion hätte den Bruch ihrer Patella zur Folge. Die Gruppe war vollzählig. Keiner redete. Jeder von ihnen hatte ein mulmiges Gefühl. Nur einer war im Bilde, auf was sie sich hier eingelassen haben.

Moses, der Cerberus und »Türhüter des Portals« durchbrach, die Stille. Er forderte Aaron auf loszufahren. Der sah hinüber und schmunzelte. Der Hüne tat ihm leid. Er war auf seinem Platz eingequetscht wie eine Sardine in der Konservendose. Nur das der Fisch eher einer Makrele gleichkam. Wenn sie am Ziel angekommen sind, haben sie mehr wie 600 Meilen hinter sich. Nach dieser Zeit werden sie ihn aus dem Van schneiden. Er legte den Gang des Automatikgetriebes ein und fuhr grinsend die 101, Richtung Santa Clarita los.

✳

»Sie sind gerade losgefahren«, hörte Viktor die Stimme von Hurley aus seinem Smartphone sagen.

»Gut, unauffällig folgen. Jede volle Stunde einen Lagebericht. Wir sind in 4 Stunden in Los Angeles.« Zufrieden mit der Entwicklung legte er auf.

»Es war eine gute Idee, dem Professor einen Peilsender in den Absatz seines Schuhs einzubauen«, grinsend nickte Valentino dem „Dämon" Pazuzu zu.

Dieser hatte nur einen Gedanken:

Ich hole mir diese Nazischweine! Sie hatten seine Kameraden kaltblütig hingerichtet. Er wird die beiden V's, wie er seine Begleiter im Kopf nannte, weiter im Auge behalten. Den Cerberus und von ihm aus den alten Professor gefangen zu nehmen, dabei wird er ihnen helfen. Im Anschluss wird er sich um seine eigenen Angelegenheiten und Befehle kümmern.

In gebührenden Abstand folgte der schwarze SUV mit seinen beiden Insassen Hurley und Miller der Gruppe um Aaron.

Es war kurz vor 11 Uhr Vormittag. Sie passierten die Abzweigung nach San Francisco. Aaron lenkte das Fahrzeug weiter auf dem Highway N°5 mit Ziel Sacramento. Rechter Hand wies ein neu aussehendes »Billboard« mit den Ausmaßen von vier Bettmatratzen auf *Betty's Diner* in der Entfernung von 5 Meilen hin. Die bunten Farben der einzelnen Buchstaben des Reklameschildes ließen es förmlich einen ins Auge springen. Es war auffallend und ungewöhnlich. Die Truppe einigte sich: Austreten und Essen fassen.

Einer nach dem anderen trudelte im Anschluss des Toilettengangs im Gastraum ein. Sarah stellte sich Aaron in den Weg.

»Warte kurz«, sie sah zu dem Tisch ihrer Begleiter hinüber.

»Ich habe die Aufenthaltsorte der weiteren Richter ausfindig gemacht.« Flüsternd hielt sie seinen Arm fest.

Wie ein Fußballtrainer, der seinen Spielern geheime Anweisungen weitergibt, bedeckte er mit seiner Hand den Mund.

»Das ist fantastisch. Du bist unschlagbar.«

Aaron zog seine Liebe ein wenig zur Seite. Er lehnte sich an den Tresen und setzte seinen Fuß lässig auf der Fußstütze eines Barhockers ab. Sarah nahm neben ihm Platz. Beide standen mit dem Rücken zu ihrer Gruppe. Den Blick in den gegenüberliegenden Spiegel gerichtet, erklärte Aaron ihr, dass er die Anweisung, primär das Portal aufzusuchen, vom Erzeuger direkt hatte.

»Die Richter müssen warten«, murmelte er.

Seine Augen wanderten von einer Flasche zur nächsten und trafen letzten Endes das Gesicht seiner Freundin. Er sah den fragenden Gesichtsausdruck und schüttelte fast unmerklich den Kopf.

»Ich erkläre es dir später, lass uns zu den anderen gehen.« Er drückte sich vom Hocker weg und zog sie an ihrem Arm mit sich.

Nachdem sie sich gestärkt hatten, steuerte Francisco den Wagen auf den Highway. Moses, der seine eingeklemmte Sitzposition eingenommen hatte, sprach kein Wort. Der Rest der Truppe verweilte im Schweigemodus.

Amalia beobachtete von der hintersten Sitzbank die Hinterköpfe der Mitreisenden. Sie lugte nach rechts. Am anderen Fenster saß Aarons Vater, der ein Notizbuch studierte. Sie fragte sich, was daran so faszinierend war. Er legte es nie aus der Hand.

Direkt neben ihr hatte Alfredo das Kinn auf die Brust gelegt. Seine Augen bewegten sich unter den geschlossenen Lidern.

»Fahren wir auf eine Beerdigung?« Sie hatte diese Ruhe satt. »Warum unterhalten wir uns nicht? Wenn ich der Grund bin, dann sagt es mir«, ihre Stimme klang aggressiv.

Martin schloss das Buch, lehnte sich nach vorne und sah an Alfredo vorbei zu ihr hinüber.

»Sie haben Recht, Amalia, es ist nicht fair. Ich möchte mich für unser aller Verhalten bei Ihnen entschuldigen«, dabei setzte er ein freundliches Grinsen auf. »Wir sollten uns vertrauen!«

»Meine Worte«, Francisco drehte seinen Kopf nach hinten. »Vertrauen! Wir sitzen im gleichen Boot!«

Moses griff ins Lenkrad und riss es zu sich. Dieser Eingriff verursachte, dass der Van einen satten Schlenker vollbrachte, die Reifen quietschten, Qualm stieg auf. Gekreische, leise Flüche im Inneren des Kastens.

»Wow, was?« Erschrocken registrierte der Ex-Legionär, dass er das Fahrzeug auf die Gegenfahrbahn gesteuert hatte.

Der Cerberus hatte es wieder auf die richtige Spur gebracht. Kopfschüttelnd die Lippen aufeinandergepresst, verfolgte er die vorbeiziehende Landschaft.

Ab diesem Zeitpunkt entwickelte sich eine muntere Unterhaltung. Eine Menge an Fragen, die eine Unmenge weiterer aufwarfen. Die eine oder andere Antwort blieb dadurch auf der Strecke.

Alfredo, der unüberhörbar schnarchte, bekam von alledem nichts mit.

Die Stunden vergingen wie im Flug. Mittlerweile hatte Aaron wieder den Platz hinter dem Steuer eingenommen. Seine Konzentration litt gehörig. Die hitzige Diskussion hatte teilweise verstörende Ansichten und Meinungen hervorgebracht. Dazu nahm er die Präsenz von Moses wahr. Empfand ihn im Innersten seiner Gedanken.

Der Türhüter sendete Nachrichten. Bilder formten sich vor seinem geistigen Auge. Ein verschlungener, bergauf führender Waldpfad. Urtümliche Farne, Sträucher, moosbewachsene Felsen, ein mit Trilliarden Tannennadeln und Blattwerk übersäter Boden. Alles rauschte in einer Geschwindigkeit an ihm vorbei wie im Vollsprint den Hang hinauf. Durch die dichten Baumkronen hindurch gelang es den Sonnenstrahlen, ein diffuses, unheimliches Licht zu produzieren. Die Sicht war beengt. Schatten spielten den Augen einen Streich. Aus der Schwärze offenbarte sich unvermittelt ein großes Loch im Felsen.

Aaron sah zu seinem Sitznachbarn.

Ich habe den Eingang gesehen.

Moses zeigte mit dem Zeigefinger nach vorne.

Mount Shasta stand auf der Ortstafel.

Sie waren am Ziel ihrer Reise.

Der Helikopter donnerte mit seinen Passagieren über die Skyline von Los Angeles. Viktor gab dem Piloten den Zielort bekannt und steckte das Handy in seine Jackentasche.

»Unsere Reisegruppe hat ein Zeltlager im Nationalpark am Fuße des »*Mount Shasta*« aufgeschlagen«, brüllte er in das Mikrofon. Valentino und Pazuzu vernahmen seine blecherne Stimme aus den Kopfhörern.

»Das ergibt Sinn«, reagierte der Hauptmann nachdenklich. Seine Ausbildung von Kindesbeinen an verhalf ihm, die Logik hinter dem Bestimmungsort zu erkennen.

Der Mount Shasta ist ein Stratovulkan, hatte er damals gelernt. Eine Anzahl von Mythen und Sagen umspielen diesen für die

Ureinwohner heiligen Berg. Er teilte sein Wissen mit den Mitstreitern über diesen Ort. Die Geschichten der »*Atsugewi*«, »*Achumawi*«, »*Wintu*« der »*Modoc*« oder den ersten Einwohnern, den »*Karoc*« so wie »*Shasta*«, gleichen sich seit Jahrtausenden. Sie erzählen sich, dass unter dem Vulkan die verlorene Stadt des Lichts »*Telos*« liegt. Der Legende nach lagen die fortschrittlichen Zivilisationen der »*Atlanter*« und der »*Lemurianer*« in einem ideologischen Konflikt. Er endete in einem nuklearen Krieg. Sobald sich der Staub legte, war »*Atlantis*« zerstört und die überlebten »*Lemurianer*« flohen in die sicheren Höhlen und Hallen des Vulkans.

»Was ist das für eine Story? Habe ich noch nie gehört. Aberglaube, Gespenstergeschichten.« Valentino vermochte den Erläuterungen nichts abzugewinnen. Hauptmann Pazuzu wendete seinen Kopf und sah ihm in die Augen. Mit der Hand zog er sein Mikrofon näher an den Mund.

»Dieser Ort war seit Anbeginn immer eine Möglichkeit für den Standort des Portals«, er drehte sich wieder um und sah aus dem Fenster.

Gedankenverloren beobachtete er, wie sich die Landschaftsformen stetig veränderten.

»Hat man jemals versucht, dieses Märchen zu enträtseln?«

Wenn du wüsstest, wie häufig geforscht wurde.

»Ja, aber man hat keine Hinweise gefunden.«

Pazuzu erinnerte sich an seine Ausbildung und was ihm über den besagten Ort beigebracht wurde.

Der Pilot steuerte geschmeidig den Heli in eine Linkskurve. Unter ihnen sah man die Dächer der Villen, die Swimmingpools der Wohlhabenden von Sacramento. In einiger Entfernung erblickten sie die Behausungen der weniger privilegierten Einwohner. Die meisten davon waren kärgliche Holzhütten. Der letzte Farbanstrich war schon ewige Zeiten her. Stumm starrten die drei Passagiere aus den Fenstern.

KAPITEL 47

Am Fuße des Berges hatten sie das Fahrzeug in einer Waldlichtung abgestellt. Zielstrebig stampfte Moses der Gruppe voraus. Seinem Tempo folgend, keuchten seine Begleiter hinter ihm her. Der Cerberus fand eine passende Stelle für das Basislager. Zwischen den eng stehenden Bäumen schlugen sie ihre Zelte auf. Das Lagerfeuer, das Francisco angefacht hatte, erzeugte eine romantische, abenteuerliche Stimmung. Das Flackern der Flammenzungen, das Knistern des trockenen Holzes mischten sich unter die abendlichen Geräusche des Waldes. Sie ließen bizarre Schattenspiele an den Baumstämmen und in den Wipfeln tanzen.

Gedankenverloren hielt Aaron seinen am vorderen Ende angespitzten Zweig mit der aufgespießten Wurst über die Flammen. Er beobachtete, wie die Haut auf etlichen Stellen platzte und das Fett durch den Kontakt mit der Hitze zischte und herabtropfte. Funken stoben empor, verteilten sich wie Glühwürmchen in der Luft.

Amalia verfolgte das Treiben aus einiger Entfernung. Sie saß in ihrem Zelt, die Beine zum Schneidersitz verschlungen. Ihr Blick schweifte umher und blieb an Martin hängen. Dieser grübelte über diesem auffallend exklusiv eingebundenen Notizbuch. Seiner Mimik zu urteilen verstand er den Inhalt nicht. Das ständige Vor- und Zurückblättern der Seiten unterstrichen ihre Vermutung. Der

Lichtkegel seiner Stirnlampe ermöglichte es dem Professor, die handschriftlichen Aufzeichnungen des europäischen Richters bei dieser Dunkelheit einzusehen. Sein Zeigefinger tippte auf eine Stelle der aufgeschlagenen Seite.

»Moses, habt Ihr eine Ahnung, was der Begriff »*Cassia-Gideon*« bedeutet?«

Nachdenklich sah der Cerberus zum Fragenden. Der Schein der Lampe verhinderte die Sicht in das Gesicht von Martin.

»Cassia ist eine Galaxie außerhalb des Orion.«

Aarons Vater hob den Kopf. Sein Anblick glich dem des Zyklopen aus den homerischen Odyssee-Epen. Sein leuchtendes Auge starrte in die Runde. Alfredo und Sarah, die von dem Lichtstrahl geblendet wurden, drehten ihre Köpfe weg.

»Martin, mach das Ding aus!«

Der Professor streifte das Gummiband mit der Lampe vom Kopf. Er beugte sich nach vorne, sah zu dem Hünen.

»Warum erzählt ihr uns nicht endlich die ganze Wahrheit?« Die Flammen des Feuers ließen sein Gesicht bedrohlich wirken. In den Baumwipfeln krächzte eine Krähe.

Moses suchte den Blick von Aaron. Der war im Begriff, in die knackig saftige, leicht angeschwärzte Wurst zu beißen und nickte ihm zu.

Der Türhüter verengte seine Augen, sog die Luft in seinen gewaltigen Brustkorb und ließ sie langsam entweichen.

»Die »*Cassianer*« sind ein uraltes, allmächtiges Volk. Seit Anbeginn der Zeit sind sie in unseren Legenden und Mythen verankert,« Moses sah in die Runde.

»Keiner kennt ihre Herkunft. Niemand weiß, wie alles anfing. Sie sind eine von zig tausenden intelligenten Zivilisationen im Universum.«

»Sie sind älter wie ihr?« Fragte Sarah dazwischen.

»Ja, ihre Geschichte fing Millionen Jahre vor unserer an. Sie waren es, die die Bausteine des Lebens in diesen Teil des Weltraums streuten.«

»Ihr meint »*Panspermie*«? Die Hypothese, dass sich schlichte Lebensformen über große Distanzen durch das Universum bewegen?« Martin kraulte seine Haare.

»Wase ise dase wiede? Vone wase rede ihr da? Non capisco niente!« Kopfschüttelnd stand Alfredo auf und legte einige Äste ins Feuer.

»Das ist die Hypothese, dass elementare Teilchen, zum Beispiel Viren und Bakterien, die zum Aufbau des Lebens benötigt werden, sich durch das Weltall bewegen. Bei geeigneten Planeten können sie die Evolution entfachen«, erklärte der Professor.

»Wo bleibt da Gott und seine Schöpfung?« Fragte Sarah in die Runde.

»Den Gott, der von euch größten Teils verehrt und angebetet wird, gibt es nicht. Die christliche wie sämtlichen Religionen der Menschheit ruhen auf dem gleichen uralten Fundament. Mein Herr hat euch vor Urzeiten erschaffen.« Diese Aussage hatte ihre Wirkung bei den fünfen nicht verfehlt.

Einzig Aaron hatte zum Gegensatz seiner Mitstreiter den Mund geschlossen.

»Mein Herr ist nicht das universelle, allmächtige, allwissende Wesen, das in euren Geschichten mit Gott, Allah oder ähnlich benannt wird. Er und die Ankh kennen genau so wenig den alleinigen Schöpfer.«

Amalia, die in der Zwischenzeit neben Francisco am Feuer saß, gestikulierte mit ausgebreiteten Armen:

»Soweit verstanden. Aber was bedeutet das in Bezug auf die »*Cassianer*?« Alle Blicke richteten sich auf sie. Fragend hob sie die Schultern.

»Das versuche ich euch zu erklären.« Moses legte eine Pause ein, bis er weiterfuhr:

»Sie könnten unsere Schöpfer sein. Unter Umständen ist diese Zivilisation so etwas wie der »*Geist der Schöpfung*«!

Eine gespenstische Stille herrschte am Lagerfeuer. Es entstand der Eindruck, dass sämtliche Geräusche des Waldes verstummten. Nur das Holz knackte und knisterte. Rund herum blieben die Rufe und Klänge der nachtaktiven Tiere stumm. Sarah schmiegte sich nachdenkend an Aaron.

»Seid Ihr einem dieser Wesen begegnet?« Riss Martin die Anwesenden aus der vorherrschenden Stille.

»Das bin ich ja.« Offenkundig betroffen sah der Cerberus auf seine Schuhe. Den Blick weiter nach unten haltend, murmelte er bedächtig los:

»Sie sind nicht wie die Ankh. Die Menschen hat mein König der Erzeuger nach seinem »*Ebenbilde*« erschaffen. Ein Experiment, das erfolgreich war.« Seine dunklen Augen reflektierten die Glut.

»Cassianer benutzen die Zivilisationen des Multiuniversums wie Spielzeug. Seit Anbeginn der Zeit überfallen und entführen sie unterschiedliche Spezies. Sie vollziehen an ihnen grausame biologische Untersuchungen.« Seine Zuhörer gaben keinen Mucks von sich.

»Sie kreuzen Lebewesen willkürlich. Ihr Bestreben ist es, aus allen erdenklichen Lebensformen die eine perfekte »*Sklavenrasse*« zu erschaffen.«

»Moses, das ist doch großer Mist, oder?« Der Arm von Francisco löste sich von Amalias Schulter. Beide Arme weit voneinander gestreckt untermauerte er seinen Einwand:

»Du erzählst uns hier auf der Erde sind die Igigi, die die Weltherrschaft anstreben, die Bösen. Unsere illustre Truppe der Auserwählten hat die Aufgabe, sie aufzuhalten. Bis dahin verstehe ich das Ganze. Aber jetzt kommst du mit dieser Story um die Ecke!« Kopfschüttelnd verschränkte er seine Arme vor der Brust.

»Lassen Sie ihn doch weiter erzählen«, mischte sich Martin ein.

Francisco saß trotzig auf dem Baumstamm, den er bei der Errichtung des Lagers vor die Feuerstelle gezogen hatte.

Bis zu diesem Zeitpunkt war ihm keine Silbe über die Lippen gekommen. An den Cerberus gerichtet, stellte Aaron seine rhetorische Frage, obwohl er in seinem Innersten die Antwort längst kannte:

»Es sind die »*Grays*«!

Moses nickte.

»Auch sie sind wiederum nur ein Experiment der Cassianer. Die »*Grauen*«, wie sie genannt werden, sind im Augenblick die höchste Stufe der Jahrmillionen dauernden Gentests und Mutationen. Sie sind diejenigen, die die Befehle der Imperatoren in die Tat umsetzen.«

Ab diesem Moment kochte der Kessel. Jegliche Zurückhaltung war Geschichte. Die Anwesenden redeten durcheinander, schrien teilweise ihre vorgefassten Meinungen in den Wald. In Intervallen echoten die lautstarken Argumente von den angrenzenden Berghängen.

Moses sprang auf und unterband mit einem animalischen Schrei das große Tohuwabohu. Nachdem alle ihren Blutdruck gesenkt hatten, der Puls wieder in akzeptablen Sphären angelangt war, fuhr er mit seiner Erklärung fort. Bestätigte seinen Zuhörern, dass es zu zahlreichen Sichtungen und sogar Kontakten mit diesen außerirdischen Wesen gab und nach wie vor gibt.

Er zählte einige Beispiele auf, angeführt von dem Roswell Vorfall im Jahr 1947. Gleichzeitig verwies er auf die strickte Geheimhaltung aller Regierungen in Bezug auf Ufos oder der Debatte über Aliens. Dies beruhte nur auf der Tatsache, dass speziell die amerikanische Militärführung mit extraterrestrischen Lebensformen im Austausch ist.

»Sie haben meine Frage nach dem Aussehen der Cassianer nicht beantwortet«, unterbrach ihn Professor Voss in seinem Redeschwall.

Moses sah zu ihm. Das abwechselnde Licht- und Schattenspiel auf Martins Gesicht, hervorgerufen durch die züngelnden Flammen, erschwerten den direkten Blick in die Augen.

»Sie sind metamorph, sie sind »*Gestaltwandler*« oder »*Formwandler*«. Nennt es, wie ihr wollt. Sie transformieren sich in beliebige Lebewesen.« Damit beließ er es bei seinen Erklärungen.

»Meinen Sie, der Richter hatte die richtige Identität hinter diesen Jason ermittelt? Ist er »*Gideon*« vom Planeten *»Cassia«*? Aarons Vater sah zur aufgeschlagenen Seite des Notizbuches. Sein Finger ruhte stetig auf diesem Passus der Aufzeichnungen von Dieter Mesche.

Der Riese nahm wieder auf einem Baumstamm Platz. Er faltete die Hände, stützte seine Ellbogen auf den Knien ab. Seine gewaltigen Bizepsmuskeln bewegten sich wie Kokosnüsse unter seiner tätowierten Haut.

»Wenn dem so ist, dann ist er immens lange hier. In unseren Legenden war Gideon der Heerführer der großen Schlacht. Er triumphierte über die Aufständischen. Dieser Kampf brachte ihm den Ehrennamen »*Racheengel*« ein.« Moses sah in die Runde.

»Die Sagen erzählen von der List seines ältesten Sohnes Aitum, wonach ihn dieser vergiftete und seinen Platz einnahm.«

Klasse. Absolute Spitze, und mir ist es vergönnt, ihn zu Fall zu bringen? Keinen blassen Schimmer wie ..? Aaron drückte Sarah zärtlich an sich.

Mit eiserner Miene musterte Moses seine Mitstreiter. Er fühlte förmlich Ihre Ohnmacht, die das soeben gehörte, bei ihnen ausgelöst hatte.

✳

KAPITEL 48

Hinter einem Felsvorsprung sitzend, beobachteten John Miller und Winston Hurley das Lager um Aaron. Ihre Ferngläser, die mit Nachtsichttechnologie ausgestattet waren, erlaubten es, alle Personen mühelos zu erkennen. Ihre Auftraggeber waren vor einer halben Stunde gelandet und bahnten sich den Weg zu Ihnen. Keine fünfzig Schritt von den beiden entfernt, sah ein gelb funkelndes Augenpaar zu den Spionen.

Von hinten näherten sich nahezu geräuschlos drei Personen. Die Augen erloschen. Sie wurden mit der Umgebung eins. Valentino, Viktor und Pazuzu hätten dieses Wesen berühren können, so nah sind sie an ihm vorbeigeschlichen. Keiner der Dreien vermochte seine Präsenz zu sehen, geschweige denn wahrzunehmen.

Flüsternd begrüßten Miller und Hurley die Ankommenden. Viktor widmete sich sofort der Kaffeekanne, die über dem Lagerfeuer an einer in den Boden gerammten Eisenstange hing. Die Emaille Tasse hatte schon bessere Zeiten erlebt, in die er sich das heiße Getränk schüttete. Beide Hände umklammerten das Gefäß.

Pazuzu schnappte sich eines der Ferngläser.

»Alles ruhig im Lager«, berichtete Hurley.

»Gut, wir wechseln uns jede zwei Stunden ab«, der Hauptmann nahm das Nachtsichtgerät von seinen Augen.

Valentino richtete sich für die erste Wache ein. Er legte sich eine Wolldecke über die Schultern und zog das Genick ein. Die anderen bezogen ihre Schlafplätze um die Feuerstelle. Es dauerte einige Minuten, bis die Geräusche der Natur wieder die Oberhand gewannen.

Gelangweilt hob Valentino den Blick zum Himmel. Die Sterne flimmerten wie Diamanten. Seine ausgeatmete Luft erzeugte Nebelschwaden, die in die Höhe entschwanden. Ein aufblitzendes Licht in seinem Augenwinkel ließ ihn den Kopf ruckartig in Richtung des Zeltlagers drehen. Er kniff die Augen zusammen, suchte nach der Ursache. Durch das Fernglas sah er sich die Gegend an. Er zoomte die einzelnen Zelte näher heran. Es waren keine weiteren Lichtquellen zu registrieren. Nur die Glut des Feuers loderte leicht vor sich hin.

Valentino war im Begriff, das Nachtsichtgerät abzulegen, wo es unvermittelt erneut aufblitzte. Es war nicht im Lager des Cerberus, sondern weiter entfernt auf einer Anhöhe. Der Lichtpunkt war auf gleicher Höhe gegenüber seiner eigenen Position. Die Entfernungsskala des Fernglases zeigte drei Kilometer an. Sein Jagdfieber war entfacht. Konzentriert presste er die gummierten Augenmuscheln näher an die Augenhöhlen, drehte an den einstellbaren Okularen und schärfte das Bild. Nichts. Das Licht war verschwunden. Der Igigu sah auf seine Uhr. Es war kurz nach drei. Nochmals spähte er durch das Nachtsichtfernglas zum gegenüberliegenden Hang. Er stellte keine Anomalien fest und legte den Feldstecher zur Seite.

Hinter seinem Rücken seufzte Winston im Schlaf auf. Sein Oberkörper hob sich ein Stück in die Höhe, um durch einen neuerlichen Schnaufer wieder am Boden zu liegen. Seine geschlossenen Augen öffneten sich für den Bruchteil einer Sekunde. Ein grelles, gelbes Leuchten erstrahlte.

Moses saß im Schneidersitz unter einer imposanten Tanne. Seine Augen fixierten einen Felsen in einiger Entfernung. Das Gehör filterte die Geräusche. Seine Muskeln spannten sich. Die Kiefer malmten aneinander. Die Backenknochen traten hervor. Mit einer fließenden Bewegung stand er auf. Lautlos entfernte er sich vom Lager.

Es waren zwei Stunden vergangen, da ertönten leise die ersten zarten Singeinlagen der Vögel. Aus dem tiefen Wald begrüßte ein Kuckuck mit seinem unüberhörbaren Lauten den neuen Tag. Aaron streckte sich und rempelte versehentlich an Sarah. Sie rieb sich den Schlaf aus den Augen und gab ihm einen Kuss.

»Ich mache uns einen Kaffee«, er fuhr ihr zart über die Wange und verlies das Zelt.

Der Cerberus hatte längst das Feuer neu entfacht. Die Kanne mit dem duftenden Getränk hing über den Flammen.

»Warst du die ganze Nacht hier draußen?« Aaron streckte sich zum wiederholten Male.

Sie sind alle hier. Unsere Verfolger haben uns gefunden. Hörte es Aaron in seinem Kopf.

»Wie ist das möglich?« Sprudelte es aus ihm heraus. Die Müdigkeit war verflogen. Adrenalin floss durch seine Adern. Besorgt sah er sich nach allen Richtungen um.

Telepathisch sand ihm der Hüne seine Antwort:

Wir brechen sofort auf!

Es bedurfte keiner zweiten Aufforderung. Aaron weckte die Wegbegleiter. Er gab kurze Anweisungen. Besorgt folgten sie seinen Vorgaben. Hastig packten alle ihre Rucksäcke. Ohne jegliche Einwände brachen sie innerhalb weniger Minuten auf. In der Zwischenzeit hatte Moses das Feuer mit dem Kaffee und seinen Stiefeln gelöscht. Die Aktivitäten im Lager blieben nicht unbemerkt.

»Sie brechen auf«, Pazuzu senkte das Fernglas.

Die beiden "V's" standen augenblicklich neben ihm. Miller stupste den schlafenden Hurley mit der Stiefelspitze an. Dieser streckte seine Glieder. Gähnend erhob er sich schwerfällig. Langsam gesellte er sich mit einem dampfenden Becher in der Hand zu ihnen.

»Packt alles zusammen, wir verfolgen sie!« Pazuzu war es gewohnt, Befehle zu erteilen.

Ohne auf die Reaktion der anderen zu achten, marschierte er los. Viktor und Valentino schlossen sich ihm an.

John Miller verräumte die herumliegenden Gegenstände in seinen Trekkingrucksack. Winston unternahm nichts. Er sah dem Hauptmann und seinen Begleitern nach. Er war im Begriff, ihnen zu folgen.

»Spinnst du? Was wird das?« Genervt zischte ihn John an.

»Bleib hier und hilf mir, diesen Mist zusammenzupacken!«

Hurley drehte seinen Kopf und durchdrang ihn mit gelb leuchtenden Augen. Ohne ein weiteres Wort zu verlieren, verstaute Miller die restlichen Gegenstände in den zweiten Rucksack. In Sichtweite folgten sie schweigend dem Trio.

Einige Hundert Meter weiter entfernt hatte Aaron ein Deja Vu. Sie bewegten sich durch den Wald. Wie in seinen Gedanken bei der Anfahrt gesehen, schritten sie zügig durch das dunkle Gehölz. Bei jedem Tritt erfasste ihn eine unbeschreibbare, nicht festzumachende Kraft. Sie zog ihn förmlich nach oben. Obwohl es steil bergauf hochging, war er kaum außer Atem.

Moses stand breitbeinig an einem Felsen gelehnt. Er wartete, bis alle zu ihm aufgeschlossen hatten.

Mit erster Miene deutete er auf den dunklen Eingang im Berg.

»Wir gehen einzeln in die Höhle. Einer nach dem anderen.« Die umgebenden Bäume, Sträucher, die bemoosten Felsen dämpften seine Stimme.

»Aaron, zunächst du, dann Sie Professor.«

Der Anweisung folgend, traten sie nacheinander durch den Eingang. Die Höhle war klein. Die Gruppe stand eng aneinander. Die Augen gewöhnten sich an das Dämmerlicht. Es waren feuchte Wände aus schwarzem Gestein zu sehen. Tropfendes Wasser erzeugte eine gespenstische Atmosphäre.

Ein Niesen von Alfredo echote unzählige Male von den Gebirgswänden.

Verlegen hob er beide Arme: »Scusi!«

Kopfschüttelnd folgten sie dem Cerberus. Auf allen vieren zwängte der sich durch eine niedrige Öffnung im hinteren Teil des Raumes. Dahinter angekommen offenbarte sich eine riesige, aus schwarzem Lavagestein geformte Höhle.

»Großer Gott, das ist ja atemberaubend«, rief Martin seine Begeisterung heraus, nachdem er sich aufgerichtet hatte.

Überwältigt von den Dimensionen ließen sie diesen Anblick auf sich wirken.

Jeder leuchtete mit der Taschenlampe instinktiv in Richtung der Wände. Die Lichtkegel suchten die Decke ab, trafen auf dem Boden dieser natürlichen Kathedrale auf. Glänzend reflektierte das glatte Lavagestein die Strahlen.

»Ist der Vulkan aktiv?«, fragte Amalia in die Runde und wischte sich den Schweiß von der Stirn.

»Ja!« Moses sah von einem zum anderen.

Alfredo hatte seine Kamera in den Händen. Unschlüssig sah er von der einen zur gegenüberliegenden Wand, drehte sich um seine Achse. Legte den Kopf ins Genick, starrte die Höhlendecke an. Begeistert setzte er seinen Finger auf den Auslöser des Apparates und filmte drauf los.

»Wow, wow bene grandioso«, völlig überschwänglich richtete er den Fotoapparat auf seine ausgewählten Ziele. Das leise Klicken des Aufnahmemechanismus hallte durch den gewaltigen Hohlraum.

»Amalia, Franco rechte freundelick !«

»Hör auf damit!« Francisco hielt seine flache Hand gegen das auf ihn gerichtete Objektiv.

»Leute, kriegt euch wieder ein!« Aaron übernahm das Wort.

»Wir müssen weiter ins Innere.« Zärtlich drückte er Sarah seine Hand in den Rücken und bedeutete ihr damit loszugehen.

Der Cerberus hatte Francisco zur Seite gedrängt. Er gab ihm einige Gegenstände aus seinem Rucksack. Der Fremdenlegionär verstand sofort und nickte ihm wortlos zu.

Mit Aaron an der Spitze folgten ihm die anderen wie Ameisen auf einer imaginären Duftspur. Kakkab die Krähe, die in den Höhen an einem Felsvorsprung verweilte, sah unterhalb ihrer Position eine Art von Wurm. Dieser hatte an einigen Stellen leuchtende Strahlen, die den Weg vor ihm ausleuchteten. Er bewegte sich gemächlich über die Erhöhungen und Windungen der Höhle. Ein kurzes Krächzen von ihr widerhallte von den Wänden. Die Lichtstrahlen richteten sich urplötzlich nach oben zu ihr.

»War das die Krähe von Enki?«

»Ja«, flüsterte Aaron Sarah zu.

»Wir sind nicht alleine, sie passt auf uns auf!«

An die Gruppe gerichtet, ließ er laut folgen:

»Seid vorsichtig. Achtet darauf, wo ihr hintritt. Bleibt in meiner Spur«, angespannt und konzentriert setzte er seinen Weg weiter fort.

»Seht mal dort, was ist das? Ein Lichteinfall von der Decke?« Amalia blieb stehen und deutete zur rechten Seite ihrer Marschroute.

»Wir sind auf dem richtigen Weg, geh weiter Aaron!« Moses drehte sich um.

Ein Licht tanzte ihm entgegen. Aus dem Dunkeln manifestierte sich Francisco, der die Gruppe eingeholt hatte.

»Erledigt!« Den Daumen nach oben gerichtet zwängte er sich an seinem Freund vorbei und fügte seinen bulligen Körper hinter Amalia in die Kette ein. Sie gab ihm einen flüchtigen Kuss und deutete auf den Strahl in der Ferne. Wenige Augenblicke später spitze er seine Lippen und pfiff seine Verwunderung heraus.

Das Echo, dass das Pfeifen erzeugte, scheuchte eine Kolonie von Fledermäusen auf. Sie stürzten zu Tausenden mit einem lauten, schnatternden Quietschen von der Decke herab. Panisch schlugen alle wie wild um sich. Amalia und Sarah schrien ihren Ekel voller Inbrunst in den gewaltigen Hohlraum.

Die schemenhaften Körper der harmlosen Vampire flogen in einer irrsinnigen Geschwindigkeit und Wendigkeit auf sie zu. Sie rasten in allen Richtungen, ohne sie zu berühren, an ihnen vorbei. Die Lichtkegel der Lampen verstärkten dieses heillose Schauspiel.

»Ruhe, seid still! Hört auf zu schreien, sie tun euch nichts!« Brüllte Moses die beiden an. Er und Francisco waren die Einzigen, die gelassen dastanden und sich nicht bewegten.

Aaron hatte seine Sarah in den Arm genommen und drückte sie eng an sich. Der Auslöser dieses Spektakels zögerte nicht. Er handelte genauso und umschloss Amalia mit seinen muskulösen Armen. Er fühlte das Zittern ihres Körpers. Sie klammerte sich fest an ihn und vergrub das Gesicht auf seiner Brust.

Die schrillen Töne der Fledermäuse wurden zunehmend leiser. Es dauerte, bis der gesamte Spuk zu Ende war.

Professor Voss folgte mit der Taschenlampe den Tieren in die Höhe. Fasziniert beobachtete er, wie sie sich kopfüber an der Decke festkrallten.

Was für erstaunliche Lebewesen, sinnierte er.

»Lasst uns einfach weitergehen.« Aaron löste die Umarmung und gab Sarah einen Kuss auf die Stirn.

Aufmunternd lächelte er sie an.

»Keine Schreie oder Pfiffe mehr. Seid so leise wie möglich.«

KAPITEL 49

Sie sahen den Eingang vor sich. Der schmale Pfad teilte den dichten Wald. Von der gegenüberliegenden Seite waren Geräusche wahrnehmbar. Das Knacken ausgetrockneter Äste war zu hören. Jemand kam auf sie zu. Pazuzu hob den Arm und ballte die Faust. Augenblicklich blieb die Gruppe wie angewurzelt stehen. Im Schutze des Dickichts beobachteten sie die Gegend.

Winston Hurley stand mit Abstand zu den anderen hinter einem voluminösen Baum. Diese Position erlaubte es ihm, das Geschehen vor sich mühelos zu beobachten. Die Gruppe um Pazuzu hatte er ebenfalls bestens im Blick.

Aus dem Unterholz bewegte sich ein großer Mann geradewegs auf den Weg zu. Er trug einen in Tarnfarben gehaltenen Rucksack auf dem Rücken. Seine blonden Haare lugten unter dem Barett hervor.

Nazis. Adrenalin durchströmte innerhalb von Bruchteilen einer Sekunde den Körper Pazuzus.

Seine Hand umschloss die gezogene Heckler wie ein Schraubstock. Vorsichtig löste er die Sicherung der Pistole. Angespannt wie eine Kobra verfolgte er jede Bewegung des Feindes. Er erkannte das futuristische Gewehr, das den Männern seiner Einheit das Leben gekostet hatte.

Einige Meter versetzt trat ein Weiterer aus dem Dunkel des Waldes hervor. Dieser war angespannter, hielt das Gewehr in beiden Händen. Seine Bewegungen zeugten von Anspannung. Mit weit aufgerissenen Augen suchte er nach Verdächtigem.

Viktor lief der Schweiß in Sturzbächen den Rücken herab. Das lautlose Verharren kostete ihm eine gewaltige Überwindung. Er unterdrückte den Impuls, den Gegner augenblicklich zu killen. Im Augenwinkel bemerkte er, wie Valentino seine Waffe entsicherte. Sie waren bereit.

Klack, Klack. Miller schrie auf, wurde zur Seite geschleudert. Die anderen drei eröffneten panisch das Feuer. Die Schüsse halten am Bergmassiv und erzeugten ein gespenstisches Szenario. Immer wieder dieses Klack!

Valentino wurde in den Rücken getroffen, brüllte schmerzvoll auf. Pazuzu robbte unter einen umgestürzten Baum in Deckung, wurde am Bein verletzt. Sie feuerten aus allen Rohren. Wild und ziellos schossen sie in den Wald. Viktor zerfetzte ein Treffer die rechte Schulter. Seine Waffe entglitt ihm aus der kraftlosen Hand. Voller Wut brüllte er seine Hilflosigkeit heraus, stürzte auf die Knie. Vor ihm lag Valentino reglos auf dem Bauch. Er hatte blutende Einschusslöcher im Rücken.

Dr. Eberwein beobachtete aus sicherer Entfernung den Hinterhalt. Die beiden zur Ablenkung vorausgeschickten Männer versuchten, dem Kugelhagel der Gegenseite auszuweichen. Ohne jegliche Deckung hatten sie keine Chance. Sie lagen leblos im feuchten Gras. Sein Plan mit den Lockvögeln war aufgegangen.

»Wie viele sind übrig?« Mit zusammengekniffenen Augen spähte er in die Richtung des Geschehens.

»Zwei, sie haben sich verschanzt!« Johann nahm das Fernglas herunter. Er gab einen Befehl in sein Mikrofon, das er am Overallkragen befestigt hatte.

Langsam schoben sich vier Gestalten aus dem Zwielicht der eng stehenden Bäume. Die Gewehre an die Schulter gepresst wechselten sie zum nächsten Stamm, den sie wie einen Schutzschild benutzten.

Die Endorphine unterdrückten die Schmerzen in Pazuzus getroffenem Bein. Seine Sinne waren auf das Äußerste geschärft. An der Kante des Holzstammes vorbeisehend registrierte er einen der feigen Angreifer. Versetzt erspähte er den Zweiten und Dritten. Ein Weiterer war zu sehen. Der Elitekämpfer wog seine Möglichkeiten ab. Die einzige Option, die ihm blieb, wäre ein Spurt in die Höhle. Mit seinem verletzten Bein unmöglich. Er drückte Clark die Waffe in die linke Hand.

»Du ballerst auf alles, was sich bewegt, verstanden?«

Glasige Augen sahen ihn hilfefordernd an. Viktor brachte keine Silbe über die Lippen, wischte sich mit dem Unterarmärmel die Nässe aus dem Gesicht.

Pazuzu kroch auf das Ende seiner Deckung zu. Lautlos abgefeuerte Projektile schlugen Kerben in das Holz und sprengten Splitter heraus. Postwendend zog er den Kopf ein und drehte sich auf den Rücken. Die Holzspreißel flogen in sämtlichen Richtungen über ihn hinweg. Die ausweglose Situation bedurfte einer radikalen Entscheidung. Er zwang sich zur Ruhe. Sein Gehirn befahl dem Gehör, den eigenen Herzschlag in den Hintergrund zu drängen. Es ordnete die Umgebungsgeräusche mit der Präzession eines Luchses.

Er vermochte keinerlei Bewegungen der Angreifer zu erlauschen. Seine ganze Kraft aufbietend fokussierte er alle Sinne.

Ein Blitz, ein Schlag, Schmerzen. Aus dem Nichts stand Winston mit seinem Springerstiefel auf dem Unterarm des Hauptmanns und blockierte dessen Waffenhand.

»Fuck, bist du ...?«

»Halts Maul!« Plärrte ihn Hurley an.

»Hilf ihm«, er deutete zu Viktor, »verkriecht euch in die Höhle und wartet auf mich! Bin gleich wieder da!«

Ungläubig setzte sich Pazuzu auf. Der Anblick, der sich hinter dem Baumstamm bot, ließ an seinem Verstand zweifeln. Alle Angreifer lagen tot auf dem Boden.

Der Blutverlust löste bei Viktor Fieberkrämpfe aus. Er war der Ohnmacht nahe. Der Igigu hob ihn an. Er nahm keinerlei Rücksicht auf dessen Zustand. Unter beide Achseln haltend, schleifte er ihn zum Eingang. Sein verletztes Bein versuchte er möglichst zu entlasten. Es gelang ihm, Viktor an die Wand im Inneren der Höhle anzulehnen. Humpelnd trat er aus dem Dunkel und bewegte sich zu Miller. Er löste den Rucksack, wuchtete sich ihn über. Keinerlei Erklärung habend, hinkte er an den toten Nazis vorbei zur Höhle.

Seine Arme, das Gesicht, die Hosen, alles war durch die niederen Äste und Sträucher blutig oder zerrissen. Seine Körperfülle wurde zum tödlichen Handicap.

Eberwein stolperte mehr durch den Wald, wie das er lief. In Todespanik versuchte er Abstand zwischen sich und dem, was er gesehen hatte, zu bringen. Immer wieder drehte er sich in seiner Verzweiflung um, fiel hin, raffte sich schwerfällig auf, um erneut unsanft auf dem Boden zu landen. Ein Fuß klemmte in einer Wurzel. Er zog wie von Sinnen, versuchte, ihn wieder herauszubekommen. Der Schuh streifte sich ab. Mit löchrigen Socken setzte er seinen Rückzug fort.

»Wo willst du hin?« Erklang eine dunkle, dominante Stimme.

Der Museumsdirektor drehte sich aufgeschreckt wie eine Henne um seine eigene Achse. Nirgends sah er die Person, die gesprochen hatte. Nochmals vollzog er 360° Drehungen, bis ihm schwindelig wurde und er zusammensackte. Im Moos sitzend, die Brille schief auf der Nase liegend, sah er die Gestalt, die sich vor ihm aufbaute.

Eberwein erschrak über seine eigene, weinerliche Stimme:

»W... w ... wer sind Sie?«

Der Mann setzte zu einem Lächeln an. Es blieb bei dem Ansatz.

»Dich habe ich schon Ewigkeiten im Visier. Heute ist es mir vergönnt, deine ganze Brut auszulöschen.« Dabei warf er dem Sitzenden die abgetrennten Köpfe von Hermann Balter und Johann entgegen.

Voller Ekel hält sich Gustav den Mund. Panisch und flehend sucht er die Augen des Mannes.

»Ich ..., ich bin unschuldig, das waren die anderen, sie hatten mich zur Teilnahme gezwungen, das waren allesamt Fanatiker, das sind Spinner!« Seine Lügen würden ihn nicht retten.

Hurley schüttelte den Kopf.

»Du Wurm, denkst du wahrhaftig, bei mir Mitleid zu entfachen?« Ein diabolisches Grinsen verzog das Antlitz des Verfolgers.

Winstons Oberkörper zuckte, bewegte sich wie bei einem epileptischen Anfall. Der Körper fiel wie eine Hülle zu Boden. Vor Eberwein ragte eine Kreatur, die in seinen schlimmsten Albträumen keinen Platz gefunden hätte.

Der Kopf hatte die Ähnlichkeit eines Reptils. Der Körper war muskulös, menschlich und riesenhaft. Die Haut hatte eine schuppige Oberfläche. Die Arme waren weitaus länger wie beim Homo sapiens. Das Schrecklichste waren die Augen. Sie glühten in einem Gelb, das förmlich an das Höllenfeuer erinnerte.

Dem Direktor kam bei diesem Anblick der ägyptische Gott Sobek in den Sinn. Dieser wurde durch einen menschlichen Körper mit Krokodilkopf dargestellt.

Die Panik wich aus Eberwein, wie Luft einem löchrigen Luftballon entweicht. Unbewegt sah er zu diesem außerirdischen Wesen hoch:

Wer bist du?

Die Fratze durchdrang Gustav mit seinem glühenden Augenpaar:

Mein Name ist Gideon, das bleibt aber unser Geheimnis!

Der Museumsdirektor kippte nach hinten weg. Das Leben wich aus seinem Körper.

KAPITEL 50

Von den blutigen Auseinandersetzungen außerhalb der Höhle hatten sie alle nichts mitbekommen. Nach dem Fledermausvorfall drang die Gruppe immer weiter in das Höhlensystem des Vulkans vor. Das Lavagestein rings um die Truppe glänzte wie polierte Kohle. Gedankenverloren trotteten sie in Kolone hintereinander her. Desto tiefer sie kamen, umso drückender wurde die Hitze.

Aaron steuerte zielstrebig durch ein Labyrinth von Gängen. Sein Handeln erweckte den Anschein, genau zu wissen, wohin er hinsteuerte. Wie ein Magnet zog eine imaginäre Kraft an ihm, lenkte ihn zu einem fiktiven Punkt.

»Pause, bitte machen wir kurz Rast!« Martin keuchte die Worte.

Aaron blieb stehen und wandte sich um. Seinen Begleitern sah man die Anstrengung an. Sie waren schweißgebadet, die Haare hingen tropfnass herunter. Der Professor stützte sich mit beiden Händen auf den Oberschenkeln ab. Gekrümmt stehend atmete er kurzatmig ein und aus. Ohne die Antwort der Bitte abwartend, entledigten sie sich ihrer Rucksäcke. Jeder suchte sich einen geeigneten Platz, um die müden Knochen zu entspannen. Ein regelrechtes Konzert an Gestöhne erklang beim Bücken und Platzieren.

»Wo ist eigentlich Moses«, fragte Amalia.

»Er hält uns den Rücken frei.« Francisco setzte seine Wasserflasche an und nahm einen kräftigen Schluck.

Nervös zuckte Aaron mit den Beinen auf und ab. Er fand keine Ruhe.

»Was ist mit dir?« Sarah nahm seine Hand in ihre. Sie hatte das Gefühl, er sah durch sie hindurch.

Er beugte sich zu ihr, berührte mit den Lippen ihr Ohr:

»Wir sind nicht allein«, hauchte er.

Erschrocken zog sie ihren Kopf zur Seite und starrte ihm in die Augen.

»Ich habe sie gesehen.« Seine Miene blieb kalt.

»Wen meinst du?«

»Die Menschen in den wehenden, langen Gewändern.« Nach einem Atemzug fuhr er fort: »Sie haben wallende Haare. Die Stirnbänder funkeln im Licht.«

»Was für Licht? Hier ist es stockdunkel!«

»Nicht für mich, für mich ist alles hell erleuchtet, ich sehe jede Kerbe des Gesteins, jede Mücke, es ist einfach fantastisch!«

Sarah nahm seinen Kopf in die Hände, versuchte in seinen Augen zu lesen. Er registrierte ihre Besorgnis, ihre Angst.

»Sei unbesorgt, sie werden uns nicht tun. Sie sind friedlebend!«

Alfredo zappte sich durch die Fotogalerie der Kamera. Nebenbei biss er ein Stück vom Müsliriegel ab, den er feinsäuberlich neben sich platziert hatte.

Martin und Amalia diskutierten über die Entstehung dieser eindrucksvollen Höhlenarchitektur.

Der Professor kramte in den Schubfächern seines Gedächtnisses. Krampfhaft versuchte er sich die Informationen, die er vor Jahrzehnten über Vulkane gelesen hatte, in Erinnerung zu rufen.

Francisco hörte den Ausführungen der beiden zu. Seine Bewunderung steigerte sich nach jedem Satz. Begeistert sog er die Erkenntnisse auf, die Amalia von sich gab.

Urplötzlich – eine monströse Detonation. In der Ferne wurden Felsen in die Luft geschleudert, brachen auseinander, schlugen donnernd auf dem Boden ein. Ohrenbetäubendes Grollen, zigmal durch die Echos potenziert. Wie ein Resonanzkörper verstärkte die Höhle die sich ausbreitenden Explosionsgeräusche.

Instinktiv lagen alle auf der Erde. Jeder von ihnen bedeckte seinen Hinterkopf mit den Händen. Der letzte Widerhall verflüchtigte sich in der Weite des Höhlensystems.

»Mio dio, wase ware?« Den Kopf vom Boden leicht angehoben, riss Alfredo seinen Mund sperrangelweit auf. Er hörte nur ein Klingeln und Pfeifen in den Ohren.

Langsam vorsichtig richteten sich nach diesem Schreckmoment die Übrigen auf. Die flachen Hände gegen die Ohrmuscheln gepresst, versuchten sie die schrillen Klänge einzudämmen. Amalia hielt den Kopf seitlich und hüpfte auf einem Bein. Das Ganze wiederholte sie mit dem anderen.

»Hast du Wasser in den Ohren?« Grinsend sah ihr Francisco zu. Ohne zu antworten, wechselte sie abermals das Bein.

»Der Zugang ist geschlossen!« Moses ragte vor ihnen. »Da kommt niemand mehr rein, auch nicht raus!«

»Was soll das bedeuten, nicht mehr raus?« Hysterisch schrie Sarah den Cerberus an.

»Ich will hier raus!«

»Beruhige dich!« Aaron nahm sie in den Arm.

»Es wird alles gut. Ich verspreche es.« Er drückte sie an sich.

»Jemand versuchte durch den Gang in die Höhle zu gelangen!«

Francisco mischte sich ein: »Ich habe einen Stolperdraht mit einer Sprengladung im Durchgang angebracht, der Knall war die Bestätigung, dass wir Verfolger hatten.«

»Knall? Ihr habt nenn Knall!« Sarah riss sich aus der Umarmung.

»Könntet ihr uns in eure Spielchen und Geheimnisse einweihen, mich kotzt es gewaltig an, erst nachdem, wenn was geschieht zu erfahren, dass es geplant war!«

»Beruhige dich, du hast Recht.« Beschwörend hob Aaron die Hände.

»Wir sollten keine Geheimnisse vor ihnen haben«, er sah den Cerberus an.

»Meinetwegen, es macht keinen Unterschied.« Moses hob und senkte die gewaltigen Schultern.

»In wenigen Stunden sind wir am Ziel.«

»Was erwartet uns dort?« Ein Handtuch über dem Kopf rubbelte Martin seine Haare.

Der Türhüter des Portals sah in erwartungsvoll dreinblickende Gesichter.

»Ihr werdet sehen«, er drehte sich um und tauchte in das Dämmerlicht ein.

»Wie?, ... komm schon, was soll das?«

Jeder war über die Antwort von Moses erbost.

Protestierend rief ihm Amalia nach:

»Du hast gesagt, keine Geheimnisse komm zurück!«

»Das bringt nichts, ich kann euch nicht sagen, was uns dort erwartet«, verzweifelt versuchte Aaron die Gemüter zu beruhigen. Er bot seine gesamte Überzeugungskraft auf, um die Gruppe zum Weitermarsch zu bewegen. Widerwillig verstauten sie ihre Sachen und setzten ihren Weg fort.

✳

Eine halbe Stunde zuvor:

Viktor lag schwer atmend auf dem Boden der kleinen Vorkammer. Pazuzu hatte ihm einen Druckverband angelegt. Das eigene Bein hatte er notdürftig verarztet. Der Hass auf die Angreifer wuchs ins Unermessliche. Seine Gedanken flogen wie ein wildgewordener Bienenschwarm umher.

Wie hat dieser Niemand von Hurley die Nazis ausgeschaltet? Was ist da draußen geschehen?

Er schob ein volles Munitionsmagazin in seine Waffe und steckte sie ins Halfter. Wie ein Puma im Käfig bewegte er sich von einer Wand zur anderen. Immer den Eingang im Blick. Seine Ungeduld, gepaart mit dem Verlangen, den Auftrag, für den er existierte zu erfüllen, trieben ihn schier in den Wahnsinn. Es ist seine verdammte Pflicht, durch das Portal zu reisen.

Er versuchte Viktor durch mehrmalige Schläge ins Gesicht aus seiner fiebrigen Ohnmacht zu befreien. Das Hochheben des Oberkörpers und das Schütteln brachte ebenfalls keinen Erfolg. Unsanft legte er ihn auf den feuchten Höhlenboden zurück. Wie in Trance stopfte er sich Munitionsmagazine für die Pistole in die Taschen der Cargohose.

Er beugte sich über Viktors Gesicht:

»Ich verfolge den Cerberus, wenn Hurley zurückkommt, soll er mir folgen«, kaum hatte er es ausgesprochen, war er sich der Sinnlosigkeit seiner Worte bewusst.

Die Taschenlampe in der Linken, die Waffe in der anderen Hand kroch er durch den engen Schacht. Der Lichtstrahl leuchtete die Wände und Decke aus. Das Ende des Ganges war zu sehen. Er schaltete die Lampe aus und robbte dem Ausgang entgegen. Seine Sinne waren geschärft. Lauschend abwartend verharrte er in seiner Position. Sein Instinkt signalisierte ihm: alles in Ordnung.

Vorsichtig erhob er sich aus seiner Stellung und touchierte mit der Schulter einen gespannten, nahezu unsichtbaren Draht. Augenblicklich wusste Pazuzu, der Hauptmann der Igigi, dass seine Mission hier und jetzt gescheitert war.

Was hat er ihm angetan. Warum ausgerechnet er. Sarah kämpfte mit ihren Gefühlen.

Ich erkenne ihn nicht wieder, das ist nicht Aaron! Sie hielt einen gewissen Abstand. Er spürte ihre Blicke auf seinem Rücken.

Der eingeschlagene Weg führte sie durch eine Schlucht. In der Ferne stürzte Wasser herab. Oben aus der Decke, erhellte ein gleißender Strahl die unwirtliche Landschaft. Obwohl es eine natürliche Öffnung im Gestein war, erweckte es den Eindruck eines Mega-Hallogenscheinwerfers, der punktgenau so positioniert wurde. Beeindruckt folgten sie schweigsam Moses, der die Führung übernommen hatte.

»Wir sind da«, er deutete auf den Wasserfall, der einen rätselhaften Klang in der Höhle erzeugte.

Auf einer Anhöhe reihten sie sich auf. Andächtig staunend spähten alle auf das herabsturzende Nass, das sich in dem von den Sonnenstrahlen beleuchteten teichgroßen Becken fing.

»Wo ist das ganze Wasser?« Francisco sah zu seinem Freund. Moses erwiderte den Blick.

»Es trifft nur kurz auf, sammelt sich und fließt unterirdisch in die nächsten Schichten ab.«

»Ist das die Wasserquelle der *»Lemurianer«?* Lächelnd stand Martin da.

»Für wen? Affen? Lemuren?« Francisco kratze sich am Kopf.

»Die Legenden besagen«, fuhr der Professor unbeirrt fort, »dass die sagenumwobenen Zivilisationen von »*Lemuria*« und »*Atlantis*« einen alles vernichtenden atomaren Krieg gegeneinander geführt haben. Die überlebten *»Lemurianer«*, so die Mythen, sind in den Untergrund dieses Vulkans geflüchtet!«

Er ließ seine Worte wirken. Sechs Augenpaare auf sich gerichtet legte er nach, »bis heute sollen sie hier unten unentdeckt leben!«

Amalia und Francisco verdrehten die Augen. Schüttelten den Kopf.

Moses stellte sich vor Martin, sah auf ihn herab:

»Eine schöne Legende, aber eben nur eine Legende!«

Mit Fragezeichen auf der Stirn suchte Sarah den Blickkontakt zu Aaron. Verlegen und mit zusammengepressten Lippen wich er dem stahlblauen Augenpaar aus.

»Wo ise jetze die Portale!« Alfredo wurde es zu bunt.

»Wir schlagen hier unser Lager auf«, der Cerberus zog seine Isomatte aus dem Rucksack.

»Wenn es so weit ist, wird es sich öffnen!«

KAPITEL 51

Beeindruckt und ein wenig neidisch betrachtete Sarah die zweite Frau der Gruppe. Amalia hatte sich ungeniert bis auf ihren Slip ausgezogen und ist in den Tümpel gestiegen. Der makellose Körper dieser betörenden Person kratzte an ihrem Ego. Sie war sich ihrer eigenen Erscheinung durchaus bewusst. Sie kannte ihre Wirkung auf das männliche Geschlecht. Trotz alledem hatte Aaron oder sonst wer, sie zu keiner Zeit so bewundernd und verliebt angestarrt, wie es Francisco in diesem Moment bei Amalia tat.

»Kommt rein, es ist herrlich«, forderte die badende Nixe die anderen auf.

Alfredo war der Erste, der in seinen Shorts ebenfalls ins wohltemperierte Nass stieg. Eine geraume Zeit später saßen sie alle zusammen in diesem natürlichen Jacuzzi. Martin ruhte auf einem Felsvorsprung. Seinen Kopf hatte er zur Decke blickend in den Nacken gelegt. Der Scheinwerfer erlosch zusehends.

»Draußen wird es dunkel!«

Aaron sah zur Öffnung. Sein Blick schweifte umher. Obwohl sich die Lichtverhältnisse minütlich verschlechterten, sah er alles gestochen scharf. Die Gischt, die durch das herabstürzende Wasser entstand, sprühte kleinste Wassertropfen auf die Haut und ins Gesicht. Ein angenehmes, wohltuendes Gefühl. Er betrachtete die bizarren Formen, die sich durch das schwindende Licht mit der Flüssigkeit bildeten.

Was war das? Aaron richtete sich auf. Angestrengt fokussierte er seinen Blick auf die Stelle, wo für einen kurzen Augenblick ein Wesen sichtbar wurde. Es war verschwunden, hat sich in Luft aufgelöst. Hatte er nur eine Sinnestäuschung?

Hab ihn ebenfalls gesehen, vernahm er Moses in seinem Kopf.

Wer? Was war das?

Der Hüne stieg aus dem Wasser. *Ich bin mir nicht sicher, vermutlich der »Cassianer«!*

Aaron sprang wie von der Tarantel gestochen aus dem Teich. *Du denkst, dass es dieser Gideon ist?*

Keine Ahnung. Er war zu kurz sichtbar!

»Verdammt. Was sollen wir jetzt machen?« Zu spät registrierte er, dass er seine Gedanken laut ausgesprochen hatte. Unmittelbar reagierten die Begleiter auf diesen Ausruf.

»Was ist los. Was sollen wir machen?«

Der Cerberus schüttelte unmerklich den Kopf. Aaron überlegte kurz und weihte die Gruppe ein. Anfänglich erfasste sie ein ungläubiges Staunen. Nachdem der erste Schreck verflogen war, verbreitete sich Panik unter ihnen.

Alfredo bekreuzigte sich. Sarah stieg mit ihrer feuchten Haut in ihre Klamotten. Die Nässe im Gesicht war nicht nur dem Teich geschuldet. Tränen liefen ihr über die Wangen. Francisco half Amalia aus dem Becken. Beide zogen sich hektisch an. Martin saß weiterhin auf dem Felsen. Unbewegt hatte er die Erklärung von seinem Sohn vernommen. Nachdenklich stand er auf und kramte im Rucksack. Er nahm die Aufzeichnungen von Mesche in die Hand und schlug eine eingemerkte Seite auf.

Moses suchte nach Petroleumlampen und wühlte im Vorratssack.

»Wir brauchen Licht!« Er zog zwei der Leuchten heraus und zündete die Dochte an.

»Alle Lampen. Richtet die Strahlen der Taschenlampen zur Mitte.« Sämtliche Leuchtmittel, die verfügbar waren, wurden eingeschaltet.

»Bleibt im Licht. Ich will euch sehen«, befahl der Cerberus und kramte aus dem Seesack die Waffen heraus. Sie setzten sich im Kreis um die beiden in der Mitte platzierten Petroleumleuchten.

Die Stirnlampe am Kopf studierte der Professor das Notizbuch. Vertieft in die Lektüre kringelte er mit einem Stift eine Stelle der Notizen ein.

»Wenn es dieser Gideon ist, dann will er durch das Portal!« Martin sah von dem Buch auf.

»Mesche hat es vermutet, dass die anderen Aktionen nur zur Ablenkung dienten.«

Unaufgeregt verdeutlichte er ihnen anhand der vorliegenden Aufzeichnungen die Schlüsse, die er aus diesem heillosen Wirrwarr von Gekritzel gezogen hatte. Der selbst ernannte oberste Richter plante von Anfang an, persönlich durch das Portal nach Nibiru zu reisen.

Die Ernennung der Kontinentalrichter folgerte Martin, diente einem globalen Zweck. Die Verpflichtung der MEFSA-Organisation, die Aktion mit der Suche nach dem Stein der Zeichen auf Nan Madol. Alles nur Ablenkung. Der ganze Aufwand wurde einzig und alleine mit einem primären Ziel inszeniert:

Sämtliche Personen und Gruppierungen, die von dem bevorstehenden Ereignis der Annäherung des Planeten der

Anunnaki Kenntnis hatten, aufzuschrecken. Der Professor blätterte im Notizheft. Er hob den Kopf.

»Hier steht«, sein Blick traf Sarah, »nach der Identifizierung der Gegner sind umgehend alle Maßnahmen umzusetzen.«

»Welche? Steht das auch im Buch?«, fragte sie besorgt.

Martin sah von einem zum anderen: »Sie aus ihrer Deckung zu locken und zu vernichten.«

Das hatte gesessen. Gegenseitig wechselten sie ihre Blicke. Instinktiv rutschten sie näher an die Lichtquellen und somit aneinander. Jeder nahm eine Waffe an sich.

»Verdammt! Was ist das für eine gequirlte Scheiße!« Francisco war aufgesprungen. »Ehrlich Leute. Ich pack das nicht mehr.« Seine Miene hatte in dem diffusen Licht gewaltige Furchen. »Das mit eurem außerirdischen Mist, den alles tötenden Monster. Lasst ihn nur kommen. Ich werde ihm in den Arsch treten!«, gleichzeitig zog er seine Waffe.

»Komm wieder runter.« Aaron mischte sich ein.

»Dieser Cassianer, wenn er es ist, hat sein Ziel beinahe erreicht«, in Gedanken zählte er kurz durch, »wir sieben sind sein letztes Hindernis. Nicht mal Moses hat eine Ahnung, wie wir ihn besiegen.« Chiron, der Sohn des Kronos, wirkte angespannt.

»Er wird uns angreifen. Wir sollten uns darauf vorbereiten«, emotionslos sprach Moses dazwischen.

Er befahl, das Lager weiter hinten an die Steilwand zu verlagern. Sie war überhängend und gewährte einen natürlichen Schutzwall. Damit gelänge es sich auf das, was vor ihnen geschah, zu konzentrieren. Zittrig und apathisch befolgten alle außer Francisco die Anweisungen. Der war im Kampfmodus.

»Wie sieht der ET gleich nochmals aus?« Dabei zog er sich ein Nachtsichtokular über das rechte Auge.

Das Tosen und das sich ausbreitende Echo des herabstürzenden Wassers erfüllte die Höhle. Aaron fasste sich an die Schläfen. Seine Ohren empfingen rätselhafte, mannigfaltige Geräusche. Der Wasserfall war zu einem dezenten Rauschen degradiert.

Das Tippeln der Beinchen des Tausendfüßlers, der sich vor ihm auf dem Gestein vorwärts bewegte, vermochte er ebenso zu registrieren wie einzelne Flügelschläge von Fledermäusen. Winzigste Schall Nuancen filterte sein Sinnesorgan. Unbegreiflich staunend konzentrierte er sich auf diese Eindrücke. Ein verdächtiger Ton lies ihn instinktiv in die Richtung, woher er herkam, sehen. Das Eintreten in eine Wasserpfütze erzeugt dieses Geräusch.

Er bewegte sich zu Francisco und Moses in die erste Reihe. Wie an einer Perlenkette aufgereiht standen sie einige Meter vor ihren Mitstreitern entfernt. Angespannt lugten die drei in den dunklen Raum.

Der Ex-Fremdenlegionär sah durch den Restlichtverstärker seines Okulars ein grünliches Bild der Umgebung. Dagegen zeigte sich Moses und Aaron die Höhle in nahezu taghellem Licht.

Der Cerberus empfand die Präsenz des anderen Wesens. Sein Adrenalinspiegel spannte den gesamten Körper. Die Machete umfasste er mit beiden Händen. Einem Samurai ähnlich, hielt er die Waffe nach vorne gerichtet von sich weg. Mit ausgestreckten Armen verlagerte er seine Beinstellung. Er war kampfbereit.

»Seht mal dort!« Aarons Vater zeigte rechts rüber zum Wasserfall.

Irgendetwas veränderte hinter der Wasserfront den Felsen. Einer gigantischen gläsernen Röhre gleich schob sich bedächtig etwas gleißend Helles aus dem Berg. Nachdem es so weit aus dem

Gestein geglitten war, dass es den fließenden Strahl durchbrach, perlten die Tropfen rundherum daran ab. Das Wasser bahnte sich um das Gebilde seinen Weg und offenbarte dessen zylindrische Form. Ein irres Schauspiel bot sich den Anwesenden. Der Wasserfall strahlte vom Boden bis zur Spitze in Regenbogenfarben. Überwältigt staunend verfolgten die sechs dieses gigantische Ereignis.

»Ise dase die Portale?«, schrie Alfredo. »Komme jetze deine Chefe?«, rief er in Richtung von Moses, der ihm weiterhin den Rücken zugedreht hatte und konzentriert nach vorne sah.

Francisco hatte längst sein Nachtsichtgerät abgelegt, da das Strahlen, das von diesem unbekannten Objekt ausging, die gesamte Schlucht erhellte. Das ganze Gebilde rotierte. In gegengesetzter Richtung drehten unzählige freischwebende Ringe. Sie wechselten stetig ihre Farben. Die Geschwindigkeit der Umdrehungen nahm immer mehr zu. Diese faszinierende Röhre verharrte einige Meter außerhalb des herabstürzenden Wassers. Leuchtstrahlen, gleißend grünliches Licht drang aus dem Inneren des Zylinders und erzeugte eine Art von virtuellem Podium.

»Au!« Martin drehte sich zu Amalia um, nachdem er ihren Schmerzlaut hörte.

»Was ist?«

»Alles gut, mich hat nur eine Mücke gestochen!« Mit der Hand im Genick lächelte sie den Professor an. Der wendete sich wieder dem Spektakel zu, dass vor ihnen stattfand.

Mittlerweile war die gesamte Formation völlig zum Stillstand gelangt. Die Röhre strahlte und schwebte schwerelos aus der Höhlenwand. Das Wasser traf auf die Außenhaut, breitete sich in allen Richtungen aus und erzeugte den Eindruck eines gigantischen

Springbrunnens. Die explodierenden Tropfen formten Millionen von Mustern wie in einem Kaleidoskop. Es war gewaltig.

Sarah zeigte mit der ausgestreckten Hand hinüber:

»Da! Dort kommt etwas heraus!«, brüllte sie.

Zunächst schemenhaft schwebte eine dunkle Pyramide aus dem Rohr. Auf dem Podium angekommen wurden die Umrisse und die Struktur des Gebildes klarer. An den sichtbaren Wänden waren Zeichen einer unbekannten Schrift zu sehen. Sie hatten ebenfalls dieses grelle Leuchten. Pulsierend nahm die Intensität ab oder wurde heller. Keiner der Anwesenden brachte einen Laut über die Lippen. Andächtig überwältigt bestaunten sie die Vorgänge.

Pfffffffff..., ein ohrenbetäubendes Geräusch, bei dem Luft aus etlichen Öffnungen der Konstruktion entwich, schreckte Aaron und seine Begleiter. Reflexartig bewegten sie sich ein, zwei Schritte zur Felswand hin. Die vier Seiten der Pyramide öffneten sich von oben nach unten. Immer weiter entfaltete sie sich, bis die Spitzen der Dreiecke das Podium erreichten.

»Ist das ein Sarkophag?« Martin war hin und weg.

In der Mitte der Bodenplatte ragte ein Quader von leicht vier Metern in die Höhe. Er war ebenfalls mit fremdartigen Glyphen geschmückt. Obwohl Aaron vorausahnte, was sie erwartete, war er nicht weniger fasziniert von diesem Auftritt wie seine Begleiter. Einzig und allein beobachtete Moses die Umgebung abseits des sich geöffneten Portals.

Aaron war hinter Sarah getreten und umarmte sie. Zitternd, nicht fähig, ihren Blick von dem elfenbeinfarbenen Block abzuwenden, sagte sie kein Wort. Niemand sprach. Alle starrten zum Quader, wo sich die Vorderseite wie durch Zauberhand himmelwärts bewegte. Es waren weder Fugen oder Scharniere auszumachen und trotzdem glitt die Frontplatte lautlos nach oben.

Der Professor hatte recht, es offenbarte sich ein Hohlraum. Das Gebilde glich einem geöffneten, stehenden Sarkophag. Aus dem Inneren flimmerte eine rote Wolke undefinierbarer Substanz. Der mutmaßliche Deckel ragte der gesamten Länge nach über den Rand des Schreins heraus.

»Wie ise dase moglick?« Mit weit geweiteten Augen bestaunte Alfredo dieses Schauspiel. Die Wolke blähte und zog sich rhythmisch auf und zu. Man bekam den Eindruck, ein pulsierendes, überdimensionales Herz zu beobachten. Ohne jegliche Vorwarnung stand urplötzlich ein riesenhaftes Wesen neben dem geöffneten Quader.

»Wow!« »Oh Gott!« »Unglaublich!« »Woher?«, waren einige Schreie der Beobachter. Panik breitete sich unter ihnen aus. Sarah hatte sich aus der Umarmung gelöst und klebte regelrecht mit dem Rücken an der Wand. Martin, Alfredo und Francisco standen wie Salzsäulen unbeweglich mit weit aufgerissenen Augen da. Unfähig sich zu bewegen, geschweige den zu sprechen.

Niemand beachtete Amalia. Sie beobachtete das Geschehen in einer angespannten Körperhaltung. Den Oberkörper nach vorne gebeugt. Den linken Fuß vor den rechten gestellt. Die Arme angewinkelt. Bereit, los zu sprinten.

In der Zwischenzeit hatte Alfredo seine physische Starre bezwungen. Seine feuchten, bibbernden Hände umfassten die Kamera und hoben sie in Richtung seines Kopfes.

Ich werde verrückt! Bei Francisco löste sich ebenfalls die Ohnmacht. *Der schwebt über dem Boden!*

Martin wiederum gelang es, seine Hand kraulend in den wirren Haaren verschwinden zu lassen. Ehrfurchtsvoll sah er das Wesen an. Beim Studieren von Abertausenden Seiten der Mythen und Legenden der Menschheitsgeschichte formte sich unterbewusst im

Laufe der Zeit ein Bild davon, wie dieser Erzeuger ausgesehen haben mochte.

Ich habe mich geirrt! Was für eine Erscheinung, diese Präsenz, diese Erhabenheit und Größe!

»Ist das Enki?«, fragte Sarah in Richtung Aaron.

Dieser nickte, ohne den Blick vom Herrscher der Ankh abzuwenden.

KAPITEL 52

Adamu schallte es durch ihre Köpfe. Welch ein Schmerz, den die Lautstärke des implantierten Gedankens in ihren Gehirnen verursachte. Alle, außer Amalia krümmten, wandten sich vor Qualen. Hielten sich den Kopf mit beiden Händen. Ihr Geschrei hallte von den Felswänden zurück. Sarah sackte zu Boden. Martin folgte ihr. Alfredos Kamera schlug ihm gegen den Bauch, nachdem er reflexartig die Arme nach oben gerissen hatte. Tränen liefen ihm die Wangen hinunter. Francisco, Aaron, sogar Moses war in die Hocke gegangen und begrub seinen Schädel in den Pranken. Der Begriff echote unablässig in ihren Köpfen.

Mit der Intensität einer Abrisskugel wurde Aaron umgerannt. Er überschlug sich, segelte, ohne den Boden zu berühren, in die Gruppe. Er rammte gleichzeitig Francisco, Sarah und seinen Vater und stieß sie um. Sekunden später riss es Moses von den Beinen. Er prallte mit voller Wucht gegen die Felswand. Gesteinsmaterial bröckelte nach diesem Einschlag heraus. Unbändige Wut erfasste ihn. Er brüllte, versuchte, den Angreifer zu lokalisieren. In völliger Raserei schlug er mit der Machete um sich.

»Pass auf!« Die weiteren Worte blieben unausgesprochen. Francisco flog durch die Luft und überschlug sich mehrmals. Unmenschlich die Kraft, mit der er getroffen wurde. Der Aufprall auf dem Gestein potenzierte diese Gewalt um ein Vielfaches. Knochen brachen. Schmerzensschreie erfüllten die Luft.

Völlig benommen versuchte Aaron sich aufzurichten. Blut lief ihm aus der Nase. Sein Gesicht hatte etliche Abschürfungen. Unter den zerrissenen Hosenbeinen offenbarten sich tiefe Schnittwunden. Instinktiv berührte er das Anch-Zeichen und schleppte sich zu einem Felsvorsprung. Keine Sekunde später durfte er den Platz nicht verlassen, um vor dem weiteren gewaltigen Einschlag in Sicherheit zu sein. Ein monströser Felsbrocken schlug an der Stelle ein. Wie durch ein Katapult abgefeuert, traf er genau dort auf, wo er kurz zuvor gestanden hatte. Ein eiskalter Schauer lief ihm den Rücken hinunter. Er war sich sicher, das hätte das Ende bedeutet.

Amalia stemmte einen voluminösen Lavabrocken über ihren Kopf. Scheinbar bewältigte ihr Körper dieses Gewicht mit Leichtigkeit. Bereit, diesen auf einen der Gruppe zu schleudern, flimmerte und strahlte ihre Haut von innen nach außen. Es hatte den Anschein, sie wäre durchsichtig. Ihr makelloses Gesicht mutierte zu einer ekelhaften Fratze. Sie riss ihren Kopf rechts herum und erblickte Aarons Vater. Dieser hatte sich nach dem Zusammenprall schwerfällig und stöhnend aufgerappelt. Völlig benommen registrierte er die reale Bedrohung nicht.

Alfredo saß auf dem Boden. Er nahm apathisch seine Fotokamera in beide Hände. Sein Instinkt zwang ihn zu einer Aufnahme von Amalia oder wer immer das war. Sie stand leicht dreißig Meter von ihnen entfernt. Der schwarze Brocken, den dieses Wesen über dem Kopf balancierte, abverlangte ihm unübersehbar keinerlei Anstrengung. Wie aus Schaumstoff wirkte das Gestein in den emporgehobenen Armen. Sie winkelte die Ellbogen nach hinten ab und war im Begriff, den Klumpen in Martins Richtung zu schleudern. In diesem Moment drückte

Alfredo auf den Auslöser. Der entfachte Blitz lies das Monster grauenvoll aufschreien. Den Wurf konnte der Lichtblitz nicht verhindern, er sorgte dafür, dass das anvisierte Ziel um einige Meter verfehlt wurde. Hysterisch schrien Martin und Sarah, die neben ihm stand, auf. Beide sprangen zur Seite, krümmten sich, versuchten, möglichst klein zu sein, und schützten die Köpfe mit den Händen.

Geistesgegenwärtig behielt Alfredo den Finger auf dem Auslöser des Fotoapparates. Er entfachte ein regelrechtes Blitzgewitter, das sich an den glatten, dunklen Wänden zigfach widerspiegelte. Das Plärren der Kreatur entwickelte sich zu einem Furcht einflößenden, grausamen, tiefen Jaulen. Es reckte die jetzt klar sichtbare, lange Schnauze der Decke entgegen. Der Körper veränderte sich. Er wuchs. Es hatte den Anschein, er trat aus der Silhouette von Amalia ans Licht. Fassungslos starrten alle auf dieses bizarre Schauspiel. Langsam löste sich ein Körperteil nach dem anderen aus dem Leib von Amalia. Die fleischliche Hülle dieser betörenden Frau lag dem außerirdischen Geschöpf bewegungslos zu Füßen.

»Ist sie tot?!« Tränen liefen Sarah in Bächen die Wangen hinunter. Ihre Freunde hörten sie durch die lauten, unmenschlichen Geräusche, dass das Wesen von sich gab, nicht.

Urplötzlich verstummte das riesenhafte Geschöpf. Sein starrer Blick fixierte den Herrscher der Anunnaki. In einer höllischen Geschwindigkeit sprintete es in seine Richtung los. Enki betätigte einen seiner Knöpfe am Gürtel. Mitten im Sprung umgab eine rote Hülle den Körper der Kreatur. Verzweifelt, wild um sich schlagend versuchte es, aus der scheinbaren Umklammerung zu entkommen. Die einem Krokodil ähnliche Kopfform ließ den anwesenden Betrachtern das Blut in den Adern gefrieren. Mit weit aufgerissen gelben Augen kämpfte es mit aller Kraft, sich aus dieser Lage zu befreien. Die Substanz schmiegte sich unablässig um die Gestalt und presste ihre Gliedmaßen an den Leib. Sekündlich wurden die Bewegungen des gesamten Körpers geringer.

Martin, der neben Sarah stand, schüttelte ungläubig den Kopf. Fortwährend wiederholte er:

»Das ist nicht möglich ...?!«

Alfredo, dessen Finger den Auslöser in die Kamera gedrückt und somit den Apparat zerstört hatte, stand mit offenem Mund da. Er schnappte nach Luft. Die vorangegangenen Szenen liesen ihn an seinem Verstand zweifeln. Er sah abwechselnd vom Gefangenen zu Enki. Wieder den Blick auf das Monster gerichtet, sah er, dass es wie in einem Acrylglasbehälter eingebettet, bewegungslos in der Luft hing. Der Herrscher wiederum verweilte unbeeindruckt auf derselben Position.

Vor Sarah manifestierte sich Aaron. Er fuhr ihr zärtlich mit den Fingern über ihre feuchten Wangen.

»Es ist vorbei, es ist gut, alles ist gut«, versuchte er sie zu beruhigen. Seine Freundin sah durch ihn hindurch. Nicht imstande zu reagieren, hörte sie die Aufmunterung gedämpft und weit entfernt. Zaghaft bewegte sie sich der Stelle entgegen, wo Amalia reglos am Boden lag.

Moses war bei Francisco und legte dessen Kopf ein wenig höher. Er war nicht bei Bewusstsein. Seine blauen Lippen sowie das pfeifende Atemgeräusch, das er von sich gab, waren klare Anzeichen für innere Verletzungen, die er bei diesem brutalen Überfall erlitten hatte. Voller Verzweiflung sah der Cerberus zu seinem Herrn.

»Porca miseria!«, erschrak Alfredo. Er hatte die Kniescheiben und Oberschenkel von Enki vor sich. Von einem Augenblick zum anderen überbrückte der die gesamte Distanz von dem Podium zum Lager, ohne einen einzigen Schritt auszuführen.

Er sah erhaben auf die Gruppe herab. Jeden Einzelnen fixierte er mit seinem strahlenden Blick. Auf der Stelle stellte sich bei den Anwesenden ein wohliges, beruhigendes Gefühl ein. Die Anspannung, die Angst, sogar die zeitweilige Panik waren verflogen. Alle standen erwartungsvoll vor diesem faszinierenden Wesen. In dessen Rücken bewegten sich einige Anunnaki durch das Portal. Sie blieben auf beiden Seiten des geöffneten Sarkophags stehen. Zwei von ihnen hatten eine Art gläserner Tafel in den Händen. Auf diesem transparenten Tablet tippten sie mehrmals auf die verschieden farbigen Ringe. Aus dem Inneren des Steinsargs drangen grell leuchtende Strahlen nach außen. Sie erreichten den in der roten Substanz gefangenen Gegner. Bedächtig drehte sich das Gebilde und wurde wie durch Zauberhand in den elfenbein farbenen Quader gezogen. Kurz darauf sah das außerirdische Wesen, eingepasst in die steinerne Hülle, voller Hass zum Herrscher.

»Gideon, du hast keine Gnade verdient!« Enki drehte sich zu der Kreatur um. Erschrocken durch diese plötzliche, dominante und dunkle Stimme, zuckten die Anwesenden kollektiv zusammen. »Es ist tatsächlich dieser Cassianer.«

Martin stupste Aaron mit dem Ellbogen an.

»Er sieht Sobek dem ägyptischen Gott des Wassers frappierend ähnlich!«

»Ja und er ist furchteinflößend!« Aaron beobachtete Sarah, die nach wie vor bei Amalia kniete. Sie hatte sie des öfteren berührt, an ihr gerüttelt, versuchte, ein Lebenszeichen zu erhaschen.

»Herr, er ist schwer verletzt!« Der Cerberus hatte seinen Kopf gesenkt und sah zum Boden. Er hatte den Oberkörper von

Francisco angehoben und stützte dabei mit der anderen Hand dessen Genick.

Einer Prozession gleich schritten hochgewachsene Ankhs durch die zylindrische Portalröhre. Ihre muskulösen Oberkörper kamen durch den hauchdünnen, eng anliegenden Stoff voll zur Geltung. Ein wallender Umhang hing ihnen bis zu den Kniekehlen von den breiten Schultern. Die langen, gepflegten Haare wurden durch ein mit Edelsteinen besetztes Stirnband in Form gehalten. In ihrer Mitte waren Menschen zu sehen, allesamt Männer. Sie wirkten neben den Außerirdischen wie Wichtel. Mit einigen Abstand, gehüllt in ein prächtig glänzendes Gewand, folgte Ugala. Die azurblauen, fremdartigen Glyphen seiner Uniform unterstrichen rein optisch die alleinige Stellung in der Hierarchie des extraterrestrischen Volkes. Hinter ihm schwebten zwei metallisch wirkende Truhen, die von weiteren vier Untertanen vorwärts gelenkt wurden. Sie vervollständigten diesen imposanten Umzug.

Levitation! Spektakulär! Martin nahm den Kopf in beide Hände.

Die Gruppe bewegte sich zum Podium hin. Neben Gideon und seinem Sarkophag angekommen, blieben sie stehen und wandten sich Aaron und seinen Begleitern zu. Die beiden Behältnisse lösten sich aus der Formation und glitten schwerelos auf Enki zu. Eines positionierte sich bei Francisco, das andere bei Amalia. Ihre Körper erhoben sich waagrecht vom Boden. Sie hingen freischwebend in der Luft. Langsam öffneten sich die Deckel der Schreine. Das Paar wurde wie durch Zauberhand sanft hineingebettet.

Völlig perplex, kopfschüttelnd stand Martin da. Er legte seine Hand auf die Schulter von Alfredo.

»Sag mir bitte, dass ich nicht träume«, mit glasigen Augen verfolgte er, wie aus dem Inneren der geschlossenen Behälter blaues Licht durch winzige Öffnungen nach außen trat.

»Ise nixe Traum, Prof!« Alfredo hatte beide Hände vor dem Mund. Seine Augen waren weit aufgerissen. Er war kurz davor loszuheulen.

Sarah lies ihren Emotionen freien Lauf. Sie schluchzte, ihr ganzer Körper bebte in den Armen von Aaron. Er drückte sie fest an sich, strich ihr über das Haar, gab vereinzelte Küsse auf den Kopf.

Moses kniete vor Enki und presste seine Stirn auf den Boden. »Ihr seid der einzige und wahre Herrscher des Universums!«, kurz hob er seinen Kopf, um ihn wieder zu senken. »Danke, mein König!«

Aaron löste die Umarmung, bewegte sich zum Cerberus, der sich im gleichen Moment aufgerichtet hatte. Ungläubig sah er ihn an.

Amar-Sin, wie der »Türhüter des Portals« in der Sprache der Ankh hieß, zeigte mit der ausgesteckten Hand zu den vermeintlichen Särgen. Die Deckel hoben sich. Gleichzeitig erloschen die Strahlen. Langsam lugte der Kopf von Francisco aus dem riesigen Behältnis. Nur wenige Augenblicke später sah Amalia über den Rand der Hülle zu den anderen. Umsehend, fragend, orientierungslos waren ihre ersten Blicke die realen Eindrücke zu sondieren. Synchron fragten sie:

»Was ist geschehen?«

Ein Aufschrei der Erleichterung hallte durch den Raum. Sarah sprintete zu Amalia, umarmte sie, half ihr aus der schwebenden Truhe.

»Du lebst! Du bist nicht tot!« Nachdem sie die Umklammerung ein wenig gelöst hatte, deutete sie Richtung Francisco. Der stand neben Moses. Suchend schweiften die grünen Augen umher, seine Traumfrau zu finden. In dem Augenblick, wo sich ihre Blicke trafen, gab es kein Halten mehr. Voller Glück, hechteten sie aufeinander zu, umarmten sich mit pochenden Herzen. Leidenschaftlich verschmolzen Ihre Lippen.

Mit eingezogenen Köpfen, hängenden Schultern verfolgten die fünf Männer die Ereignisse vom Podium aus. Eingerahmt durch ihre riesenhaften Bewacher, wirkten sie wie Kleinkinder. Ugala trat vor sie. An seinen Herrn gerichtet, fragte er mit seiner dominanten Stimme:

»Herr, was soll mit den Dejjanum geschehen?«

Enki fixierte Aaron.

»Diese Entscheidung obliegt Chiron, dem Sohn des Kronos!«

»Äh?« Ein einziger Laut kam über dessen Lippen. Völlig überfordert öffnete er die Arme und hob seine Schultern.

»Wie habt Ihr sie gefunden?«, forderte Aaron den Wächter auf.

Ugala suchte den Kontakt mit Enki. Der Herrscher nickte unmerklich.

»Der Australier war hilfreich«, er verzog keine Miene dabei. »Deine Aktionen, der Fund des Buches sowie die Daten aus dem Computer des europäischen Richters haben uns auf ihre Spur gebracht!«

»Woher wisst ihr von den Funden?« Aaron sah daraufhin fragend zu Moses. Der schüttelte mit zusammengekniffenen Lippen den Kopf. Seit der ersten Begegnung mit dem Wächter und Boten des Enki registrierte Chiron so etwas wie eine mimische Reaktion bei ihm. Er hätte geschworen, ein leichtes Grinsen bemerkt zu haben.

»Amar-Sin hat nichts damit zu tun. Es sind deine eigenen Gedanken!«

Fragend starrte Aaron Ugala an.

Dieser erklärte ihm daraufhin, dass dies der richtige Name des Cerberus sei.

»Was soll mit den Richtern geschehen, Chiron, Sohn des Kronos?«

Von einem Bein auf das anderen tänzelnd, versuchte Aaron seine überaus wirren Gedanken einzufangen und zu sortieren. Der harte Blick des Wächters war nicht unbedingt von Vorteil, um die plötzliche Nervosität in den Griff zu bekommen. Er forderte eine Entscheidung, womöglich sogar einen Urteilsspruch von ihm.

»Habt Ihr ein Gericht, das über sie urteilen kann?« Zögerlich verlegen stellte er die Frage.

Es war Enki, der unverkennbar beeindruckt darauf antwortete: »Der Sohn des Kronos, Chiron hat entschieden!« Er positionierte sich direkt neben Aaron: »Die Dejjanum werden vor dem Tribunal angehört werden!«

Postwendend wurden die fünf Männer von ihren Bewachern eskortiert, wieder durch das Portal abgeführt. Keiner von ihnen versuchte sich Gehör zu verschaffen. Einer nach dem anderen trottete, ohne ein Wort zu verlieren, mit hängendem Kopf zwischen den Anunnaki her.

»Was wird mit ihm?« Aaron zeigte auf Gideon. Gefangen im Sarkophag, eingebettet in dieser unheimlichen Masse, leuchteten seine gelben Augen weiterhin bedrohlich.

»Er wird sich vor dem höchsten Rat des südlichen Universums verantworten!« Enki sah dem Cassianer ins Gesicht. »Sprich!«

Zeitgleich veränderte sich die Viskosität der Masse um dessen Schnauze. Sie gewährte dem Gefangenen, seinen Mund zu bewegen.

»Ich werde dich töten, ich werde euch alle vernichten!« Die Stimme war furchtbar. Diese brutale, aggressive Tonart stellte den anwesenden Menschen buchstäblich die Nackenhaare auf. Einen Moment später hatte die Masse einen weiteren Satz verhindert. Sie blockierte erneut jegliche Bewegung. Der Deckel bewegte sich langsam nach unten. Mit einem leisen Zischen wurde der Sarkophag verschlossen.

Martin konnte es nicht fassen. Sämtliches Wissen, was er sich jahrzehntelang mühevoll angeeignet hatte, seine extravaganten Theorien, vieles davon wurde soeben bestätigt. In der Vergangenheit hoffte er insgeheim Recht mit seinen Auslegungen der Geschichtsschreibung zu haben und dies eines Tages zu beweisen. Das, was hier und heute geschehen ist, sprengte sämtliche Gedanken und Vorstellungen. Ob diese real gewünscht, zumal seiner Fantasie entsprungen waren, sie waren niemals nur annähernd an den Geschehnissen von soeben. Das Erlebte übertraf alles um das Hundertfache.

KAPITEL 53

Sie standen alle eng beisammen. Ehrfurchtsvoll betrachteten sie die beiden Wesen der fremden Zivilisation. Enki, der Herrscher der Ankh, ragte vor ihnen wie ein Turm. Sein Bote hatte die Arme vor der Brust verschränkt. Sein Blick war weitaus weniger wohlwollend wie der seines Herrn. Er ließ seine Augen von Martin zu Francisco kreisen. In diesem Radius hatte er ebenfalls die Gesichter von Sarah, Amalia und Alfredo gestreift. Ein kalter Schauer lief ihnen den Rücken hinunter.

Enki nahm auf einen thronähnlichen Sessel Platz. Woher der mit einem Mal hergekommen war, vermochte keiner zu sagen. Er war schlicht und einfach da. Jeglicher Laut blieb ihnen im Halse stecken. Das Oberhaupt der Fremden wandte sich an Moses.

»Du hast die richtige Wahl getroffen«, er deutete mit der Hand auf Francisco, der den Arm um Amalias Schulter gelegt hatte.

»Er ist würdig!« Der Cerberus senkte den Kopf. Sein Blick blieb auf den Anunnaki gerichtet.

»Du wirst auf diesem Planeten bleiben und das Portal auch in Zukunft bewachen.«

»Danke, mein König!« Amar-Sin hob den Kopf und hielt die Faust seiner rechten Hand an die linke Brust. Francisco spürte förmlich die Dankbarkeit und Demut, die die Worte des Herrschers bei Moses bewirkt hatten.

Weit über ihnen schmiegte sich eine kleine Gestalt an die senkrecht abfallende Höhlenwand. Sie war durch das Loch in der Decke gekrochen. Unbemerkt folgten unzählige schmächtige Leiber dem Ersten. Wie Spinnen bewegten sie sich sicher und geräuschlos an den Wänden abwärts. Nahezu unsichtbar breiteten sie sich in der Höhle aus. Ein gleißender Lichtstrahl traf den Sarkophag. Abertausende von Bruchstücken fledderten auseinander. Die rote Substanz des Inneren verflüssigte sich. Gideon war frei.

Ugala sprang schützend vor seinen Herrn. Moses handelte ebenso und baute sich mit seiner ganzen Präsenz auf. Unverzüglich ließ Enki eine Abfolge von Tastenberührungen auf seinem Gürtel folgen.

Ein markerschütternder Urschrei durchdrang die gesamte Schlucht. Gideon hatte die Arme weit auseinandergerissen, die Brust aufgebläht. Voller Inbrunst, mit einer grauenhaften Fratze schrie er in den Hohlraum:

»Holt mir den Gürtel. Er schließt das Portal!«

Erst jetzt wurde den anderen Anwesenden bewusst, dass sie angegriffen wurden. Eine gewaltige Übermacht von kindergroßen Lebewesen hangelten sich die steilen Wände hinunter. Ugala streckte seine Hand aus. Aus seinem Ring schoss ein Laserstrahl in Richtung des Cassianers. Gideon erahnte dieses Vorhaben und wischte mit dem Arm einen imaginären Halbkreis. Der abgefeuerte Lichtblitz traf auf einen für menschliche Augen nicht sichtbaren Schild auf. Er wurde absorbiert und zur Seite umgeleitet. Einige der kleinen Wesen wurden von ihm getroffen. Augenblicklich pulverisierten sie sich, ohne ein Geräusch von sich zu geben.

»Das sind »Grays!« Brüllte Moses.

»Wir müssen Enki schützen!«

Einer Initialzündung gleich formierten sich die übrigen kreisförmig um den Herrscher der Ankh. Sie sahen sich mit einer hoffnungslos überlegenen Anzahl von Gegnern konfrontiert, die immer näher an sie heranrückte. Obwohl recht klein, sah die Masse der Körper extrem bedrohlich aus. Die überdimensional großen Köpfe, die übergroßen mandelförmigen schwarzen Augen waren angsteinflößend. Auf ihren dünnen Beinen steuerten die Grauen eng an eng, zielstrebig auf die Gruppe zu. Ihre ebenso schmächtigen Arme hingen schlaksig von den schmalen Schultern herab. Sie hatten drei Finger, bei denen der mittlere der längste war. Eine Nase, Ohren sowie Pupillen fehlten gänzlich. Allein ein kleiner Schlitz deutete eine Mundöffnung an.

Wie ein vorzeitlicher Kriegsherr thronte Gideon auf einem Felsen. In einer unbekannten Sprache erteilte er mit seiner diabolischen Stimme vermutlich Befehle. Unvermittelt befolgte die Schar der Grays seine Anweisungen. Sie machten sich daran, die Beschützer einzukreisen.

»Was ist dein Plan?« Aaron sah zu Moses.

»Wir müssen den Herrn schützen. Sie wollen den Gürtel und durchs Portal!«

Hinter Gideon fuhr die transparente Röhre langsam in das Bergmassiv zurück. Es waren nur ein, zwei Meter des Durchgangs zu sehen.

»Ballert auf alles, was sich rührt! Jetzt! Feuer!«, schrie der Cerberus in die Runde. Eine ohrenbetäubende Geräuschkulisse, bedingt durch das Abfeuern der Pistolen und Gewehre, führte zur teilweisen Ohnmacht. Martin fiel die Waffe aus der Hand. Der unvermittelte Rückstoß ließ sie ihm entgleiten. Alfredo schrie vor Bammel und betätigte den Abzug. Wahllos feuerte er in die heranrollende Masse an kleinen Körpern. Sarah und Amalia verkrampften ihre Finger am Hebel ihrer halb automatischen Gewehre.

»Loslassen! Lasst den Abzug los! Den Zeigefinger bewegen!« Brüllte ihnen Francisco zu. Ohne hinzusehen, schoss er in die immer näher rückende Masse von Leibern. Die kleinen Wesen wurden zigfach getroffen, von den Beinen geholt, tödlich verletzt. Die Nachrückenden stiegen über ihresgleichen laut- und klaglos hinweg. Es war ein schauriger Anblick, wie diese kindlichen Körper durch die Einschläge der Projektile weggeschleudert wurden, wie die anderen über die leblosen Kreaturen hinwegstiegen.

Enki war verschwunden. Niemand bemerkte, dass er mit Gideon kämpfte. Beide standen sich einige Meter gegenüber. Jeder versuchte, seinen Widersacher mit unsichtbaren Waffen zur Strecke zu bringen. Mit bloßen Händen feuerten sie Energiestrahlen dem Gegner zu. Vor ihnen manifestierten sich auf nicht sichtbaren Schutzschildern Einschläge, die sie bei einem Treffer einige Meter zurückdrängten.

Ohne Geschrei, mit stoischer Ruhe wälzten die Angreifer wie eine Ameisenkolonie auf Aaron und seine Freunde zu.

»Munition! Haben wir noch Munition?« Franciscos Waffe verschickte keine tödlichen Projektile mehr.

»Ea!« Ugala erblickte den Kampf seines Herrn. Aaron riss seinen Kopf in die Richtung. Er sah eine nicht zu beschreibende Auseinandersetzung. Die Kontrahenten beschossen sich mit gebündelter Energie. Jeder Aufschlag auf den Schutzschilden erzeugte eine einer Detonation ähnlich gefolgten Stoßwelle.

Der Bote des Enki unternahm den Versuch, durch die anrollende Masse der »Grays« durchzukommen. Der Ring auf seiner Hand schnitt eine Schneise in den Haufen der Angreifer. Er bemerkte nicht, dass in seinem Rücken einige der Winzlinge ein technisch anmutendes Gerät auf ihn richteten. Aarons Sinne waren scharf wie Rasierklingen. Obwohl er nicht hinsah, betätigte er das *Anch-Zeichen* seines Unterarmes, sprang zur Seite, rollte sich am Boden ab und verschwand. Bruchteile von Sekunden später traf ein blauer Strahl, der einige Meter im Durchmesser hatte, die gesamte Truppe. Kollektiv verharrten alle in der Position, in der sie vor wenigen Augenblicken standen. Einem gigantischen Eiswürfel gleich umschloss er Aarons Begleiter. Zu spät erkannte Ugala, dass sie überlistet wurden. Sein Herr war auf sich alleine gestellt.

Wie Roboter drehte sich die gesamte Einheit der Grauen dem Kampf der Anführer zu. Sie setzten sich geschlossen in ihre Richtung in Bewegung.

Enki feuerte mit der rechten Hand eine Energiewelle, um mit der linken den Angriff des Cassianers abzuwehren. Der Aufprall war gewaltig. Die Kraft des Gegners schien nach jedem Treffer zu wachsen.

Was geschieht hier? Ungläubig erwehrte sich der Anunnaki der weiteren, stetig massiver werdenden Beschüssen.

Du bist alt! Du bist schwach! Ich werde dich vernichten! Dröhnte es in seinem Kopf.

Gideon lief Geifer aus der langen Schnauze. Einem tollwütigen Hund gleich triefte der Speichel aus dem Maul. Seine vertikal verlaufenden Pupillen in den glühend gelben Augen fixierten seinen Gegner. Er würde jede Unachtsamkeit rücksichtslos ausnutzen.

Das Portal war zur Gänze geschlossen. Nichts an der hinter dem Wasserfall befindlichen Wand erinnerte an den Durchgang. Gideon brüllte seine Wut aus sich heraus. Der gesamte Körper bebte vor Erregung. Einen Augenblick lang schien es, dass die »Grays« ein Stück kleiner wurden. Ihre Angst vor diesem übermächtigen Wesen und Gebieter war ihnen anzusehen. Sie hatten die beiden kämpfenden Kontrahenten völlig eingekreist. Bedächtig schob sich eine Einheit der Untertanen im Rücken des Erzeugers vorwärts. Eine weitere Gruppe positionierte und richtete die Strahlenkanone auf den Herrscher der Ankh aus. Ohne den Blick von dem Cassianer zu nehmen, erzeugte Enki mit der Hand eine Energiewelle, die er den heranschleichenden grauen Winzlingen entgegenschleuderte. Die Wucht des Aufpralls hinterließ eine gewaltige Schneise in der ursprünglichen Formation. Die schmächtigen Körper stoben auseinander, flogen in sämtlichen Richtungen in die Höhe, um darauf in Staub zu verfallen. Nachrückende füllten die entstandene Trasse augenblicklich wieder auf. Es war gespenstisch. Sie gaben keinerlei Laute von sich. Wie ferngesteuert, bewegten sie sich stoisch weiter auf den Feind zu.

Einen Wimpernschlag später rissen die »Grauen« ihre dünnen Arme kollektiv in die Höhe. Sie umklammerten ihre großen Köpfe. Ihre kleinen Leiber zuckten, bogen sich, zappelten in Panik unkoordiniert hin und her. Die Schlitze, die ihren Mund symbolisierten, waren zu einem runden Loch geöffnet. Sogar in dieser schmerzvollen Lage vermochten sie keinen Laut von sich zu geben. Einer nach dem anderen fiel um. Das Schütteln, einem epileptischen Anfall gleich, verstärkte sich bei den Liegenden. Hunderte von winzigen Körpern zuckten wie Fische auf dem Trockenen.

Das war die Situation, auf die Gideon gehofft hatte. Enki wurde abgelenkt. In Sekundenbruchteilen ballte der Cassianer seine gesamte Energie. Er bewegte seine Ellbogen nach hinten, die Handflächen geöffnet. Seine Brust schwoll erheblich an. Seine gewaltigen Schultern, die Oberarme spannten sich. Unbewusst stellte er das eine Bein vor das andere. In der durchgeknickten Haltung war er mit dem Boden fest verankert.

»Stirb!« Die Unterarme katapultierten nach vorne. Die tausendstel Sekunde, die zwischen dem Ausruf und dem Tod des Cassianers verstrich, benötigte Aaron dazu, ihm den Kopf abzuschlagen. Er hatte die Machete, die der Cerberus bei der Attacke fallen lies, an sich genommen. Unsichtbar hatte er sich hinter den übermächtigen Gegner postiert und im richtigen Augenblick zugeschlagen. Der Schädel des Wesens rollte einige Meter über den Boden. Vor den Beinen Enkis blieb er mit weit aufgerissenen Augen liegen. Die Bewegungen der »Grays« hatten aufgehört. Regungslos lagen sie verstreut auf dem Höhlenboden. Das Blau des imaginären Würfels verblasste zusehends.

Ugala und Moses waren die Ersten, die vor ihrem Herrn knieten. Mit gesenkten Köpfen demonstrierten sie ihre Loyalität.

»Erhebt euch.« Mit einer Handbewegung unterstrich Enki seine Aufforderung.

Sarah sprintete auf Aaron, der in der Zwischenzeit wieder sichtbar war, zu. Sie sprang ihn an, umschlang seinen Hals, presste die Beine um den Körper und küsste ihn voller Leidenschaft. Verlegen sah der Angefallene den Herrscher an. Francisco und Amalia lagen sich ebenfalls in den Armen. Martin und Alfredo sahen sich an, zuckten mit den Schultern und handelten. Sie umarmten und drückten sich, schlugen mit den Händen auf den Rücken des anderen.

»Was geschieht hier?« Hörten sie eine besorgte Amalia rufen. Die grauen Körper lösten sich langsam in ihre Bestandteile auf. Zunächst hoben die Gestalten leicht vom Boden ab, um im nächsten Augenblick wie eine Luftblase zu zerplatzen. Wenig später waren sie allesamt verschwunden.

Hinter dem Wasserfall wurde das Portal sichtbar. Langsam schob es sich aus dem Felsen. Obwohl schon erlebt, blieben erneut die Münder offen.

Sei gegrüßt Kanniya!

Postwendend sahen alle in die gleiche Richtung. Sie hatten keine Stimme gehört, trotzdem hallte es in ihren Köpfen. Unweigerlich zuckten sie erschrocken zusammen. Vor ihnen stand eine große, majestätische Gestalt, die blasse, fast durchsichtige Haut hatte. Sie trug ein Gewand, das wallend bis zu den Knöcheln reichte. Es leuchtete in einer strahlenden Reinheit. Ein breiter Gürtel umschloss die Hüfte. Das Stirnband zierte ein in der Mitte befindlicher, glänzender Edelstein.

»Dase ise *Gandalf!*« Alfredo quetschte Martin in den Oberarm. Der sah ihn nur fragend und kopfschüttelnd an.

Mein Herr! Erwiderte der telepathisch Angesprochene und senkte das Haupt.

Für die anwesenden Menschen war es befremdlich, aber faszinierend, die Konversation in ihren Köpfen mitzuverfolgen. Die Felswand, vor dem dieser ausgesprochen friedvoll allem erhaben wirkende Mann stand, offenbarte mit einem Mal einen Durchgang. Weitere menschenähnliche, in selben Gewändern gekleidete Wesen traten aus ihm heraus. Allesamt waren sie größer wie Moses Mori. Die extrem schlanke, hoch aufgeschossene Figur und ihre gutmütig blickenden Augen unterstrichen ihre Friedlebigkeit. Frauen und Männer sahen sich zum Verwechseln ähnlich.

Ich habe dir und deinem Volk zu danken! Enki war bei der Gruppe um Francisco angekommen.

Ihr habt einen neuen Auserwählten, mein Herr? Kanniya behielt seinen Blick am Boden. *Ihm gebührt der Dank, er hat den Cassianer besiegt!*

Aaron bemerkte Wärme in seinen Wangen aufsteigen. Er und seine Mitstreiter standen unmittelbar vor der Gruppe der wortwörtlich "strahlenden" Menschen. Beeindruckt tippte Martin auf die Schulter von Alfredo.

»Das sind Lemurianer«, flüsterte er hinter vorgehaltener Hand.

Du hast Recht, Professor! Dröhnte es in den Köpfen. *Kanniya ist der Herr von Telos. Er und sein Volk leben seit Urzeiten unentdeckt und friedlich in der Stadt des Lichts, tief in diesem Vulkan!*

Martin war in seinem Element. Seine Fragen sprudelten nur so aus ihm heraus. Mit wieso, warum, wann, weshalb, wer, wo, fingen seine impulsiven Sätze an. Voller Verzückung war es ihm nicht möglich innezuhalten. Er fragte, argumentierte sich in einen Rausch. Urplötzlich war er still. Kein Wort kam ihm mehr über die

Lippen. Das riesige Oberhaupt des Höhlenvolkes hatte ihm eine Vision gesendet. Die gesamten Fragen und weit unvorstellbarere Zusammenhänge wurden beantwortet. Aarons Vater setzte sich schwindelig und mit zittrigen Knien auf einen Felsvorsprung. Seine Hände vergrub er in den Haaren und massierte die Kopfhaut. »Unfassbar! Unfassbar! Das ist nicht möglich. Niemals. Nein. Oh Gott!« Vor seinem geistigen Auge lief ein regelrechter Film ab.

Chiron, Sohn des Kronos, du hast dich würdig erwiesen! Enki sah zu ihm herab. *Die gesamte Menschheit wird ab heute auf deinen Rat hören!*

Auf meinen Rat? Aarons Gedanken registrierten alle.

»Sie werden sich dir fügen!«, die plötzliche laute Aussprache, die Enki für diese Aussage gewählt hatte, ließ die Wände der Höhle erzittern. Jedem Einzelnen standen die Haare zu Berge. Kalter Schauer lief ihnen den Rücken hinunter.

»Mein Herr, es ist so weit!« Ugala reichte seinem König eine Art Tasche mit einem Henkel. Aaron kamen die Reliefs der sumerischen Kultur in den Sinn. Hier wurden die Götter mit den Utensilien einer Henkeltasche und einem Armband, das einer Uhr gleichsah identisch abgebildet.

»Warum kommunizieren die Bewohner von Telos telephathisch?«, flüsterte Francisco Amalia ins Ohr. Sie hob die Schultern, schüttelte den Kopf, ohne zu antworten. Sie starrte gebannt auf die Wesen und dass was sich vor ihr abspielte.

Das gesprochene Wort ist oft vergiftet oder nicht aufrichtig! Kanniya trat einige Schritte auf Francisco zu. *Die gesendeten Gedanken dagegen sind ehrlich und rein. Botschaften der Lüge existieren nicht.*

»Wie habt ihr die Angreifer ausgeschaltet?«

Das Oberhaupt der Lemurianer setzte ein freundliches Lächeln auf.

Mit unserem Gesang! Er zeigte auf Enki. *So wie der Herr es uns gelehrt hat.*

Amalia reagierte zuerst.

»Jetzt verstehe ich, es sind Ton-Frequenzen, die diese Wesen nicht vertragen! Genau wie Enki uns den Begriff »*Adamu*« gesendet hat, nur umgekehrt!«

Sie sah zu Alfredo, der sie wiederum mit fragendem Blick anstarrte.

»Verstehst du? Er sandte das Wort an uns Menschen! Somit konnte er feststellen, wer der Cassianer war!«

Die Augen der Gruppe hafteten an ihr. Verlegen, mit gesenktem Kopf ließ sie leise folgen:

»Gideon ..., das war ich!«

Francisco drückte sie tröstend an sich.

KAPITEL 54

In der Zwischenzeit schritten etliche Ankh durch das Portal in Richtung der am Ende befindlichen Plattform. Sie waren einheitlich gekleidet. Die roten Umhänge hingen ihnen von den breiten Schultern. Darunter trugen sie dunkelgrüne Einteiler. Die Beine steckten in hohen, bis zu den Knien reichenden Stiefeln. Alle hatten futuristische Helme mit Gesichtsschutz auf. Der Anblick war imponierend. Enki saß auf seinem Thron mit der Henkeltasche auf dem Schoß. Die Eskorte baute sich im Halbkreis um ihren Herrscher auf. Fasziniert beobachteten die Anwesenden, wie eine kleine Kugel langsam aus der Tasche schwebte. Kurze Zeit später war sie auf die Größe eines Medizinballes angeschwollen.

»Das glaubt uns keiner. Niemals! Wahnsinn!« Sarah schüttelte ungläubig den Kopf.

Alfredo lehnte an einem massiven Felsen.

»Dase ise nikt moglik ..., wase ise ..., mio Dio!« Seine Beine zitterten und drohten nachzugeben.

»Die Erde. Das ist die Erde!« Rief Martin.

»Unfassbar! Eine Miniatur unserer Welt!« Beide Hände in den Nacken haltend, wippte er von einem Bein auf das andere. Wie ein beleuchteter Globus schwebte die Miniausgabe des Planeten vor Enki und den begeisterten Zuschauern.

Kanniya und seine Gefolgsleute verweilten abseits dieses Spektakels. Unbeeindruckt verfolgten sie die Handlungen.

Francisco stand hinter Amalia und hatte seine Arme um sie geschlungen. Er registrierte ihre Anspannung, ihre innere Unruhe. Ihr Körper bibberte. Schweiß lief ihr über die Stirn.

»Chiron, Sohn des Kronos, komm zu mir!« Enkis Stimme hallte durch den Raum. Wie in Trance folgte Aaron der Anweisung. Er, Enki sowie Ugala bildeten ein imaginäres Dreieck. Inmitten dessen hing schwerelos die Miniaturerdkugel. Der Herrscher der Anunnaki sah auf sein Armband. Die Oberfläche leuchtete wie eine moderne Smartwatch.

»Herr, was geschieht hier?« Sprudelte es aus Aaron heraus.

»Ich bereite dir den Weg!« Enki erhob sich von seinem Platz. »Den Weg bestreiten und die Menschen aus den Fängen der Geschwülste der Igigi befreien, das wirst du alleine!«

»Das verstehe ich nicht, die Richter und somit die Obersten sind doch gefangen?«

»Deine Aufgabe besteht darin, die Menschen auf den richtigen Weg zu bringen!« Enki deutete mit seinem ausgestreckten Arm auf den Führer der Lemurianer.

»Kanniya und sein Volk lernten aus ihren Fehlern. Sie haben am eigenen Leib erfahren, was der Hochmut und vor allem die unsagbare Gier nach mehr Wohlstand und Macht bewirkt!« Die überaus freundlich dreinblickenden Augen des Oberhauptes des Höhlenvolkes verloren ihre Strahlkraft. Mit traurigem Blick senkte er den Kopf.

»Sie hatten aufgehört«, fuhr der Anunnaki fort, »miteinander zu reden, die Belange und Argumente der anderen Völker zu respektieren.« Er legte eine Pause ein, dabei sah er jeden Einzelnen tief in die Augen. Beklemmung breitete sich unter ihnen aus.

»Diese Intoleranz endete in der atomaren Zerstörung dutzender Zivilisationen!« Enkis Stimme wurde eindringlicher.

»Ihr seid wieder kurz davor, die gleichen Fehler zu begehen. Eure Machthaber sprechen nicht miteinander, sind korrupt, versuchen andere zu unterdrücken, beuten arme Länder und deren Bewohner aufs Schändlichste aus. Sie führen stattdessen Kriege!« Die Stimme wurde stetig tiefer und bedrohlicher.

»Für was? Mehr Geld oder Macht? Über wen? Für wie lange?« Die Gesichtszüge waren zu Stein erstarrt. Hart ohne jegliche Freundlichkeit und Wärme durchbohrte er Aaron mit seinem Blick.

»Scheinbar haben die Menschen und überwiegend die selbst ernannte Elite vergessen, dass ihr Leben endlich ist.« Aaron hatte das Gefühl zu schrumpfen.

Der Zeigefinger des Erzeugers bewegte sich im Kreis auf der Uhr. Aus der Mitte entsprang ein Strahl, der sich zu einem auf dem kopfstehenden Kegel formte. Die schwebende Erdkugel wurde von dem Lichtkegel umschlossen. Gänzlich in gleißendes Licht eingehüllt drehte sich die Miniaturwelt um die schräge Erdachse. Die Strahlkraft wurde geringer, bis sie vollkommen transparent war. Fassungslos verfolgten alle dieses überwältigende Schauspiel. Ein Lichtblitz schoss aus der Kugel in die Höhe, traf auf die mittlerweile durchsichtige Hülle des Kegels, krümmte sich zu einem Bogen und schlug an einem anderen Punkt der Erde ein. Sofort bewegte sich das Licht aus dem neuen Ort nach oben, berührte die Unterseite der Hülle, bog sich und verschwand an einem gezielten Punkt der Welt. Dieses Szenario wiederholte sich. Stetig formte sich aus dem Auftreffpunkt ein weiterer Bogen. Mittlerweile umspannten unzählbare Lichtbögen die gesamte Miniwelt. Der Anblick, der sich Aaron und seinen Mitstreitern bot, war phänomenal. Diese herrliche, azurblaue Kugel mit ihren grünbraunen Kontinenten umgeben von gelb goldenen Bögen aus einer unbekannten Materie.

»Was wird das? Was hat das zu bedeuten?« Flüsterte Sarah vor sich hin.

Martin waren seine Hände förmlich im Genick angewachsen. Er brachte sie nicht mehr nach unten. Einmal kraulte er seine zerzausten Haare, das andere Mal hielt er sich die Schläfen, um später in der Ausgangsposition zu verharren.

»Das, was vor euren Augen geschieht, sehen Milliarden von Menschen in diesem Augenblick!« Enki lehnte sich in seinem Thron zurück. Mit einer kurzen Handbewegung beendete er die Demonstration. Die Kugel verschwand in der Tasche.

Ob in New York, Sidney, London, Shanghai, Berlin, Moskau, Stockholm, weltweit überschlugen sich die Berichterstattungen der Nachrichtenagenturen. Die Menschen beobachteten live an ihren Fernsehgeräten die Bilder der Lichterscheinungen. Die ISS berichtete von weltüberspannenden grellen Lichtbögen, die scheinbar einem geografischen Muster folgten. Sämtliche Überwachungssatelliten und am Boden stationierte Weltraumteleskope schickten Millionen von Gigabytes Informationen durch die Leitungen. Unverzüglich befand sich die militärische Welt in höchster Alarmbereitschaft.

Aaron starrte auf die Tasche, in der die Miniaturwelt verschwunden war. Seine Gedanken schlugen Purzelbäume.

»Die Menschen werden diese Erscheinung als eine Aggression eines anderen Landes beurteilen«, er bewegte sich einige Schritte weg vom Herrscher.

»Ja, das werden sie, das ist euer Naturell!« Enki erhob sich und sah auf ihn herab.

»Sie werden einen entscheidenden Hinweis zur Aufklärung bekommen!« Die Gesichtszüge wurden ein wenig sanfter.

»Du wirst es ihnen erklären. Ich habe alles vorbereitet. In ein paar Tagen sprichst du vor den Vereinten Nationen!«

»Was? Ich kann das nicht, was soll ich ihnen sagen?« Aaron war völlig außer sich. »Wenn ich jemanden diese Geschichte erzähle, die stecken mich in die Klapsmühle. Es wird mich niemand für ernst nehmen!« Er drehte sich zu seinen Mitstreitern, hob die Arme, sah sie flehend an ihm beizustehen.

Fassungslos sah er in mitleidige Augenpaare. Keiner seiner Weggefährten vermochte etwas zu sagen. Alle standen sie ungläubig da.

»Du bis Chiron, der Sohn des Kronos, mein erwählter Vermittler!« Die Stimme des Anunnaki bebte in der Höhle. An einigen Stellen der Wände bröckelten kleine Steine herunter. Sein gesamter, riesenhafter Körper stand aufrecht vor Aaron.

»Es ist keine Bitte, es ist deine Bestimmung, die Menschen wachzurütteln!« Enki beugte sich zu ihm herab.

»Es ist alles in dieWege geleitet!« Er legte ihm seine Hand auf die Schulter, die wie ein Tonnen schwerer Felsbrocken auf ihm lastete.

KAPITEL 55

Wissenschaftler, Astrophysiker, Philosophen zermürbten sich an den gewonnenen Daten und dessen unbeantworteten Fragen ihre Köpfe. Urplötzlich standen Spezialisten und solche, die sich dazu berufen fühlten, in den wichtigsten Talksendungen, um ihre Vermutungen für das Phänomen zu verlautbaren. Die wildesten Spekulationen wurden diskutiert. Schnell einigte sich eine große Anzahl von Autoritäten darauf, dass es sich hier um keine militärische Aktion handelt. Zu klar war die Struktur der Erscheinung. Aus den Bildern, die die ISS zur Verfügung stellte, war deutlich ersichtlich, dass zuerst alle weltweit aufgestellten ägyptischen Obelisken das Ziel und Ausgangspunkt der Lichtbögen waren. Der erste Lichtstrahl entsprang der großen Pyramide von Gizeh, der in eine der vier Säulen in Luxor einschlug und sich über die weiteren weltweit verstreuten Pfeiler ausbreitete. Teilweise wurden enorme Distanzen überbrückt. Einer dieser Bögen spannte sich von London bis nach New York. Faszinierend erörterten die Sachkundigen die Lichterscheinungen und ihre Referenzpunkte. Gleichzeitig staunten sie darüber, dass Obelisken mit dem Strahl verbunden wurden, die teilweise seit der Antike nicht mehr an ihrem Ursprungsort aufgestellt waren. Oftmals von den zahlreichen Besetzern der Geschichte entwendet, sind diese Steinsäulen auf der gesamten Welt verstreut. Ein zusätzliches Rätsel waren die unzähligen Ziele neben den bekannten Aufstellungsorten der monolithischen Steinpfeiler.

Prä-Astronautiker, die Untersuchungen zur vermeintlichen Präsenz außerirdischer Intelligenzen in der Frühzeit der Menschheit anstellen, waren sich einig: Die weiteren Orte sind allesamt bekannte Kraftzentren oder uralte Kultbauten.

Egal ob im englischen »*Stonehenge*«, in »*Sigiriya*« auf Sri Lanka, bei den »*Moai*« auf den Osterinseln. Ebenso an den über 350 Sphären (Steinkugeln) im Dschungel von Costa Rica oder selbigen in Bosnien Herzegovina bestätigte man das Vorkommen von Basalt-, Granit- und Dioritquadern. Durch ihre ausgezeichnete Leitfunktion werden sie entweder für Transmitter beziehungsweise Datenträger gehalten. Die Jahrzehnte lange Forschung der Parawissenschaft schien sich zu bestätigen:

Die weltumspannenden Lichtbögen waren eine Demonstration einer hoch entwickelten außerirdischen Macht, die bestrebt ist, mit der Menschheit zu interagieren.

Mit Hochspannung wurde der angekündigte Auftritt eines deutschen Hobbyforschers vor der UNO erwartet. Im voll besetzten Saal der Generalversammlung sass Professor Martin Voss mit Sarah und Alfredo in der ersten Reihe des Besucherbalkons. Amalia und Francisco warteten ungeduldig, nervös mit den Beinen wippend, zwei Sitzreihen hinter ihnen auf den Auftritt von Aaron. Moses verweilte in seinem Klub. Auf einem der Tische lag das Notebook aufgeklappt vor ihm. Er verfolgte, wie Milliarden von Menschen die Liveübertragung aus dem UN-Hauptquartier. In einem Nebenraum wurde Aaron mit Bluetooth-Buds ausgestattet. Der Techniker prüfte die Qualität des Mikrofons und der Kopfhörer. Der Daumen zeigte nach oben. Das war das Signal. Die Türe zur Ansprache an die Welt öffnete sich im selben Moment für Aaron Chiron Voss, den Sohn des Kronos, der einen kleinen Koffer mit 20 USB-Sticks in der Hand hielt.

++**EILMELDUNG**++**BREAKING NEWS**++**EILMELDUNG**++

Deutscher Hobbyforscher behauptet vor der UN-Hauptversammlung:

Außerirdischer Erzeuger der Menschen gab mir den Auftrag, die Menschheit auf den richtigen Weg zu bringen und vor dem Untergang zu retten!

Weltweite Korruption der "Great-Reset-Schatten-Regierung" aufgedeckt.

KAPITEL 56

Nicht zu glauben, was Aaron in dieser Zeit erreicht hat!« Sarah war bei Francisco und Amalia in Kolonia zu Besuch.

»Leider sehe ich ihn fast nicht mehr«, schob sie wehmütig hinterher.

Ihre Freundin nahm sie in die Arme, drückte sie an sich.

»Denke an die positiven Seiten, dass was er schon alles bewirkt hat!« Amalia löste sich von ihr und sah ihr tief in die Augen.

»Vor ein paar Jahren gründete er die Union. Er ist der, der das Sagen hat. Alle Milliardäre, Konzernbosse, Staatschefs sind seine Lakaien. Er hat es fertig gebracht, ihre Vermögen in sinnvolle Projekte zum Wohle der gesamten Menschheit zu investieren!«

Trotz all dieser zweifellos großen Errungenschaften wich die Traurigkeit nicht aus Sarahs Gesicht.

»Nicht nur die Welt hat er verändert, vor allem er selbst ist nicht wieder zu erkennen!« Die Verbitterung ihrer Stimme legte sich auf das Gemüt von Amalia und Francisco. Beide sahen sich fragend an. Sie waren sich einig, dass ihre Besucherin recht hatte. Ihr gemeinsamer Freund ist zum absoluten Oberhaupt der Welt aufgestiegen. Seine Entscheidungen werden unverzüglich von allen Staaten der Erde umgesetzt. Die neu eingesetzten territorialen Sprecher der Weltregierung waren ihm hörig.

Langsam aber stetig etablierte er die von ihm zerschlagenen Lobbyisten aufs Neue. Das gesamte System hatte nur einen anderen Namen bekommen. Weltumspannend bevorteilte er Arschkriecher und die notorischen "Ja" Sager. Lies ihnen auf dunklen Wegen Aufträge für den Klimaschutz und Forschung zukommen. Hinter vorgehaltener Hand tuschelten immer mehr Erdenbürger über die Bevorzugung der Eliten.

Mehrmals wurden Attentate auf ihn verübt. Durch seine Fähigkeit, Gedanken zu lesen, bestrafte er die kläglichen Versuche mit äußerster Brutalität. Kompromisslos vollstreckte er jede Verfehlung seiner diktatorischen Gesetze.

»Sieh es mal von der Seite« Francisco lehnte sich in seinem Loungesessel zurück, setzte sein Glas an den Mund, nahm einen kräftigen Schluck »*Budweiser*« und wischte sich den Schaum mit dem Handrücken von den Lippen.

»Durch die immensen Aufgaben, die er in so kurzer Zeit bewältigen musste, ist doch klar, dass man sich verändert. Das, was er vollbracht hat, ist einfach unmenschlich!« Der Versuch, dabei freundlich dreinzublicken, scheiterte kläglich.

»Das, was Enki von ihm erwartet. Keine Ahnung, ob es jemals möglich sein wird. Werden wir alle nicht mehr erleben!« Augenblicklich war er sich seiner soeben getätigten Aussage und ihrer epochalen Bedeutung bewusst. Es schnürte ihm den Magen zusammen.

Die Reaktion der beiden Frauen folgte auf den Punkt. Sarah liefen die Tränen in Sturzbächen die Wangen hinunter. Ihr gesamter Körper zitterte wie Espenlaub. Amalias Blick wiederum hätte sie die Fähigkeit, würde ihn auf der Stelle töten.

»Danke für dein Einfühlungsvermögen«, bitterbös dreinsehend nahm sie die Heulende fest in ihre Arme.

Im Wohnzimmer des Strandhauses schaltete sich der holografische Bildschirm ein. Die Technik hatte in den letzten

Jahren eine besorgniserregende Geschwindigkeit erlangt. Alles war jederzeit abrufbar. Sämtliche Informationen der Union erreichten die Weltbevölkerung in Bruchteilen von Sekunden. Niemand vermochte sich der Flut von Nachrichten und Propaganda zu entziehen. Die Visionen von George Orwell waren Realität. So wie jetzt, wo die aktuellsten News in den Raum projiziert wurden:

++EILMELDUNG++BREAKING NEWS++EILMELDUNG++
Der Führer der Union, Aaron C. Voss hebt das eigene Dekret zur Entmilitarisierung auf. Waffenproduktion wieder erlaubt.

Die drei Freunde haben diese Meldung der Weltregierung nicht mitbekommen. Sie verweilten weiterhin auf der Terrasse und versuchten, sich gegenseitig aufzuheitern. Die Tatsache, dass ihr Leben endlich und das von Aaron unendlich ist, lähmte ihre Gedanken.

Nach einem halben Jahrhundert dockte ein Zubringerschiff an der Mondstation an.

»Was haben die Maßnahmen in den zurückliegenden 50 Erdenjahren bewirkt?« Ugala stand in der Kommandozentrale des Mondhabitats.

»Ist die Energie, die wir von diesem Planeten erwarten, wieder akzeptabel?«

Der angesprochene Untertan tippte auf seinen Armreif. Ein schwebender, durchsichtiger Bildschirm erschien, auf dem Skalen, Tabellen und Balkendiagramme ersichtlich waren.

»Herr, anfangs sind die Werte durch die weltweiten Eingriffe gestiegen«, antwortete der Analytiker. In seinen Ausführungen zählte er die einschneidenden Umwälzungen, die Aaron veranlasste, auf. Dabei hob er vor allem die Abschaffung der globalen Waffenproduktion hervor. Es gab keine kriegerischen Auseinandersetzungen mehr. Die Säuberung der Weltmeere, das Grundeinkommen jedes Erdenbürgers waren weise Entscheidungen. Die gesicherte Ernährungsversorgung sowie die Pflicht, dass alle Menschen einen personifizierten Chip implantiert bekommen, hatten dazu beigetragen, dass die positiven Gedanken der Erdbevölkerung anstiegen. Das es nur eine einzige Regierung, die "Union" gab, war ein überaus primäres Kriterium zu dieser aussichtsreichen Entwicklung.

Ugala war sich dessen bewusst, dass seine Spezies keinerlei Emotionen kannte. Trotz alledem bemerkte er eine Art Euphorie und Bewunderung in dem vorgetragenen Bericht.

»Er hat seinen Weg verlassen«, riss der Vortragende den Wächter aus seinen Gedanken.

»Die Werte fallen. Die Angst nimmt stetig zu. Er ist machthungrig!«

Ugala starrte den Mann mit steinerner Miene an und sah sich die vor ihm projizierten Tabellen und Statistiken an. Ohne ein weiteres Wort zu verlieren, drehte er um und verließ den Raum Richtung Zubringerschiff.

Gedankenverloren stand er an einem der zahlreichen Fenster des Raumgleiters und sah auf diese atemberaubend schöne blaue Kugel tief unter sich. Er schloss die Augen und berichtete seinem Herrn:

»Mein Herr, die Menschen werden sich nicht ändern, sie sind uneinsichtig!« Telepathisch kommunizierte Ugala mit dem König. *»Der Sohn des Kronos wird, nachdem sein Vater und all seine Freunde nicht mehr am Leben sind, gierig!«*

Enki stand auf der Terrasse des Herrscherpalastes und sah in die Natur Nibirus. Er erlaubte dem Wächter, seine Worte zu empfangen:

Die Saat ist nicht aufgegangen. Sie wurden durch die Igigi vergiftet, zu tief sitzt das Gen der Gier und Macht in ihnen. Bereite alles vor! Warne Kanniya und Amar-Sin. Flutet sie!

»Was ist mit dem Sohn des Kronos?« Sprach der Bote vor sich hin. Dröhnend manifestierte sich in seinen Gedanken:

Du kennst meine Befehle!

DANKE

Liebe Leserin und Leser, an dieser Stelle bedanke ich mich bei Ihnen, dass Sie mein Erstlingswerk bis hierhin gelesen haben. Wenn die Geschichte von Aaron Sie gefesselt hat, sprechen Sie bitte mit Freunden über dieses Buch. Denn nichts ist erfolgreicher als eine ehrliche Empfehlung.

Die Tätigkeit des Schreibens eines Romans ist nur ein Teil des Ganzen. Es gehören weitere Personen dazu, ohne die es unmöglich ist, ein Werk zu vollenden.

Zu allererst danke ich meiner Tochter Chiara, die mir die letzten Monate lektorierte und mir mit Rat und Tat zur Seite stand. Gleichzeitig entwarf und gestaltete sie das wundervolle Cover. Vielen Dank dafür.

Ebenso bin ich meinem Sohn David dankbar, der mir in technischen Belangen beratend zur Seite stand.

Autor Reinhard Habeck, den ich auf einer Ägyptenreise kennenlernte, gab mir einige wichtige Tipps an die Hand. Ein herzliches Merci dafür.

Last but not least ein großes Dankeschön meiner Lebensgefährtin Daniela, die mir die Freiheit und Zeit gelassen hat, den Herzenswunsch zu realisieren. Für Deine Geduld und Umsicht bin ich Dir ewig dankbar.